HISTÓRIA ZERO

HISTÓRIA ZERO

WILLIAM GIBSON

TRADUÇÃO
FÁBIO FERNANDES

ALEPH

HISTÓRIA ZERO

TÍTULO ORIGINAL:
Zero History

COPIDESQUE:
Matheus Perez

REVISÃO:
Isabela Talarico
Entrelinhas Editorial

CAPA:
Pedro Inoue

PROJETO GRÁFICO E DIAGRAMAÇÃO:
Join Bureau

DIREÇÃO EXECUTIVA:
Betty Fromer

DIREÇÃO EDITORIAL:
Adriano Fromer Piazzi

EDITORIAL:
Daniel Lameira
Katharina Cotrim
Mateus Duque Erthal
Pedro Barradas Fracchetta

COMUNICAÇÃO:
Luciana Fracchetta
Felipe Bellaparte

COMERCIAL:
Orlando Rafael Prado
Fernando Quinteiro
Sunamita Santiago
Lidiana Pessoa
Roberta Saraiva

FINANCEIRO:
Roberta Martins
Francelina Cruz

LOGÍSTICA:
Johnson Tazoe
Sergio Lima

COPYRIGHT © WILLIAM GIBSON, 2007
COPYRIGHT © EDITORA ALEPH, 2014

(EDIÇÃO EM LÍNGUA PORTUGUESA PARA O BRASIL)
TODOS OS DIREITOS RESERVADOS.
PROIBIDA A REPRODUÇÃO, NO TODO OU EM PARTE, ATRAVÉS DE QUAISQUER MEIOS.

DADOS INTERNACIONAIS DE CATALOGAÇÃO NA PUBLICAÇÃO (CIP)
(CÂMARA BRASILEIRA DO LIVRO, SP, BRASIL)

Gibson, William
História zero / William Gibson ; tradução Fábio Fernandes. –
São Paulo : Aleph, 2014.
Título original: Zero History

ISBN 978-85-7657-185-8

1. Ficção científica norte-americana I. Título.

14-09186 CDD-813.0876

ÍNDICES PARA CATÁLOGO SISTEMÁTICO:
1. Ficção científica : Literatura norte-americana   813.0876

1ª edição – 2015

EDITORA ALEPH
Rua Lisboa, 314
05413-000 – São Paulo – SP – Brasil
Tel.: [55 11] 3743-0514
www.editoraaleph.com.br

Para Susan Allison,
minha editora

1

CABINET

Inchmale chamou um táxi, daqueles que haviam sido sempre pretos desde a primeira vez que ela viera a esta cidade. Mas esse era prata-opala, com glifos em azul da prússia anunciando alguma coisa alemã – serviços bancários ou software de negócios; um simulacro mais suave de seus ancestrais pretos, com o estofamento de courino num tom de bege ortopédico.

– O dinheiro deles é sólido – disse ele, colocando um bolo quente e solto de moedas de uma libra na mão dela. – Compra muitas putas.

– As moedas ainda retinham o calor da máquina de frutas de onde ele as havia habilmente retirado, como se não quisesse nada, enquanto saía de King's Alguma Coisa.

– Dinheiro de quem?

– Dos meus compatriotas. Dado de livre e espontânea vontade.

– Não preciso disto – ela retrucou, tentando devolver.

– Pro táxi. – Dando ao motorista o endereço em Portman Square.

– Ah, Reg – ela disse – não foi tão ruim assim. Eu tinha tudo em mercados financeiros, a maior parte.

– Tão ruim quanto qualquer outra coisa. Liga pra ele.

– Não.

– Liga pra ele – repetiu, todo embrulhado em uma jaqueta japonesa confeccionada em Gore-Tex espinha de peixe, com múltiplas dobras e afivelada de maneira nada intuitiva.

Ele fechou a porta do táxi.

Ela continuou olhando para ele pela janela traseira depois que o táxi deu a partida. Atarracado e barbudo, ele virou na Greek Street, alguns minutos depois da meia-noite, para voltar a se reunir com seu teimoso protegido, Clammy, dos Bollards. Queria voltar ao estúdio e retomar sua criativa e lucrativa batalha.

Ela se recostou no assento, sem reparar em absolutamente nada até passarem pela Selfridges, quando o motorista virou à direita.

O Clube, que tinha apenas alguns anos de idade, ficava do lado norte da Portman Square. Ela desceu, pagou e deu uma gorjeta generosa ao motorista – estava ansiosa para se livrar do dinheiro de Inchmale.

O nome do estabelecimento era Cabinet of Curiosities, mas todos o chamavam apenas de Cabinet. Inchmale havia se tornado sócio pouco depois que eles, os três membros sobreviventes da banda Curfew, licenciaram os direitos de "Hard to Be One" para uma fabricante de automóveis chinesa. Após ter produzido um álbum dos Bollards em Los Angeles, e com Clammy esperando para gravar o seguinte em Londres, Inchmale argumentara que entrar para o Cabinet acabaria saindo mais barato que um hotel. E havia saído mesmo, mas apenas se você estivesse falando de um hotel muito caro.

Ela estava ficando ali agora como hóspede pagante. Devido ao estado dos mercados financeiros, seja lá qual ele fosse, e às conversas que andara tendo com seu contador em Nova York, ela sabia que devia procurar por uma acomodação mais em conta.

Um lugar peculiarmente estreito, ainda que caro, o Cabinet ocupava a metade vertical de um sobrado do século 18 cuja fachada a fazia se lembrar do rosto de alguém começando a dormir no metrô. O prédio compartilhava um foyer de painéis ricos, porém sóbrios, com o que quer que ocupasse a outra metade do edifício, do lado oeste, e ela se convencera vagamente de que aquilo devia ser uma fundação de alguma espécie, talvez de natureza filantrópica, ou dedicada ao progresso da paz no Oriente Médio, ainda que num futuro indeterminado.

Uma coisa discreta, de qualquer maneira, porque parecia não ter nenhum visitante.

Não havia nada na fachada ou na porta que indicasse o que a casa poderia ser, assim como não havia qualquer coisa indicando que o Cabinet era o Cabinet.

Ela já tinha visto aquelas gêmeas idênticas islandesas, que estavam no *lounge* vestidas com peles prateadas, na primeira vez que visitara o local. Ambas bebiam vinho tinto em copos de um *pint* de cerveja, uma coisa que Inchmale chamava de afetação irlandesa. Elas não eram membros do clube, ele fez questão de ressaltar. Membros do Cabinet, no ramo das artes, não chegavam a ser estrelas, e ela supôs que isso era bom tanto para Inchmale quanto para ela.

O que havia ganhado Inchmale no ato fora a decoração, segundo ele, e muito provavelmente tinha sido mesmo. Tanto ele quanto a decoração eram indiscutivelmente loucos.

Ao abrir a porta – por onde um cavalo poderia passar sem precisar abaixar a cabeça para não bater na padieira – foi cumprimentada por Robert, um rapaz enorme, trajado confortavelmente num terno risca de giz, cuja tarefa principal era vigiar a entrada sem necessariamente dar a entender que o fazia.

– Boa noite, senhorita Henry.

– Boa noite, Robert.

Os decoradores haviam sido discretos ali, como que para afirmar que não tinham realmente ficado pública, furiosa e despirocadamente loucos. Havia uma mesa enorme, intrincadamente esculpida, com alguma coisa vagamente pornográfica se passando no meio de vinhas e cachos de uvas de mogno, à qual se sentava um ou outro dos funcionários do clube, em sua maioria rapazes, frequentemente usando óculos com aro de tartaruga, do tipo que ela suspeitava terem sido esculpidos a partir de cascos de tartaruga de verdade.

Atrás da arcaica e agradável pilha de papéis acumulada sobre a mesa encontrava-se um par simetricamente oposto de escadas de mármore que davam no andar seguinte, que era dividido ao meio – assim como tudo o mais acima daquele foyer – em reinos gêmeos: o suposto mistério filantrópico e o Cabinet. Do lado do Cabinet, agora, descendo as escadas na espiral no sentido contrário ao do relógio, cascateava o som de uma verdadeira bebedeira comunitária, risos e vozes altas ressoavam na pedra translúcida irregular, marmorizada em tons de mel envelhecido, vaselina e nicotina. As beiradas danificadas dos degraus haviam sido consertadas com inserções retangulares bem encaixadas de um material menos inspirado, pálido e mundano, onde ela tomava o cuidado de nunca pisar.

Um jovem com óculos de aro de tartaruga sentado à mesa lhe passou a chave do quarto sem que fosse preciso pedir.

– Obrigada.

– De nada, senhorita Henry.

Atrás da arcada que separava as escadarias, a planta do andar dava evidências de hesitação, indicando, ela imaginava, uma sensação de estranhamento inerente à divisão ao meio do propósito original do edifício. Ela apertou um botão de bronze, gasto, porém polido regularmente, para chamar para baixo o mais antigo elevador que já tinha visto, mesmo em Londres. Do tamanho de um closet pequeno e de pouca profundidade, com mais largura que fundura, ele veio bem devagar, descendo sua jaula alongada de aço com verniz preto.

À sua direita, na sombra, iluminada por dentro por uma luminária de museu em estilo eduardiano, uma vitrine exibia peças de taxidermia. Pássaros selvagens, em sua maior parte; um faisão, várias codornas, outras aves que ela não conseguiu identificar, todas montadas como se capturadas em movimento, atravessando um campo de feltro de mesa de bilhar esmaecido, e todas de aspecto um tanto depauperado, embora não mais do que o esperado para sua idade provável. Atrás delas, antropomorficamente ereto, com os membros anteriores estendidos à maneira de um sonâmbulo de desenho animado, havia um furão comido por traças. Ela suspeitou de que seus dentes, que pareciam anormalmente grandes, fossem na verdade de madeira pintada. Certamente os lábios eram pintados, se é que não eram maquiados, o que lhe conferia um ar sinistramente festivo, como alguém com quem você tivesse medo de esbarrar numa festa de Natal. Inchmale, quando o apontou pela primeira vez, sugerira que ela o adotasse como um totem, seu animal espiritual. Ele afirmou que já havia feito isso, descobrindo, em seguida, que podia magicamente provocar hérnia de disco em executivos do ramo da música também sem que eles suspeitassem, fazendo com que sofressem dores excruciantes e uma profunda sensação de impotência.

O elevador chegou. Ela já tinha sido hóspede ali por tempo suficiente para dominar os mistérios da intrincada porta de aço articulada. Resistindo ao ímpeto de cumprimentar o furão com um aceno de cabeça, ela entrou e subiu, devagar, até o terceiro andar.

Ali os corredores estreitos, cujas paredes haviam sido pintadas num tom de cinza muito escuro, faziam curvas confusas. O caminho até seu quarto envolvia a abertura de várias das que ela supunha serem portas corta-fogo, pois eram grossas, pesadas e de fechamento automático. As seções curtas de corredor entre elas tinham pequenas aquarelas penduradas nas paredes, paisagens, sem pessoas, cada uma apresentando uma torre distante. A *mesma* torre distante, ela notara, independentemente do cenário ou região exibidos. Ela se recusara a dar a Inchmale o prazer de ouvi-la perguntar a respeito, então não perguntou. Havia algo de muito limítrofe naquelas pinturas. Era melhor não se aprofundar. A vida já era complicada demais.

A chave, presa a uma argola de bronze grossa de onde despontavam borlas de seda marrom trançadas, girou suavemente na fechadura, que era do tamanho de um tijolo. Era então concedida a entrada ao Número Quatro e ao impacto advindo da concentração de peculiaridades dos designers do Cabinet, revelada de modo teatral quando ela apertou o pontinho de madrepérola incrustado num botão de guta-percha de aspecto simples.

Era, talvez, muito alto. Ela imaginava ser o resultado da divisão de um quarto maior, mas uma divisão inteligente. O banheiro, ela suspeitava, poderia, na verdade, ser até maior do que o quarto, se não fosse alguma ilusão.

Eles haviam brincado com essa questão da altura, utilizando um papel de parede branco, feito sob encomenda, decorado com cartuxas ornamentadas em preto brilhante. Elas eram compostas, caso se olhasse mais de perto, por fragmentos ampliados de desenhos anatômicos de insetos. Mandíbulas em forma de cimitarras, membros alongados e pontudos, as asas delicadas (ela imaginou) de libélulas. As duas maiores peças de mobiliário no aposento eram a cama – sua estrutura maciça era coberta inteiramente por placas de marfim de morsa entalhadas em estilo *scrimshaw*, com o enorme e portentoso maxilar inferior de uma baleia-franca, presa à parede em sua cabeceira – e uma gaiola de passarinho suspensa no teto, tão grande que ela própria caberia dentro dela agachada. A gaiola estava cheia de livros empilhados, e em seu interior havia luminárias suíças halógenas minimalistas, cada minúscula lâmpada iluminando um ou outro dos artefatos residentes do Número Quatro. E não eram apenas livros de fachada, como Inchmale fazia questão de apontar. Ficção ou não ficção, todos pareciam ter como tema a Inglaterra, e até o momento ela havia lido partes de *English Eccentrics*, de Dame Edith Sitwell, e a maior parte de *Rogue Male*, de Geoffrey Household.

Ela tirou o casaco, colocando-o em um cabide estofado e revestido de cetim que estava no armário, e sentou-se na beira da cama para desamarrar os sapatos. Inchmale a chamava de cama Síndrome Pibloktoq. "Histeria intensa", ela recitava agora, de memória. "Depressão, coprofagia, insensibilidade ao frio, ecolalia." Ela chutou os sapatos na direção da porta aberta do armário. "Pensando bem, coprofagia talvez não", ela acrescentou. Síndrome de isolamento, essa condição ártica, relacionada à cultura. De origem possivelmente alimentar. Vinculada à toxicidade pela vitamina A. Inchmale era cheio desse tipo de informação, ainda mais quando estava no estúdio. Dê a Clammy uma dose maciça de vitamina A, ela sugeriu; parece que ele está precisando.

Seu olhar repousou sobre três caixas fechadas de papelão marrom, empilhadas à esquerda do armário. Elas continham exemplares embrulhados em filme plástico da edição britânica de um livro que ela escrevera em quartos de hotel, embora nenhum tão peculiarmente memorável quanto aquele. Ela havia começado logo depois que o dinheiro do comercial para o carro chinês entrou. Ela tinha ido até a Staples, em West Hollywood, e comprado três mesinhas dobráveis de aspecto frágil *Made in China*, para distribuir o manuscrito e suas ilustrações, em sua suíte no Marmont. Parecia ter se passado muito tempo desde então, e ela não sabia o que fazer com aqueles livros. As caixas com seus exemplares da edição americana ainda estavam na sala de bagagem do Tribeca Grand Hotel, lembrou-se.

"Ecolalia", ela disse, tirando o suéter, que dobrou e colocou em uma gaveta do armário na altura do peito, ao lado de uma pequena mina terrestre sedosa de pot-pourri. Sabia que, se não a tocasse, não teria de cheirá-la. Vestiu um roupão off-white do Cabinet, mais aveludado que atoalhado, embora faltasse nele alguma propriedade específica que a fazia detestar roupões de banho de veludo. Homens, em particular, pareciam se tornar fundamentalmente canalhas quando se vestiam assim.

O telefone do quarto começou a tocar. Ele era uma colagem, um fone enorme de bronze revestido por borracha e estética náutica repousando em um gancho almofadado em couro sobre uma caixa cúbica de pau-rosa com cantos em bronze. Seu toque era mecânico, minúsculo, como se você estivesse ouvindo uma campainha antiga de bicicleta descendo uma rua silenciosa. Ela ficou olhando séria para ele, desejando com o poder da mente que parasse de tocar.

– Histeria intensa – disse ela.

O telefone continuou a tocar.

Três passos e sua mão já estava nele.

Como sempre, era absurdamente pesado.

– Coprofagia. – Rapidamente, como se fosse a telefonista de um setor ocupado de um grande hospital.

– Hollis – ele disse. – Olá.

Ela olhou para o telefone abaixo, tão pesado quanto um martelo velho e quase tão acabado quanto. Seu fio grosso, luxuosamente envolto em seda cor de vinho trançada, repousava contra seu antebraço nu.

– Hollis?

– Olá, Hubertus.

Ela se imaginou batendo o fone na madeira antiga e frágil, esmagando o envelhecido grilo eletromecânico em seu interior. Agora era tarde. Ele já havia emudecido.

– Eu vi Reg – disse ele.

– Eu sei.

– Eu disse a ele para lhe pedir que ligasse.

– Não liguei – respondeu ela.

– É bom ouvir sua voz – ele disse.

– É tarde.

– Boa noite de sono, então – falou, com sinceridade. – Passarei aí pela manhã, para o café. Estamos voltando esta noite. Pamela e eu.

– Onde vocês estão?

– Manchester.

Ela se imaginou pegando um táxi de manhã bem cedo até Paddington; a rua na frente do Cabinet deserta. Pegando o Heathrow Express. Voando para algum lugar. Outro telefone tocando, em outro quarto. A voz dele.

– Manchester?

– Black metal norueguês – ele disse, com pouca emoção. Ela visualizou joias rústicas escandinavas, depois se autocorrigiu: o gênero musical. – Reg disse que eu poderia achar interessante.

"Bom para ele", ela pensou. O sadismo subclínico de Inchmale às vezes encontrava um alvo que merecia.

– Eu estava planejando dormir até tarde – ela disse, mesmo que fosse apenas para se fazer de difícil. Agora ela sabia que seria impossível evitá-lo.

– Onze, então – ele disse. – Estou ansioso.

– Boa noite, Hubertus.

– Boa noite. – Ele desligou.

Ela pôs o fone de volta no gancho, tomando cuidado com o grilo que ali se escondia. Não era culpa dele.

Nem dela.

Provavelmente nem de Hubertus. Fosse lá o que ele fosse.

2.

EDGE CITY

Milgrim ficou olhando com atenção para os anjos com cabeça de cachorro na Gay Dolphin Gift Cove.

A cabeça, reproduzida em uma escala pouco menor que três quartos, parecia ter sido moldada a partir do tipo de gesso que antigamente era usado para produzir decorações perturbadoramente detalhistas: piratas, mexicanos, árabes de turbante. Quase certamente haveria exemplos deles ali também, ele pensou, no baú de tesouro mais ecléctico de lembrancinhas kitsch americanas de beira de estrada que ele já tinha visto na vida.

O corpo, que aparentava ser humanoide debaixo de todo o cetim branco e as lantejoulas, era comprido, esguio como modelos de Modigliani, perigosamente ereto, patas cruzadas modestamente à maneira de efígies medievais. Suas asas eram as asas de ornamentos de Natal, maiores do que caberiam numa árvore convencional.

Eles haviam sido criados como uma homenagem sentimental a bichinhos de estimação falecidos, deduziu, com meia dúzia de raças sortidas o encarando agora por trás do vidro.

Com as mãos nos bolsos da calça, ele voltou rapidamente o olhar para uma complexidade visual mais ampla mas geralmente não menos peculiar, reparando, ao fazê-lo, num grande número de artigos apresentando motivos da bandeira confederada. Canecas, ímãs, cinzeiros, estatuetas. Ele ficou olhando um menino jóquei que batia no seu joelho, oferecendo um pequeno cinzeiro redondo ao invés da tradicional argola. Sua cabeça e mãos eram de um assustador verde marciano (para não provocar a tradicional ofensa, ele supôs). Também havia orquídeas energeticamente artificiais, cocos esculpidos para sugerir as feições de alguma raça genericamente indígena e coleções pré-embaladas de rochas e minerais. Era como estar no fundo de uma máquina de coletar brinquedos, daquelas que você encontra em Coney Island, em que os ecleticamente esquecidos foram se acumulando por décadas. Ele olhou para cima, imaginando uma garra gigante de três pontas, agente de remoção direta, mas só existia um tubarão grande e coberto por muitas camadas de verniz, suspenso no alto como a fuselagem de um pequeno avião.

Quantos anos um lugar daqueles deveria ter, nos Estados Unidos, para conter a palavra "Gay" no nome? Pelo menos uma porcentagem do estoque ali havia sido fabricada no Japão ocupado, ele avaliou.

Meia hora antes, do outro lado do North Ocean Boulevard, ele havia visto soldados bem novinhos com cabelo quase raspado, vestindo roupas de skatistas que ainda mostravam os vincos de fábrica, cobiçando espadas para matar orcs feitas na China, com ponteiras e serrilhadas como as mandíbulas de predadores extintos. O estande do vendedor estava cheio de colares de contas do Mardi Gras pendurados, toalhas de praia estampadas com a bandeira confederada, memorabilia não autorizada da Harley-Davidson. Ele ficou se perguntando quantos rapazes teriam desfrutado de uma tarde em Myrtle Beach como um último desejo, antes de finalmente se dirigirem para seja lá qual teatro de guerra fosse, o vento criando redemoinhos de areia ao longo do Grand Strand e do cais.

Nos fliperamas, algumas das máquinas eram mais antigas do que ele, julgou. E alguns de seus próprios anjos, não os melhores, falavam de uma antiga e muito impactante cultura da droga, bastante enraizada na sujeira carnavalesca daquele lugar, intersticial e imortal; pele prejudicada pelo sol, tatuagens ilegíveis, olhos que espiavam a partir de rostos que sugeriam uma taxidermia de posto de gasolina.

Ele iria encontrar alguém ali.

Supostamente seria a sós. Mas ele na verdade não estava sozinho. Em algum lugar ali perto, Oliver Sleight estava observando um Milgrim-cursor em um website, na tela de seu telefone Neo, idêntico ao de Milgrim. Ele dera o Neo a Milgrim naquele primeiro voo de Basileia a Heathrow, reforçando a necessidade de mantê-lo o tempo todo consigo e ligado, a não ser a bordo de voos comerciais.

Então ele começou a andar, afastando-se dos anjos de cabeça de cachorro, a sombra do tubarão. Passou por artigos de uma história ostensivamente mais natural: estrelas e bolachas-do-mar, cavalos marinhos, conchas. Milgrim subiu um pequeno lance de escadas amplas, do nível do cais, na direção do North Ocean Boulevard. Até dar de cara, ou de umbigo, com a barriga de uma jovem muito grávida, seus jeans de cintura elástica quimicamente esticados de maneiras que sugeriam padrões barrocamente improváveis de se vestir. A camiseta rosa apertada revelava seu umbigo protuberante, de um jeito que ele achou, alarmado, que parecia com um seio gigante.

– É melhor que você seja ele – ela disse, mordendo o lábio inferior. Loura, com um rosto que ele esqueceria assim que saísse dali. Olhos negros enormes.

– Estou aqui pra encontrar uma pessoa – ele disse, tomando cuidado para manter o contato visual, desconfortavelmente consciente de que estava na verdade se dirigindo ao umbigo, ou mamilo, bem em frente à sua boca.

Ela arregalou ainda mais os olhos.

– Você não é estrangeiro, é?

– Nova York – Milgrim admitiu, supondo que essa informação poderia facilmente ser considerada afirmativa.

– Não quero que ele se meta em nenhuma encrenca – disse ela, num tom de voz ao mesmo tempo suave e feroz.

– Nenhum de nós quer – ele lhe garantiu no mesmo instante. – Não há necessidade. Nenhuma. – Sua tentativa de sorrir lhe pareceu provocar o mesmo efeito que provocaria se ele apertasse um bonequinho de borracha. – E você...?

– Sete ou oito meses – ela disse, surpresa com a própria gravidez.

– Ele não está aqui. Não gosta disto.

– Nenhum de nós gosta – ele disse; depois se perguntou se havia sido a coisa certa a dizer.

– Você tem GPS?

– Tenho – respondeu Milgrim. Na verdade, segundo Sleight, os Neos deles tinham dois tipos, americano e russo, sendo que o americano era notoriamente político e tendia a não ser confiável perto de locais mais sensíveis.

– Ele estará lá daqui a uma hora – disse ela, passando para Milgrim uma tira ligeiramente umedecida de papel dobrado. – É melhor você começar. E é melhor estar sozinho.

Milgrim respirou fundo.

– Desculpe – ele disse. – Mas, se isso significa dirigir, não vou poder ir sozinho. Não tenho carteira. Meu amigo vai ter que me levar. É um Ford Taurus X branco.

Ela ficou olhando para ele, séria. Piscou várias vezes.

– Eles não foderam com a Ford quando começaram a dar nomes com F aos carros?

Ele engoliu em seco.

– Minha mãe tinha um Freestyle. O câmbio é uma merda. Se entrar água naquele computador, a gente não sai do lugar. Tem que desligar tudo primeiro. Duas semanas depois de sair da concessionária os freios já estavam gastos. Eles sempre faziam aquele rangido irritante mesmo. – Ela parecia reconfortada ao dizer isso, como se pela lembrança de alguma coisa maternal, familiar.

– Absolutamente certa – ele disse, surpreendendo-se por usar uma expressão que talvez nunca houvesse usado antes. Enfiou a tira de papel no bolso sem olhar o que ela continha. – Será que você poderia

me fazer um favor? – ele perguntou à barriga dela. – Poderia ligar para ele agora e dizer que meu amigo vai comigo, dirigindo?
O lábio inferior recuou sob os dentes da frente.
– Meu amigo está com o dinheiro – disse Milgrim. – Não tem problema.

– E ELA LIGOU PARA ELE? – perguntou Sleight, ao volante do Taurus X, por trás do cavanhaque que ele ocasionalmente aparava com o auxílio de um pente ajustável preso entre os dentes.
– Ela indicou que faria isso – disse Milgrim.
– Indicou.

Eles seguiam para o interior, na direção da cidade de Conway, por uma paisagem que fazia Milgrim lembrar-se de uma viagem que havia feito a algum lugar perto de Los Angeles, rumo a um destino em que ele não estivera particularmente ansioso em alcançar. Aquela rodovia muito cheia de pistas, ladeada por estacionamentos de shoppings de *outlets*, uma Home Depot do tamanho de um transatlântico, restaurantes temáticos. Entretanto, alguns detritos intersticiais ainda transmitiam teimosamente a impressão de atividades marítimas e plantações de tabaco. Fábulas de antes da Disneyficação. Milgrim se focou nessas sobras, descobrindo que elas o deixavam mais centrado. Um terreno que oferecia material orgânico para jardim. Um shopping de rua de quatro lojinhas, em que duas eram lojas de penhores. Um empório de fogos de artifício com seu próprio túnel de batimento de beisebol. Bancos de empréstimo fácil que aceitam seu carro como garantia. Fileiras enormes de estátuas de jardim de concreto, sem pintura.
– Lá em Basileia, você participava de algum programa de doze passos? – perguntou Sleight.
– Acho que não – respondeu Milgrim, supondo que Sleight estivesse se referindo à quantidade de vezes que seu sangue havia sido trocado.

■ ■ ■

– **ESSES NÚMEROS** vão nos colocar perto de onde ele nos quer? – perguntou Milgrim. Lá em Myrtle Beach, Sleight havia copiado as coordenadas anotadas pela garota grávida em seu telefone, que agora repousava no colo.

– Perto o bastante – disse Sleight. – Parece que já é ali, mais para a direita.

Eles estavam bem dentro de Conway, ou pelo menos dentro das fronteiras de seja lá o que Conway fosse. Os prédios estavam começando a rarear, e a paisagem revelava cada vez mais características de uma agricultura extinta.

Sleight reduziu a velocidade e virou à direita, passando por cima do cascalho, um chão de calcário esmigalhado cinza-claro.

– Tem dinheiro embaixo do seu banco – ele disse. Eles rolavam, com um ruído suave e constante dos pneus sobre o cascalho, na direção de uma estrutura comprida de um andar, feita de madeira pintada de branco, com um teto, mas sem varanda. Arquitetura rural do passado, de beira de estrada; simples, porém robusta. Quatro pequenas janelas retangulares na frente haviam sido modernizadas com vidro laminado.

Milgrim colocou o tubo de papelão que guardava o papel vegetal em pé entre suas coxas, dois bastões de grafite enrolados num lenço de papel no bolso direito de sua calça de sarja. Havia metade de uma placa novinha de um metro e meio de foamboard no banco de trás, caso ele precisasse de uma superfície plana sobre a qual trabalhar. Prendendo o tubo vermelho-vivo nos joelhos, ele se curvou para a frente, procurando embaixo do banco, e achou um envelope de vinil azul-metálico com um zíper integral moldado e três furos para argolas. Ele continha resmas suficientes para lhe dar o peso de um bom dicionário do tamanho de uma brochura.

O som de cascalho esmigalhado cessou quando eles pararam, não exatamente em frente ao prédio. Milgrim viu uma placa retangular primitiva, manchada e desbotada pela chuva, montada em dois postes escurecidos pelo tempo, ilegível a não ser pela palavra *FAMÍLIA*, em maiúsculas serifadas em itálico azul-claro. Não havia nenhum outro veículo no estacionamento de chão de cascalho e formato irregular. Ele abriu a porta, saiu e ficou ali parado em pé, o tubo vermelho na mão esquerda. Pensou por um instante; depois tirou a tampa e retirou o papel vegetal enrolado. Colocou o tubo vermelho sobre o banco do carona, apanhou o dinheiro e fechou a porta – um rolo de papel branco semitranslúcido era menos ameaçador.

Carros passavam pela rodovia. Ele caminhou os cinco metros até a placa; os sapatos faziam um ruído alto no cascalho esmigalhado. Em cima da palavra *FAMÍLIA* em itálico azul, ele conseguiu ler *EDGE CITY* no pouco que restava de um vermelho descascando; abaixo, *RESTAURANTE*. Na parte inferior, à esquerda, um dia haviam sido pintadas, em preto, as silhuetas infantis de três casinhas, embora, assim como as letras vermelhas, o sol e a chuva as tivessem apagado em grande parte. À direita, num tom de azul diferente de *FAMÍLIA*, estava pintado o que ele concluiu ser uma representação semiabstrata de colinas, possivelmente de lagos. Imaginou que aquele lugar ficava à margem ou perto da margem oficial da cidade – daí seu nome, *EDGE*.

Alguém dentro do prédio silencioso e aparentemente fechado bateu com força uma vez no vidro laminado, talvez com um anel.

Milgrim seguiu obedientemente até a porta da frente, segurando o papel vegetal reto numa das mãos, como um cetro de aparência modesta; segurava o envelope de vinil na outra, colado ao corpo.

A porta se abriu para dentro, revelando alguém com um corte de cabelo de ator pornô dos anos 1980. Um jogador de futebol americano, ou alguém com o físico de um. Um rapaz alto, de pernas compridas, com ombros de aspecto excepcionalmente forte. Ele deu um passo para trás, fazendo um gesto para que Milgrim entrasse.

– Oi – disse Milgrim, ao entrar naquele ambiente quente e abafado, que cheirava a desinfetante industrial e cozinha suja. – Estou com seu dinheiro – disse, indicando o envelope plástico. O lugar não era usado, embora estivesse pronto para tal. Edge City, envolta em naftalina, como um B-52 no deserto. Ele viu uma máquina de chiclete com seu globo de vidro vazio sobre o pedestal de metal marrom com verniz enrugado.

– Ponha no balcão – disse o rapaz, que usava jeans azul-claro e camiseta preta, ambos os quais pareciam ter um pouco de lycra, e tênis de atletismo pretos que pareciam bem pesados. Milgrim reparou um pequeno bolso, retangular e estreito, posicionado num ponto incomum, bem abaixo no vinco do lado direito. Um clipe de aço inoxidável segurava com firmeza um tipo de faca dobrável grande ali.

Milgrim fez o que o outro havia lhe mandado e reparou no cromo e no courino azul-turquesa da fileira de banquetas montadas na frente do balcão, cujo tampo era de fórmica azul-turquesa gasta. Ele desenrolou parcialmente o papel.

– Vou precisar fazer tracejados – explicou. – É a melhor maneira de capturar os detalhes. Antes vou tirar fotos.

– Quem está no carro?

– Meu amigo.

– Por que você não dirige?

– Dirigi embriagado – disse Milgrim; e era verdade, pelo menos em um sentido filosófico.

Silenciosamente, o rapaz deu a volta num display de vidro vazio que um dia contivera cigarros e doces. Quando estava do outro lado de Milgrim, estendeu a mão para um ponto sob o balcão e retirou uma coisa em uma sacola plástica branca toda amassada. Deixou a sacola cair no balcão e empurrou o envelope plástico para o outro lado, dando a impressão de que seu corpo, altamente treinado, estava fazendo essas coisas por vontade própria, enquanto ele próprio continuava a inspecionar à distância, de dentro do corpo.

Milgrim abriu a sacola e retirou um par de calças dobradas, sem passar. Tinham o tom bege acobreado que ele conhecia como marrom-coiote. Desdobrou-as e colocou-as bem esticadas em cima do tampo de fórmica; depois apanhou a câmera de dentro do bolso e começou a fotografá-las, usando o flash. Tirou seis fotos da frente, virou-as e tirou seis das costas. Tirou uma foto de cada um dos quatro bolsos cargo. Abaixou a câmera, virou a calça do avesso e voltou a fotografá-la. Enfiando a câmera no bolso, ele a arrumou, ainda do avesso, mais reta sobre o balcão, abriu a primeira das quatro folhas de papel em cima dele e começou, com um dos bastões de grafite, a fazer seu traçado.

Ele gostava de fazer isso. Havia algo de inerentemente satisfatório nesse processo. Ele havia sido mandado para Hackney, a um alfaiate que fazia reformas, para passar uma tarde aprendendo a fazê-las de modo adequado, e de algum modo lhe agradava saber que aquele era um meio consagrado de roubar informações. Era como fazer o *transfer* de uma lápide mortuária, ou de um bronze de uma catedral. O grafite de dureza média, se aplicado de forma correta, capturava cada detalhe da costura e dos pespontos, tudo o que um criador de amostras precisaria para reproduzir a peça de roupa, e também para providenciar a reconstrução do padrão.

Enquanto trabalhava, o outro rapaz abriu o envelope, desempacotou as notas enroladas e as contou em silêncio.

– Precisa de um *gousset* – ele disse ao terminar.

– Perdão? – Milgrim fez uma pausa, os dedos da mão direita cobertos de pó de grafite.

– *Gousset* – repetiu o rapaz, reenchendo o envelope azul. – Parte interna das coxas. Elas prendem, se você estiver fazendo rapel.

– Obrigado – disse Milgrim, mostrando dedos manchados de grafite. – Você se importaria de virar essas calças para mim? Não quero sujá-las.

■ ■ ■

— **DELTA PARA ATLANTA** — disse Sleight, entregando um envelope com a passagem para Milgrim. Estava vestindo novamente o terno muito irritante que havia evitado usar em Myrtle Beach, aquele com as calças assustadoramente curtas.
— Executiva?
— Econômica — respondeu Sleight, com evidente satisfação. Passou um segundo envelope para Milgrim. — British Midland para Heathrow.
— Econômica?
Sleight franziu a testa.
— Executiva.
Milgrim sorriu.
— Ele vai querer você numa reunião assim que sair do avião.
Milgrim fez que sim com a cabeça.
— Tchau — disse ele. Meteu o tubo vermelho debaixo do braço e se dirigiu para o check-in, a sacola na outra mão, passando bem por baixo de uma imensa bandeira do estado da Carolina do Sul, estranhamente islâmica com sua palmeira e lua crescente.

3.

BOLAS DE POEIRA

Ela acordou com uma luz cinzenta cercando as múltiplas camadas de cortina, grossas e finas. Estava deitada olhando para uma vista anamórfica pouco iluminada da cartuxa insetoide repetida, menor e mais distorcida quanto mais próxima do teto. Prateleiras com objetos. Coisas de gabinetes de curiosidades. Cabeças de vários tamanhos de mármore, marfim, ormolu. O fundo redondo liso da biblioteca enjaulada.

Olhou o relógio. Acabara de passar das nove.

Saiu da cama vestindo sua camiseta dos Bollards, tamanho GG, colocou o roupão que não era de veludo e entrou no banheiro, uma enseada funda e alta de azulejos off-white. Abrir o chuveiro enorme sempre exigia muito esforço – um monstro vitoriano, cujas torneiras originais eram nós gigantescos folheados a bronze. Canos horizontais de níquel de dez centímetros de espessura cercavam-na por três lados, o que era bem útil para aquecer toalhas. Dentro desse espaço havia placas de vidro bisotado de 2,5 centímetros de espessura, substitutos contemporâneos. A ducha original, montada bem acima, tinha 75 centímetros de diâmetro. Tirando o roupão e a camiseta, ela colocou uma touca descartável, entrou no chuveiro e esfregou o corpo com sabonete artesanal do Cabinet, que tinha cheirinho de pepino.

Tirou uma foto daquela ducha com seu iPhone. Ela a fazia se lembrar da máquina do tempo de H. G. Wells. Provavelmente já era usada quando ele começou a escrever o seriado que acabaria se tornando seu primeiro romance.

Depois de se enxugar e passar hidratante, ficou ouvindo a BBC por uma grade de bronze ornamentada. Nada de importância catastrófica desde a última vez que ouvira a rádio, embora também nada de particularmente positivo. Coisas do cotidiano do início do século 21, subtextos de espirais descendentes bem escondidos no meio das notícias.

Ela tirou a touca e sacudiu a cabeça; o cabelo ainda conservava um pouco do charme que havia lhe conferido o *stylist* da Selfridges. Gostava de almoçar na praça de alimentação da Selfridges, escapulindo pela porta dos fundos antes que o transe comunitário das compras a hipnotizasse, mas isso era o máximo que uma loja de departamentos fazia a ela. Era muito mais vulnerável a lugares menores, e em Londres isso era muito perigoso. Os jeans japoneses que vestia agora, por exemplo. Frutos de uma loja próxima à esquina onde ficava o estúdio de Inchmale, comprados na semana anterior. Vazio zen, tigelas contendo lascas de índigo puro solidificado, como vidro preto-azulado. A bela vendedora japonesa, mais velha, em seu traje à la *Esperando Godot*.

Você vai ter de se segurar agora, ela aconselhou a si mesma. O dinheiro.

Escovando os dentes, ela reparou no bonequinho de vinil da Blue Ant em cima da pia de mármore, no meio de suas loções e maquiagens. Você me deixou na mão, ela pensou, olhando para a formiga animadinha de quatro patas dobradas para fora. Afora algumas joias, essa era uma das poucas coisas que ela tinha no mundo desde que conhecera Hubertus Bigend. Já havia tentado abandoná-la pelo menos uma vez, mas de algum modo ela ainda estava ali. Ela pensou que a tinha abandonado na cobertura dele em Vancouver, mas, quando chegou a Nova York, encontrou-a em sua mala. De uma forma um tanto vaga, ela passou a imaginar o boneco como uma espécie de amuleto ao contrário. Uma representação em estilo desenho animado da marca registrada da agência de Hubertus, ela deixaria que o boneco servisse como símbolo secreto da sua falta de disposição para se envolver com ele dali em diante.

Ela havia confiado no boneco para mantê-lo afastado.

Não tinha mesmo tantas outras propriedades substituíveis, pensou, enquanto usava o enxaguante bucal. A bolha das pontocom e uma aventura – movida por péssimos conselhos – ao mundo do varejo dos discos de vinil haviam se encarregado disso, muito antes que ele a tivesse encontrado. Ela não estava assim tão mal agora, mas, se entendia bem seu contador, perdera quase 50% de seu patrimônio líquido quando aconteceu a queda do mercado. E, dessa vez, ela não havia feito nada para provocar isso. Não comprara nenhuma ação de start-up, nem nenhuma loja quixotesca de discos do Brooklyn.

Tudo o que ela possuía no momento estava ali naquele quarto, sem contar as ações de mercado desvalorizadas, e algumas caixas de exemplares da editora americana, lá no Tribeca Grand. Ela cuspiu enxaguante na pia de mármore.

Inchmale não tinha nenhuma implicância com Bigend, não da mesma forma que ela. Mas, com seu brilhantismo formidável que ela mesmo admitia, também era dotado de uma crueza mental que podia ser bastante útil, um calo psíquico embutido. Ele achava Bigend interessante. Talvez também o achasse assustador, embora, para Inchmale, *interessante* e *assustador* fossem categorias que muitas vezes se sobrepusessem. Ela desconfiava de que ele não achava Bigend uma anomalia tão profunda assim. Um homem imensamente rico, que mexia de modo curioso e perigoso com as arquiteturas ocultas do mundo.

Ela sabia que seria impossível dizer a uma entidade como Bigend que não se quer nada com ele. Isso simplesmente faria com que ele prestasse ainda mais atenção na pessoa. Ela já tinha trabalhado para Bigend o suficiente, ainda que por um breve período; a coisa toda fora muito atribulada. Contudo isso já tinha ficado para trás, e ela havia se dedicado ao seu projeto de livro, que evoluíra de forma bastante natural a partir do que havia feito (ou pensou ter feito) para Bigend.

Embora, lembrou-se enquanto colocava o sutiã e vestia uma camiseta, o dinheiro que ela vira ser reduzido quase à metade houvesse chegado até ela por intermédio da Blue Ant. Tinha isso. Ela vestiu um suéter de mohair preto por cima da camiseta, alisou-o sobre os quadris e arregaçou as mangas. Sentou-se na beira da cama para calçar os sapatos e então voltou ao banheiro para se maquiar.

Bolsa, iPhone, chave com seu penduricalho.

Ela saiu e passou pelas aquarelas de torres idênticas em paisagens diferentes. Apertou o botão e aguardou o elevador. Encostou o rosto na grade de ferro, para ver o elevador subir em sua direção; em cima dele havia um complexo dispositivo eletromecânico, estilo Tesla, que não fora inventado por nenhum designer: era de verdade, fosse qual fosse sua função. Era enfeitado, ela sempre reparava com certa satisfação, com uma dose de bolas de poeira, a única poeira de verdade que ela já tinha visto no Cabinet. Até mesmo umas poucas bitucas de cigarro, porque os ingleses eram porcalhões assim mesmo.

E desceu até o andar acima do foyer todo cheio de painéis, onde toda a bebedeira e networking da noite anterior não haviam deixado vestígios, e os atendentes, reconfortantemente imunes à decoração do salão comprido, seguiam com seus afazeres matinais. Ela foi direto até os fundos e sentou-se num lugar para dois, sob o que originalmente deve ter sido um suporte para espingardas confeccionado em parquet, mas que agora sustentava meia dúzia de presas de narval.

Sem que ela pedisse, a garota italiana lhe trouxe um bule de café, com um menor contendo leite fervente, e o *Times*.

Ela começava a tomar a segunda xícara, o *Times* intocado, quando viu Hubertus Bigend despontar no alto da escadaria, descendo toda a extensão do aposento comprido, envolto num sobretudo largo de cor de massinha de modelar.

Ele era o arquétipo do cara que usava roupão de veludo, e poderia estar vestindo um naquele momento ao deslizar em sua direção, passando pela sala de estar, desamarrando o cinto do sobretudo ao entrar, ajustando para trás suas lapelas (em estilo crimeiano) e revelando o único terno em Azul Klein Internacional que ela já tinha visto. Ele conseguia, de alguma forma, dar a ela a impressão de ter ficado visivelmente maior toda vez que se viam, embora não tivesse ganhado nenhum peso em particular. Talvez, pensou ela, como se ele tivesse de algum modo ficado mais *próximo*.

E era exatamente a impressão que ele provocava agora, fazendo com que os frequentadores do Cabinet que tomavam café da manhã se encolhessem incomodados com sua passagem, menos por medo de sua enorme capa que se arrastava pelo chão e do cinto que balançava perigosamente do que pela consciência de que ele não os estava vendo.

– Hollis – disse ele –, você está magnífica. – Ela se levantou para receber beijinhos no ar. Bem de perto, ele sempre parecia cheio demais de sangue, vários litros a mais no mínimo. Rosado como um porco. Mais quente que uma pessoa normal. Tinha o cheiro de uma antiga loção pós-barba europeia.

– Eu não – ela disse. – Mas você, sim. Olhe só seu terno.

– Sr. Fish – ele chamou, tirando o sobretudo e fazendo sacolejarem as argolas âncoras de tecido da peça. Sua camisa era de um dourado claro, a gravata de seda num tom quase combinando.

– Ele é muito bom – disse ela.

– Ele não está morto – retrucou Bigend, sorrindo e sentando-se na poltrona em frente.

– Morto? – ela voltou a se sentar.

– Aparentemente não. Apenas impossível de se encontrar. Encontrei o cortador dele – disse. – Em Savile Row.

– Isso é Azul Klein, não é?

– É claro.

– Parece radioativo. Num terno.

– Incomoda as pessoas – respondeu.

– Espero que você não o tenha vestido para mim.

– De jeito nenhum. – Ele sorriu. – Vesti porque gosto.

– Café?
– Puro.
Ela fez um sinal para a garota italiana.
– Como foi o black metal?
– Tremolo picking – ele disse, talvez ligeiramente preocupado. – Double-kick drumming. Reg acha que tem alguma coisa de especial nisso. – Ele inclinou a cabeça de leve. – Você acha?
– Não acompanho. – respondeu, adicionando leite ao café.
A garota italiana voltou para anotar os pedidos. Hollis pediu farelo de aveia com frutas; Bigend, o café inglês completo.
– Adorei seu livro – ele disse. – Achei que a recepção foi um tanto gratificante. Em particular o artigo na *Vogue*.
– "Velha cantora de rock publica livro de fotos"?
– Não, sério. Estava muito bom – disse ajeitando a capa, que deixou dobrada sobre o braço da poltrona. – Trabalhando em alguma outra coisa agora?
Ela tomou um golinho do café.
– Você vai querer acompanhar isso – ele garantiu.
– Eu não havia notado.
– Exceto quanto há escândalos – continuou ele –, a sociedade reluta em deixar alguém que se tornou famoso em uma área ficar famoso em outra.
– Não estou tentando me tornar famosa.
– Você já é.
– Fui. Por pouco tempo. E de maneira bem modesta.
– Um grau de celebridade inegável – ele disse, como um médico oferecendo um diagnóstico particularmente óbvio.
Então eles ficaram sentados em silêncio, Hollis fingindo olhar as primeiras páginas do *Times* até a garota italiana e um garoto igualmente bonito e de cabelo preto chegarem, trazendo o café da manhã em bandejas de madeira escura com alças de bronze. Eles colocaram

as bandejas sobre a mesinha baixa de café e saíram. Bigend ficou analisando o balançar dos quadris da garota.

— Eu adoro o inglês completo — disse. — Patês. Morcela. O feijão. O bacon. Você já estava por aqui antes de inventarem essa comida? — perguntou. — Aposto que sim.

— Eu estava — ela confessou. — Mas era muito nova.

— Mesmo naquela época — disse —, o inglês completo era uma coisa genial. — Completou fatiando uma salsicha que parecia *haggis*, mas cozida no estômago de um animal pequeno, como um coala. — Há uma coisa com a qual você poderia nos ajudar — ele disse, e pôs uma fatia de salsicha na boca.

— Nos.

Ele mastigou, fez que sim com a cabeça e engoliu.

— Nós não somos apenas uma agência de publicidade, sei que você sabe disso. Nós fazemos o branding de transmissão de visão, previsão de tendências, gestão de vendas, reconhecimento de mercados jovens, planejamento estratégico em geral.

— Por que aquele comercial nunca foi ao ar, aquele pelo qual nos pagaram toda aquela grana para usar "Hard to Be One"?

Ele mergulhou um pedacinho de torrada no óleo amarelo escorrido de um ovo frito, mordeu metade dela, mastigou, engoliu e depois limpou os lábios com o guardanapo.

— Você se importou com isso?

— Foi muito dinheiro.

— Foi a China — ele disse. — O veículo para o qual o anúncio foi criado acabou não sendo lançado. Nem será.

— Por que não?

— Problemas de design. Fundamentais. O governo deles decidiu que aquele não era o veículo com o qual a China deveria entrar no mercado mundial. Particularmente não à luz dos diversos escândalos envolvendo produtos alimentícios animais contaminados. E outras coisas mais.

– Foi tão ruim assim?
– Totalmente. – Ele colocou feijões cozidos na torrada com o garfo. – No fim das contas, não precisaram da sua música – ele disse –, e, até onde sabemos, os executivos encarregados do projeto ainda estão muito vivos. Um resultado ideal para todos os envolvidos. – Concluiu, começando a atacar o bacon. Hollis comeu seu farelo e as frutas, sem deixar de olhar para Bigend, que comia rapidamente, superando metodicamente o que quer que seu metabolismo continuasse disparando para aqueles cilindros extras. Ela nunca o havia visto cansado, nem sofrendo de jet lag. Ele parecia existir em seu próprio fuso horário.

Bigend terminou a refeição antes dela, limpando o prato com um último semitriângulo de torrada dourada do Cabinet.

– Branding de transmissão de visão – ele disse.
– Sim – ela ergueu uma sobrancelha.
– Narrativa. Consumidores não compram produtos, mas narrativas.
– Essa é velha – retrucou ela. – Deve ser, porque já ouvi antes.
– Tomou um gole de café frio.
– Até certo ponto, uma ideia dessas se torna uma profecia que se autocumpre. Designers são ensinados a inventar personagens, com narrativas, para quem, ou em torno de quem, então, criam produtos. Procedimento padrão. Existem procedimentos semelhantes em branding de modo geral, na invenção de novos produtos, novas empresas, de todos os tipos.
– Então funciona?
– Ah, funciona – respondeu. – Mas, como funciona, se tornou algo garantido. Quando você consegue um jeito de fazer as coisas, a margem migra. Vai para outra parte.
– Onde?
– É aí que você entra – ele disse.
– Eu não.
Ele sorriu. Como sempre, tinha muitos dentes muito brancos.

– Você está com bacon nos dentes – ela disse, embora não fosse verdade.

Cobrindo a boca com o guardanapo de linho branco, ele tentou encontrar a lasca de bacon inexistente. Ao abaixá-lo, revelou um sorriso largo.

Ela fingiu espiar.

– Acho que você conseguiu tirar – disse, meio em dúvida. – E não estou interessada em sua proposta.

– Você é uma boêmia – ele disse, dobrando o guardanapo e colocando-o na bandeja, ao lado do prato.

– O que isso quer dizer?

– Você raramente teve um cargo com salário fixo na vida. Você é uma freelancer. Sempre foi freelancer. Não acumulou propriedades concretas.

– Não foi inteiramente por falta de tentar.

– Não – ele disse –, mas, quando você tenta, quase nunca está de fato interessada. Eu mesmo também sou boêmio.

– Hubertus, você é de longe a pessoa mais rica que já conheci. – Isso não era, ela sabia ao dizer, literalmente verdade, mas qualquer um que ela já houvesse conhecido que pudesse ter sido mais rico que Bigend tendia a ser comparativamente chato. Ele era de longe a pessoa rica mais problemática que ela já conhecera.

– É um produto residual – ele disse, com cuidado. – E, entre outras coisas, isso é um produto residual do profundo desinteresse pela riqueza.

E, de fato, ela acreditava nele, pelo menos nisso. Era verdade, e essa característica moldava sua capacidade de correr riscos. Era o que tornava – ela sabia por experiência – tão peculiarmente perigoso estar por perto dele.

– Minha mãe era uma boêmia – ele disse.

– Phaedra – de algum modo ela se lembrou.

– Eu tornei sua velhice o mais confortável possível. Nem sempre é o caso com boêmios.

– Isso foi bom da sua parte.
– Reg é exatamente o modelo do boêmio bem-sucedido, não é?
– Suponho que sim.
– Está sempre trabalhando em alguma coisa, o Reg. Sempre alguma coisa nova. – Olhou para ela, por cima dos bules pesados de prata.
– E você?

E ela soube que foi naquele momento que ele a ganhou. De algum modo, olhando bem dentro dela.

– Não – disse, porque não havia nada mais mesmo a dizer.
– Devia – ele disse. – O segredo, claro, é que não importa o que seja. Pois você é uma artista e o que quer que faça a levará até a sua próxima criação. Foi o que aconteceu da última vez, não foi? Você escreveu seu livro.

– Mas você estava mentindo para mim – ela disse. – Você fingiu que tinha uma revista, e que eu estava escrevendo para ela.

– Eu tinha uma revista, potencialmente falando. Eu tinha uma equipe.

– Uma pessoa!
– Duas – ele disse –, contando com você.
– Não consigo trabalhar assim – replicou ela. – Não vou.
– Não vai ser assim. Dessa vez tudo é muito menos... especulativo.
– Seu telefone e seus e-mails não estavam sendo espionados pela NSA ou por alguém?

– Mas agora sabemos que eles estavam fazendo isso com todo mundo – disse, afrouxando a gravata dourada-clara. – Na época não sabíamos.

– Você sabia – interviu ela. – Você adivinhou. Ou descobriu.
– Alguém – ele disse – está desenvolvendo o que pode se tornar uma maneira bastante nova de transmitir visão de branding.

– Você parece ter um pé atrás nessa sua avaliação.
– Certo uso provocador genuíno do espaço negativo – ele disse, e pareceu ainda menos satisfeito.

– Quem?

– Não sei – respondeu Bigend. – Não consegui descobrir. Sinto que alguém leu e entendeu meu livro de regras. E pode ser que esteja estendendo seu uso.

– Então mande Pamela – ela disse. – Ela entende disso. Ou outra pessoa. Você tem um pequeno exército de pessoas que entendem disso tudo. Você precisa.

– Mas é exatamente disso que eu estou falando. Justamente porque eles "entendem disso tudo", eles não irão encontrar a margem. E pior, eles vão passar por cima dela, esmagá-la sem querer, debaixo da mediocridade inerente à competência profissional. – Ele limpou os lábios com o guardanapo dobrado, embora não precisassem ser limpos. – Preciso de um curinga. Preciso de você.

Então ele se recostou e olhou para ela exatamente da mesma maneira que havia olhado para a bunda apertada da garota italiana que ia se afastando, embora, naquele caso, ela soubesse não ter nada a ver com sexo.

– Meu Deus – ela disse, de forma inteiramente inesperada, e simultaneamente desejando desaparecer. Ser pequena o bastante para se enfiar no meio das bolas de poeira que coroavam o elevador *steampunk*, entre aquelas poucas pontas de filtro de cigarro de cor de cortiça.

– O nome "The Gabriel Hounds" significa alguma coisa para você? – ele perguntou.

– Não – ela respondeu.

Ele sorriu, obviamente satisfeito.

4.

ANTAGONISTA PARADOXAL

Com o tubo de papelão vermelho enfiado cuidadosamente ao seu lado, sob o cobertor fino da British Midlands, Milgrim estava acordado na cabine escurecida de seu voo para Heathrow.

Ele havia tomado suas pílulas cerca de quinze minutos antes, após alguns cálculos feitos na quarta capa da revista de bordo. Mudanças de fuso horário são enganosas, em relação aos cronogramas de dosagens, particularmente quando você não tem permissão para saber exatamente o que está tomando. O que quer que os médicos de Basileia tivessem lhe dado, ele jamais vira a sua forma original de fábrica, então não tinha como imaginar o que poderia ser. Isso era intencional, explicaram, e necessário para seu tratamento. Tudo havia sido reembalado em cápsulas de gelatina branca de diversos tamanhos e sem forma específica, que ele era proibido de abrir.

Ele empurrara o envelope branco de comprimidos, vazio, e suas minúsculas e precisas anotações de data e hora feitas à mão, com tinta púrpura, até o fundo do bolso do assento à sua frente. Eles ficariam ali, no avião, em Heathrow. Não era nada que ele precisasse passar pela alfândega.

Seu passaporte estava colado contra o peito, por debaixo da camisa, numa bolsa de Faraday que protegia as informações da etiqueta RFID do documento. Espionagem de RFID era uma obsessão de Sleight. Etiquetas de identificação por radiofrequência. Elas estavam em um bocado de coisas, evidentemente, e com certeza em todos os passaportes dos

Estados Unidos emitidos recentemente. O próprio Sleight gostava muito de espionar etiquetas RFID, e Milgrim supunha que era por isso que se preocupava com a sua. Você poderia ficar sentado no saguão de um hotel e coletar remotamente as informações dos passaportes dos executivos americanos. A bolsa de Faraday, que bloqueava todos os sinais de rádio, tornava isso impossível.

O telefone Neo de Milgrim era outro exemplo da obsessão de Sleight com segurança, ou, como supunha Milgrim, controle. Ele possuía um teclado na tela que era quase inimaginavelmente minúsculo, e só era possível operá-lo com um *stylus*. A coordenação mãos-olhos de Milgrim era bastante boa, de acordo com a clínica, mas ele ainda precisava se concentrar como um joalheiro quando precisava enviar uma mensagem. O mais irritante era que Sleight o havia ajustado para travar a tela após trinta segundos de inatividade, o que exigia que Milgrim digitasse a senha se parasse para pensar por mais de 29 segundos. Quando reclamou a respeito, Sleight explicou que isso dava a agressores em potencial uma janela de apenas trinta segundos para entrar e ler o telefone, e que privilégios de administrador estavam fora de questão, de qualquer maneira.

O Neo, Milgrim concluiu, era menos um telefone do que uma espécie de *tabula rasa*, que Sleight podia atualizar em campo, sem o seu conhecimento ou consentimento, instalando ou deletando aplicativos como lhe fosse conveniente. Ele também tinha a tendência a uma coisa que Sleight chamava de "pânico de kernel", o que fazia com que ele congelasse e precisasse ser reiniciado, uma condição com a qual o próprio Milgrim se identificava.

Ultimamente, entretanto, Milgrim não entrava mais em pânico com tanta facilidade. Quando isso acontecia, ele parecia reiniciar por conta própria. Isso era, segundo o que sua terapeuta cognitiva na clínica havia explicado, um subproduto de outras atividades, em vez de algo que ele tivesse sido treinado para fazer ou deixar de fazer. Milgrim preferia olhar esse subproduto indiretamente, com olhares bem oblíquos e brevíssimos, para que de algum modo ele não parasse de ser produzido. A coisa mais importante que havia feito, em relação ao subproduto da redução da ansiedade, explicara a terapeuta, era ter deixado de tomar benzodiazepinas com a mesma frequência de antes. Aparentemente ele nem as tomava mais, depois de ter passado por um período bem gradual de síndrome de abstinência na clínica. Ele não sabia ao certo quando havia realmente parado de tomar alguma delas, pois as cápsulas sem nome haviam impossibilitado essa informação. E ele havia tomado muitas cápsulas, muitas delas contendo suplementos alimentares de diversos tipos, pois a clínica tinha uma obscura base naturopática que ele havia atribuído à condição suíça de ser. Embora, de outras formas, o tratamento tivesse sido bastante agressivo e houvesse envolvido de tudo, desde repetidas e gigantescas transfusões de sangue até o uso de uma substância que eles chamavam de "antagonista" paradoxal. Essa substância produzia sonhos excepcionalmente peculiares, nos quais Milgrim era caçado por um verdadeiro Antagonista Paradoxal, uma figura misteriosa que ele de algum modo associava às cores de ilustrações publicitárias americanas dos anos 1950. Espevitado.

Sentia falta de sua terapeuta cognitiva. Ficara encantado por poder falar russo com uma mulher tão lindamente educada. De algum modo ele não conseguia imaginar ter tido todas aquelas conversas em inglês.

Ele permanecera oito meses na clínica, mais tempo que qualquer um dos outros clientes. Todos eles, quando a oportunidade permitiu, perguntaram discretamente o nome de sua empresa. No começo, Milgrim respondera de maneiras variadas, embora sempre usando o nome de alguma marca icônica de sua juventude: Coca-Cola, General Motors, Kodak. Eles haviam arregalado os olhos ao ouvir isso. Mais perto do fim de sua estada, ele havia mudado para Enron. Os olhos deles se estreitaram. Isso fora em parte o trabalho de sua terapeuta ter mandado que ele usasse a internet para se familiarizar com os acontecimentos da década passada. Ele havia, como ela apontara corretamente, perdido todo aquele tempo.

ELE SONHA COM ISSO na sala branca de pé-direito alto, com seu piso de carvalho encerado. Janelas altas. Do outro lado delas, a neve cai. O mundo exterior é de um silêncio profundo, sem profundidade. A luz não tem direção específica.
— Onde você aprendeu russo, sr. Milgrim?
— Columbia. A universidade.
O rosto branco dela. Seus cabelos pretos lustrosos, partidos ao meio, puxados para trás com força.
— Você descreveu sua situação anterior como sendo de cativeiro literal. Isso foi depois de Columbia?
— Sim.
— Como você vê sua situação atual: ela difere daquela?
— Se eu vejo esta situação como sendo de cativeiro?
— Sim.
— Não da mesma maneira.
— Você entende por que eles estão dispostos a pagar as taxas bastante consideráveis que são necessárias para manter você aqui?
— Não. E você?
— Nem um pouco. Você entende a natureza da confidencialidade médico-paciente, na minha profissão?
— Você não deveria contar a ninguém o que eu lhe contar?
— Exatamente. Você imagina que eu faria isso?
— Não sei.
— Não faria. Quando concordei em vir aqui, em trabalhar com você, deixei isso absolutamente claro. Eu estou aqui para você, sr. Milgrim. Não estou aqui para eles.
— Isso é bom.

– Mas como estou aqui para o senhor, sr. Milgrim, também estou preocupada com o senhor. É como se o senhor estivesse nascendo. O senhor entende?

– Não.

– O senhor estava incompleto quando o trouxeram para cá. O senhor está um tanto menos incompleto agora, mas sua recuperação é necessariamente um processo bem orgânico. Se o senhor tiver muita sorte, isso irá continuar pelo resto da sua vida. "Recuperação" talvez seja uma palavra enganosa para isso. Você está de fato recuperando alguns aspectos de si mesmo, mas as coisas mais importantes são aquelas que você nunca possuiu com antecedência. Aspectos primários de desenvolvimento. Você foi podado, de certas maneiras. Agora você recebeu uma oportunidade de crescer.

– Mas isso é bom, não é?

– Bom, sim. Confortável? Nem sempre.

EM HEATHROW havia um homem negro alto, com a cabeça imaculadamente raspada, segurando uma prancheta contra o peito. Nela, em letras vermelhas escritas com pincel atômico Sharpie, alguém havia escrito "mILgRIm".

– Milgrim – disse Milgrim.

– Exame de urina – disse o homem. – Por aqui.

Recusar a se submeter a testes aleatórios teria rompido o contrato. Eles haviam sido bem claros a esse respeito desde o começo. Ele não teria se importado tanto se eles tivessem conseguido coletar as amostras em momentos menos constrangedores, mas supôs que essa era a questão.

O homem retirou o nome vermelho de Milgrim de sua prancheta enquanto o conduzia na direção de um banheiro público obviamente pré-selecionado, amassando-o e enfiando-o dentro de seu sobretudo preto.

– Por aqui – indicou, descendo apressadamente por uma fileira daquelas toalete-cavernas britânicas de uma privacidade impressionante. Não eram cubículos nem baias, mas closets pequenos e estreitos mesmo, com portas de verdade. Essa era normalmente a primeira diferença cultural em que Milgrim reparava. Ingleses deviam perceber os banheiros públicos americanos como notavelmente semicomunitários, ele imaginou. O homem fez um gesto para o interior de um quarto-toalete vazio, olhou para a direção de onde eles haviam vindo e, então, rapidamente entrou, fechou a porta atrás de si, trancou-a e entregou a Milgrim um saquinho plástico para sanduíche contendo uma garrafa de amostra com tampa azul. Milgrim encostou o tubo de papelão vermelho com cuidado num canto.

Eles tinham de ver, Milgrim sabia. Caso contrário, corria-se o risco de trocar os recipientes, entregar a urina limpa de outra pessoa. Ou até mesmo usar, ele havia lido em tabloides de Nova York, um pênis protético especial.

Milgrim retirou a garrafa da sacola, rasgou o selo de papel, retirou a tampa azul e a encheu; a expressão "sem mais cerimônias" lhe veio à cabeça. Ele recolocou a tampa, pôs a garrafa na sacola e passou-a de um jeito que o homem não teria de experimentar o calor de sua urina fresca. Ele havia ficado muito bom nisso. O homem deixou a sacola cair dentro de um saquinho de papel marrom, que dobrou e enfiou no bolso de seu sobretudo. Milgrim se virou e terminou de urinar, enquanto o homem destrancava a porta e saía.

Quando Milgrim emergiu, o homem estava lavando as mãos; as luzes fluorescentes refletiam a cúpula impressionante de seu crânio.

– Como está o tempo? – perguntou Milgrim, ensaboando as próprias mãos a partir de um *dispenser* automático. O tubo de papelão repousava no balcão de falso granito respingado de água.

– Chovendo – disse o homem, enxugando as mãos.

Depois de lavar e secar as próprias mãos, Milgrim usou as toalhas de papel úmidas para enxugar a tampa plástica do seu tubo.

– Aonde estamos indo?
– Soho – disse o homem.

Milgrim o seguiu para fora do banheiro com sua sacola pendurada no ombro, o tubo enfiado debaixo do outro braço.

Então se lembrou do Neo.

Logo que o ligou, o telefone começou a tocar.

5.

SORRATEIROS

E quando ela finalmente o viu, de sua cadeira, descer as escadas que davam para o foyer do Cabinet, com o colarinho de sua capa levantado como a capa de um vampiro, saindo de sua vista a cada passo, recostou a cabeça no brocado escorregadio e ficou olhando para as lanças espiraladas formadas pelas presas de narval, montadas em seu suporte ornamentado.

Depois se ajeitou na cadeira e pediu um café com leite, mas uma xícara, não um bule. As pessoas que haviam vindo para o café da manhã já tinham quase todas saído, deixando apenas Hollis e um par de homens russos vestindo ternos escuros que pareciam extras daquele filme do Cronenberg.

Ela sacou seu iPhone e buscou "Gabriel Hounds" no Google.

Quando o café chegou, ela já havia descoberto que *The Gabriel Hounds* era o título de um romance de Mary Stewart, fora o título de pelo menos um CD e tinha sido, ou era, o nome de pelo menos uma banda.

Tudo, ela sabia, já tinha sido título de CD, assim como tudo já havia sido nome de banda. Era por isso que bandas, nos últimos vinte anos, contavam, na maioria dos casos, com nomes tão esquecíveis, quase como se orgulhassem disso.

Mas, ao que parecia, os Gabriel Hounds originais eram folclore, lenda. Cães que as pessoas ouviam caçando, ainda que bem ao longe, em noites de vento. Aparentemente, primos da Caçada dos Mortos do mito germânico. Esse definitivamente era o território de Inchmale, e existiam variantes ainda mais bizarras. Umas envolvendo cães de caça com cabeça humana, ou cães com cabeça de criança humana. Isso tinha a ver com a crença de que os Cães de Gabriel caçavam as almas de crianças que haviam morrido sem batismo. Cristãos arrasando pagãos, ela pensou. E os cães de caça pareciam ter sido originalmente "ratchets", uma palavra antiga em inglês para cães que caçam pelo faro. Gabriel Ratchets. Às vezes a corruptela "gabble ratchets". Totalmente inchmaleano. Ele batizaria a banda de Gabble Ratchets na hora.

– Deixaram para a senhora, srta. Henry – interrompeu a garota italiana, estendendo uma sacola de papel encerado, amarela, sem logomarcas.

– Obrigada. – Hollis pôs o iPhone em cima da mesa e aceitou a sacola. Viu que ela havia sido grampeada, e visualizou o grampeador de bronze enorme sobre a mesa pornográfica, na ponta a cabeça de um turco de turbante. Um par de cartões de visita idênticos, com vários grampos, prendiam as alças juntas. PAMELA MAINWARING, BLUE ANT.

Ela retirou os cartões e abriu a sacola, fazendo os grampos saltarem e rasgarem o papel encerado.

Uma camiseta de denim muito grossa. Hollis a retirou da sacola e a abriu sobre o colo. Não, era uma jaqueta. O denim era mais escuro do que as coxas do seu jeans japonês, beirando o preto. E tinha cheiro daquele índigo, um cheiro forte, um aroma de terra e de mato que a fez se lembrar da loja onde havia encontrado seu jeans. Os botões de metal e o tipo de rebite eram totalmente pretos, não reflexivos, de aparência estranhamente empoeirada.

Sem sinalização exterior. A etiqueta, do lado de dentro, abaixo das costas do colarinho, era de couro não tingido, da espessura da maioria dos cintos. Sobre ela, havia sido marcado não um nome, mas o contorno vago e vagamente perturbador do que ela entendeu ser um cão com cabeça de bebê. O ferrete parecia ter sido fabricado a partir de um único fio metálico fino retorcido, depois aquecido, pressionado de forma irregular no couro, que estava chamuscado em alguns pontos. Centrada logo abaixo disso, costurada sob a borda inferior do remendo de couro, havia uma pequena aba dobrada de laço branco costurado, bordado a máquina com três pontos pretos, redondos e ondulados, disposto em um triângulo. Indicativo do tamanho?

O olhar dela foi atraído de volta para a marca do cão, com sua cabeça de bonequinha.

– **VINTE ONÇAS** – pronunciou a professora de denim. Era bonita e seus cabelos já estavam ficando grisalhos. Tinha a jaqueta Gabriel Hounds aberta diante de si em uma placa de espessura de 30 centímetros de madeira encerada, colocada em cima do que Hollis imaginou terem sido as pernas de ferro forjado de um torno de fábrica.
– Empelotado.
– Empelotado?
Passando a mão suavemente sobre a manga da jaqueta.
– Este toque rústico. Na textura.
– É denim japonês?
A mulher ergueu as sobrancelhas. Estava vestida com um tweed que parecia ainda ter espinhos, cáqui tão lavado que não revelava uma cor em especial, tecido Oxford tão cru que parecia produzido manualmente e pelo menos duas gravatas largas esfiapadas com estampa Paisley de larguras peculiares, porém diferentes.
– Americanos esquecem como fazer denim assim. Deve ter sido tecida em um tear no Japão. Talvez não. Onde você achou?
– É de um amigo.
– Você gosta?
– Não experimentei.
– Não? – a mulher se moveu para trás de Hollis, ajudando-a a tirar seu casaco. Ela apanhou a jaqueta e ajudou Hollis a vesti-la.

Hollis se viu no espelho. Endireitou-se. Sorriu.

– Não está mal – ela disse. Levantou o colarinho. – Não uso uma destas há pelo menos vinte anos.

– Caimento muito bom – disse a mulher. Ela tocou as costas de Hollis com ambas as mãos, logo abaixo dos ombros. – Ombros *by-swing*. Por dentro, laços elásticos puxam e dão forma. Este detalhe é da jaqueta de mecânico HD Lee, começo dos anos 1950.

– Se o tecido é japonês, foi feita no Japão?

– É possível. A qualidade da construção, os detalhes são melhores, mas... Japão? Tunísia? Até mesmo Califórnia.

– Você não sabe onde eu poderia encontrar outra igual? Ou mais desta marca? – De algum modo, ela não queria dizer o nome.

Os olhos das duas se encontraram no espelho.

– Sabe "marca secreta"? Você entende?

– Acho que sim – ela disse, na dúvida.

– Esta é uma marca *muito* secreta – disse a mulher. – Não posso ajudar você.

– Mas você já ajudou – disse Hollis. – Obrigada – agradeceu subitamente com uma vontade louca de sair correndo da lojinha lindamente humilde, o cheiro almiscarado do índigo. – Muito obrigada. – Vestiu o casaco, por cima da jaqueta Gabriel Hounds. – Obrigada. Tchau.

Lá fora, na Upper James Street, um garoto passou correndo, um hemisfério de lã preta fina puxado para baixo, ao nível dos olhos. Todo preto, a não ser pelo rosto branco, mal barbeado, e as beiradas das solas de seus tênis pretos, manchados pelo calçamento.

– Clammy – ela disse, por reflexo, quando ele passou por ela.

– Porra do *caralho* – Clammy sibilou, em seu recente e de algum modo estranhamente adquirido sotaque americano de West Hollywood, e estremeceu, como se uma tensão maciça acumulada tivesse subitamente se liberado. – O que é que *você* está fazendo aqui?

– Procurando denim – respondeu ela, depois teve de apontar para a loja, pois não fazia ideia do nome dela, e descobriu ao mesmo tempo

HISTÓRIA ZERO ■ 47

que ela aparentemente não tinha placa. – Gabriel Hounds. Eles não têm nenhum.

As sobrancelhas de Clammy podiam ter subido, por baixo de seu capuz preto.

– Como esta – ela disse, puxando a jaqueta desabotoada por baixo de seu casaco.

Ele estreitou os olhos.

– Onde você conseguiu isso?

– Um amigo.

– Porra, isso é quase impossível de se encontrar – Clammy pronunciou com gravidade, como se subitamente a levando, para o espanto dela e, pela primeira vez, a sério.

– Está com tempo para um café?

Clammy tremeu.

– Estou doente, porra – ele disse, e fungou fazendo barulho. – Precisei sair do estúdio.

– Chá de ervas. E uma coisa que eu tenho aqui para o seu sistema imunológico.

– Você era garota do Reg, na banda? Meu parceiro diz que você era.

– Jamais – ela disse com firmeza. – Nem simbólica nem biblicamente.

O rosto dele era uma página em branco.

– Eles sempre pensam que a cantora tem que estar trepando com o guitarrista – ela esclareceu.

Clammy deu um sorrisinho cínico que ela conseguiu ver apesar do resfriado.

– Os tabloides dizem isso sobre mim e Arfur.

– Exato – disse ela. – Um remédio patenteado, à base de ginseng, feito no Canadá. Poção de chá de ervas. Mal não pode fazer.

Clammy, fungando, fez que sim com a cabeça, concordando.

■ ■ ■

ELA TORCEU para que ele tivesse um vírus de verdade. Caso contrário, ele estaria no primeiro estágio da síndrome de abstinência da heroína. Mas provavelmente era resfriado, além do considerável estresse inerente ao trabalho no estúdio com Inchmale.

Ela fez com que ele engolisse cinco cápsulas de Cold-FX, e tomou três como medida profilática. As cápsulas normalmente não surtiam efeito algum se os sintomas já estivessem adiantados, mas a promessa o havia levado a virar a esquina e entrar no Starbucks da Golden Square, e ela torceu para que ele fosse adepto do efeito placebo. Ela própria era, de acordo com Inchmale, um fervoroso opositor do Cold-FX.

– Você não pode parar de tomar – ela disse para Clammy, colocando a garrafinha de plástico branco ao lado do copinho fumegante de papel de camomila dele. – Ignore as instruções. Tome três, três vezes ao dia.

Ele deu de ombros.

– Onde você falou que encontrou a Hounds?

– Ela é de alguém que eu conheço.

– Onde é que esse alguém encontrou isso, então?

– Sei lá. Alguém me disse que era uma "marca secreta".

– Não quando você a conhece – disse ele. – É apenas bem difícil de encontrar. Sorrateira, essa sua Gabriel Hounds.

– Ele começou a falar sobre regravar as bed tracks? – Ela suspeitou de que, se tentasse mudar de assunto, ele resistiria, e ela poderia continuar sem parecer interessada demais.

Clammy estremeceu. Fez que sim.

– Ele falou que ia fazer isso em Tucson?

Clammy franziu a testa, coberta por cashmere preto.

– Ontem à noite. – Ele olhou para fora, pelo vidro laminado, para a Golden Square, deserta na chuva.

– Tem um lugar lá – ela disse. Um dos segredos dele. Vá e faça. Se ele quiser voltar depois para os *overdubs*, vá e faça.

– Então por que é que ele está me fodendo a paciência agora pra fazer a remixagem?

HISTÓRIA ZERO ■ 49

– É o processo dele – ela respondeu.

Clammy revirou os olhos, para os céus ou para o seu boné preto, e, então, de volta para ela.

– Você perguntou ao seu amigo onde eles conseguiram a Hounds?

– Ainda não – falou.

Ele se virou na banqueta e girou a perna, tirando-a de debaixo do balcão.

– Hounds – ele disse. A calça jeans que ele usava era preta, muito estreita. – Vinte onças – continuou. – Pesado, brutal.

– Empelotado?

– Você é cega?

– Onde você a encontrou?

– Melbourne. Uma garota que eu conheci sabia onde e quando.

– Uma loja?

– Nunca em lojas – respondeu ele. – A não ser em brechós, e mesmo assim é pouco provável.

– Eu tentei pelo Google – ela disse. – Um livro de Mary Stewart, uma banda, um CD de alguém...

– Vá mais adiante no Google, e procure no eBay – ele falou.

– Hounds no eBay?

– Tudo *fake*. Quase tudo. *Fakes* chineses.

– Os chineses estão falsificando?

– Chinês falsifica tudo – disse Clammy. – Você acha uma peça verdadeira da Hounds no eBay, e daí alguém faz uma oferta alta o bastante para terminar a negociação. Nunca vi um leilão para uma peça Hounds autêntica ir até o fim.

– É uma marca australiana?

Ele parecia enojado, do jeito que aparentara nas poucas conversas anteriores que tiveram.

– Não, caralho – ele disse. – É *Hounds*.

– Me conte tudo a respeito, Clammy – ela disse. – Eu preciso saber.

6.

DEPOIS DA ROTATÓRIA

A capa de plástico do Neo fez Milgrim lembrar-se de um daqueles aparelhos usados para encontrar vigas nas paredes vendidos em lojas de material elétrico. Seu formato era ao mesmo tempo simples e desajeitado; ficava estranho na orelha.

– *Goussets*? – Rausch quis saber, do outro lado do Neo.
– Ele disse que precisavam deles. Um em cada parte interna da coxa.
– O que é isso?
– Pedaços extras de material, entre duas dobras. Normalmente triangulares.
– Como é que você sabe disso?
Milgrim parou e pensou.
– Eu gosto de detalhes – disse.
– Como ele era, o jeito?
– Tipo jogador de futebol americano – disse Milgrim. – Com uma espécie de *mullet*.
– Um o quê?
– Preciso ir – disse Milgrim. – Estamos na rotatória de Hanger Lane.
– O qu...
Milgrim desligou.
Enfiando o Neo no bolso, ajeitou-se no banco, sentindo o feroz motor do Toyota Hilux de quatro portas – rebaixado e blindado – ganhar velocidade para mergulhar na rotatória, conhecida como a mais intimidante da Inglaterra – sete pistas de um tráfego feroz e determinado.

De acordo com Aldous, o outro motorista do Hilux, aquela rota de Heathrow decididamente não era a ideal, mas fazia parte das exigências de seu emprego: conservar certas habilidades que de outra forma seriam impossíveis de praticar no tráfego londrino.

Segurando-se para suportar o desconforto da aceleração rápida sobre os pneus de rodagem sem pressão, Milgrim olhou para baixo, à sua direita, num momento em que o carro passou, vislumbrando a coxa listrada do motorista na pista ao lado, e acabou não vendo a mudança no sinal.

Então eles entraram em modo rotatório, o motorista inserindo de modo experiente e repetido o volume discretamente maciço mas estranhamente imprevisível do Hilux para o lado, ao que parecia, em brechas muito minúsculas de mudança de faixa.

Milgrim não tinha ideia de por que estava gostando tanto daquilo. Antes de sua estada na Basileia, ele teria ficado de olhos fechados durante todo o trajeto; se soubesse que isso iria acontecer, teria aumentado a dosagem da medicação. Mas agora, sorrindo, ele estava sentado, com o tubo de papelão vermelho no meio das pernas, segurando-o com as pontas dos dedos de ambas as mãos, como se fosse um joystick.

Então saíram da rotatória. Ele suspirou, profunda mas misteriosamente satisfeito, e sentiu o olhar do motorista.

Aquele motorista não falava tanto quanto Aldous, contudo isso podia ter a ver com o exame de urina. Aldous nunca tivera de administrar o exame de urina, nem dirigir de volta para Londres com um frasco esfriando no bolso de seu sobretudo.

Aldous havia contado a Milgrim tudo sobre o Toyota Hilux, sobre a blindagem Jankel, o vidro à prova de bala e os pneus de rodagem sem pressão. "Nível de cartel", Aldous lhe havia assegurado – e incomum para Londres, pelo menos para uma caminhonete cinza-prateada. Milgrim não perguntou por que aqueles acessórios específicos eram necessários, e suspeitou de que esse assunto pudesse ser sensível.

Agora, finalmente, depois de um trecho muito menos interessante da jornada, eles entraram na Euston Road, e a cidade começou a se parecer com a ideia que ele tinha da verdadeira Londres.

Era como entrar em um game, um layout, alguma coisa achatada e labiríntica, construída arbitrária porém fractalmente a partir de prédios bem detalhados porém de algum modo irreais, sua ordem talvez embaralhada desde a última vez que ele estivera ali. Os pixels que a formavam eram familiares, mas ela permanecia mapeada apenas provisoriamente, um território de Proteu, uma caixa de truques, alguns talvez benignos.

Os pneus de rodagem sem pressão eram terríveis no asfalto misto, e piores ainda em paralelepípedo. Ele se recostou e segurou firme o tubo de papelão vermelho enquanto o motorista começava a virar numa série infinita de esquinas, mantendo-se mais ou menos paralelo à Tottenham Court Road, Milgrim imaginou. Dirigiam-se para o coração da cidade – e para o Soho.

RAUSCH, cujos cabelos pretos curtos e translúcidos pareciam algo que havia saído do tubo de um spray, esperava por eles na entrada da Blue Ant. O motorista havia ligado antes, enquanto lutavam para atravessar o tráfego lento da Beak Street. Rausch segurava uma revista sobre a cabeça para se proteger da garoa. Ele parecia caracteristicamente desalinhado, mas à sua própria maneira. Tudo em sua apresentação pessoal tinha a intenção de transmitir uma concisão sem esforço, entretanto nada chegava exatamente a fazer isso. Seu terno preto apertado estava amarrotado, estufado nos joelhos, e, ao estender o braço acima da cabeça para segurar a revista, um lado da camisa branca saíra de dentro da calça. Seus óculos, cuja armação vinha equipada com seu próprio estrabismo, teriam de ser limpos depois.

– Obrigado – Milgrim disse quando o motorista apertou um botão, destravando a porta do lado do carona. O motorista não falou nada. Eles estavam atrás de um táxi preto; ainda não haviam chegado exatamente lá.

Assim que Milgrim abriu a porta, ela virou-se para fora numa velocidade alarmante, e só foi interrompida por um pequeno par de faixas pesadas de náilon que a impediam de ser arrancada de suas dobradiças. Ele desceu, com o tubo vermelho e sua sacola, vislumbrando por um instante o tanque vermelho de espuma do extintor de incêndio sob o banco do carona, e tentou fechar a porta com o ombro.

– Ai – gemeu. Colocou a sacola no chão, enfiou o tubo debaixo do braço e usou a outra mão para empurrar a porta do carro blindado.

Rausch estava se curvando para apanhar sua sacola.

– Ele está com o xixi – disse Milgrim, indicando a caminhonete.

Rausch se endireitou, fazendo uma careta de nojo.

– Sim. Ele vai levar a amostra para o laboratório.

Milgrim fez que sim, olhando o tráfego de pedestres ao redor, uma coisa que tendia a interessá-lo no Soho.

– Eles estão esperando – disse Rausch.

Milgrim o seguiu até o interior da Blue Ant. Rausch segurava um crachá de segurança sobre uma placa metálica para destrancar a porta, uma única placa de vidro esverdeado de cinco centímetros de espessura.

O saguão ali sugeria uma combinação de escola particular de arte extremamente cara e órgão de defesa do governo, embora, se ele fosse parar para pensar, nunca tivesse estado dentro de nenhuma das duas. Havia um gigantesco lustre central, construído a partir de milhares de pares de óculos descartados, que contribuíam de modo muito bonito para a parte da escola de arte, mas a parte do Pentágono (ou seria Whitehall?) era mais difícil de se localizar. Meia dúzia de telas enormes de plasma mostravam constantemente o mais recente produto da casa, em grande parte comerciais de automóveis europeus e japoneses, com orçamentos de produção que envergonhavam os de muitos filmes de cinema, enquanto logo abaixo passavam pessoas usando crachás como aquele que Rausch havia usado para abrir a porta. Esses eram usados pendurados no pescoço, em cordões de várias cores, alguns apresentando logotipos repetidos de diversas marcas ou projetos. Sentiu o cheiro de um café excepcionalmente bom.

Milgrim olhou obedientemente para um enorme sinal de adição vermelho na parede atrás do balcão da segurança, enquanto uma câmera automática se movia preguiçosa atrás de uma pequena janela quadrada, como algo dentro de uma casinha de répteis muito técnica. Num instante lhe apresentaram uma grande fotografia quadrada de si mesmo, de resolução bem baixa, pendurada em um horrível cordão verde-limão sem nenhuma marca. Como sempre, suspeitou de que isso fosse, no mínimo, feito para torná-lo um alvo de alta visibilidade, caso surgisse a necessidade. Colocou o crachá.

– Café – disse.

– Não – respondeu Rausch. – Eles estão esperando. – Mas Milgrim já estava a caminho da máquina de cappuccino do saguão, a fonte daquele excelente aroma.

– Piccolo, por favor – Milgrim pediu à barista loura, cujos cabelos eram apenas um pouco mais compridos que os de Rausch.

– Ele já está aguardando – disse Rausch logo ao lado, reforçando com tensão a primeira sílaba de "aguardando".

– Ele espera que eu seja capaz de falar – disse Milgrim, observando a garota preparar a dose com a habilidade de um expert. Ela pôs o leite com espuma e depois desenhou um elaborado coração na xícara branca de Milgrim. – Obrigado – ele disse.

Rausch estava silenciosamente irritado no elevador, até o quarto andar, enquanto Milgrim estava em grande parte preocupado em manter xícara e pires equilibrados e sem derramar.

As portas se abriram, revelando Pamela Mainwaring, que se parecia, pensou Milgrim, com o conceito de "maturidade" de um pornógrafo de muito bom gosto. Os cabelos louros estavam cortados numa franja magnífica.

– Bem-vindo de volta – ela disse, ignorando Rausch. – Como foi a Carolina do Sul?

– Ótima – respondeu Milgrim, que segurava o tubo de papelão vermelho na mão direita e o piccolo café na esquerda. Levantou ligeiramente o tubo. – Consegui.

– Muito bem – ela disse. – Entre.

Milgrim a seguiu até uma sala mais comprida, com uma longa mesa central. Bigend estava sentado na outra ponta, uma janela atrás. Ele parecia alguma coisa que havia dado errado numa tela de computador, mas aí Milgrim percebeu que era o terno que ele estava usando, de uma estranha cor azul-cobalto elétrica.

– Se não se importa – disse Pamela, apanhado o tubo de papelão vermelho e o entregando à garota favorita de Milgrim da equipe de design de roupas de Bigend, uma francesa que vestia um kilt xadrez e um pulôver de cashmere. – E as fotografias?

– Na minha sacola – disse Milgrim.

Enquanto a sacola era colocada em cima da mesa e aberta, persianas se fechavam automaticamente na janela atrás de Bigend. Acima, lâmpadas se acendiam, iluminando a mesa, onde os tracejados de Milgrim eram cuidadosamente desenrolados. Ele havia se lembrado de deixar a câmera em cima das roupas, e agora ela estava sendo passada de mão em mão, em cima da mesa.

– Sua medicação – disse Pamela, entregando a ele um pacote novo de envelopes de comprimidos.

– Então, agora – disse Bigend, levantando-se –, sente-se.

Milgrim sentou-se à direita de Pamela. Eram cadeiras de escritório de primeira qualidade, suíças ou italianas, e ele precisou se controlar para não ficar mexendo nos diversos botões e alavancas que se projetavam sob a cadeira.

– Estou vendo o padrão Bundeswehr da OTAN – disse alguém. – As pernas são 501 puro.

– Mas o cavalo, não – disse a garota de kilt e cashmere. O cavalo, ele havia aprendido, era tudo num par de jeans, acima do topo da perna. – As duas palas pequenas estão faltando; o cós é mais baixo.

– As fotografias – pediu Bigend por trás da cadeira dela. – Uma tela de plasma sobre a janela à frente de onde ele estivera sentado brilhava turquesa ao redor de um marrom-coiote acobreado. O balcão de fórmica do Edge City Family Restaurant se revelava naquela sala escurecida no centro de Londres.

– Joelheiras – disse um rapaz, americano. – Ausentes. Sem bolsos para elas.

– Ouvimos dizer que eles têm um novo sistema de retenção de acolchoamento – disse a garota francesa, com a seriedade de uma cirurgiã. – Mas não estou vendo isso aqui.

Então eles ficaram olhando em silêncio enquanto as fotografias de Milgrim passavam de mão em mão.

– Qual o nível tático deles? – perguntou Bigend quando a primeira foto reapareceu. – Estamos olhando para um protótipo de contrato com o Departamento de Defesa?

Silêncio. Então:

– Streetwear. – A garota francesa, muito mais confiante que os outros. – Se isso aqui é para os militares, não são os militares americanos.

– Ele disse que precisavam de *goussets* – disse Milgrim.

– O quê? – Bigend perguntou suavemente.

– Ele disse que eles eram muito apertados nas coxas. Para rapel.

– É mesmo? – disse Bigend. – Isso é bom. Isso é *muito* bom.

Milgrim se permitiu um primeiro e muito cuidadoso gole de seu café.

7.

UMA ARMA HERF NA FRITH STREET

Bigend contava uma história enquanto bebiam num restaurante de tapas lotado da Frith Street, onde Hollis suspeitava já ter estado antes. Uma história sobre alguém ter usado uma coisa chamada arma "herf", *high-energy radio frequency*, em Moscou, para apagar os dados armazenados de outra pessoa, num drive em um prédio adjacente, do lado oposto de uma parede compartilhada. Até agora, a melhor parte era que Bigend não parava de usar a expressão britânica "party wall", e ela sempre achava isso leve, ainda que inexplicavelmente cômico. Ele estava explicando agora que a arma herf, o dispositivo de radiação eletromagnética, era do tamanho de uma mochila e emitia um pulso de 16 megawatts. E ela subitamente percebeu que estava com medo, porque os homens eram assim, de alguma *punchline* envolvendo órgãos internos cozidos por acidente.

– Algum animal foi machucado, Hubertus – ela interrompeu –, na produção dessa anedota?

– Eu gosto de animais – disse Milgrim, o americano que Bigend havia apresentado na Blue Ant, e sua voz saiu como se ele estivesse razoavelmente surpreso ao descobrir isso. Ele parecia ter apenas esse nome, sem sobrenome.

Depois de Clammy ter decidido voltar ao estúdio, com o potinho de analgésico enfiado precariamente no bolso traseiro de suas Hounds ao sair do Starbucks da Golden Square durante uma fraca e inesperada, porém completamente bem-vinda saída do sol, Hollis se levantara e saíra para ficar por alguns instantes do lado de fora, no meio das poças d'água na Golden Square, e então seguira caminhando – sem destino, ela fingiu para si mesma – de volta pela Upper James até a Beak Street. Ela tinha virado à direita e atravessado o primeiro cruzamento do seu lado da Beak, onde encontrou a Blue Ant, exatamente no lugar em que se lembrava, embora também percebesse estar torcendo para que de algum modo ela não estivesse lá.

Quando apertara o botão do interfone, um padrão quadrado de furinhos redondos disse alô.

– Hollis Henry, para falar com Hubertus. – Ele estaria esperando por ela? Não, não estava.

Uma criança linda, de barba, vestindo uma jaqueta esporte de veludo cotelê consideravelmente mais velha do que ele, havia aberto a porta grossa de vidro quase imediatamente.

– Meu nome é Jacob – ele disse. – Estamos justamente tentando encontrá-lo – completou, estendendo a mão.

– Hollis – ela informou.

– Entre, por favor. Sou um grande fã do Curfew.

– Obrigada.

– Gostaria de um café enquanto espera? – ele ofereceu, indicando uma espécie de guarita, com faixas diagonais de tinta amarela e preta artificialmente descascadas, dentro da qual uma garota de cabelos louros muito curtos lustrava uma cafeteira que parecia pronta para ganhar em Le Mans. – Eles mandaram vir três homens de Turim para instalar a máquina.

– Eu não devia estar sendo fotografada? – Hollis perguntou. Inchmale não tinha gostado nem um pouco das novas medidas de segurança da Blue Ant quando viera ali da última vez, para assinar contratos. Mas naquele momento o telefone que estava na mão direita de Jacob tinha começado a tocar os acordes de abertura de "Box 1 of 1", uma das canções que ela menos gostava do Curfew. Ela fingira não notar.

– No saguão – ele disse ao telefone.

– Você trabalha há muito tempo para a Blue Ant? – ela perguntou.
– Vai fazer dois anos agora. Eu trabalhei no seu comercial. Ficamos arrasados quando ele foi cancelado. Você conhece Damien? – Ela não conhecia. – O diretor. Absolutamente arrasados. – Naquele momento Bigend aparecera, com seu terno muito azul, os ombros cobertos pela imensa tenda formada por seu sobretudo. Acompanhavam-no Pamela Mainwaring e um homem sem nada fora do comum mas com a barba por fazer, vestindo um blusão esportivo de algodão fino e calças amarrotadas, com uma sacola de náilon preto pendurada no ombro.

– Este é Milgrim – Bigend apresentou. Depois – Hollis Henry – para o homem, que havia cumprimentado, mas feito pouco além disso.

– Que espécie de animais? – ela lhe perguntou agora, de maneira ainda mais descarada para descarrilhar a fio condutor da narrativa de Bigend.

Milgrim fez uma careta.

– Cães – ele disse rápido, como se tivesse sido apanhado de surpresa desfrutando de algum prazer proibido.

– Você gosta de cachorros? – Hollis tinha certeza de que Bigend havia pagado a algum vagabundo para usar aquela arma herf, embora ele jamais fosse lhe dizer isso abertamente, a menos que tivesse um motivo específico para fazê-lo.

– Conheci um cachorro muito bonito em Basileia – disse Milgrim. – Na... – Uma microexpressão de ansiedade se revelou em seu rosto. – Na casa de um amigo.

– Era o cachorro do seu amigo?

– Era – disse Milgrim, indicando que sim com a cabeça uma vez, com força, antes de tomar um gole de sua Coca-Cola. – Você podia ter usado um gerador de bobina de ignição em vez disso – ele disse para Bigend, piscando várias vezes – feito a partir de um afinador de VCR. Eles são menores.

– Quem lhe disse isso? – Bigend perguntou, sua concentração subitamente diferente.

— Um... colega de quarto? — Milgrim estendeu um dedo indicador para tocar sua pilha de pratinhos de tapas, alongados de porcelana branca, como se precisasse se certificar de que eles estavam ali. — Ele se preocupava com coisas desse tipo. Em voz alta. Essas coisas o irritavam muito. — Ele olhou para Hollis como que se desculpando.

— Entendi — disse Bigend, embora Hollis certamente não estivesse entendendo.

Milgrim retirou um envelope de comprimidos dobrado de dentro do bolso interno da jaqueta, alisou-a e franziu a testa, concentrando-se. Hollis notou que todas as pílulas também eram brancas, cápsulas brancas, embora de tamanhos diferentes. Empurrou três delas pela parte de trás de alumínio para retirá-las, colocou-as na boca e as engoliu com um gole de Coca.

— Você deve estar exausto, Milgrim — disse Pamela, sentada ao lado de Hollis. — Você está no fuso horário da costa leste.

— Não estou tão mal — disse Milgrim, pondo a embalagem de lado. Seus traços tinham uma curiosa falta de definição, pensou Hollis, algo de adolescente; embora, em sua opinião, ele devesse estar na casa dos trinta. De algum modo, ele parecia não estar acostumado a habitar o próprio rosto. Parecia tão surpreso em descobrir quem ele mesmo era quanto em se encontrar ali na Frith Street, comendo ostras, lulas e presunto de Parma.

— Aldous irá levá-lo ao hotel — disse Pamela. Aldous, Hollis imaginou, era um dos dois homens negros que haviam caminhado com eles da Blue Ant até ali, levando guarda-chuvas grandes e fechados com cabos lindamente laqueados. Eles estavam esperando agora, a alguns metros de distância um do outro, de olho em Bigend pela vidraça.

— Onde fica? — perguntou Milgrim.

— Covent Garden — disse Pamela.

— Gostei — disse ele. Dobrou seu guardanapo e colocou-o ao lado da torre de porcelana branca. Olhou para Hollis. — Foi um prazer conhecê-la. — Ele acenou com a cabeça, primeiro para Pamela, depois para Bigend. – Obrigado pelo jantar. – Em seguida afastou a cadeira, curvou-se para apanhar sua sacola, levantou-se, pondo a sacola no ombro, e saiu do restaurante.

– Onde foi que você encontrou ele? – perguntou Hollis, observando Milgrim pela janela falar com aquele que, supôs ela, era Aldous.

– Em Vancouver – disse Bigend –, algumas semanas depois que você esteve lá.

– O que ele faz?

– Tradução – disse Bigend –, simultânea e escrita. Do russo. É brilhante em idiomas.

– Ele está... bem? – Ela não sabia de que outra forma perguntar.

– Convalescendo – respondeu Bigend.

– Em recuperação – explicou Pamela. – Ele traduz para você?

– Sim. Embora estejamos começando a ver que, na verdade, ele pode ser mais útil em outras áreas.

– Outras áreas?

– Tem um ótimo olho para detalhes – disse Bigend. – Nós o colocamos para olhar vestuário.

– Ele não parece especialista em moda.

– Na verdade isso é até uma vantagem – disse Bigend.

– Ele reparou no seu terno?

– Não falou nada – disse Bigend, olhando para baixo e vendo uma lapela Azul Klein Internacional de proporções que pareciam tiradas da Carnaby Street dos anos 1960. Levantou a cabeça e olhou direto para a jaqueta Hounds dela. – Você descobriu alguma coisa? – Ele enrolou uma fatia do presunto espanhol seco e translúcido, esperando uma resposta. Sua mão levou o presunto à boca cuidadosamente, como se tivesse medo de ser mordida. Começou a mastigar.

– Ela é o que os japoneses chamam de marca secreta – disse Hollis. – Só que mais ainda. Pode ou não ter sido feita no Japão. Não é vendida em nenhuma loja de varejo comum, não tem catálogo, nenhuma presença na web além de algumas poucas menções crípticas em blogs de moda. E no eBay. Piratas chineses começaram a falsificá-la, mas mal, um gesto mínimo. Se uma peça genuína aparece no eBay, alguém faz uma oferta que induz o vendedor a interromper o leilão. – Virou-se para Pamela. – Onde você conseguiu essa jaqueta?

– Anunciamos. Principalmente em fóruns de moda. Acabamos encontrando um comerciante, em Amsterdã, e pagamos o preço que ele pediu. Ele normalmente trabalha com exemplares não usados de *workwear* de meados do século 20, de design anônimo.

– É mesmo?

– Não é muito diferente de quem coleciona selos raros, aparentemente, só que você pode vesti-los. Um segmento de sua clientela aprecia Gabriel Hounds, embora seja uma minoria entre o que consideramos ser a demografia da marca. Estamos imaginando uma espécie de consciência de marca global ativa, o que significa que as pessoas que se darão ao trabalho de tentar encontrá-las não são mais que alguns milhares.

– Onde o comerciante de Amsterdã conseguiu a peça?

– Ele diz que a comprou como parte de um lote de estoque vintage nunca usado, de um selecionador, sem saber o que era. Disse que supôs que fossem reproduções vintage japonesas de nível otaku e que provavelmente conseguiria vendê-las facilmente.

– Um selecionador?

– Alguém que procura coisas para vender para comerciantes. Ele disse que o selecionador era alemão, e não o conhecia. A transação foi em dinheiro. Disse que não se lembrava do nome.

– Não pode ser um segredo tão grande assim – disse Hollis. – Encontrei duas pessoas desde o café da manhã que sabiam pelo menos tanto a respeito dela quanto o que lhe contei.

– E elas são...? – Bigend se inclinou para a frente.

– A mulher japonesa numa loja especializada muito cara não muito longe da Blue Ant.

– Ah – ele disse, claramente decepcionado. – E...?
– Um rapaz, que comprou um par de jeans em Melbourne.
– É mesmo? – disse Bigend, animando-se. – E ele lhe disse de quem comprou?

Hollis pegou uma fatia do presunto quase transparente, enrolou-a e mergulhou-a em azeite.

– Não. Mas acho que vai dizer.

8.

CURETAGEM

Milgrim pensava em Hollis Henry, a mulher que Bigend havia levado consigo ao restaurante, enquanto escovava os dentes no banheiro de luz forte e lisonjeira de seu pequeno mas determinadamente sofisticado quarto de hotel. Ela não parecia fazer parte da Blue Ant, e também parecia familiar, de algum modo. A memória de Milgrim da década passada era porosa, não era linearmente confiável, no entanto ele não achava que tivessem se conhecido antes. Mesmo assim, de certa forma ela lhe era familiar. Trocou as pontas da miniescova que estava usando entre os molares traseiros superiores, optando por uma configuração cônica. Ele deixaria Hollis Henry descer e se acomodar no mix. Pela manhã ele poderia descobrir quem ela era. Se não, havia sempre o MacBook do saguão, que era preferível a tentar o Google no Neo. Muito agradável, Hollis Henry, pelo menos se você não fosse Bigend. Ela não estava inteiramente contente com Bigend. Isso ele havia percebido na caminhada até Frith Street.

Trocou de ferramenta, uma que segurava pedaços de fio dental de um centímetro e meio estendidos entre pedaços de plástico descartáveis em forma de U. Eles haviam consertado seus dentes em Basileia, e o tinham enviado diversas vezes a um especialista periodontal. Curetagem. Uma coisa nojenta, mas agora ele sentia como se tivesse uma boca nova, ainda que de manutenção muito elevada. A melhor coisa a respeito de ter feito tudo isso, afora o fato de ter uma boca nova, era que ele havia conseguido ver um pouquinho de Basileia, ao sair para os tratamentos. Tirando isso, ele havia ficado na clínica, conforme seu acordo.

Ao terminar com o fio dental, escovou os dentes com a escova elétrica, depois enxaguou com água de uma garrafa cujo vidro azul-escuro o fez se lembrar do terno de Bigend. Pantone 286, ele havia dito a Milgrim, só que não exatamente. A coisa que Bigend mais parecia gostar naquele tom, além do fato de que incomodava as pessoas, era que ele não podia ser exatamente recriado na maioria dos monitores de computador.

Seu enxaguante bucal havia acabado; ele continha alguma coisa usada na água da torneira dos aviões. Só era possível levar uma pequena quantidade de líquido na bagagem de mão no avião, e ele se esquecera de verificar a sua. Em Myrtle Beach ele racionou o que tinha sobrado do enxaguante. Ia pedir a alguém da Blue Ant, que contava com pessoas aparentemente capazes de encontrar qualquer coisa e que usavam isso como *job description*.

Apagou as luzes do banheiro, e ficou parado em pé ao lado da cama, despindo-se. O quarto tinha mobília demais, incluindo um manequim que havia sido recoberto com o mesmo tecido marrom e castanho da poltrona. Ele pensou em colocar as calças na máquina de passar a vapor, mas achou melhor não. Faria compras amanhã, numa loja chamada Hackett. Uma versão mais sofisticada da Banana Republic, só que com pretensões que ele sabia não entender. Estava fazendo a cama quando o Neo tocou, emulando a campainha mecânica de um telefone antigo. Devia ser Sleight.

– Deixe o telefone no seu quarto amanhã – ordenou Sleight. – Ligado e no carregador. – Ele parecia irritado.

– Como vai, Oliver?

– A empresa que faz esses aparelhos fechou as portas – disse Sleight. – Então precisamos fazer uma reprogramação amanhã – e desligou.

– Boa noite – disse Milgrim, olhando para o Neo em sua mão. Ele o colocou em cima da mesinha de cabeceira, subiu de cuecas na cama e puxou as cobertas até o queixo. Acendeu as luzes. Ficou ali deitado passando a língua na parte de trás dos dentes. O quarto estava ligeiramente mais quente do que deveria estar, e ele de algum modo não conseguia tirar o manequim da cabeça.

Ficou escutando, ou até certo ponto sentindo, a frequência de fundo que era Londres. Um ruído branco diferente.

9.

ESCROTÃO

Quando abriu a porta da frente do Cabinet, Robert risca de giz não estava ali para ajudá-la.

Viu imediatamente que a razão era a chegada estabanada de Heidi Hyde, ex-baterista do Curfew – Robert estava agora, todo atrapalhado e visivelmente aterrorizado, lidando com a bagagem sortida do músico, de volta ao elevador-gruta, ao lado da vitrine que abrigava o furão mágico de Inchmale. Heidi, que estava ao seu lado, era tão alta quanto ele e provavelmente tinha os ombros da mesma largura. Ela possuía um magnífico e inconfundível perfil reptiliano, e era inconfundivelmente furiosa.

– Estavam esperando por ela? – Hollis perguntou baixinho para qualquer um dos rapazes de óculos de aro de tartaruga que estavam na recepção.

– Não – ele respondeu, passando a chave do quarto para ela. – O sr. Inchmale ligou, minutos atrás, para nos alertar. – Seus olhos estavam arregalados atrás das armações marrons. Alguma coisa em seu comportamento, por trás daquela cara de pôquer de funcionário de hotel, tinha um quê de sobrevivente de tornado.

– Tudo vai ficar bem – Hollis lhe assegurou.

– Esta porra está com defeito? – Heidi perguntou, quase gritando.

– Ela fica confusa – disse Hollis, andando até onde eles estavam, dando um aceno de cabeça e um sorriso reconfortante para Robert.

– Srta. Henry. – Robert parecia pálido.

– Você não pode apertar o botão mais de uma vez – Hollis disse para Heidi. – Ele leva mais tempo para se decidir.

– Merda – bufou Heidi, do fundo de um poço sem fundo de frustração, o que fez Robert se encolher todo. Os cabelos dela estavam tingidos de preto-gótico, que sinalizavam a postura de guerra, e Hollis imaginou que ela própria havia feito aquilo.

– Não sabia que você vinha – disse Hollis.

– Nem eu – disse Heidi, de mau humor. Depois: – É o escrotão.

E foi então que Hollis entendeu que o improvável casamento sub--Hollywood de Heidi havia acabado. Os ex de Heidi perdiam o nome ao final da relação, para serem conhecidos dali em diante por essa designação-padrão.

– Lamento ouvir isso – disse Hollis.

– Ele estava metido num esquema de pirâmide – disse Heidi quando o elevador chegou. – Mas que merda é *essa*?

– O elevador. – Hollis abriu a porta articulada, fazendo um gesto para Heidi entrar.

– Por favor, pode ir – disse Robert. – Eu levo suas malas.

– Entra no elevador, porra – Heidi mandou. – Entra. Porra. – Ela o cercou e fez com que entrasse no elevador com uma energia que era raiva pura. Hollis entrou correndo atrás dele, levantando o banco de mogno com dobradiças de bronze contra a parede para dar mais espaço.

Heidi, bem de perto, tinha cheiro de suor, estresse de aeroporto e couro mofado. Ela vestia uma jaqueta de que Hollis se lembrava dos tempos que ainda faziam tours. Um dia ela fora preta, mas naquele momento suas costuras tinham a cor de pergaminho sujo.

Robert conseguiu apertar um botão. Eles começaram a subir; o elevador fez um barulho alto, reclamando do peso.

– Esta merda vai matar a todos nós – disse Heidi, como se não achasse a ideia de todo má.

– Qual é o quarto de Heidi? – Hollis perguntou a ele.

– Ao lado do da senhora.

– Ótimo – disse Hollis, demonstrando mais entusiasmo do que de fato sentia. Aquele seria o quarto da *chaise longue* de seda amarela. Ela nunca conseguira entender esse tema. Não que entendesse o tema de seu próprio quarto, mas pelo menos sentia que o quarto tinha um tema. O quarto da *chaise longue* amarela parecia ser de espiões, melancólicos, em algum sentido bem britânico, e escândalos políticos da pior qualidade. E reflexologia.

Hollis abriu a porta pantográfica quando o elevador finalmente chegou ao andar delas, e depois segurou as várias portas de incêndio para Heidi e Robert, que carregava o peso enorme das malas. Heidi foi atravessando os minicorredores verdes sem janelas fumegando de raiva – a linguagem corporal transmitindo uma insatisfação universal. Hollis viu que Robert estava com a chave de Heidi guardada entre dois dedos. Ela a tirou dele; a borla do chaveiro era verde-musgo.

– Você está bem do meu lado – ela disse para Heidi, destrancando e abrindo a porta. Colocou Heidi para dentro, pensando em macacos em lojas de louça. – É só colocar tudo no chão – ela disse baixinho para Robert. – Eu cuido do resto. – Ela o ajudou a se livrar de duas caixas de papelão incrivelmente pesadas, cada uma do tamanho exato para caber uma cabeça humana. Ele começou imediatamente a colocar as diversas bolsas e malas de Heidi no chão. Ela lhe passou discretamente uma nota de cinco libras.

– Obrigado, srta. Henry.

– Obrigada, Robert. – Ela fechou a porta na cara aliviada dele.

– Mas que porra é esta? – Heidi exigiu saber.

– Seu quarto – respondeu Hollis, que estava colocando a bagagem encostada em uma das paredes. – É um clube privê do qual Inchmale é sócio.

– Clube do quê? O que é *isto*? – perguntou, indicando um *silk-screen* enorme emoldurado que a própria Hollis achou uma das peças decorativas menos peculiares.

— Um Warhol. Eu acho. — Teria Warhol coberto o escândalo Profumo?

— Puta que pariu! Eu devia ter imaginado que Inchmale me viria com uma coisa dessas. Cadê ele?

— Não está aqui — disse Hollis. — Alugou uma casa em Hampstead, quando Angelina e o bebê vieram da Argentina.

Heidi ergueu um decanter de cristal com base larga, destampou-o e cheirou-o.

— Uísque — disse.

— O de cor clara é gim — avisou Hollis —, e não água.

Heidi derramou três dedos de Cabinet Scotch em um copo highball, tomou tudo de uma vez, estremeceu, colocou o decanter em cima da mesa e enfiou nele a tampa de cristal novamente, com um estalo perigosamente agudo. Ela tinha um dom assustador para acertar coisas; jamais perdera um jogo de dardos na vida, mas não jogava dardos, apenas os atirava de qualquer maneira.

— Quer falar a respeito? — perguntou Hollis.

Heidi desvestiu a jaqueta de couro, jogou-a de lado e tirou a camiseta preta, revelando um sutiã verde-oliva que parecia mais pronto para a batalha do que qualquer sutiã que Hollis já tinha visto.

— Sutiã bonito.

— Israelense — disse Heidi. Ela olhou ao redor, prestando atenção ao conteúdo do quarto. — Meu Deus! — ela exclamou. — O papel de parede parece a calça do Jimi Hendrix.

— Acho que é cetim. — Faixas verticais em verde, vinho, bege e preto.

— Foi o que eu disse, porra — disse Heidi, dando um puxão no seu sutiã do exército israelense, e se sentou na *chaise longue* de seda amarela. — Por que paramos de fumar?

— Porque era ruim para nós.

Heidi soltou um suspiro ruidoso.

— Ele está na cadeia — ela disse. — Escrotão. Sem fiança. Estava fazendo alguma coisa com o dinheiro de outras pessoas.

– Eu achei que fosse isso o que produtores faziam.
– Não daquele jeito.
– Você está metida em algum problema também?
– Tá brincando? Eu assinei um acordo pré-nupcial mais grosso que o pau do escrotão. O problema é dele. Eu só precisava me escafeder de Dodge.
– Nunca entendi por que você se casou com ele.
– Foi uma experiência. E você? O que está fazendo aqui?
– Trabalhando pra Hubertus Bigend – disse Hollis, reparando em quanto ela não gostava de dizer isso.
Heidi arregalou os olhos.
– Puta que me pariu! Aquele babaca? Você não conseguia ficar perto dele. Ele te arrepiava toda. Por quê?
– Acho que eu precisava da grana.
– O crash te afetou tanto assim?
– Perdi metade de tudo.
Heidi assentiu.
– Todo mundo perdeu metade. A menos que você tivesse algum tipo o escrotão fazendo seu investimento pra você.
– E você não tinha?
– Tá brincando? Separação Igreja-Estado, porra. Sempre. Nunca pensei que ele tivesse muito senso mesmo. Mas outras pessoas pensavam. Sabe de uma coisa?
– O quê?
– O sal da terra nunca lhe diz que é o sal da terra. As pessoas que caem em armadilhas não sabem disso.
– Acho que vou tomar um uísque.
– Fique à vontade – disse Heidi. Depois sorriu. – Porra, que bom ver você. – E começou a chorar.

10.

EIGENBLICH

Milgrim acordou, tomou sua medicação e um banho, fez a barba, escovou os dentes, vestiu-se e deixou o Neo carregando, mas ligado. O adaptador de tomada para o Reino Unido era maior que o carregador do telefone. Mantendo o manequim fora de seu campo de visão, saiu do quarto.

No silencioso elevador japonês, descendo três andares, ele pensou em parar no MacBook do saguão para buscar o nome de Hollis Henry no Google, mas havia uma pessoa usando o computador quando ele chegou lá.

Ele nem sempre ficava à vontade com o saguão ali, com o que havia nele. Era como se sua aparência indicasse que ele estivesse ali para roubar alguma coisa, embora, apesar de suas roupas amarrotadas pós-voo, ele tivesse certeza de que não. E na verdade, pensou, saindo para a Monmouth Street e para a vacilante luz do sol, ele não faria isso. Não tinha motivo. Trezentas libras num envelope pardo simples enfiado no bolso interno de sua jaqueta, e nada, hoje, dizendo-lhe o que ele precisava fazer com aquilo. Era uma situação nova para um homem com seu histórico.

Vícios começavam como bichinhos de estimação mágicos, monstros de bolso, ele pensou, virando à direita na direção do obelisco de Seven Dials. Faziam truques extraordinários, mostravam-lhe coisas que você não tinha visto, eram engraçados. Mas acabavam, por meio de alguma gradual alquimia maligna, tomando decisões por você.

No fim, eles estariam tomando as decisões mais cruciais da sua vida. E eles eram, como sua terapeuta na Basileia havia dito, menos inteligente que peixinhos dourados.

Ele foi até o Caffè Nero, uma alternativa mais gostosa ao Starbucks, lotado àquela hora. Pediu um latte e um croissant – o último importado congelado da França e esquentado ali. Ele gostava dali. Viu uma mulher de terninho listrado saindo de uma mesinha redonda e correu para ocupá-la; a mesa ficava de frente para o salão Vidal Sassoon, do outro lado da pequena rotatória, onde jovens cabeleireiros estavam chegando para trabalhar.

Comendo seu croissant, ele ficou imaginando o que Bigend poderia querer com calças de combate de grife. Ele era bom para ouvir as pessoas, e tomava cuidado para não deixar que elas percebessem isso; no entanto, não estava conseguindo entender os motivos e o modus operandi de Bigend. Pareciam ser quase agressivamente aleatórios.

Contratos militares eram essencialmente à prova de recessão, de acordo com Bigend, e mais ainda nos Estados Unidos. Isso era parte da questão, talvez até mesmo seu núcleo. À prova de recessão. E Bigend parecia estar focado em uma área específica de contratos militares; aquela na qual, Milgrim supunha, o conjunto de habilidades da Blue Ant mais bem se aplicava. A Blue Ant estava aprendendo tudo o que podia, e muito rapidamente, a respeito da contratação, design e fabricação de roupas militares. O que parecia, pelo que Milgrim havia visto até agora, ser uma indústria muito ativa.

E Milgrim, por qualquer motivo, ou pela falta de um, estava junto nessa aventura. Myrtle Beach era parte disso.

Exércitos de voluntários – dissera a garota francesa, a que tinha vestido o kilt xadrez no encontro do dia anterior, em uma apresentação de PowerPoint que Milgrim achara bastante interessante – exigiam voluntários, o grosso deles de rapazes. Rapazes que, de outro modo, poderiam estar, por exemplo, andando de skate, ou pelo menos vestindo roupas que sugerissem skateboarding. E o streetwear masculino no geral, ao longo dos últimos cinquenta anos aproximadamente, ela explicara, tinha sido influenciado mais pesadamente pelo design das roupas militares do que por qualquer outra coisa. O grosso do código subjacente à moda de rua masculina do século 21 era o código da roupa militar de meados do século anterior, em grande parte americano. O resto era moda de trabalho, normalmente americana também, cuja manufatura havia coevoluído com a manufatura de roupas militares, compartilhando elementos do mesmo código de design, e moda esportiva.

Mas agora, segundo a garota francesa, isso havia se revertido. Os militares precisavam de roupas que atraíssem aqueles que precisavam recrutar. Cada ramo do serviço americano tinha seu próprio padrão distintivo de camuflagem, ela disse, ilustrando cada um com um slide de PowerPoint. O Corpo de Fuzileiros, ela continuou, fizera questão de patentear o deles (vendo bem de perto, Milgrim havia achado o padrão chamativo demais).

Havia uma lei nos EUA que proibia a manufatura de roupas militares americanas no exterior.

E era aí que Bigend, Milgrim sabia, esperava entrar. Coisas fabricadas nos EUA não precisavam necessariamente ter sido desenhadas lá. Fabricantes de *outerwear* e artigos esportivos, junto com uns poucos fabricantes de uniformes especializados, competiam por contratos para fabricar roupas para os militares americanos, mas essas roupas haviam sido desenhadas previamente *pelos* militares dos Estados Unidos. Que agora, dissera a garota francesa, um tanto sem fôlego, como se estivesse se aproximando de um animalzinho em uma clareira de floresta, obviamente não tinham as novas habilidades de design necessárias para fazer isso. Depois de terem inventado tanto do *cool* contemporâneo masculino no meio do século, eles se viram competindo com seus próprios produtos históricos, reiterados como streetwear. Eles precisavam de ajuda, a garota francesa havia dito, seus cliques do mouse invocando uma sucessão final de imagens, e eles sabiam disso.

Ele tomou um gole do seu latte, olhando ao redor, vendo as pessoas passarem, imaginando se poderia ver a tese da garota francesa provada nas roupas dos pedestres daquela manhã. Se você pensasse nisso como uma espécie de subtexto pervasivo, ele concluiu, poderia.

– Com licença. O senhor se importaria em dividir a mesa?

Milgrim levantou a cabeça e viu uma americana sorridente, de etnia chinesa, com uma minúscula cruz de ouro presa a uma correntinha também de ouro por cima de seu suéter preto, com um prendedor de cabelo de plástico branco visível, e algum módulo de alerta de viciado, que nunca dormia, programado em seu próprio ser, repetia de modo curto e grosso: tira.

Ele piscou várias vezes.

– Claro que não. Por favor. – Sentiu os músculos nas coxas tensionarem, preparando-se para sair correndo porta afora. Mau funcionamento, ele disse para o módulo. Síndrome de abstinência pós-aguda. Flashback: seu cérebro límbico estava cheio de marcas profundas, que, como os rastros de rodas de Conestoga, afundavam até o tornozelo em arenito.

Ela pôs sua bolsa de courino branca tipo sacola em cima da mesa, o copo azul-claro de tampa plástica do Caffè Nero do lado, puxou a cadeira em frente a ele e se sentou. Sorriu.

Bordadas em branco, no moletom preto, a lua crescente e a palmeira da bandeira do estado da Carolina do Sul, um pouco maiores que um dos pôneis de polo de Ralph Lauren. O módulo embutido de Milgrim criou no mesmo instante uma linha inteira de sensores para detecção de policiais.

Paranoia, sua terapeuta havia lhe dito, era informação demais. Era o que ele tinha agora quando a mulher metia a mão dentro da bolsa, retirava um telefone prata fosco, o abria e franzia a testa.

– Mensagens – ela disse.

Milgrim olhando direto para a pupila preta infinitamente funda que era a câmera do telefone.

– Epa! – disse ela. – Estou vendo que preciso ir. Obrigada mesmo assim! – E se levantou, bolsa debaixo do braço, e saiu na direção de Seven Dials.

Deixando sua bebida.

Milgrim apanhou-a. Vazia. A tampa branca manchada com um batom escuro que ela não estava usando.

Pela janela ele a viu passar por um latão de lixo transbordante, de onde talvez houvesse tirado aquele copo para seu teatrinho. Ela atravessou rapidamente o cruzamento, na direção do Sassoon, e sumiu numa esquina.

Ele se levantou, ajeitando a jaqueta, e saiu, sem olhar ao redor, subindo de volta a Monmouth Street, na direção de seu hotel. À medida que ia se aproximando dele, atravessou a Monmouth na diagonal, ainda andando num ritmo calculadamente casual, e entrou numa espécie de túnel de tijolos que levava a Neal's Yard, um pátio montado como uma espécie de mini Disneylândia New Age. Passou tão rápido por ele que chamou a atenção das pessoas. Foi dar em Shorts Garden, outra rua.

Um ritmo mais firme agora, mas nada que atraísse a atenção.

Durante todo esse tempo ele estava ciente de seu vício, despertado pelo dilúvio de substâncias químicas ativadas pelo estresse, aconselhando-o urgentemente de que algo para reduzir a tensão seria uma excelente ideia. Era como ter um tanque nazista enterrado no seu quintal, uma parte mais nova dele, pensou. Todo coberto de grama e dentes-de-leão, mas aí você percebe que o motor ainda funciona, bem devagar.

Hoje não, ele disse aos nazistas dentro de seu tanque soterrado, seguindo na direção da estação de metrô de Covent Garden através de uma antologia enciclopédica de lojas de calçados para jovens, tênis de primavera da cor de jujubas.

Nada bom, outra parte dele dizia; nada bom.

Por mais que desejasse parecer relaxado, a trupe costumeira de mendigos, flutuando sem rumo na calçada na frente da estação, se desvaneceu quando ele se aproximou. Eles viram alguma coisa. Mais uma vez ele havia se tornado como eles.

Ele viu Covent Garden como se de uma grande altura, a multidão na Long Acre afastando-se dele como limalhas de ferro magnetizadas.

Pegue as escadas, aconselhou o piloto automático. E foi o que ele fez, cabeça abaixada, sem nunca olhar para trás, um elo na corrente humana em espiral.

Em seguida, pegaria o primeiro trem para Leicester Square, a jornada mais curta em todo o sistema. Depois de volta, sem sair, após se certificar de que não estava sendo seguido. Ele sabia como fazer isso, mas também havia todas essas câmeras, em suas esferas de acrílico fumê, tipo luminárias Courrèges. Havia câmeras literalmente por toda parte em Londres. Até agora, ele conseguira não pensar nelas. Lembrou-se de Bigend dizendo que elas eram o sintoma de uma doença autoimune, os mecanismos protetores do estado ficando bombados e crescendo até se tornarem ativamente destrutivos, crônicos; olhos vigilantes, que erodiam a saúde daquilo que ostensivamente protegiam.

Será que alguém o estaria protegendo naquele momento?

Ele começou a passar por todos os passos que uma pessoa em geral passava para determinar que não estava sendo seguida. Enquanto fazia isso, antecipou seu retorno imediato àquela estação. Imaginou subir no ar parado do elevador, onde uma voz morta o aconselharia repetidamente a ter seu bilhete ou passe à mão.

Aí ele ficaria mais calmo.

Então recomeçaria o dia, conforme planejado. Iria à Hackett, em King Street, comprar calças e uma camisa.

Nada bom, disse a outra voz, fazendo seus ombros se encolherem, ossos e tendões se comprimindo de forma quase audível.

Nada bom.

11.

DESFAZENDO AS MALAS

O quarto de Heidi parecia o resultado de um bombardeio aéreo não muito bem sucedido. Era como se alguma explosão tivesse aberto cada mala do compartimento de bagagens sem derrubar a aeronave. Hollis já tinha visto isso muitas vezes antes, em excursão com o Curfew, e o encarava como um mecanismo de sobrevivência, um modo de negar a sucção desalmada de se hospedar em um quarto de hotel após o outro. Ela nunca vira Heidi distribuir suas coisas, aninhando-as. Ela imaginava que isso fosse algo inconsciente, realizado no decorrer de um transe instintivo, como um cão fazendo círculos cada vez menores na grama antes de se deitar para dormir. Agora ela estava impressionada em ver a eficiência com que Heidi havia criado seu próprio espaço, afastando o que quer que os designers do Cabinet tinham pretendido que o quarto expressasse.

– Caralho – disse Heidi, a voz espessa, aparentemente tendo dormido, ou desmaiado com seu sutiã do exército israelense. Hollis, que levara a chave consigo ao sair, verificou que mal restava um dedinho de uísque no decanter. Heidi não bebia com frequência, mas, quando bebia, bebia. Estava deitada agora debaixo de uma pilha amarrotada de roupa suja, incluindo, Hollis reparou, diversos guardanapos de linho magenta e uma toalha de praia mexicana vagabunda com listras parecidas com as de um poncho. Aparentemente Heidi havia jogado o conteúdo do carrinho de lavanderia da Maison Escrotão numa de suas malas, ido embora e, depois, tirado tudo ali. E ela havia dormido debaixo daquilo, não das roupas de cama do Cabinet.

— Café da manhã? — Hollis começou a separar as coisas sobre a cama. Havia uma sacola para freezer de tamanho grande cheia de ferramentas pequenas e de aspecto afiado, escovas de ponta fina, latinhas minúsculas de tinta, pedacinhos de plástico branco. Como se Heidi tivesse adotado um menino de 12 anos.

— O que é isto?

— Terapia — Heidi disse com voz de taquara rachada, e depois emitiu um som parecido com o de um abutre prestes a regurgitar algo podre demais para ser digerido, mas Hollis já conhecia esse ruído. Ela acreditava se lembrar de quem havia ensinado Heidi a fazer aquilo, um tecladista alemão sobrenaturalmente pálido com tatuagens prematuramente envelhecidas, seus contornos borrados como canetas de ponta porosa sobre papel higiênico. Ela colocou a sacola e seu misterioso conteúdo em cima da penteadeira e pegou o telefone, francês, do começo do século 20, mas todo coberto por contas marroquinas que lhe davam um aspecto explicitamente reptiliano, como a ponta de um narguilé no Grande Bazar:

— Bule de café, puro, duas xícaras — ela disse para a voz do serviço de quarto. — Torradas light, suco de laranja grande. Obrigada. — Ela retirou uma antiga camiseta dos Ramones do que então se revelou ser um modelo de reflexologia de porcelana branca de um metro de altura, uma orelha, com um mapeamento complexo em pontos vermelhos. Ela recolocou a camiseta no lugar, de um modo que o logotipo de banda ficasse exibido em destaque.

— E você? — perguntou Heidi, debaixo das roupas para lavar.

— E eu o quê?

— Homens — disse Heidi.

— Nenhum — respondeu Hollis.

— E o artista de performance? Que pulava de arranha-céus vestindo aquele traje de esquilo voador? Ele era legal. E gostoso também. Darrell?

— Garreth — disse Hollis, provavelmente pela primeira vez em mais de um ano, sem vontade de fazê-lo.

— É por isso que você está aqui? Ele era inglês.

— Não — disse Hollis. — Quero dizer, sim, mas não é por isso que estou aqui.

— Você o conheceu no Canadá. Foi o Bigend que apresentou vocês? Eu só o conheci depois.

— Não — disse Hollis, com medo da habilidade de Heidi nesse outro tipo, mais doloroso, de desfazer as malas. — Eles nunca se conheceram.

— Você não curte esportistas — disse Heidi.

— Ele era diferente — disse Hollis.

— Eles todos são — disse Heidi.

— O escrotão é?

— Não — disse Heidi. — Não desse jeito. Eu é que estava tentando ser diferente. Ele era tão não diferente quanto se pode imaginar, mas era não diferente para outras pessoas. Eu só tinha essa sensação de que eu podia ter outro papel. Colocar todas as coisas das turnês em caixas. Fazer compras em shoppings. Dirigir um carro que eu nunca teria pensado em dirigir. Dar uma porra de um tempo, sabe? Um *break*.

— Você não parecia muito feliz com isso, quando a encontrei em Los Angeles.

— Acontece que ele acabou sendo um criativo dentro do armário. Casei com um advogado tributarista. Ele começou a tentar produzir. Coisa indie. Estava começando a mencionar direção.

— E está na cadeia agora?

— Sem fiança. O FBI foi até o escritório. Vestindo aqueles coletes com "FBI" nas costas. Eles pareciam bons mesmo. Ótimo visual para uma produção pequena. Mas ele não podia estar no *set*.

— Mas legalmente você está bem?

— Estive com o advogado de Inchmale em Nova York. Não vou sequer perder a fatia da propriedade legítima dele à qual tenho direito como ex. Se eles lhe deixarem alguma coisa, o que é improvável. Mas, sério, que se foda.

O café da manhã chegou, e Hollis pegou a bandeja que a garota italiana havia levado até a porta, dando-lhe uma piscadela. Lembrou de lhe dar uma gorjeta depois.

Heidi saiu de dentro da pilha de roupa suja quase na base da porrada. Sentada na beira da cama, vestindo uma enorme camiseta de hóquei que Hollis, nascida sem o gene para acompanhar esportes, lembrava de ter pertencido a alguém bastante famoso. Heidi definitivamente curtia esportistas, mas só se eles fossem loucos o suficiente. Quando tocava bateria no Curfew, ela teve uma sequência bastante ruim de boxeadores, ainda que isso tivesse sido ótimo para a publicidade. Ela havia nocauteado um deles com um único soco, numa festa pré-Oscars. Hoje, Hollis se pegava agradecendo com frequência por ter tido uma carreira anterior ao YouTube.

– Nunca entendi o que ele fez, o Garret – disse Heidi, servindo-se de meia xícara de café, depois completando com o que restava do decanter de uísque.

– Garreth – corrigiu Hollis. – Você acha que isso aí é uma boa ideia?

Heidi deu de ombros, os ombros quase perdidos dentro da camiseta.

– Você me conhece. Eu tomo isto aqui e estou pronta pra seis meses de água mineral. Na verdade o que eu preciso agora é de uma academia. Uma das boas. O que foi que ele fez?

– Não sei bem se consigo explicar – disse Hollis, servindo seu próprio café. – Mas fiz um acordo muito sério de nunca tentar.

– Vigarista?

– Não – disse Hollis –, embora uma parte do que ele fazia envolvesse violar leis. Conhece Banksy, o artista do grafite?

– Sim.

– Ele gostava do Banksy. Identificava-se com ele. Os dois são de Bristol.

– Mas ele não era artista de grafite.

– Acho que ele achava que era. Só não era com tinta.
– Então com o quê?
– História – respondeu Hollis.

Heidi não parecia convencida.

– Ele trabalhava com um homem mais velho, alguém que tinha um bocado de dinheiro. O velho decidia o que devia ser feito, qual seria o gesto, e então Garreth trabalhava a melhor maneira de fazer aquilo. E de não ser apanhado. *Dramaturg* para o teatrólogo que o velho era, mas às vezes era ator também.

– Então qual era o problema?
– Dava medo. Não que eu não aprovasse o que eles estavam fazendo. Mas era mais assustador do que as coisas de Bigend. Eu preciso que o mundo tenha uma superfície, a mesma superfície que todo mundo vê. Não gosto de sentir que estou sempre prestes a cair e acabar em algum outro lugar. Olhe o que aconteceu com você.

Heidi apanhou um triângulo de torrada e olhou bem para ele, do jeito que um suicida em potencial olharia uma navalha.

– Você disse que eles não eram vigaristas.
– Eles violavam leis, mas não eram vigaristas. Porém, pela própria natureza do que faziam, estavam sempre fazendo inimigos. Ele foi para L.A., nós ficamos juntos. Eu estava começando a escrever o livro. Então ele voltou à Europa. Eu voltei a vê-lo quando vim para cá assinar o contrato do carro.

– Eu consegui uma procuração – disse, mordendo uma beirada da torrada e mastigando-a com hesitação.

– Eu queria estar aqui – sorriu Hollis. – Então ele voltou comigo para Nova York. Não a trabalho. Mas depois eles começaram a se preparar novamente. Era a reta final da eleição de Obama. Eles estavam se preparando para fazer alguma coisa.

– O quê?
– Não sei. Se soubesse, e mantivesse minha promessa, não poderia lhe dizer de qualquer maneira. Eu estava realmente ocupada com o

livro. Ele não estava muito por perto. Então um dia ele parou de estar por perto.

– Tem saudade dele?

Hollis deu de ombros.

– Você é uma figurinha difícil, sabia?

Hollis fez que sim.

– É só se fazer de mais difícil. – Heidi se levantou, carregou seu uísque e café para o banheiro e jogou tudo na pia. Voltou e se serviu de mais café. – Está se sentindo bem?

– Definitivamente.

– Não é bom – disse Heidi. – Liga pra ele. Vê o que está rolando. Resolve essa parada.

– Não.

– Tem um telefone?

– Pra emergências. Somente.

– De que tipo?

– Só se o fato de tê-los conhecido algum dia me colocar em apuros.

– Use assim mesmo.

– Não.

– Patética – disse Heidi. – Que merda é *essa*? – Ela estava olhando direto para o banheiro.

– Seu chuveiro.

– Você tá de brincadeira.

– Espere só pra ver o meu. O que tem nessas duas caixas? – Apontando, onde ela os havia colocado depois de tê-las tirado de Robert na noite anterior. Torcendo para mudar de assunto. – Um par de blocos de concreto?

– Cinzas – disse Heidi. – Restos mortais.

– De quem?

– Do Jimmy. – O baixista do Curfew. – Não havia ninguém pra pegá--las. Ele sempre disse que queria ser enterrado em Cornwall, lembra?

– Não – disse Hollis. – Por que Cornwall?
– E eu sei lá? Talvez ele tenha decidido que era o oposto do Kansas.
– Isso aí é muita cinza.
– Tem as da minha mãe também.
– Sua mãe?
– Eu acabei nunca fazendo nada com elas. Elas estavam no porão, com as minhas coisas de turnês. Não podia deixá-las com o escrotão, podia? Vou levar tudo pra Cornwall. Jimmy nunca teve mãe mesmo.
– Ok – disse Hollis, incapaz de pensar em dizer mais alguma coisa.
– E onde caralho fica Cornwall?
– Eu posso lhe mostrar. Num mapa.
– Porra, eu preciso é de uma chuveirada – disse Heidi.

12.

FERRAMENTA DE *COMPLIANCE*

O escritório de Bigend não tinha janelas e era surpreendentemente pequeno, notou Milgrim quando foi enfim conduzido para dentro. Talvez não fosse o seu escritório, pensou Milgrim. Não parecia um lugar onde alguém de fato trabalhasse.

O rapaz sueco que havia guiado Milgrim colocou uma pasta cinza sobre a mesa de teca e saiu em silêncio. Não havia mais nada em cima da mesa a não ser um rifle, que parecia ter sido feito de Pepto-Bismol solidificado.

– O que é isso? – perguntou Milgrim.

– A maquete de um dos primeiros modelos de uma colaboração entre a Taser e a Mossberg, fabricante de rifles. – Bigend estava usando luvas de plástico descartáveis, do tipo que vinha em rolo, como sacolas baratas para sanduíches. – Uma ferramenta de *compliance*.

– Ferramenta de *compliance*?

– É como eles a chamam – disse Bigend, pegando a coisa com uma das mãos e virando-a, de forma que Milgrim pudesse ver seus vários ângulos. Ela parecia não ter peso. Oca, alguma espécie de resina. – Eu a tenho porque estou tentando decidir se uma colaboração dessas é um equivalente de Roberto Cavalli desenhando um sobretudo para a H&M.

– Eu fui exposto – disse Milgrim.

– Exposto? – Bigend levantou a cabeça.

– Uma tira me fotografou hoje cedo.

— Uma tira? De que tipo?
— Uma moça sino-americana que parecia uma missionária. O moletom dela tinha a bandeira da Carolina do Sul bordada.
— Sente-se – pediu Bigend.
Milgrim se sentou com sua sacola de compras da Hackett no colo.
— Como você sabe que ela era tira? – Bigend removeu as luvas e as amassou.
— Eu apenas sabia. Sei. Não necessariamente no sentido de ser uma agente da lei, mas eu não descartaria isso.
— Você andou fazendo compras – disse Bigend, olhou para a sacola da Hackett. – O que comprou?
— Calças – disse Milgrim. – Uma camisa.
— Ralph Lauren compra na Hackett, me disseram – disse Bigend. – É uma informação muito complexa, conceitualmente. Seja verdade ou não. – Ele sorriu. – Você gosta de fazer compras lá?
— Eu não entendo – disse Milgrim –, mas gosto das calças deles. E de algumas das camisas mais simples.
— O que você não entende?
— A coisa do futebol inglês.
— Como assim?
— A Hackett leva isso a *sério*?
— É exatamente o que eu valorizo em você. Você vai até o núcleo sem esforço.
— Mas eles levam a sério?
— Há quem sustente que uma dupla negativa equivaleria a uma positiva. Onde foi que essa pessoa tirou a sua foto?
— Numa cafeteria perto do hotel. Seven Dials.
— E você informou...?
— Você.
— Não mencione isso a mais ninguém. Exceto Pamela. Vou informá-la.
— Oliver não?

– Não – disse Bigend. – Definitivamente não Oliver. Você falou com ele hoje?

– Ele me fez deixar meu telefone no quarto, carregando e ligado. Disse que precisava reprogramá-lo. Ainda não voltei lá.

Bigend ficou olhando para o rifle rosa.

– Por que é rosa? – Milgrim perguntou.

– Produto de uma impressora 3-D. Não sei por que usam rosa. Parece ser o tom-padrão. Os telefones são um projeto de Oliver. Quando usar um deles, não deve considerá-los seguros, seja para voz, texto ou e-mail. Mas, como aqui é a Inglaterra, você não deve considerar nenhum telefone seguro. Entendeu?

– Você não confia no Oliver?

– Não – disse Bigend. – O que eu quero que você faça agora é que prossiga com seu negócio, como se não tivesse notado que foi fotografado. Simplesmente isso.

– E qual é o meu negócio? – perguntou Milgrim.

– Você gostou de Hollis Henry?

– Ela me pareceu... familiar?

– Ela foi cantora. De uma banda. The Curfew.

Milgrim se lembrou de uma enorme fotografia em preto e branco e prateada. Um pôster. Uma Hollis Henry mais jovem com o joelho levantado, o pé em cima de alguma coisa. Uma minissaia de tweed, que parecia em grande parte ter sido descosturada e bem apertada. Onde ele já tinha visto aquilo antes?

– Você vai trabalhar com ela – disse Bigend. – Um projeto diferente.

– Tradução?

– Duvido. Este também é baseado em roupas.

– Lá em Vancouver – começou Milgrim, mas então parou.

– Sim?

– Eu achei uma bolsa de mulher. Havia muito dinheiro nela. Um telefone. Uma carteira cheia de cartões. Chaves. Coloquei a bolsa, a carteira, os cartões e as chaves numa caixa de correio. Fiquei com o dinheiro e o telefone. Você começou a ligar. Eu não o conhecia. Começamos a conversar.

– Sim – disse Bigend.

– É por isso que estou aqui hoje, não é?

– É – disse Bigend.

– De quem era aquele telefone?

– Você lembra que havia mais alguma coisa naquela bolsa? Uma unidade de plástico preto, com mais ou menos o dobro do tamanho do telefone?

Agora Milgrim lembrava. Ele fez que sim.

– Aquilo era um embaralhador. Pertencia a mim. A pessoa cuja bolsa você encontrou era minha empregada. Eu queria saber quem estava com o telefone dela. Foi por isso que tentei ligar para aquele número.

– Por que ficou ligando de volta?

– Porque fiquei curioso a seu respeito. E porque você continuou atendendo. Porque começamos a conversar, o que acabou levando ao nosso encontro e, como você diz, a você estar aqui hoje.

– Custou a você mais me trazer aqui hoje do que... – Milgrim parou para pensar a respeito. – Mais do que o Toyota Hilux? – Ele sentiu como se sua terapeuta o estivesse observando.

Bigend inclinou a cabeça de leve.

– Não tenho certeza, mas, provavelmente, sim. Por quê?

– Essa pergunta é minha – disse Milgrim. – Por quê?

– Porque eu conhecia a clínica na Basileia. Ela é controversa demais, muito cara. Estava curioso sobre se ela iria ou não funcionar com você.

– Por quê? – perguntou Milgrim.

– Porque – disse Bigend – eu sou uma pessoa curiosa, e posso me dar ao luxo de satisfazer minha curiosidade. Os médicos que o examinaram em Vancouver não estavam otimistas, isso para ser educado. Eu gosto de um desafio. E mesmo na condição em que o encontrei, em

Vancouver, você era um tradutor excepcional. Mais tarde – e Bigend sorriu – tornou-se evidente que você tem um olho interessante para uma série de coisas.

– Eu estaria morto agora, não?

– Meu entendimento é de que você provavelmente estaria, se tivesse saído da droga rápido demais – disse Bigend.

– Então o que devo a você?

Bigend estendeu a mão para o rifle, como se estivesse prestes a batucar o dedo nele, mas então se deteve.

– Não sua vida – ele disse. – Ela é um subproduto da minha curiosidade.

– Mas tanto dinheiro?

– O custo da minha curiosidade.

Os olhos de Milgrim arderam.

– Esta não é uma situação em que você tenha que me agradecer – disse Bigend. – Espero que entenda isso.

Milgrim engoliu em seco.

– Sim – ele respondeu.

– Eu realmente quero que você trabalhe com Hollis em outro projeto – disse Bigend. – Então veremos.

– Veremos o quê?

– O que formos ver – falou Bigend, estendendo a mão para pegar a pasta cinza atrás do rifle. – Volte para o hotel. Nós ligamos para você.

Milgrim se levantou, abaixando a sacola da Hackett, que havia coberto o retrato digital assustado dele próprio que usava ao redor do pescoço, em seu cordão porta-crachá de náilon verde-limão.

– Por que está usando isso?

– Exigem – disse Milgrim. – Eu não trabalho aqui.

– Me lembre de dar um jeito nisso – Bigend pediu, abrindo a pasta cinza, que continha uma pilha grossa do que pareciam ser clippings de revistas japonesas.

Milgrim, que já estava fechando a porta atrás de si, não disse nada.

13.

RATO ALMISCARADO

– Eles comiam rato almiscarado – disse Heidi enquanto caminhavam na luz do sol forte até a Selfridges, para seu encontro com o *stylist* de Hollis –, mas só às sextas.
– Quem?
– Belgas. Fizeram a igreja dizer que estava tudo bem, porque ratos almiscarados vivem na água. Que nem peixes.
– Isso é ridículo.
– Está no *Larousse Gastronomique* – disse Heidi. – É só procurar. Ou só olhar para o seu rapaz. Está na cara que ele já comeu isso.
O iPhone de Hollis tocou quando elas estavam chegando à Oxford Street. Ela olhou para a tela. Blue Ant.
– Alô?
– Hubertus.
– Você come rato almiscarado às sextas?
– Por que está perguntando isso?
– Estou defendendo você de um comentário racista.
– Onde você está?
– A caminho da Selfridges com uma amiga. Ela vai cortar o cabelo. – Conseguir o horário de última hora para Heidi havia exigido uma puxação de saco épica do *stylist*, mas Hollis acreditava piamente no poder terapêutico do corte de cabelo correto. E Heidi, por sua vez, agora não parecia nem de ressaca nem com jet lag.
– O que você está fazendo enquanto ela faz isso? – Bigend perguntou.

Hollis ficou na dúvida se contava a Bigend que ela própria cortaria o cabelo, mas achou que não valia a pena.

– O que você tem em mente?

– O amigo com quem comemos tapas – ele disse. – Quero que vocês dois conversem.

O tradutor, o sujeito que gostava de cachorros.

– Por quê?

– Isso vem depois. Conversem enquanto sua amiga corta o cabelo. Vou mandar Aldous levá-lo até aí agora. Onde ele deve encontrar você?

– Na praça de alimentação, suponho – respondeu Hollis. – Na pâtisserie.

Ele desligou.

– Merda – disse Hollis.

– Rato almiscarado – disse Heidi, puxando Hollis para seu lado e encarando o fluxo impiedoso de pedestres da Oxford Street como um navio quebra-gelo de ombros largos, indo na direção da Selfridges. – Você está mesmo trabalhando pra ele.

– Pior que estou – disse Hollis.

– HOLLIS?

Ela levantou a cabeça.

– Milgrim – disse ela, lembrando-se do nome dele, que Bigend não quisera usar pelo telefone. Ele havia feito a barba, e parecia descansado. – Estou comendo salada. Quer alguma coisa?

– Eles têm croissants?

– Tenho certeza de que sim. – Havia alguma coisa que ela achava profundamente peculiar no jeito dele, mesmo numa conversa tão rápida. Ele parecia genuinamente calmo, amigável, mas também singularmente alerta, de um jeito torto, como se houvesse mais alguma coisa despontando pelos cantos, ligeira e periférica.

– Acho que vou comer um – ele disse, um tanto sério, e ela ficou olhando enquanto ele se encaminhava até o balcão próximo. Hoje ele vestia calças mais escuras, e a mesma jaqueta esportiva de algodão fino.

Ele voltou com sua bandeja branca. Um croissant, uma pequena fatia retangular de algum embutido de carne envolto numa crosta de mil-folhas e um copinho de café preto.

– O senhor é tradutor de russo, sr. Milgrim? – ela perguntou enquanto ele baixava a bandeja e se sentava.

– Só Milgrim – ele disse. – Não sou russo.

– Mas é tradutor de russo?

– Sim – ele respondeu.

– E você trabalha com isso para Hubertus? Para a Blue Ant?

– Não sou empregado da Blue Ant. Acho que sou freelancer. Traduzi um pouco para Hubertus. Na maior parte literatura. – Olhou com fome para a bandeja.

– Por favor – pediu ela, levantando o garfo de salada. – Vá em frente. Podemos conversar depois.

– Não almocei hoje – ele disse. – Preciso comer, por causa da minha medicação.

– Hubertus mencionou que você estava se recuperando de alguma coisa.

– Drogas – ele disse. – Sou viciado. Em recuperação. – Parecia que aquela coisa periférica continuava bem ali, espiando ao redor de algum ângulo interno, fazendo suas medidas.

– Que tipo?

– Tranquilizantes. Parece até respeitável, não?

– Acho que sim – ela concordou –, mas isso não deve tornar as coisas mais fáceis.

– Não torna – ele disse –, mas eu não tinha receita para nada havia muito tempo. Eu era um viciado de rua. – Ele cortou uma fatia fina de uma ponta de seu folhado frio de carne.

– Eu tinha um amigo que era viciado em heroína. Ele morreu.

– Sinto muito – ele respondeu, começando a comer.

– Já faz anos. – Hollis mordiscou a salada.

– O que você faz para Hubertus? – ele perguntou.

– Também sou frila – ela respondeu. – Mas não tenho certeza do que faço. Ainda não.

– Ele é assim – Milgrim disse. Uma coisa chamou sua atenção do outro lado do salão. – Verde-folha, aquelas calças.

– De quem?

– Ele já foi. Conhece marrom-coiote?

– Quem?

– Era o tom da moda no equipamento militar dos EUA. Verde-folha é mais novo, é tendência. O verde-alfa esteve no topo por um breve período, mas o verde-folha está no topo agora.

– O equipamento militar dos EUA vem em tons da moda?

– É claro que sim – disse Milgrim. – Hubertus não conversa sobre isso com você?

– Não.

Ele ainda estava tentando encontrar as calças que havia vislumbrado, a distância.

– Não é um tom que você vai ver muito este ano, comercialmente. No ano que vem, talvez. Eu nem sei qual o número Pantone. – Ele voltou a atenção de novo à sua torta de carne. Acabou com ela logo.

– Desculpe – disse. – Não sou muito bom com pessoas novas. No começo.

– Eu não diria isso. Você vai direto ao assunto, ao que me parece.

— É o que ele diz — concordou Milgrim, piscando, e ela adivinhou que ele quis dizer Bigend. — Eu vi sua foto — ela disse. — Um pôster de você. Acho que foi em St. Mark's Place. Uma loja de discos usados.

— É uma foto muito antiga.

Milgrim assentiu, partiu seu croissant ao meio e começou a passar manteiga nele.

— Ele conversa com você sobre denim?

Milgrim levantou a cabeça, com a boca cheia de croissant, e a balançou.

— Gabriel Hounds?

Milgrim engoliu.

— Quem?

— É uma linha de jeans muito secreta. Isso parece ser o que eu estou fazendo para Hubertus.

— Mas o que você faz?

— Eu investigo. Tento descobrir de onde vem. Quem faz. Por que as pessoas gostam dela.

— Por que as pessoas gostam dela?

— Talvez porque seja quase impossível de encontrar.

— É isto? — perguntou Milgrim, olhando para a jaqueta dela.

— Sim.

— Bem-feita. Mas não é militar.

— Não que eu saiba. Por que ele está interessado em moda agora?

— Não está. Em nenhum sentido comum. Que eu saiba. — E a coisa que espreitava de modo oblíquo estava lá mais uma vez, dobrando aquela esquina interior, e ela sentiu sua inteligência. — Você sabia que existe uma feira específica para fabricantes que pretendem produzir equipamentos para os fuzileiros?

— Não sabia. Você já foi lá?

— Não — disse Milgrim. — Não consegui ir. É na Carolina do Sul. Eu só estive lá. Na Carolina do Sul.

– O que, exatamente, você faz para Hubertus, em termos de roupas? Você é designer? Marqueteiro?
– Não – disse Milgrim. – Eu reparo nas coisas. Sou bom em detalhes. Eu não sabia disso. Foi uma coisa que ele apontou para mim em Vancouver.
– Você ficou hospedado com ele? Naquela cobertura?
Milgrim assentiu.
– No quarto com a cama *maglev*?
– Não – disse Milgrim. – Eu tinha um quartinho. Eu precisava... de foco. – Terminou o restinho do seu croissant e tomou um gole de café. – Eu fui, acho que a palavra é "institucionalizado"? Eu não estava confortável com excesso de espaço. Excesso de opções. Então ele me enviou para Basileia.
– Suíça?
– Para começar minha recuperação. Se não se importa que eu pergunte, por que está esperando por ele agora?
– Eu me pergunto isso – ela disse. – Não é a primeira vez, e, depois da primeira vez, eu sem dúvida não queria que houvesse uma segunda vez. Mas aquela primeira vez se provou estranhamente lucrativa, ainda que de um jeito muito torto, um jeito que nada teve a ver com o que eu deveria estar de fato fazendo para ele. Então perdi muito dinheiro no crash, não estava encontrando mais nada que eu quisesse fazer, e subitamente Bigend apareceu insistindo que eu trabalhasse para ele. Ainda não estou bem à vontade com isso.
– Eu sei.
– Você sabe?
– Dá pra ver – disse Milgrim.
– E por que está trabalhando para ele?
– Eu preciso de um emprego – disse Milgrim. – E porque... ele pagou pela clínica em Basileia. Por minha recuperação.
– Ele enviou você para detox?

– Foi muito caro – respondeu Milgrim. – Mais do que um caminhão blindado. Nível de cartel. – Endireitou a faca e o garfo em cima do prato branco, no meio das migalhas. – É confuso – ele retomou. – Agora ele quer que eu trabalhe com você. – Ele ergueu a cabeça e parou de olhar para o prato; pela primeira vez ambos os elementos de sua identidade estranhamente fragmentada pareciam olhar para ela ao mesmo tempo. – Por que você não canta?

– Porque não canto – ela disse.

– Mas você era famosa. Você deve ter sido. Havia um pôster.

– Mas a questão não era essa – ela disse.

– É que parece que podia ser mais fácil. Para você, quero dizer.

– Não seria – retrucou ela.

– Lamento – ele se desculpou.

14.

CAPACETE AMARELO

Na Shaftesbury Avenue, no caminho de volta para o hotel de Milgrim, debaixo de uma chuva leve, um courier numa moto cinza e suja parou ao lado da Hilux na frente da faixa de pedestres. Aldous baixou a janela do lado do carona, fazendo as gotas de chuva escorrerem no vidro à prova de balas, e o motociclista de capacete tirou um envelope de sua jaqueta e o passou para Milgrim; sua luva parecia uma mão robótica blindada com Kevlar. A janela subiu de volta e a moto seguiu seu rumo costurando entre as pistas à frente deles, o capacete amarelo do motociclista se afastando rapidamente. Suas costas estavam marcadas, como se tivessem sido arranhadas pelas garras de uma pata imensa, revelando o branco da camada inferior.

Ele olhou para o envelope abaixo. MILGRIM, centralizado, em letras maiúsculas e soltas escritas à mão; no canto inferior direito estava escrito PM. Pamela. Parecia vazio, ou quase, quando ele o abriu. Uma pasta transparente e mole de fichário, contendo a imagem de sua tira do Caffè Nero impressa em jato de tinta. Embora na foto ela não estivesse no Caffè Nero. Atrás dela, bem focados, os anjos com cabeça de cachorro do Gay Dolphin Gift Cove. E ela vestia um agasalho vermelho, embora ele pudesse distinguir o mesmo logotipo branco de lua e palmeira. Uma paleta de cores diferente. Será que Sleight havia tirado aquela foto? Ela parecia ter sido tirada espontaneamente. Ele a imaginou dormindo em alguma poltrona da classe econômica do mesmo voo da British Midlands que ele havia tomado.

O táxi foi invadido pelos acordes iniciais de "Draw Your Brakes", de Toots and the Maytals.

– Aldous – disse Aldous para seu iPhone. – Certamente. – Ele passou o celular para Milgrim.

– Você viu – disse Bigend.

– É ela – confirmou Milgrim. – Quando eu estava lá?

Lembrando-se do conselho de Bigend sobre telefones, ele não perguntou onde a imagem havia sido encontrada, nem como.

– Mais ou menos – disse Bigend, e desligou. Milgrim devolveu o iPhone para a mão enorme, bonita e bem cuidada de Aldous, que aguardava.

15.

O PONTO

– Fitzroy – Hollis ouviu Clammy dizer do outro lado da linha, de seu iPhone. Ela estava encarando o fundo arredondado da gaiola do Número Quatro, após deixar uma Heidi de cabelo recém-cortado na Selfridges, preparando-se para testar a viabilidade dos diversos cartões de crédito do escrotão.

– Fitzroy?

– Esta vizinhança – disse Clammy. – Melbourne. – Perto da Brunswick Street. Rose Street, depois da Brunswick. A Rose Street tem um mercado de artistas. Mere me levou até lá. Meredith. O Velho George a conhecia.

Ele se referia a "Olduvai" George, o brilhante tecladista praticamente sem testa dos Bollards – Inchmale dizia que ele tinha mais cérebro no dedo mindinho que o resto deles juntos. Seu cabelo à máquina 2 parecia um chapéu de pelo bem apertado – como um dos capuzes pretos de cashmere que Clammy usava, só que esse ele não podia tirar. Tinha um maxilar maciço e maçãs do rosto pesadas, uma permanente barba por fazer preta e reluzente, olhos inteligentes enormes e fundos.

– A primeira coisa que eu vi foram os Hounds dela, Hounds de menina – Clammy continuou.

– Pareciam bons?

– Dei uns pegas nela na hora.

O que significava, ela pensou, que ele não havia feito isso, mas faria. Pelo menos em teoria.

– E vocês dois tinham Hounds em comum?

– Bem que eu queria – disse Clammy. – Foi da pior maneira. Eu já tinha visto aquele babaca do Burton usando um par. Bundão. Burton, cujo bundão Hollis lembrou já ter ouvido alguém citar antes, fazia alguma coisa em uma banda que Clammy detestava. A intensidade do desprezo que um músico profissional podia manifestar por outro era das coisas que ela menos gostava no métier. Ela supunha ter se livrado desse desprezo ao evitar a companhia de músicos profissionais. Sabia que nem todos eram assim, mas era melhor prevenir do que remediar.

– Então você admirou o jeans dela?

– Deixei que ela soubesse – disse Clammy – que eu sabia o que eles eram.

– E?

– Ela me perguntou se eu gostaria de um par. Me disse que conhecia um ponto.

– Ponto?

– Um carregamento.

– De onde?

– Não quis perguntar – ele disse, sério. – Eu queria os meus Hounds. No dia seguinte, ela falou. Disse que me levaria lá.

Estava ficando escuro lá fora, e a escuridão fazia o Número Quatro desaparecer. O fundo da gaiola pendia em cima dela como a sombra de uma nave-mãe, em forma de disco, como penumbra sólida. Hollis ficou ali, esperando que ela irradiasse alguma energia e a marcasse com aqueles círculos que aparecem nas plantações, quem sabe. Por um instante ela se deu conta de um ruído, o mar do tráfego londrino. Os dedos de sua mão livre passeavam no marfim de morsa entalhado em estilo *scrimshaw* da cama Síndrome Pibloktoq.

– E?

– Os outros achavam que a gente estava ficando. Menos George. Ele conhecia ela.

– De onde?

– Cordwainers. London College of Fashion. Ela estudou design de sapatos. Teve duas temporadas da sua própria linha. Depois voltou pra Melbourne e começou a fazer cintos e bolsas. Garota séria, disse George.

– Ele fez a Cordwainers?

– Porra, o George fez Oxford. Estava vendo outra menina da Cordwainers, amiga dela.

Hollis percebeu que estava imaginando, visualizando o que Clammy descrevia, em uma Melbourne que não se parecia com nenhuma cidade real. Eles haviam tocado em Melbourne e Sydney duas vezes cada, em turnês, e em cada uma dessas vezes ela estava tão atordoada pelo jet lag e tão enrolada na política da banda que mal havia registrado cada lugar. A sua Melbourne era uma colagem, um mash-up, como uma Los Angeles canadensada, vitoriana, anglo-colonial no meio de uma conturbação terra formada de subúrbios. Inchmale havia lhe contado que todas as maiores árvores de Los Angeles eram australianas. Ela supôs que as de Melbourne também. A cidade onde ela estava imaginando Clammy agora não era real. Era uma substituta, montada às pressas a partir do pouco que ela tinha à disposição. Sentiu uma necessidade súbita e intensa de ir até lá. Não para o que quer que a verdadeira Melbourne pudesse ser, mas para aquele engodo ensolarado e aproximado.

– E ela conseguiu para você? – perguntou a Clammy.

– Apareceu de manhã. Me levou de carro até Brunswick Street. Ovos com bacon numa cafeteria vegana de lésbicas.

– Bacon vegano?

– Mente aberta. Ficamos falando sobre Hounds. Pelo que eu entendi, ela havia conhecido alguém aqui, em Londres, quando esteve na Cordwainers, que estava envolvido no começo da Hounds.

– Começou aqui?

— Eu não disse isso. Mas alguém aqui sabia alguma coisa a respeito desde os primeiros estágios.

O fundo da gaiola estava perfeitamente escuro agora, o papel de parede insetoide vagamente floral.

— Nós temos um acordo — ela lembrou.

— Temos — ele concordou — mas pode haver menos do que você está esperando, agora que eu tive tempo para pensar a respeito.

— Deixe que eu tiro minhas conclusões a respeito.

— Então café, e a gente conversou, e depois foi para o mercado. Eu achei que seria mais parecido com a seção de roupas da feira de Portobello, ou de Camden Lock. Mas era uma coisa mais de artistas, de artesanato. Pôsteres japoneses, pinturas, joias. Coisas que os vendedores haviam feito.

— Quando foi isso?

— Em março. Ainda estava quente. As pessoas estavam formando uma fila para as Hounds enquanto a gente comia. O mercado não é muito grande. Mere me levou direto até essa fila, lá dentro, eu diria 20 pessoas, e mais atrás de nós. Lá fora, num pátio. Fiquei pensando, isso não é pra gente, mas ela diz que é, a gente tem que entrar na fila também.

— Como estavam as outras pessoas, as que estavam esperando?

— Concentradas — ele falou. — Sem conversar. E todas pareciam estar sozinhas. Tentando, tipo assim, parecer casuais.

— Homens? Mulheres?

— Mais homens.

— Idade?

— Mista.

Ela se perguntou o que isso queria dizer para Clammy.

— E eles estavam esperando por...?

— Havia uma mesa, debaixo de um guarda-sol velho de praia. Nós estávamos no sol, e estava ficando cada vez mais quente. Ele estava sentado lá embaixo da mesa.

— Ele?

— Branco. Talvez uns 30 anos. Americano.

Ela imaginou que Clammy poderia ser incapaz de estimar a idade de modo preciso, para além de 20 e poucos anos.

— Como você sabe?

— Falei com ele, não falei?, quando cheguei lá.

— Sobre o quê?

— Encolhimento – disse Clammy. – Tamanho. As Hounds são feitas para encolher para o tamanho da etiqueta. Só embaixo, na cintura, então elas esticam um pouquinho. Tamanhos verdadeiros, sem tamanho de vaidade.

— Mais alguma coisa?

— Ele só ia me vender um par. Tinha três do meu tamanho. Mostrei a grana para ele. Disse que não podia. Uma por cliente. Mantinha as coisas em movimento. Havia mais umas 20 ou 30 pessoas atrás de nós.

— Como ele era?

— Cabelo meio ruivo, sardas. Uma camisa branca que me deixou pensando.

— O quê?

— Se podia ser Hounds. Tipo simples, mas não tão simples. Tipo Hounds. Ele estava com o dinheiro dobrado numa das mãos. Não tinha moedas. Só notas.

— Quanto?

— Duzentos dólares australianos.

— Estava sozinho?

— Duas minas australianas. Amigas da Mere. Na verdade ele estava aproveitando o espaço de venda delas. Vendendo os cintos da Mere, as camisetas que elas imprimiam, joias.

— Nomes?

— Nah. Mere saberia.

— Ela está em Melbourne?

— Nah. Paris.

Hollis deixou a escuridão do casco da nave-mãe preencher seu campo de visão.

– Paris?

– Foi o que eu disse.

– Sabe como entrar em contato com ela?

– Ela está em uma feira de roupas vintage. Dois dias. Começa amanhã. O Velho George está lá com ela. Inchmale está puto porque ele saiu enquanto nós estamos no estúdio.

– Preciso me encontrar com ela. Amanhã ou depois. Você consegue arranjar isso?

– Lembra do nosso acordo?

– Totalmente. Providencie isso agora. Me ligue de volta.

– Ok – disse Clammy, e sumiu, deixando o iPhone subitamente inerte, vazio.

16.

HONOR BAR

Ela estava esperando por Milgrim quando ele voltou ao seu hotel. No banco estofado, onde eles deixavam o MacBook de cortesia preso por uma corrente, do lado esquerdo da barra transversal do saguão, que tinha forma de T, em frente à recepção.

Ele não a tinha visto antes, ao pedir a garota canadense a chave de seu quarto.

– Há uma pessoa esperando pelo senhor, sr. Milgrim.

– Sr. Milgrim?

Ele se virou. Ela ainda estava sentada ali, em seu suéter preto, acabando de fechar o MacBook. Ladeada no banco por sua grande bolsa branca e uma sacola ainda maior da Waterstones. Ela devia estar com o cartão para fora, pronto, porque ele o viu na sua mão direita quando ela se aproximou.

– Winnie Whitaker, sr. Milgrim – apresentou-se entregando a ele o cartão. Um emblema semelhante a um distintivo folheado a ouro no canto superior esquerdo. WINNIE TUNG WHITAKER. Ele piscou várias vezes. AGENTE ESPECIAL. Olhando para trás, procurando desesperadamente uma fuga, vendo a sacola de compras da Waterstones, onde viu pelo menos dois Paddington Bears de pelúcia, com seus capacetes amarelos icônicos. Voltou a olhar o cartão. DEPARTAMENTO DE DEFESA. ESCRITÓRIO DO INSPETOR-GERAL. SERVIÇO INVESTIGATIVO CRIMINAL DE DEFESA. – SICD – pronunciando as letras individuais da sigla, depois pronunciando novamente como "si cid", ênfase na primeira.

– Você tirou minha foto – Milgrim disse, com tristeza.

– Sim, tirei. Preciso ter uma conversa com o senhor, sr. Milgrim. Existe algum lugar onde possamos falar mais em particular?

– Meu quarto é muito pequeno – ele disse. O que era verdade, embora ao dizer isso ele percebesse que não havia absolutamente nada em seu quarto que ele tivesse de esconder dela. – O honor bar – ele falou. – É só subir um lance de escadas.

– Obrigada – ela disse, e fez um gesto com a mão que segurava a sacola da Waterstones para que ele fosse na frente.

– Você estava esperando há muito tempo? – ele perguntou ao começar a subir as escadas, ouvindo sua própria voz como se ela pertencesse a um robô.

– Pouco mais de uma hora, mas aproveitei para tuitar para meus filhos.

Milgrim não sabia o que isso queria dizer, e nunca tinha tido a exata noção da medida de um honor bar, e não tinha certeza de quantos ambientes ele podia consistir. O ambiente no qual estavam entrando agora era parecido com um daqueles cantinhos educativos de uma *flagship store* da Ralph Lauren, que tem a intenção de sugerir como uma semimítica outra metade vivia, mas que ali estava anabolizando até se transformar em uma coisa toda diferente, que havia passado por um processo de metástase e se tornado assustadoramente hiper-real.

– Uau – ela exclamou, de maneira elogiosa, quando ele olhou para o cartão, esperando que ele tivesse se tornado outra coisa completamente distinta. – Como o Ritz-Carlton com esteroides. Mas tipo em miniatura. – Ela colocou a sacola com os Paddingtons com cuidado em cima de uma almofada de couro.

– Posso lhe oferecer uma bebida? – a voz roboticamente neutra de Milgrim perguntou. Ele voltou a olhar para o cartão horrível, depois o enfiou no bolso do peito de sua jaqueta.

– Será que eles têm cerveja?

— Tenho certeza de que sim. — Com certa dificuldade, ele localizou um refrigerador embutido, a porta coberta por um painel de mogno vermelho. — O que você gostaria de beber?

Ela deu uma espiada no interior frio de prata fosca.

— Não conheço nenhuma dessas.

— Uma Beck's — seu robô sugeriu. — Não é a que eles têm nos Estados Unidos.

— E você?

— Não bebo álcool — ele disse, passando para ela uma garrafa de Beck's e escolhendo um refrigerante em lata ao acaso. Ela abriu a garrafa, usando alguma coisa prateada, com algo que parecia um pedaço grosso de galhada de cervo como cabo, e tomou um gole direto da garrafa.

— Por que você tirou minha foto? — perguntou Milgrim, mudando inesperadamente sua voz de robô e soando como uma pessoa bem diferente, aquela que você prende automática e imediatamente.

— Sou obsessiva — ela disse.

Milgrim piscou várias vezes e estremeceu.

— Basicamente — ela disse —, eu coleciono coisas. Em grande parte, em pastas-sanfona. Pedaços de papel. Fotos. Às vezes penduro na parede do meu escritório. Eu tenho uma foto sua da época de uma prisão de narcóticos em Nova York, 1997.

— Eu não fui acusado — disse Milgrim.

— Não — ela concordou. — Não foi. — Ela tomou um gole da Beck's. — E eu tenho uma cópia da sua foto do passaporte, que, claro, é muito mais recente. Mas hoje de manhã, ao segui-lo, decidi que iria conversar com você esta tarde. Então eu quis tirar uma foto sua antes. Meio que *in loco*. Na verdade eu sou mesmo obcecada com fotos. Agora não tenho mais certeza se primeiro decidi falar com você esta tarde ou se apenas decidi tirar sua foto, o que significaria que eu estaria conversando com você esta tarde. — Ela sorriu. — Não quer sua bebida?

Milgrim olhou para a latinha, abriu-a e derramou algo amarelo e gaseificado em um copo highball.

– Vamos sentar – ela disse, e se acomodou numa poltrona de couro. Milgrim pegou a que estava à sua frente.

– O que foi que eu fiz?

– Não sou telepata – ela disse.

– Perdão?

– Bem – ela disse –, você não paga impostos há cerca de uma década. Mas talvez não esteja ganhando o suficiente para precisar declarar impostos.

– Acho que não – disse Milgrim.

– Mas agora você está trabalhando?

– Numa espécie de base por honorário – disse Milgrim, como se desculpasse. – Além das despesas.

– Umas despesas bem grandes – comentou ela, olhando ao redor do honor bar. – Está trabalhando para esta agência, Blue Ant?

– Não, formalmente, não – disse Milgrim, sem gostar do jeito como essas palavras soavam. – Eu trabalho para o fundador e CEO. – "CEO", ele percebeu, ao dizer a sigla, havia começado a soar um tanto vulgar.

Ela fez que sim com a cabeça, voltando a fazer contato visual.

– Você não parece ter deixado um rastro muito grande, sr. Milgrim. Columbia? Línguas eslavas? Tradução? Algum trabalho para o governo?

– Sim.

– História zero, até onde a ChoicePoint pôde determinar. Significa que você não teve sequer um cartão de crédito há pelo menos dez anos. Significa que não há histórico de endereço. Se eu tivesse de adivinhar, sr. Milgrim, diria que o senhor teve um problema com drogas.

– Bem – disse Milgrim –, sim.

– Você não me parece alguém que esteja enfrentando um problema com drogas agora – disse ela.

— Não?

— Não. Parece ter uma série de reflexos que são resultado do problema que você teve com as drogas. E parece ter um problema com suas companhias. E é sobre isso que estou aqui para falar com você.

Milgrim tomou um gole do que quer que estivesse em seu copo. Algum tipo de soda limonada italiana corrosivamente amarga. Seus olhos lacrimejaram.

— Por que foi a Myrtle Beach, sr. Milgrim? Você conhecia o homem com quem se encontrou lá?

— As calças dele.

— As calças dele?

— Eu fiz tracejados — disse Milgrim. — Eu as fotografei. Ele foi pago para isso.

— Você sabe quanto?

— Não — respondeu Milgrim. — Milhares. — Ele fez um gesto com o polegar e o indicador inconscientemente, querendo mostrar uma certa espessura de notas de cem dólares. — Digamos dez, no máximo?

— E essas calças eram do Departamento de Defesa? — ela perguntou, olhando para ele de modo muito direto.

— Espero que não — disse ele, sentindo uma súbita e profunda angústia.

Ela tomou um gole maior da sua cerveja. Continuou a olhar para ele daquele jeito. Alguém deu uma risada em uma das salas adjacentes do honor bar, por trás de portas envidraçadas do mesmo mogno vermelho. Os risos pareciam combinar com a decoração.

— Eu posso lhe dizer com certeza que não eram — ela disse.

Milgrim engoliu, com dificuldade e dor.

— Não eram?

— Mas gostariam de ser. Isso poderia ser um problema. Me fale do homem que deixou você as ver.

— Ele tinha um *mullet* — disse Milgrim — e estava vestindo Blackie Collins Toters.

– Ele estava vestindo...?
– Jeans Toters – disse Milgrim. – Procurei no Google. Eles têm forros Cordura Plus nos bolsos, para esconder armas e outras coisas. E bolsos externos para facas ou lanternas.
– Ah – exclamou ela, sorrindo por um breve instante. – Claro.
– Sleight disse que ele era... alguma coisa especial?
– Tenho certeza de que ele acha que sim.
– Forças especiais? Era?
– Sleight – ela disse. – Oliver. – Origem britânica, residente no Canadá. Trabalha para a Blue Ant.
– Sim – disse Milgrim, imaginando a foto de Sleight na parede dela. – Tirando isso, ele não disse quase nada. Disse que precisavam de *goussets*.
– *Goussets*?
– As calças. – Então, lembrando-se: – A analista de design mais inteligente da Blue Ant acha que elas não são militares. Acha que são streetwear. Acho que ela tinha razão.
– Por quê?
– Marrom-coiote. – Ele deu de ombros. – Ano passado. Iraque.
– Eu estive no Iraque – ela disse. – Três meses. Na Zona Verde. Também enjoei dessa cor.
Milgrim não conseguia pensar em nada para dizer.
– Foi perigoso? – seu robô perguntou.
– Eles tinham uma lanchonete Cinnabon – ela disse. – Eu sentia saudade dos meus filhos. – Ela terminou a cerveja e colocou a garrafa sobre um porta-copos de vidro bisotado com borda de prata rendada. – Aquela que você conheceu na loja de presentes foi a esposa dele. Ele também esteve no Iraque. Primeiro numa unidade de elite, depois como consultor.
– Eu estava com medo dele – disse Milgrim.
– Imagino que ele seja levemente disfuncional – ela disse, como se isso não fosse algo surpreendente. – Qual é o lance com aquela Toyota?

— A Hilux?
— A pouca colaboração local que eu tenho é com o adido local do FBI aqui. Os britânicos estavam dispostos a seguir você desde o aeroporto, e a me informar onde você estava hospedado. Mas estavam curiosos com o 4x4.
— Ela pertence a Bigend — disse Milgrim. — Ela tem blindagem fabricada por uma empresa chamada Jankel, motor especial, pneus que continuam rodando mesmo depois de levar tiros. — Ele não usou a expressão "nível de cartel".
— Esse é mesmo o nome dele?
— A pronúncia francesa seria "Bi-jân", eu acho. Mas ele parece dar preferência à outra.
— Por que ele precisa de um veículo desses?
— Ele não precisa. Só precisa estar curioso a respeito.
— Ele deve ser legal.
— Não sei se o descreveria assim — disse Milgrim. — Mas ele definitivamente é curioso.
— E extremamente bem conectado aqui. Quando meus britânicos percorreram o registro, tive a sensação de que eles decidiram que seguir você desde o aeroporto e o nome do seu hotel era tudo o que eu iria ter. Embora talvez isso fosse ser mesmo tudo o que eu iria conseguir. Mas então resolveram perguntar sobre o 4x4.
— Não existem tantas pessoas ricas genuinamente excêntricas — disse Milgrim. — Sem dúvida. Nem mesmo aqui.
— Eu não sou a pessoa certa para provar isso.
— Não — concordou Milgrim, tomando um gole pequeno, cuidadoso, de sua soda limonada amarga.
— Por que eles queriam as especificações daquelas calças?
— Eles estão interessados em contratos militares — disse Milgrim. — Design. O tecido e o equipamento têm de ser manufaturados nos Estados Unidos. Existe uma lei.
— Não brinca — ela disse.

– Foi o que me disseram.

– Não – disse ela. – Quero dizer, não brinca que estão procurando contratos...

– Não estou brincando – disse Milgrim. – Estão sim. É um grande projeto deles atualmente.

– Porra, isso é hilário.

Milgrim olhou para seu refrigerante, confuso.

– Você tem um número de telefone?

– Tenho – disse Milgrim, tirando o Neo da jaqueta e mostrando-o a ela. – Mas é deste aqui, e Bigend diz que ele está grampeado.

– Então esqueça. Eu prendi um criminoso sério que tinha um desses.

Milgrim estremeceu.

– Não porque ele tinha o aparelho. Foi outra coisa. Tem endereço de e-mail?

– Um endereço da Blue Ant?

– Que tal uma conta de Twitter?

– Uma o quê?

– Crie uma – ela disse. – Como Gay Dolphin Dois, tudo em caixa-alta, sem espaço. Dois em numeral. No laptop do saguão. Assim que você terminar sua bebida. Configure suas atualizações para que sejam privadas. Vou pedir para seguir você. Eu vou ser Gay Dolphin Um. Me deixe seguir você, recuse todos os demais. A maioria vai ser de bots pornô mesmo.

– Bots pornô? O que é isso?

– É como eu falo com meus filhos. Você vai se registrar. Vai ser assim que vamos ficar em contato. Vamos tentar deixar você de fora dessa encrenca.

Milgrim fez uma careta.

– Você não vai querer sair da cidade sem que eu saiba. Nem mudar de hotel.

– Eu tenho que ir para onde eles me mandarem – disse Milgrim. – É o que eu faço.

HISTÓRIA ZERO ■ 113

– Perfeito. Eu fico em contato. – Ela se levantou. – Obrigada pela cerveja. Não se esqueça de se registrar. Gay Dolphin Dois. Dois em numeral. Tudo em caixa-alta, sem espaço.

Depois que ela foi embora, ele continuou sentado ali, na poltrona. Tirou o cartão dela do bolso. Ficou segurando sem olhar. Dedos nas bordas afiadas.

– Sem espaço – seu robô falou.

17.

HOMÚNCULOS

Ela encontrou Heidi no bar do Cabinet, monocromaticamente resplandecente em uma espécie de jaqueta de líder de banda marcial pós-holocausto, cortada a partir de diversos tons diferentes e texturas de quase preto.

– Os cartões do escrotão funcionaram?

– Dois, sim – disse Heidi, levantando um copo fumegante de líquido claro em um copo highball. Seu cabelo recém-cortado havia sido repintado de preto, também em diversos tons, e ela parecia ter refeito a maquiagem também.

– O que é isso? – Hollis perguntou, apontando para o copo.

– Água – Heidi disse, e tomou um gole.

– Quer ir a Paris comigo amanhã de manhã?

– Pra quê?

– Meu trabalho diário. Tem uma feira de roupas vintage. Acho que eu encontrei alguém que sabe o que Bigend quer que eu descubra. Pelo menos em parte.

– Como você fez isso?

– Acho que ela está saindo com o tecladista dos Bollards.

– Mundo pequeno – disse Heidi. – E ele é o único bonitinho. O resto são homuncluses.

– Homúnculos.

– Uns merdinhas – Heidi contracorrigiu. – Dispenso. A garganta está me incomodando. Aviões de merda.

— Não, Eurostar.

— Estou falando do avião em que eu vim. Quando você volta?

— Depois de amanhã, se eu conseguir encontrá-la amanhã. Acho que vou levar o Milgrim, então.

— Como ele estava?

— Profundamente. Peculiar. Caralho. — Hollis soprou de leve uma fina ilha marrom de espuma que flutuava em sua caneca de *half pint* de Guinness, para vê-la se mover, depois bebeu um pouco. Sempre uma bebida misteriosa para ela. Não sabia por que a havia pedido. Gostava mais da aparência que do gosto. Qual seria o gosto, ela se perguntou, se o gosto fosse do jeito que ela pensava que tinha a ver com a aparência? Ela não fazia ideia. — Embora, talvez, não de maneira ruim. Não foi culpa dele que Bigend o encontrou. Nós sabemos como é.

— Robert me encontrou em uma academia. Velha escola. East Side.

— End. Não Side.

— Ele é bonitinho.

— Não se atreva. "Nada de civis", lembra? Se você tivesse seguido a regra, não estaria tendo que se divorciar do escrotão.

— Quem fala. O filha da puta está no YouTube, pulando de arranha--céus em um traje de esquilo voador.

— Mas a regra era *sua*, lembra? Não minha. Depois dos lutadores de boxe, você ia ficar só com músicos.

— Homuncluses — disse Heidi, assentindo. — Uns merdinhas.

— Isso eu podia ter lhe dito — disse Hollis.

— Você disse.

O nível do típico ruído de bebidas de bar em começo da noite subitamente aumentou. Hollis levantou a cabeça e viu as gêmeas islandesas, a pele gelada e idêntica reluzindo. Atrás delas, de algum modo preocupantemente benevolente, pairava Bigend.

— Merda — disse Hollis.

— Tô fora — disse Heidi, colocando de lado a água e se levantando, dando de ombros irritada dentro da jaqueta nova.

Hollis também se levantou, *half pint* na mão.

– Vou ter que falar com ele – ela disse. – Sobre Paris.

– O trabalho é seu.

– Hollis – chamou Bigend. – E Heidi. Encantado.

– Sr. Bellend – disse Heidi.

– Permitam-me apresentar Eydis e Fridrika Brandsdottir. Hollis Henry e Heidi Hyde.

Eydis e Fridrika deram um sorriso idêntico, num uníssono assustador.

– Um prazer – disse uma delas. – Sim – disse a outra.

– Estou de saída – disse Heidi, e saiu, homens se virando para acompanhá-la com os olhos enquanto ela caminhava pelo bar.

– Ela não está passando bem – explicou Hollis. – O voo afetou sua garganta.

– Ela é cantora? – Eydis ou Fridrika perguntou.

– Baterista – respondeu a outra.

– Posso falar com você um instante, Hubertus? – Hollis virou-se para as gêmeas. Por favor, me desculpem. Podem se sentar aqui.

Quando elas se acomodaram nas poltronas que Hollis e Heidi tinham deixado, Hollis se aproximou de Bigend. Ele havia tirado o terno azul naquela noite, e usava um de um tecido preto que absorvia a luz de um modo peculiar, como se de algum modo não tivesse uma superfície. Era mais como uma ausência, uma abertura para alguma outra coisa, antimatéria casada com mohair.

– Não sabia que Heidi estava aqui – ele disse.

– Todos ficamos surpresos. Mas eu queria lhe dizer que estou indo para Paris amanhã, para tentar falar com alguém que pode saber algo a respeito da Hounds. Pensei em levar Milgrim.

– Vocês se deram bem?

– Bem o bastante, levando em conta tudo.

– Vou mandar Pamela enviar um e-mail a você em alguns minutos. Ela pode cuidar de qualquer despesa.

– Não se incomode. Eu vou controlar as despesas. Mas não quero abrir mão do meu quarto aqui, então vou ficar com ele e você pode cobrir isso.

– Já estou cobrindo – Bigend disse – além de despesas incidentais. Pode me contar algo sobre Paris?

– Acho que encontrei alguém que esteve envolvido com o que quer que foi o começo da Hounds. "Acho." Isso é tudo o que sei. E pode não ser verdade. Vou ligar para você de lá. De qualquer maneira, você tem companhia. – Sorrindo na direção de Eydis e Fridrika, agora enroladas como mamíferos árticos e esguios prateados em suas poltronas combinando. – Boa noite.

18.

1 4 0

O Neo tocou enquanto ele ainda estava tentando entender o Twitter. Ele estava registrado, agora, como GAYDOLPHIN2. Sem seguidores, sem seguir ninguém. O que quer que isso significasse. E seus updates, o que quer que isso fosse, estavam protegidos.

O tom de toque pseudomecânico ríspido atraiu a atenção da moça no balcão. Ele sorriu ansioso, meio que se desculpando, de sua cadeira na bancada com tampo de couro e cabo para laptop, e atendeu, o Neo estranho contra seu ouvido.

– Sim?
– Milgrim?
– Ele mesmo.
– Hollis. Como você está?
– Bem – respondeu Milgrim, automaticamente. – Como vai?
– Me perguntando se você estaria disposto a ir a Paris amanhã. Pegaríamos um Eurostar cedo.
– O que é isso?
– O trem – ela disse. – Túnel do Canal da Mancha. É mais rápido.
– Para quê? – Parecendo, pensou ele, uma criança desconfiada.
– Descobri alguém com quem precisamos falar. Ela estará lá amanhã, e no dia seguinte. Depois, já não sei.
– Vamos ficar fora muito tempo?

— Só passar a noite, se tivermos sorte. Sete e meia da manhã, saindo de St. Pancras. Vou arranjar para que alguém da Blue Ant apanhe você no hotel.

— Hubertus sabe?

— Sim. Acabei de cruzar com ele.

— Tudo bem — disse ele. — Obrigado.

— Vou mandar o carro ligar para seu quarto.

— Obrigado.

Milgrim pôs o Neo de lado e voltou ao webmail e ao Twitter. Ele havia acabado de receber mais uma notificação do Twitter, que lhe perguntava se ele estaria disposto a permitir que GAYDOLPHIN1 o seguisse. Ele estava. E agora ele teria de contar a ela sobre Paris. Aparentemente em rajadas de 140 caracteres.

Quando ele estava terminando de fazê-lo, alguém chamado Cyndi-Brown32 perguntou se ele estaria disposto a permitir que o seguisse.

Lembrando-se das instruções de Winnie, ele não estava. Fechou o Twitter e saiu do webmail. Fechou o MacBook.

— Boa noite, sr. Milgrim — disse a garota no balcão quando ele foi até o elevador.

Ele sentia como se algo novo e grande demais estivesse tentando se encaixar dentro dele. Havia mudado de lado, ou passado para um novo. Ou será que ele estaria simplesmente com mais medo de Winnie do que de Bigend? Ou estaria com medo da possibilidade da ausência de Bigend?

— Institucionalizado — ele disse para o interior de aço inoxidável escovado do elevador Hitachi, quando suas portas se fecharam.

Ele tinha saído de onde estivera antes, um lugar que achava ser extremamente pequeno, e muito duro, para aquele espaço mais amplo, para seu não-exatamente-emprego de executar algumas tarefas para Bigend, mas que subitamente não parecia tão amplo assim. Aquela sucessão de quartos, em hotéis que ele nunca escolhia. Missões simples, envolvendo viagens. Testes de urina. Sempre outro envelope com plástico-bolha.

Que o fez se lembrar de sua medicação, ele calculou. Tinha o suficiente para duas noites fora. Fosse o que fosse.

A porta se abriu no corredor do terceiro andar.

Tome seus remédios. Escove os dentes. Faça as malas para Paris.

Quando fora a última vez que ele estivera em Paris? Milgrim sentia como se nunca tivesse estado lá. Outra pessoa havia estado lá, nos seus vinte e poucos anos. Essa misteriosa interação anterior na qual sua terapeuta de Basileia havia se interessado de maneira tão implacável. Um *self* hipotético, mais jovem. Antes que as coisas tivessem começado a não ir tão bem, depois pior, depois muito pior, embora a essa altura ele tivesse conseguido se ausentar a maior parte do tempo. O máximo de tempo possível.

– Pare de olhar – ele disse para o manequim, ao entrar no quarto.

– Eu queria um livro. – Fazia um bom tempo desde que havia encontrado algo para ler por prazer. Nada desde o início de sua recuperação, na verdade. Havia alguns híbridos de livro com revista, de encadernação cara e estranhamente castrados, que eram rearrumados todos os dias pelas arrumadeiras, mas ele sabia só de olhar de relance para eles que eram anúncios insípidos de riqueza; riqueza e uma profunda e brochante falta de imaginação.

Ele iria procurar um livro em Paris.

Ler, sua terapeuta havia sugerido, provavelmente havia sido sua primeira droga.

19.

PRESENÇAS

Jogando maquiagem e artigos de toalete de qualquer maneira dentro de uma sacola, ela reparou que o bonequinho da Blue Ant, seu totem fracassado de como evitar empregos, não estava ali no balcão. As arrumadeiras deviam tê-lo movido de lugar no dia anterior, ela supôs, mas não era do feitio delas. Fechou a nécessaire. Checou os cabelos no espelho. Uma voz com o timbre da BBC fluía suavemente, falando palavras sem sentido, na grade ornamentada na parede.

Saiu pelas placas fumegantes de vidro e canos niquelados da ducha H.G. Wells, envolta em várias toalhas.

Olhando de relance ao redor do Número Quatro na esperança de encontrar alguma coisa que pudesse ter esquecido de guardar na mala, ela viu as três caixas de papelão fechadas da edição britânica de seu livro. Lembrando-se de Milgrim, quando o vira pela primeira vez em sua caminhada até o restaurante de tapas, expressando interesse. Bigend, naturalmente, havia levantado a questão. Milgrim havia parecido arrebatado, por alguns segundos, pela ideia de que ela tivesse escrito um livro.

Ela devia levar um exemplar para ele, decidiu.

Lutou para levar uma caixa ridiculamente pesada até a cama desfeita e usou o cortador do saca-rolhas vitoriano para rasgar a fita de plástico transparente. A caixa liberou um cheiro de livraria quando foi aberta, mas não era um cheiro bom. Seco, químico. E lá estavam eles, quadrados e embrulhados individualmente em filme plástico. *Presen-*

ças, de Hollis Henry. Ela tirou um do topo da pilha e o enfiou no bolso lateral de sua mala de rodinhas.

Depois saiu, passando por corredores de verde liminar, elevador, e desceu, até o foyer com cheiro de café, onde um rapaz com óculos de aro de tartaruga a presenteou com um café branco longo num copo de papel branco com tampa de plástico branco, e lhe ofereceu um guarda-chuva do Cabinet.

– O carro já chegou?
– Já – ele disse.
– Então não preciso de guarda-chuva. Obrigada.

Ele levou sua mala de rodinhas e a colocou no bagageiro de um BMW preto, pilotado pelo rapaz barbudo que lhe havia aberto a porta da Blue Ant.

– Jacob – o rapaz se apresentou, sorrindo. Ele vestia uma jaqueta de motociclista de algodão encerado. Isso lhe dava uma espécie de élan pós-apocalíptico naquela manhã chuvosa, pensou ela. O contrarregra deveria ter lhe dado uma submetralhadora Sten, ou outra arma semelhante a uma peça de encanamento.

– É claro – ela disse. – Obrigada por me apanhar.
– O tráfego não está péssimo –, ele disse, abrindo a porta para ela.
– Vamos encontrar o sr. Milgrim? – Quando ele entrou atrás do volante, ela reparou no ponto eletrônico que ele tinha no ouvido.
– Já foi arranjado. Ele foi apanhado. Pronta para Paris?
– Assim espero – respondeu ela quando ele deu a partida.

Então Gloucester Place. Se ela fosse a pé, pegaria a Baker Street, com a qual havia sonhado desde a infância, e que conservava, mesmo naquele estágio de suposta maturidade, um certo senso agudo de decepção. Embora talvez as coisas já estivessem se desenrolando em Paris, ela imaginava, que agora estava apenas a uma longa viagem de trem de onde ela se encontrava.

No tráfego da Marylebone Road, onde o carro a toda hora parava e andava, ela não conseguia deixar de reparar em um courier, todo blindado em plástico-samurai, a parte de trás de seu capacete amarelo arranhada como se algo felino e imenso o tivesse atacado e errado por pouco; o forro de fibra de vidro aparecia, mal tapado pelo silver tape que começava a descascar. Ele parecia de algum modo a toda hora ultrapassá-los, costurando entre pistas. Ela jamais entenderia como isso funcionava ali.

– Espero conseguir encontrar Milgrim na estação.
– Não se preocupe – disse Jacob. – Eles vão levá-lo até você.

UMA VASTIDÃO de vigas de aço azul-celeste. Um volume maciço de som. Pombos com aspecto nada confuso, cuidando de seus negócios de pombo. Ninguém faz estações de trem como os europeus, e os britânicos, ela pensou, eram os melhores. Fé na infraestrutura, acoplada com um dom de *retrofitting* gerado pela necessidade.

Um dos motoristas magros e elegantes de Bigend, com a mão no ponto eletrônico, foi se dirigindo para ela a passos firmes no meio da multidão, Milgrim a reboque como um barco a remo num domingo no lago. Olhando ao redor como uma criança, Milgrim, o rosto iluminado como o de um garoto no ambiente dramático das vigas azuladas, a grandeza da estação de trem que parecia uma imensa loja de brinquedos.

Uma das rodinhas de sua mala começou a estalar quando ela foi na direção deles.

20.

AUMENTADO

Milgrim levantou a cabeça das páginas quadradas em papel couché de *Presenças: arte locativa na América*, e viu que Hollis estava lendo também. Alguma coisa encadernada em tecido, preta, sem sobrecapa.

Eles estavam em algum lugar embaixo do Canal da Mancha agora, sentados na classe Executiva Premier, que tinha wi-fi e café da manhã com croissants. Ou não wi-fi, mas algo para celular, que exigia o que ela havia chamado de "dongle", e conectara na borda de seu MacBook para ele. Milgrim já tinha pegado isso emprestado antes, uma coisinha fina e esquisita chamada Air, e entrou no Twitter, para ver se Winnie havia dito alguma coisa, mas não. "Passando por Kent agora", ele escreveu, depois apagou. Então tentou "Hollis Henry" no Google e achou o verbete dela na Wikipedia. Essa acabou sendo uma leitura estranha, pois ela estava sentada logo à sua frente, do outro lado da mesa, embora não pudesse ver o que ele estava olhando. Apesar de estarem no túnel, também não havia telefone.

Ela tinha sido descrita, num artigo de retrospectiva de 2004, como tendo o aspecto de "uma versão *weaponized* de Françoise Hardy" quando se apresentava. Ele não tinha certeza de que conseguia ver isso exatamente, e também buscou Françoise Hardy no Google para fazer a comparação direta. Françoise Hardy era bonita de uma maneira mais convencional, ele achou, e não tinha certeza do que "weaponized" devia significar naquele contexto. Armada, militarizada? Supôs que o escritor estivesse tentando capturar alguma coisa do que quer que ela projetasse numa performance ao vivo.

Hollis não se parecia com a ideia que Milgrim tinha de uma cantora de rock, até onde ele tinha alguma ideia. Ela parecia alguém com um emprego que lhe permitia vestir o que quisesse no escritório. O que ela tinha, supunha ele, com Bigend.

Quando ele terminou de usar o computador de Hollis, ela lhe ofereceu um exemplar do livro que havia escrito.

— Receio que sejam basicamente fotos — ela disse, abrindo um bolso lateral em sua bolsa preta e puxando de dentro uma placa brilhante, envolta em filme plástico. A capa era uma foto colorida de estátuas nuas enormes de várias mulheres muito magras e de seios pequenos, com cabelos idênticos, semelhantes a capacetes e braceletes combinando, despontando do que parecia ser um canteiro de flores muito pequeno. Elas eram feitas de alguma coisa que parecia mercúrio solidificado, espelhando com perfeição tudo ao redor delas. A quarta capa era composta da mesma imagem, só que sem as esculturas heroicamente eróticas de cromo líquido, o que tornava possível ler uma placa que elas haviam ocultado: Château Marmont.

— É um memorial a Helmut Newton — ela disse. — Ele morou ali por um tempo.

— A parte de trás é "antes"? — Milgrim perguntou.

— Não — ela respondeu. — Isso é o que você vê, ali, sem realidade aumentada. A frente é o que você vê com realidade aumentada. O constructo está vinculado ao grid de GPS. Para ver isso, você tem que ir lá, usar realidade aumentada.

— Nunca ouvi falar nisso — Milgrim disse, olhando para a quarta capa, depois para a frente.

— Quando escrevi o livro, não existia hardware comercial. As pessoas estavam construindo seus próprios. Agora é tudo app para iPhone. Muito trabalho naquela época tentar renderizar de modo eficiente todos os pedaços. Precisávamos tirar fotografias de alta resolução do local, do maior número de ângulos possível, depois casá-las com a aparência do constructo naquele ângulo exato, depois escolher a partir delas.

– Você fez isso sozinha?

– Eu escolhi, mas Alberto fez as fotos e o processamento das imagens. Esse memorial a Newton é uma das peças dele, mas ele renderizou todas as outras. – Ela tirou uma mecha de cabelo dos olhos. – A arte locativa provavelmente começou em Londres, e ela existe em grande quantidade, mas não vi muita por lá. Decidi me ater aos artistas americanos. Menos pesquisa, mas também porque isso tudo tem um senso de lugar peculiarmente literal. Eu pensei ter uma chance um pouco melhor de compreender isso tudo lá.

– Você deve entender muito de arte.

– Não entendo. Eu tropecei nesse negócio. Bom, não é bem verdade. Bigend sugeriu que eu desse uma olhada nisso. Embora na época eu não tivesse ideia de que era ele quem estava sugerindo.

Ele enfiou a ponta da unha do polegar sob o filme plástico.

– Obrigado – disse –, parece bem interessante.

Ela fechou o livro preto e o viu olhando para ela. Sorriu.

– O que está lendo? – ele perguntou.

– *Rogue Male*. Geoffrey Household. É sobre um homem que tentou assassinar Hitler, ou alguém exatamente como Hitler.

– É bom?

– Muito bom, embora o tema verdadeiro pareça uma investigação profunda da paisagem rural britânica. O terceiro ato inteiro parece acontecer dentro de uma cerca viva, no interior da toca de um texugo.

– Eu gosto do seu livro. Como se as pessoas fossem capazes de congelar seus sonhos, deixar os lugares e você pudesse ir lá e vê-los, se soubesse como.

– Obrigada – ela disse, colocando *Rogue Male* na mesinha, sem se importar em marcar a página.

– Você já viu todos eles pessoalmente?

— Vi sim.

— Qual é seu favorito?

— River Phoenix, na calçada. Foi o primeiro que vi. Nunca voltei. Nunca voltei a vê-lo. Me causou uma impressão tão forte. Acho que essa impressão foi o motivo pelo qual decidi fazer um livro.

Milgrim fechou *Presenças*. Ele o colocou em cima da mesa, em frente a *Rogue Male*.

— Quem vamos ver em Paris?

— Meredith Overton. Estudou na Cordwainers, design de calçados, couro. Vive em Melbourne. Ou vivia. Ela está em Paris para o Salon du Vintage, vendendo alguma coisa. Está com um tecladista chamado George, que é de uma banda chamada The Bollards. Conhece os dois?

— Não — disse Milgrim.

— Eu conheço outro membro dos Bollards, além do homem que está produzindo as músicas deles atualmente.

— Ela sabe algo sobre Gabriel Hounds?

— Meu outro Bollard diz que ela conheceu alguém em Londres, quando estava na Cordwainers, que conhecia alguém envolvido no início da Hounds.

— Ela começou em Londres?

— Não sei. Clammy a conheceu em Melbourne. Ela estava vestindo Hounds, ele queria Hounds. Ela conhecia Hounds localmente. Algumas peças seriam vendidas numa espécie de feira de arte. Ele foi com ela e comprou jeans. Disse que havia um americano lá vendendo as peças.

— Por que você acha que ela vai falar conosco?

— Não acho — ela disse —, mas podemos tentar.

— Por que as pessoas se importam? Por que você acha que Bigend se importa?

— Ele acha que tem alguém copiando algumas de suas estratégias de marketing mais bizarras — ela disse. — E aprimorando-as.

— E você acha que as pessoas querem essa marca porque não a podem ter?

– Em parte, sim.
– Drogas são valiosas porque você não as pode ter sem violar a lei – disse Milgrim.
– Pensei que elas eram valiosas porque funcionavam.
– Elas têm de funcionar – disse Milgrim –, mas o valor de mercado está relacionado à proibição. Muitas vezes elas não custam quase nada em termos de fabricação. É isso o que faz tudo funcionar. Elas funcionam, você precisa delas, elas são proibidas.
– Como você saiu disso, Milgrim?
– Eles mudaram meu sangue. Substituíram-no. E, enquanto faziam isso, reduziram a dose. E havia um antagonista paradoxal.
– O que é isso?
– Não sei direito – disse Milgrim. – Outra droga. E terapia cognitiva.
– Isso parece terrível – ela disse.
– Eu gostava da terapia – disse Milgrim. Podia sentir seu passaporte contra o peito, enfiado em segurança dentro de sua bolsa de Faraday.

A paisagem rural chuvosa da França apareceu subitamente nas janelas do trem, em disparada, como se um interruptor tivesse sido acionado.

21.

MENOS UM

– Verde-folha – ela ouviu Milgrim dizer, num tom neutro, enquanto pagava ao motorista com euros que havia retirado de um caixa eletrônico na Gare du Nord.
Hollis se virou.
– O quê?
Ele já estava meio fora do táxi, agarrando sua bolsa.
– Aquela loja de departamentos, na Oxford Street – ele disse. – Calças verde-folha. Mesmo homem, acabou de entrar. Aonde estamos indo. – Aquele jeito aguçado e nervoso estava totalmente presente agora; o semiconvalescente e levemente confuso havia desaparecido por completo. Milgrim estava com cara de quem farejava o ar.
– Fique com o troco – ela disse ao motorista, afastando Milgrim do caminho com um gesto e puxando a mala com rodinhas atrás de si. Ela fechou a porta e o táxi partiu, deixando os dois na calçada. – Tem certeza?
– Tem alguém nos vigiando.
– Bigend?
– Não sei. Você vai na frente.
– O que você vai fazer?
– Me empreste seu computador.
Hollis se curvou, abriu o zíper da lateral de sua mala e retirou seu Mac. Ele o enfiou embaixo do braço, como se fosse uma prancheta. Ela percebeu aquele olhar vago retornando, o leve piscar dos olhos. Ele

está se protegendo, ela pensou, depois ficou imaginando o que isso queria dizer.

— Você entra agora — ele pediu —, por favor.

— Euros — ela disse, passando-lhe algumas notas.

Ela se virou e puxou a mala com rodinhas pela calçada, atravessando a multidão até a entrada do local. Seria possível que Milgrim estivesse imaginando coisas? Talvez, embora Bigend tivesse a tendência de atrair as formas mais indesejadas de atenção, e depois ir atrás do que quer que os seguidores descobrissem. Exatamente o que Milgrim afirmava estar prestes a fazer. Olhou para trás, esperando vê-lo, mas ele havia desaparecido.

Pagou a entrada de cinco euros a uma garota japonesa e lhe pediram que deixasse revistar sua mala.

Era possível ver um pátio com calçamento de paralelepípedos por entre arcos. Havia moças ali fumando cigarros, o que fazia tudo aquilo parecer ao mesmo tempo natural e bastante atraente.

O próprio Salon du Vintage estava sendo realizado no pátio de um edifício do século 17 reformado, a ideia de uma modernidade estilosa da década anterior fora elegantemente inserida dentro de sua estrutura.

Cada segunda ou terceira pessoa em seu campo de visão era japonesa, e muitas se moviam quase numa mesma direção. Ela seguiu o fluxo, subindo uma escadaria minimalista de madeira escandinava clara, emergindo no primeiro de dois grandes salões bem iluminados, com lustres acesos e prateleiras de roupas bem arrumadas, mesas de exibição com tampos de vidro e peças de mobiliário de época.

A versão do Salon du Vintage daquele ano era dedicada aos anos 1980; Hollis já sabia disso devido a uma pesquisa no Google. Sempre achara estranho encontrar uma época na qual havia de fato vivido sendo exibida como um período histórico. Isso fazia com que se perguntasse se estaria vivendo outro, e, se estava, como ele seria chamado. As primeiras décadas do século atual ainda não haviam adquirido nenhuma nomenclatura sólida, ao que lhe parecia. Ver roupas de um período relativamente recente, em particular, provocava nela uma sensação esquisita. Ela se imaginava revisando de modo inconsciente a moda de seu próprio passado, transformando-a em algo mais contemporâneo. Nada era como ela se lembrava. Ombros tendiam a ser peculiares, bainhas e cinturas não estavam onde ela esperava que estivessem.

Não que seus próprios anos 1980 tivessem sido algo que se aproximasse de Gaultier, Mugler, Alaïa e Montana, que ela percebia agora ser a versão apresentada ali, em sua maioria.

Verificou a etiqueta de preço escrita à mão num casaquinho de lã roxo da Mugler. Se Heidi estivesse ali, ela deduziu, e gostasse desse tipo de coisa – e ela não gostava –, o resto dos cartões de crédito do escrotão provavelmente estaria zerado em menos de uma hora, e as sacolas ainda caberiam facilmente em um único táxi.

Então ela levantou a cabeça e fez uma careta ao ver um retrato seu tirado por Anton Corbijn em 1996 – ampliado e montado a seco – suspenso com fio de náilon transparente acima da prateleira da Mugler. Anacronismo, pensou. Não era sequer de sua época.

Ansiosa para fugir do retrato, ela recusou uma oferta de experimentar o Mugler. Virando de costas, apanhou seu iPhone. Foi como se Bigend tivesse atendido antes que o telefone dele tivesse tido uma chance de tocar.

– Você tem mais alguém aqui, Hubertus?
– Não – ele disse. – Deveria?
– Você não mandou alguém nos seguir na Selfridges?
– Não.
– Milgrim acha que viu alguém, alguém que tinha visto lá.
– É sempre uma possibilidade, eu suponho. O escritório de Paris não foi avisado de que você estaria aí. Gostaria de companhia?
– Não. Só estava checando.
– Tem alguma informação para mim?

– Ainda não. Acabei de chegar. Obrigada. – Ela desligou antes que ele pudesse se despedir. Ficou ali parada com o braço dobrado, o telefone ao nível do ouvido, subitamente consciente da natureza icônica de sua pose inconsciente. Uma parte muito considerável da linguagem gestual de lugares públicos, que um dia pertencera aos cigarros, agora pertencia aos celulares. Figuras humanas, um quarteirão abaixo, em posturas profundamente familiares, não estavam mais fumando. A mulher no retrato de Corbijn jamais vira isso.

O número que Clammy lhe dera na noite anterior tocou diversas vezes antes de atenderem.

– Sim?

– George? Aqui é Hollis Henry. Nós nos conhecemos no Cabinet, quando Reg ainda estava lá.

– Sim – ele disse. – Clammy tocou. Você está precisando falar com Mere.

– Eu gostaria, sim.

– E você está aqui?

– Estou.

– Receio que não será possível. – A voz de George parecia muito mais com a de um jovem advogado do que com a do tecladista dos Bollards.

– Ela não quer falar a respeito?

– Não é por aí.

– Desculpe – ela disse.

– Ah, você não entendeu – ele disse. – Não é por aí mesmo. Ela está fechando um negócio com o Chanel que trouxe de Melbourne. Negociantes de Tóquio. Eles a levaram para almoçar. Me deixou tomando conta da lojinha.

Hollis afastou o iPhone e suspirou de alívio, então o colocou de volta à orelha.

– Então ela não iria se incomodar em conversar comigo?

– De jeito nenhum. Ela adora sua música. A mãe dela é uma grande fã. Onde você está?

– Segundo andar. Não muito longe das escadas.
– Você viu que eles puseram uma foto sua ali?
– Sim – ela disse. – Eu reparei.
– Estamos logo atrás. Vou ficar procurando por você.
– Obrigada. – Ela começou a caminhar, passando por um display de roupas de trabalho de denim que duvidava que fossem dos anos 1980. Todas mais velhas que seu vendedor, ela calculou, e julgava que ele tivesse em torno de 40 anos. Ela lhe deu uma olhada feia quando passou; pensou na jaqueta Hounds.

Encontrou Olduvai George além de um arquipélago de mobiliário laranja inflável que não parecia ser dos anos 1980 para ela também. Ele estava sorridente; tinha uma aparência elegante e atraentemente simiesca; usava jeans e um sobretudo cáqui.

– Como vai?

– Bem, obrigada – ela disse, apertando a mão dele. – E você?

– Não vendi nada desde que o bando de Tóquio levou Mere. Acho que não tenho o gene varejista.

Oxford, Inchmale havia dito a respeito de George, quando ela o pressionou na noite passada. Balliol, formado com um diploma interdisciplinar em Filosofia, Política e Economia *cum laudae*. Que ela supôs se lembrar muito bem agora, porque não tinha a menor ideia do que isso significava, além do fato de que George supostamente seria monstruosamente bem-educado para seu atual emprego. "E, por favor, não conte isso a ninguém", Inchmale acrescentara.

– Que bom que você não precisa disso – ela disse, olhando para oito terninhos Chanel muito pequenos de corte idêntico, exibidos em manequins cor de carvão, que pareciam ser todo o estoque de Meredith Overton. Todos cortados a partir de algum tecido grosso que lembrava uma versão ampliada do *pied-de-poule*, em combinações de cor da ordem do laranja-escuro e do mostarda. Ela lembrou vagamente de luvas de fogão feitas de material semelhante, com espessura similar. Na verdade, ela já havia visto terninhos assim que tinham um caimento excelente, mas apenas uma vez, e em Cannes. Tudo dependia, ela pensara na época, de como as duas peças resolutamente se recusavam em se adequar ao corpo. Agora ela via que cada peça havia sido presa com um fino cabo de aço, coberto por plástico transparente. – São muito valiosas?

– Estou torcendo para que sim. Ela os encontrou na venda de uma propriedade em Sydney. Foram feitos no começo dos anos 1980 para a esposa de um corretor muito bem-sucedido. Alta-costura, tecidos exclusivos. Os vendedores não faziam ideia, mas, para usar esses materiais muito bem, agora é aqui ou em Tóquio. E os compradores japoneses de importância estão todos aqui hoje, e Paris acrescenta uma certa vantagem simbólica. Eles foram feitos aqui.

– Ela era pequena – disse Hollis, estendendo a mão para tocar um botão recoberto por tecido, mas parou.

– Gostaria de ver uma foto da dona usando um?

– Sério?

– Mere encontrou as fotos nos jornais e em revistas australianas sofisticadas. Até mesmo em uns fragmentos de vídeo.

– Não, obrigada – disse Hollis, os oito manequins com seus terninhos assumindo subitamente um aspecto semelhante ao de estátuas numa tumba, objetos de poder, fetiches de uma xamã falecida, ativados pelo oculto e prontos.

– Também há bolsas de tiracolo e de mão. Praticamente novas. Mere as trouxe mas decidiu não exibir. Como são um pouco mais acessíveis, ela teria de mostrá-las sem parar. Não quer que as pessoas fiquem metendo a mão nelas.

– O Clammy disse a você do que eu estou atrás, George?

– Não exatamente, mas, agora que você está aqui, imagino que seja por causa da sua jaqueta.

Parecia estranho ouvir alguém fora do círculo de Bigend, além de Clammy, fazer referência a Hounds.

– Quanto você sabe a respeito?

— Não mais do que Clammy, imagino. A Mere é muito discreta. Negócios desse tipo têm mais a ver com guardar segredos do que propaganda.

— Como assim?

— Não existem tantos compradores sérios assim. Mas há um número razoável de comerciantes sérios.

Ela já havia gostado dele quando se conheceram no Cabinet, e descobriu que gostava dele agora também.

— Clammy diz que Mere conheceu alguém quando estava naquela faculdade de calçados em Londres – ela disse, decidindo confiar nele. Como de costume, ela se surpreendeu com isso, mas, já que havia começado, tinha que ir até o fim. – Alguém associado a Gabriel Hounds.

— Pode ser que sim – George disse com um sorriso. As proporções de seu crânio eram estranhamente revertidas, maxilar e maçãs do rosto maciças, sobrancelhas pesadas, testa que mal tinha a largura de dois dedos, entre uma monocelha e seu corte de cabelo que parecia um capuz colado na cabeça. – Mas é melhor eu não falar a respeito.

— Há quanto tempo vocês estão juntos?

— Um pouco antes de Clammy encontrá-la em Melbourne. Bem, não é verdade, mas eu já gostava dela na época. Ela diz que não era mútuo, mas tenho minhas dúvidas. – Sorriu.

— Ela está morando em Londres? Aqui?

— Melbourne.

— É um relacionamento realmente a longa distância.

— Verdade. – Ele franziu a testa. – Inchmale – ele mudou de assunto –, já que você está aqui...

— Sim?

— Ele está sendo muito duro com Clammy, mixando as bed tracks. Eu fiquei muito fora disso.

— Sim?

— Você pode me dar algum conselho? Qualquer coisa que me faça trabalhar com ele de maneira mais fácil?

– Você irá em breve para o Arizona – ela disse. – Tucson. Lá existe um pequeno estúdio, cujo dono é o engenheiro de som favorito de Inchmale. Eles vão fazer algumas coisas que no começo serão bem assustadoras com as suas bed tracks de Londres. Deixe que façam. Depois vocês irão basicamente regravar o álbum todo. Mas muito rápido, de modo quase indolor, e imagino que você vai ficar bastante satisfeito com o resultado. Eu já disse isso a Clammy, mas não tenho certeza de que ele entendeu.

– Ele não fez isso no primeiro álbum que produziu para nós, e estávamos bem mais perto de Tucson.

– Vocês ainda não haviam chegado lá, em termos do processo dele. Agora chegaram. Ou quase, eu diria.

– Obrigado – ele disse. – É bom saber.

– Se você ficar muito desesperado, me ligue. Você vai ficar. Clammy vai ficar, de qualquer maneira. Mas você entrou no barco com ele, e, se deixar, ele vai fazer tudo certo, e o álbum vai dar certo também. Ele não é muito diplomático mesmo nos seus melhores momentos, e só vai piorando quanto mais fundo se aprofundarem no processo com ele. Alguma ideia de quando Mere volta?

Ele consultou um relógio de pulso muito grande, da cor de um carrinho de bombeiro de criança.

– Saio em uma hora – ele disse – mas realmente não faço ideia. Gostaria que ela voltasse. Estou morrendo de vontade de tomar um café.

– Café no pátio?

– Isso. Puro, grande?

– Deixa comigo – ela disse.

– Pode pegar o elevador – ele disse, apontando.

– Obrigada.

O elevador era alemão, com interior de aço inoxidável escovado, o oposto filosófico do elevador do Cabinet, mas não muito maior. Ela apertou 1, mas, quando passou do 0, percebeu que na verdade havia apertado −1.

A porta se abriu para um vácuo escuro, com uma iluminação azul bem fraca e um profundo silêncio.

Ela saiu.

Antigas abóbadas de aresta construídas em pedra, que recuavam na direção da rua, iluminadas por holofotes de discoteca escondidos, com pouca luminosidade. Um pequeno cercado improvisado cheio do que ela supôs ser equipamento extra do Salon du Vintage, sobre o piso nu de pedra, minúsculo em comparação com os arcos. Prateleiras de cromo dobradas, uns poucos vestidos que lembravam obras de Dalí sob aquela luz.

Tudo um tanto maravilhosamente inesperado.

E então, do outro lado dos arcos azuis, descendo as escadas, uma figura. A mesma que Milgrim havia descrito. O boné de aba curta, jaqueta preta curta, fechada até em cima.

Ele a viu.

Ela voltou ao elevador e apertou 0.

22.

FOLHA

Milgrim, com o laptop de Hollis bem apertado debaixo do braço, sacola pendurada no outro ombro, descia rapidamente por uma rua menor, afastando-se de onde a feira de roupas vintage estava acontecendo.

Ele precisava de wi-fi. Lamentava não ter pedido o *dongle* vermelho emprestado.

Agora ele estava se aproximando de um lugar chamado Bless, que no começo confundiu com um bar. Não, era um lugar que vendia roupas, ele viu. Podia haver alguém ali que soubesse ou fingisse saber algo sobre a linha de jeans fantasma de Hollis, ele supôs, olhando rapidamente pela vitrine.

Continuou a caminhar, enquanto realizava uma conversa imaginária com sua terapeuta, na qual eles tentavam decifrar o que ele estava sentindo. Depois de trabalhar muito duro para evitar sentir basicamente qualquer coisa durante a maior parte de sua vida adulta, reconhecer até mesmo a mais simples emoção poderia exigir um esforço terapêutico.

Raiva, ele decidiu. Ele estava com raiva, embora ainda não soubesse de quem ou de quê. Se Winnie Tung Whitaker, Agente Especial, tivesse mandado o homem com calças verde-folha e não tivesse dito nada, ele achou que ficaria zangado com ela. No mínimo decepcionado. Isso não seria começar com o pé direito no que ele considerava um novo relacionamento profissional. Ou talvez, sugeriu a terapeuta, ele estivesse zangado consigo mesmo. Isso seria mais complicado, menos sujeito à autoanálise, mas mais familiar.

Melhor sentir raiva do homem das calças verde-folha, ele pensou. Sr.Verde-Folha. Folha. Ele não sentia uma grande simpatia para com Folha. Embora não tivesse a menor ideia de quem o Folha pudesse ser, de quais seriam suas intenções ou de se estaria seguindo a ele, a Hollis ou aos dois. Se o Folha não estava trabalhando para ele nem para Winnie, poderia estar trabalhando para a Blue Ant, ou para Bigend de modo mais particular, ou, dada a aparente nova atitude de Bigend com relação a Sleight, para Sleight. Ou para nenhum dos anteriores. Ele poderia ser uma parte inteiramente nova da equação.

– Mas existe uma equação? – ele perguntou a si mesmo, ou a sua terapeuta. Embora ela agora parecesse não estar perguntando.

A Rue du Temple, uma placa na parede lhe informava na esquina, em um prédio que parecia ter sido desenhado pelo Dr. Seuss. Uma rua maior, a Temple. Virou à direita. Passou por um restaurante chinês todo ornamentado, de aspecto vitoriano. Descobriu uma tabacaria que também servia café, a placa luminosa oficial vermelha em forma de charuto com a palavra TABAC apresentando falta de nicotina como emergência médica. Sem reduzir o passo, ele entrou.

– Wi-fi?

– Oui.

– Um espresso, por favor – pediu ele ocupando um lugar no autêntico balcão fosco de zinco. Havia um aroma suave porém definido de fumaça de cigarro, embora não houvesse ninguém fumando. Na verdade, ele era o único cliente ali.

Sua terapeuta havia suspeitado de que sua incapacidade de falar idiomas neolatinos seria abrangente demais, completa demais, e, portanto, com alguma base emocional, mas eles não tinham sido capazes de chegar ao fundo disso.

Conseguiu a senha (dutemple) com o balconista, conectou-se com o Twitter, sua senha uma transliteração do russo para "gay dolphin", o cirílico numa vaga aproximação do original no teclado romano.

O "Kd vc agora?" dela havia sido enviado fazia "cerca de duas horas atrás do TweetDeck".

"Paris", digitou Milgrim, "homem nos seguindo, visto ontem em Londres. Ele é seu?" Apertou o botão de atualização. Tomou um gole do seu espresso. Deu um *refresh* na janela.

"Descreva", essa menos de cinco segundos atrás via TweetDeck.

"Branco, cabelos muito curtos, óculos de sol, casa dos vinte e poucos anos, estatura mediana, atlético." Atualizou. Ficou vendo as pessoas passarem pela vitrine.

Atualizou mais uma vez. Nada, a não ser uma pequena URL enviada 40 segundos antes pelo TweetDeck, fosse lá o que isso fosse. Clicou nela. E lá estava o Folha, vestindo o que podia ser a versão verde-oliva da jaqueta preta, com uma touca de crochê preta ao invés do boné militar. Seus olhos estavam estranhamente escondidos por um retângulo preto photoshopado, como em fotos pornôs antigas.

Milgrim olhou de relance para o cabeçalho da página e a legenda da imagem, alguma coisa que falava de "equipamento de operador de elite". Concentrou-se na fotografia, assegurando-se de que aquele era na verdade seu homem. "Sim", ele escreveu, "quem é ele?", e atualizou.

Recarregou a tela – a resposta de Winnie já tinha 30 segundos de idade. "Não ligue pra isso e tnt n dxr ele sb q vc ta em cima dle", ela tinha escrito.

Deixar saber, ele pensou; depois digitou "Bigend?".

"Qdo vc volta?"

"Hollis acha que voltamos amanhã."

"Vc tem sorte de tar em Paris cmbio."

"Câmbio", ele escreveu, embora não tivesse certeza de que isso estivesse certo. Mas o telegrafês era contagioso. Salvou a URL da página do operador de elite nos favoritos, depois se desconectou do Twitter, saiu do seu webmail e fechou o computador. Seu Neo começou a tocar, o tom arcaico de telefone ocupando toda a tabacaria. O homem atrás do balcão franziu a testa.

– Sim?
– Você tem sorte de estar em Paris. – Era Pamela Mainwaring.
– Não é nosso.

A primeira coisa em que ele pensou foi que de algum modo ela estivera vigiando sua conversa no Twitter com Winnie.

– Não?
– Ela nos ligou. Definitivamente não. Seria ótimo ter uma foto de Paris.

Hollis. A ligação de Pamela estava ligada agora à suspeita que Bigend tinha de Sleight e do Neo.

– Vou tentar – disse Milgrim.
– Divirta-se – ela disse, e desligou.

Milgrim colocou a sacola em cima do balcão de zinco, abriu o zíper, encontrou sua câmera. Colocou nela um cartão de memória novo; a Blue Ant havia ficado com aquele que ele tinha usado em Myrtle Beach. Eles sempre faziam isso. Verificou as baterias, depois enfiou a câmera no bolso de sua jaqueta. Pôs o laptop de Hollis dentro de sua sacola e a fechou. Deixando umas poucas moedinhas em cima do balcão de zinco, ele saiu da loja e voltou para o Salon du Vintage, andando rápido mais uma vez.

Será que ainda estaria com raiva?, Milgrim se perguntou. Concluiu que estava mais calmo agora. Sabia que não falaria de Winnie para Bigend. Pelo menos não se pudesse evitar.

Estava mais quente, a nuvem se dissipava. Paris parecia ligeiramente irreal, do jeito que Londres sempre parecia quando ele chegava lá. Como era estranho que esses lugares sempre tivessem existido de costas um para o outro, tão próximos e tão separados quanto os dois lados de uma moeda, e no entanto agora ligados por um buraco de minhoca composto por um trem veloz e cerca de 40 quilômetros de túnel.

No Salon du Vintage, depois de pagar a entrada de cinco euros, ele deixou sua sacola na chapelaria, uma coisa que nunca gostava de fazer. Ele próprio já havia roubado bagagem suficiente para saber que esse tipo de coisa tornava as sacolas alvo fácil. Por outro lado, seria mais fácil se locomover sem ela. Sorriu para a garota japonesa, enfiou no bolso o comprovante da sacola e entrou.

Milgrim se sentia mais à vontade no mundo dos objetos do que no mundo das pessoas, sua terapeuta havia dito. O Salon du Vintage, ele garantiu a si mesmo, tinha seu foco nos objetos. Desejando se tornar a pessoa que o Salon du Vintage queria que ele fosse, logo, de algum modo menos visível, ele subiu uma escadaria belamente reformada que levava até o segundo andar.

A primeira coisa que ele vira foi aquele pôster de uma Hollis mais jovem, que parecia ao mesmo tempo mais nervosa e mais safada. Não era o pôster de verdade, ele calculou, mas uma reprodução mais amadora, ampliada demais e faltando detalhes. Ficou imaginando como deveria ser para ela ver aquilo.

Ele havia deixado relativamente poucas imagens de si mesmo ao longo da década passada, e provavelmente Winnie tinha visto a maioria delas. E talvez estivesse pronta para enviá-las por e-mail para alguém que ela quisesse que fosse capaz de reconhecê-lo. Ele certamente reconheceria a foto que ela tirara no Caffè Nero em Seven Dials, e essa seria a que ela usaria.

O rapaz com boné e calças verde-folha, a jaqueta preta ainda fechada, emergiu de um corredor lateral de prateleiras, sua atenção capturada por um cardume veloz de garotas japonesas. Ele havia tirado seus óculos escuros espelhados. Milgrim deu um passo para o lado, posicionando-se atrás de um manequim com um vestido delirante de prints fotográficos, mantendo o homem à vista sobre seu ombro maciçamente almofadado, e ficou pensando no que deveria fazer. Se o

Folha já não soubesse que ele estava ali, e o visse, ele seria reconhecido da Selfridges. Se não, supunha, da Carolina do Sul. Winnie havia estado ali, observando-o, e alguém, ele supôs Sleight, a havia fotografado ali. Será que ele devia contar a ela? Marcou isso para consideração futura. O Folha começou a se afastar, indo para a parte de trás do edifício. Milgrim se lembrou do homem do *mullet*, no restaurante com cheiro de naftalina. O Folha não tinha isso, Milgrim deduziu, fosse lá o que fosse, e era bom. Saiu detrás do Gaultier e o seguiu, pronto para simplesmente continuar a caminhar se fosse descoberto. Se o Folha não o notasse, seria uma vantagem, mas o mais importante era que ele não achasse que Milgrim o estava seguindo. A mão no bolso da jaqueta, na câmera.

Agora era a vez do Folha de andar de lado, para trás de um manequim todo envolto em néon. Milgrim se virou, na direção de um display próximo de bijuterias, convenientemente encontrando Folha refletido, distante, no espelho da vendedora.

Uma garota ruiva se ofereceu para ajudá-lo, em francês.

– Não – disse Milgrim, vendo o Folha, no espelho, sair de trás de seu manequim –, obrigado. Ele se virou, apertando o botão que projetava as lentes da câmera, levantou-a e tirou duas fotos das costas do Folha, que se afastava. A garota ruiva estava olhando para ele. Ele sorriu e seguiu em frente, enfiando a câmera no bolso.

23.

MEREDITH

Talvez fosse Milgrim quem estivesse sofrendo alucinações, pensou ela, ao voltar a subir a escadaria escandinava, segurando desajeitada um copo de papel grande de café americano quádruplo em cada mão. O café estava pelando de tão quente; se o perseguidor possivelmente imaginário de Milgrim se manifestasse, subitamente poderia jogar o conteúdo de ambos os copos em cima dele, pensou.

O que quer que ela tivesse visto lá embaixo, na discoteca deserta, se é que ela realmente vira alguma coisa, parecia agora um fotograma aleatório do filme de outra pessoa: Milgrim, Bigend, de qualquer pessoa, menos ela. Mas ela evitaria aquele elevador, por via das dúvidas, e continuaria de olho em qualquer boné que lembrasse um pouco um quepe nazista.

Era claro que Milgrim tinha problemas. Ele era mesmo muito estranho. Ela mal o conhecia. Ele bem poderia estar vendo coisas. E realmente parecia que ele, na maior parte do tempo, estava *mesmo* vendo coisas.

Manteve cuidadosamente o retrato ampliado de Corbijn fora do seu campo de visão ao alcançar o segundo andar e o Salon du Vintage. Mantendo a mente longe do porão também, ela se perguntou exatamente quando o café havia se tornado algo tão corriqueiro na França. Quando ela estivera ali pela primeira vez, tomar café não era algo que as pessoas faziam enquanto caminhavam. Ou você se sentava, em cafés e restaurantes, ou ficava parado em pé, em bares ou plataformas ferroviárias, e bebia-se o café em recipientes sólidos, de porcelana ou vidro, todos *Made in France*. Será que essa história de copinho para viagem tinha sido trazida pelo Starbucks?, ela se perguntou. Duvidava. Eles não tinham tido tempo suficiente para isso. O mais provável culpado era o McDonald's.

O vendedor de denim vintage, todo empolgado, com seu rabo de cavalo, estava ocupado com um cliente, exibindo um macacão antigo que parecia ter mais buracos que tecido. A cara dele era de quem devia ter lentes complementares ajustadas nas bordas de seus óculos retangulares sem armação. Ele não a viu passar.

E ali, depois da mobília laranja inflável, passou um cortejo fúnebre, e Olduvai George marchando alegremente ao seu lado, com um sorriso no rosto.

Quatro homens japoneses de terno preto, sérios, com um caixão preto ou body bag no meio deles.

Eles passaram por ela, mas George não. Encantado, ele pegou um dos cafés.

– Muitíssimo obrigado.

– Açúcar?

– Não, obrigado. – Ele tomou um gole sedento.

– Quem eram eles? – Olhando para trás enquanto os quatro levavam seu fardo sombrio para longe, descendo as escadas e sumindo de vista.

Ele abaixou o copo e enxugou a boca com as costas da mão, impressionantemente peluda.

– Os empregados do comprador de Mere. Os Chanel estão naquele saco, todos, embalados com papel de seda. E lá está Mere – ele acrescentou – com o comprador.

E mais dois empregados de terno preto. O comprador, ela pensou no começo, era um garoto de 12 anos, vestido como uma criança de alguma tira de quadrinhos arcaica: shorts amarelos apertados de um tecido semelhante à seda, que ia até o meio das coxas, uma camiseta de jérsei de mangas compridas listrada em vermelho e verde, um bonezinho amarelo, botas amarelas parecidas com sapatinhos de bebê gigantes. Parecia amargo e petulante. E então ela viu a sombra da barba por fazer, os maxilares. Ele estava conversando com uma jovem magra de jeans e camiseta branca.

– Designer – disse George, depois de outro gole ansioso. – Harajuku. Uma coleção fabulosa.

– De Chanel?

– De tudo, aparentemente. Aposto que Mere se deu bem.

– Como você sabe?

– Ele ainda está vivo.

Os manequins onde os vestidos haviam estado, ela notou, estavam nus e cinzentos.

Então o designer se virou, ladeado pelos dois últimos homens de terno, e caminhou na direção deles.

Eles o viram passar.

– Todas as pessoas que compram Chanel são assim? – Hollis perguntou.

– Nunca vendi nenhuma antes. Hora de você conhecer a Mere.

Ele a levou por entre a mobília-bolha laranja.

Meredith Overton estava acariciando a tela horizontal de um iPhone, pinçando pedacinhos virtuais de informação. Cabelos louro-acinzentados, olhos cinza bem grandes. Ela levantou a cabeça e olhou para eles.

– Está no banco, em Melbourne. Transferência direta.

– Correu tudo bem, suponho? – George estava dando um sorriso de orelha a orelha.

– Muito.

– Parabéns – disse Hollis.

– Hollis Henry – disse George.

– Meredith Overton – pegando a mão de Hollis. – Mere. Prazer em conhecê-la. – Hollis imaginou que seus jeans fossem Hounds, justos e compridos demais, esfiapados de tanto roçar no chão em vez de terem as bainhas enroladas, e uma camisa Oxford branca masculina amarrotada, embora tivesse um caimento perfeito demais para ser de homem.

– Eles não quiseram as bolsas – disse Meredith. – Só as roupas. Mas tenho compradores plano-B para elas, negociantes aqui mesmo na feira. – Ela enfiou o celular no bolso.

Hollis, pelo canto do olho, viu Milgrim passar por elas. Ele carregava uma pequena câmera ao lado do corpo, e parecia não estar olhando para nada em especial. Ela o ignorou.

– Obrigada por se dispor a me ver – ela disse para Meredith. – Suponho que saiba do que se trata.

– Maldito Clammy – disse Meredith, mas não sem uma certa dose de bom humor. – Você está atrás das Hounds, não está?

– Mais do criador que do produto – respondeu Hollis, observando a expressão no rosto de Meredith.

– Você não seria a primeira – sorriu Meredith. – Mas não há muita coisa que eu possa lhe dizer.

– Gostaria de um café? – perguntou, oferecendo a Meredith seu próprio copo. – Nem toquei nele.

– Não, obrigada.

– Hollis me ajudou bastante – disse George – com relação a Inchmale.

– Homem horroroso – Meredith disse para Hollis.

– É mesmo – Hollis concordou. – Ele se orgulha disso.

– Agora estou menos ansioso – disse George, embora Hollis tivesse achado difícil imaginá-lo ansioso em qualquer circunstância. – Hollis compreende o processo de Reg por experiência própria. Ela coloca as coisas em perspectiva.

Então Meredith pegou o copo de Hollis, e tomou um golinho da fenda no plástico. Torceu o nariz.

– Puro – ela disse.

– Tem açúcar se você quiser.

– Você está se aproveitando de mim, não está? – Meredith perguntou a George.

– Estou – respondeu George. – Mas eu esperei até você estar de muito bom humor.

– Se aquele merdinha não tivesse aceitado o meu preço – disse Meredith –, eu não estaria.

– É verdade. Mas ele aceitou.

– Acho que ele mesmo veste aquelas roupas – disse Meredith. – Não que eu ache que ele seja gay. Isso até seria bom. Ele insistiu em toda a documentação, tudo o que havíamos coletado sobre a dona original. Alguma coisa nisso me deixou com vontade de tomar um banho. – Ela tomou outro gole de café puro quente e devolveu o copo a Hollis. – Você quer saber quem cria as Gabriel Hounds.

– Quero.

– Bela jaqueta.

– Foi presente – disse Hollis, e isso era no mínimo tecnicamente verdade.

– Você teria muita dificuldade em encontrar uma agora. Eles já não estão fazendo nenhuma há algumas temporadas. Não que eles tenham temporadas no sentido tradicional.

– Não? – Evitando de modo estudado a questão de quem seriam "eles".

– Quando refizerem as jaquetas, se as fizerem algum dia, elas serão exatamente as mesmas, cortadas exatamente a partir do mesmo padrão. O tecido pode até ser diferente, mas apenas um otaku saberia dizer a diferença. – Ela começou a recolher os cabos de segurança finos que haviam prendido os terninhos Chanel a seus manequins, até estar com todos na mão como um estranho buquê, ou uma maça de aço.

– Não sei se entendi – disse Hollis.

– A questão é a atemporalidade. Optar por sair da industrialização da novidade. Um código mais profundo.

O que lembrou Hollis de alguma coisa que Milgrim poderia ter dito, mas ela havia esquecido exatamente o quê. Ela olhou ao redor, perguntando-se se ele ainda estaria à vista. Não estava.

– Perdeu alguma coisa?

– Eu estou aqui com uma pessoa. Mas não se incomode. Por favor.

– Não sei se devo ajudar você com isso. Provavelmente não deveria. E, na verdade, não posso.

– Você não pode?

– Porque não estou mais por dentro do lance. Porque elas ficaram muito mais difíceis de encontrar, desde que levei Clammy para comprar seus jeans em Melbourne.

– Mas você poderia me dizer o que sabe. – Hollis viu que George havia começado a desmontar os estandes cromados dos manequins, fechando a lojinha.

– Você já trabalhou como modelo algum dia?

– Não – Hollis respondeu.

– Eu já – disse Meredith. – Por dois anos. Eu tinha um booker que adorava me usar. Essa é a chave, na verdade: seu booker. Nova York, L.A., toda a Europa Ocidental, ia para casa na Austrália para mais trabalho, depois de volta para Nova York, de volta para cá. Intensamente nômade. George diz que eu era mais nômade do que se estivesse em uma banda. Você consegue lidar com isso aos 17 anos, quando não tem dinheiro. Quando literalmente não tem nada de dinheiro. Eu morei aqui, num inverno, em um quarto de hotel de aluguel mensal com outras três garotas. Fogareiro elétrico e frigobar. Oitenta euros por semana "pra gastar em bobagem". Era assim que eles diziam. Isso era o que tínhamos para viver. Eu não conseguia comprar um Bilhete Laranja do Metrô. Eu ia a pé a toda parte. Eu estava na *Vogue*, mas não tinha dinheiro pra comprar um exemplar. As contas devoravam quase inteiramente tudo antes que os cheques chegassem, e os cheques sempre estavam atrasados. É assim que funciona se você é apenas mais um soldado da infantaria, e era isso o que eu era. Dormia em sofás em

Nova York, no chão de um apartamento sem luz elétrica em Milão. Ficou claro pra mim que a indústria era disfuncional a um ponto grosseiro, barroco até.

– Das modelos?

– Da moda. As pessoas que conheci e com quem me dava melhor, tirando algumas das outras garotas, eram *stylists*, pessoas que aprimoravam pedacinhos de aviamentos para as sessões de fotos, ajustavam coisas, procuravam antiguidades e objetos de cena. Alguns deles haviam estudado em escolas de arte muito boas, e isso os havia desencorajado profundamente. Eles não queriam ser o que haviam sido treinados para ser, e, na verdade, a natureza desse sistema é que nem todos podem ser o que querem. Mas saíam com um conjunto de habilidades brilhante para serem *stylists*. E a escola de arte os havia tornado mestres numa espécie de análise de sistemas. Eram extremamente bons em entender como uma indústria de fato funciona, quais são os verdadeiros produtos. E era o que eles sempre faziam sem mesmo se dar conta disso. E eu os ouvia. E todos eles eram selecionadores.

Hollis concordou com a cabeça, lembrando-se de quando Pamela explicou a expressão.

– Sempre encontrando coisas. Valor no lixo. A habilidade de distinguir uma coisa da outra. O olhar para o detalhe. E saber onde vender, é claro. Comecei a adquirir isso, observando, ouvindo. Eu adorava, sério. Enquanto isso, eu acabava com meus *runners* ao sair andando.

– Por aqui?

– Por toda parte. Muito em Milão. Ouvindo *stylists* praticamente darem aulas, sem se dar conta, sobre a disfunção fundamental da indústria da moda. O que minhas amigas e eu estávamos passando como modelos era apenas um reflexo de algo maior, mais amplo. *Todo mundo* estava esperando seu cheque. No fundo, toda a indústria vai seguindo aos trancos e barrancos, como um carrinho de compras sem uma das rodas. Você só consegue mantê-lo em movimento ao se inclinar sobre ele de determinada maneira e continuar empurrando. Mas se parar ele tomba. De uma temporada para a outra, de uma *fashion week* a outra, você não pode parar.

Isso fez com que Hollis se lembrasse de uma turnê do The Curfew, embora ela não dissesse nada. Tomou um gole do seu Americain sem açúcar, que estava ficando frio, e continuou a ouvi-la.

– Minha avó morreu, eu sou a única neta. Ela deixou um pouquinho de dinheiro. Meu booker estava deixando a agência, saindo do negócio. Eu me candidatei a uma vaga no Cordwainers College, London College of Fashion, acessórios e *footwear*. Abandonei o trabalho de modelo. Foram os *runners*.

– Tênis?

– Os que gastei caminhando. Os mais feios eram os melhores para andar, os mais bonitos se desmanchavam todos. Os *stylists* ficavam falando deles porque eu aparecia calçando-os para as sessões de fotos. Falavam sobre como o negócio funcionava. As fábricas na China, no Vietnã. As grandes empresas. E eu comecei a imaginar tênis que não fossem feios, que não se desmanchassem. Mas de algum modo – e ela sorriu tristemente – intocados pela moda. Eu comecei a fazer esboços. Bem ruinzinhos. Mas já havia decidido que o que eu queria mesmo era compreender os calçados, sua história, como funcionam, antes de tentar fazer qualquer coisa. Não foi uma decisão assim tão consciente, mas foi uma decisão mesmo assim. Então me inscrevi na Cordwainers, fui aceita e me mudei para Londres. Ou melhor, apenas parei de ficar me mudando. Parei em Londres. Pode ser que eu simplesmente tenha me apaixonado pela ideia de acordar na mesma cidade todos os dias, mas tinha minha missão, os *runners* misteriosos que eu não conseguia imaginar na realidade.

– E, no fim, você acabou por fazê-los?

– Por duas temporadas. Não conseguimos fugir daquela estrutura. Mas isso aconteceu só depois que eu me formei. Eu ainda poderia fazer pra você um par espetacular de sapatos, com minhas próprias mãos, embora o acabamento jamais fosse passar pelo crivo do meu instrutor de lá. Mas eles nos ensinaram tudo. De modo exaustivo.

– Tênis?

– Não a moldagem de solados nem a vulcanização, mas eu ainda posso cortar e costurar sua gáspea. Nós usávamos muita pele de alce para nossa linha. Muito grosso e macio. Adorável. – Ela olhou para os cabos de segurança na sua mão. – No meu segundo ano ali eu conheci um garoto, Danny. Americano. De Chicago. Não estava na Cordwainers, mas ele conhecia todos os meus amigos ali. Skatista. Bom, não que ele andasse tanto assim de skate. Era uma espécie de empresário, mas não a ponto de causar repulsa. Fazia filmes para algumas das empresas americanas. Moramos juntos. Hackney. Ele tinha Hounds – disse Meredith, levantando a cabeça e tirando os olhos dos cabos – antes de existirem Hounds.

– É?

– Ele tinha uma jaqueta muito parecida com a sua, mas feita de uma espécie de lona, com botões simples de latão. Sempre precisando de uma boa lavada. Perfeitamente simples, mas era uma daquelas coisas que todos queriam de imediato, ou, não podendo ter, queriam o nome de um designer, de uma marca. Ele ria da cara deles. Dizia que era uma marca sem nome. Dizia que era "real, porra, não moda". Que uma amizade dele em Chicago havia feito aquilo.

– Chicago?

– Chicago. A cidade natal dele.

– O amigo dele era designer?

– Ele nunca a chamou disso.

– Ela?

– Também não tinha nome. Ele não me dizia de jeito nenhum. Jamais disse. – Olhando Hollis bem no olho. – Acho que ela não foi namorada dele. Eu achava que fosse mais velha. E mais uma amadora do que uma designer, pelo que ele me disse. Ele dizia que ela fazia as coisas mais guiada pelo entendimento do que não gostava do que pelo que gostava, se é que isso faz algum sentido. E ela era muito boa. Muito. Mas o que eu aprendi com isso tudo, na verdade, foi que eu estava no caminho certo, com o que eu estava projetando, meus sapatos. Num caminho, pelo menos.

– Qual era o seu caminho?

– Fazer algo que não estivesse amarrado ao momento presente. Não a qualquer momento, na verdade, então também não chegam a ser retrô.

– O que aconteceu com a sua linha?

– Negócios aconteceram. Os negócios de costume. Não fomos capazes de inventar um novo modelo de negócios. Nosso suporte financeiro não era suficiente para nos fazer atravessar aquela disfunção de rotina. Levamos um tombo feio. Deve haver algum armazém em Seattle cheio da nossa coleção da última temporada. Se eu conseguisse encontrá-la, colocar minhas mãos nela, as vendas pelo eBay dariam mais grana do que algum dia chegamos a ver na linha quando ela estava ativa.

George abriu uma sacola surrada das Galeries Lafayette e Mere enfiou os cabos de segurança dentro dela.

– Posso lhe oferecer um jantar? – perguntou Hollis.

– Onde você está hospedada? – George lhe perguntou.

– St. Germain. Ao lado do Metrô Odéon.

– Eu conheço um lugar – disse George. – Vou fazer reservas para oito.

– Meredith?

Meredith olhou bem para Hollis. Então fez que sim com a cabeça.

– Para quatro, por favor – disse Hollis.

24.

PALPITE

Milgrim estava sentado a uma mesa do café lotado do pátio, câmera no colo, alternando pelas quatro fotos que havia tirado do Folha.

As duas tiradas de trás poderiam ser úteis se você quisesse mandar alguém para segui-lo. O perfil de quarto, contra um flash colorido dos anos 1980, era na verdade menos útil ainda. Podia ser qualquer um. Seria possível que as roupas das mulheres tivessem sido assim tão coloridas nos anos 1980?

Mas aquela, que ele havia tirado às cegas, esticando a mão, atrás de uma garota alemã com cabelos pintados de hena, tinha ficado excelente. A garota lhe dera um olhar tenebroso, por ter chegado perto demais. Ele havia sentido o cheiro do perfume dela; algo marcadamente inorgânico. O aroma de uma concentração fria, talvez.

– Desculpe – ele dissera recuando, escondendo a câmera minúscula, imaginando se havia capturado o Folha, que já tinha voltado a desaparecer.

Ele tinha então olhado para baixo e aberto a imagem no visor. E havia encontrado o Folha, aumentado num zoom e num foco fechado, ligeiramente fora do centro do enquadramento. Ele notara como os óculos de sol que Folha usava haviam deixado leves linhas bronzeadas, que lembravam o retângulo pornô que tinha visto no link que Winnie enviara. A aba curta do boné escondia de modo eficiente sua testa, tornando difícil ver suas expressões faciais e emocionais. Suas feições eram suaves, como se intocadas pela experiência, e confiantes

– uma confiança que Milgrim suspeitava que Folha não sentisse realmente. Era algo que ele tentava projetar, independentemente da situação.

Com a câmera semioculta na mão direita, Milgrim havia seguido em frente, vasculhando o Salon lotado buscando por Folha. Num instante ele o encontrou, mas ao mesmo tempo encontrou Hollis, que ouvia com atenção uma mulher mais nova usando jeans e camiseta branca. Hollis o havia visto, ele tinha certeza disso. Milgrim, concentrado nas costas do Folha que desaparecia, a havia ignorado, evitando contato visual. Quando o Folha desceu as escadas, Milgrim o seguiu, depois ficou observando o Folha deixar o prédio.

Milgrim foi então para o pátio, pediu um espresso e se acomodou para estudar suas fotos.

Desligou a câmera, abriu a portinhola no fundo e removeu o cartão azul, do tamanho de um selo postal. Quando ele havia usado um selo postal verdadeiro da última vez? Não conseguia lembrar. Tinha uma sensação estranha só de pensar em um. Estendeu a mão para baixo, levantou a perna de sua nova calça e enfiou o cartão bem no fundo da sua meia, que depois puxou para cima, permitindo que a perna da calça voltasse ao lugar.

Ele não era um homem metódico por natureza, sua terapeuta havia dito, mas o estado constante de emergência imposto por seu vício lhe tinham revelado as vantagens práticas do método, que se tornaram, então, um hábito.

Ele tirou um cartão virgem do bolso interno de seu paletó e o extraiu, com a dificuldade de costume, de seu invólucro de papelão. Inseriu-o, fechou a portinhola e enfiou a câmera no bolso lateral do paletó.

O Neo tocou, em um bolso diferente. Ele o retirou. Parecia ainda mais feio que de costume.

– Sim?

– Só checando seu telefone – disse Sleight, sem convencer. – Estamos tendo problemas com todo o sistema. – Sleight havia sempre falado

dos Neos como um sistema, mas Milgrim não conhecera mais ninguém além de Sleight que tivesse um.
– Parece que está funcionando – disse Milgrim.
– Como vão as coisas?

Sleight nunca havia escondido que era capaz de rastrear Milgrim com o Neo, mas só se referia a esse fato de modo oblíquo, isso quando se referia. O contexto agora era que ele sabia que Milgrim estava em Paris. Sabia que Milgrim estava naquele pátio daquele prédio, talvez, dada aquela camada extra de GPS russo.

Quando o relacionamento deles começou, Milgrim não estivera disposto a questionar nada. Sleight havia definido os termos, em todas as maneiras, e assim tinha sido.

– Está chovendo – disse Milgrim, olhando para o céu azul, as nuvens brilhantes.

Um silêncio que se estendeu.

Estava tentando forçar Sleight a admitir que sabia sua localização, mas não sabia por quê. Tinha algo a ver com a raiva que ele sentia, e provavelmente ainda estava sentindo. Seria uma coisa boa?

– Como está Nova York? – perguntou Milgrim, perdendo a paciência.
– Toronto – disse Sleight –, ficando quente. Falo com você depois.
– E desligou.

Milgrim olhou para o Neo. Alguma coisa estava se desdobrando dentro de si. Como um panfleto, imaginou, em vez da borboleta que ele imaginava ser a imagem mais comum. Um panfleto desagradável, do tipo que expõe os sintomas com clareza demais.

Por que Sleight teria ligado? Será que ele havia realmente precisado checar o telefone de Milgrim? Será que um breve momento de voz forneceria a Sleight a oportunidade de manipular o Neo de algum jeito que de outra forma ele não conseguiria?

Se Milgrim falasse agora, ele se perguntou pela primeira vez, será que Sleight o ouviria?

Subitamente lhe pareceu bastante provável que Sleight pudesse ouvi-lo, sim.

Ele se recostou na sua cadeira de alumínio com verniz branco, ciente mais uma vez daquela emoção que supunha ser raiva. Podia sentir a bolsa de Faraday, contendo seu passaporte, balançando em seu cordão, debaixo da sua camisa. Bloqueando ondas de rádio. Impedindo que o RFID em seu passaporte dos EUA fosse lido.

Olhou para o Neo.

Sem tomar nenhuma decisão consciente, abriu o botão de cima de sua camisa, tirou o bolso para fora, abriu-o e colocou o Neo dentro dela com o passaporte. Enfiou-o de volta para dentro e abotoou-o.

A bolsa estava mais cheia, visível debaixo de sua camisa.

Milgrim terminou seu espresso, que havia esfriado e estava amargo, e deixou algumas moedas em cima do recibo pequeno e quadrado. Levantou-se, abotoou o paletó sobre o ligeiro inchaço da bolsa e reentrou o Salon du Vintage. Ainda procurando o Folha, que, até onde sabia, havia retornado.

Foi andando devagar até as escadas, levando o tempo que fosse necessário, e aí ficou parado por um tempo, olhando para o pôster ampliado de Hollis acima. Então voltou a abrir o botão de cima mais uma vez, tirou a bolsinha, abriu-a e retirou o Neo, que tocou no mesmo instante.

– Alô? – disse, ao enfiar a bolsinha de volta com a mão livre.

– Você estava num elevador?

– Ele estava cheio de garotas japonesas – disse Milgrim, vendo uma passar. – Só três andares aqui, mas eu não conseguia sair.

– Só checando – disse Sleight, neutro, e desligou.

Milgrim olhou para o Neo, a extensão de Sleight, perguntando-se pela primeira vez se ele estaria realmente desligado quando o desligara. Talvez precisasse de suas baterias removidas para isso. Embora, pensando bem, Sleight proibisse isso. Ou seus dois cartões, que Milgrim também estava proibido de remover.

Sleight havia notado que o Neo entrara na bolsa de Faraday. Milgrim tinha ficado invisível por um breve instante, como ele às vezes percebera estar em elevadores, por razões semelhantes.

Devido a tudo o mais que Sleight dissera poder fazer com o Neo, fazê-lo funcionar como um microfone secreto parecia, na verdade, uma capacidade bem modesta. E isso ajudaria a explicar por que eles se importavam tanto com o aparelho, por mais problemático que ele fosse. Ele era na verdade uma escuta. Será que Bigend sabia a respeito?, Milgrim se perguntou.

Sleight havia lhe dado o Neo no voo de Basileia para Londres, ao final do tratamento de Milgrim. Desde então ele o tinha carregado consigo sempre. A não ser, ele se lembrou, ontem, quando Sleight lhe ordenara que o deixasse no quarto. Quando Winnie tirara sua foto. Quando fora à Blue Ant para falar a Bigend sobre isso, e Bigend havia sugerido que não confiasse mais em Sleight. Quando fora à loja de departamentos para almoçar com Hollis, depois voltou ao seu hotel, onde Winnie estava esperando por ele. Então Sleight havia perdido tudo isso, perdido porque, se ele estivesse falando a verdade, a empresa que construíra o Neo havia falido.

– Que sorte – disse Milgrim, depois fez uma careta, imaginando Sleight, com um Bluetooth, em algum lugar, ouvindo-o. Mas, se o Folha fosse Sleight, o que era apenas uma das possibilidades, como o Folha teria ficado sabendo que deveria encontrá-los na loja de departamentos? Talvez estivesse seguindo Hollis, e não ele? Mas, nesse caso, lembrou a si mesmo, o Folha seria outra pessoa que teria sua foto na parede de Winnie.

O Neo tocou na sua mão.

– Sim?

– Onde você está? – Hollis. – Eu vi você passar.

– Pode me encontrar? No térreo, ao lado da entrada.

– Você está aqui em cima?

– Térreo.

– Estou indo – ela disse.

– Ótimo – ele respondeu, e desligou. Resistindo ao impulso de assoviar para benefício de Sleight, ele colocou o telefone no bolso de seu paletó, depois retirou o paletó, enrolou-o várias vezes ao redor do telefone, enfiou o bolo resultante embaixo do braço e se dirigiu às escadas.

25.

PAPEL-ALUMÍNIO

Hollis encontrou Milgrim dando seu paletó à garota japonesa na chapelaria.
– Acabei – ela disse. – Podemos ir agora, se você estiver pronto.
Milgrim se virou, pegou-a pela mão e a levou para longe da chapelaria.
– Algo de errado?
– Meu telefone – disse Milgrim, soltando a mão dela do outro lado da entrada. – Estão escutando por ele.
Chapéus de papel-alumínio, pessoas cujas obturações transmitiam mensagens de controle mental.
– "Eles" quem?
– Sleight. Bigend não confia nele.
– Nem eu. – Ela nunca confiara. E, agora que ela pensava em Sleight, Milgrim não parecia tão automaticamente louco. Esse era o problema com a Bigendlândia. Pessoas faziam coisas assim. Pelo menos as pessoas como Sleight. Mas também Milgrim podia simplesmente ser maluco.
Ou estar drogado. E se ele tivesse tido uma recaída? Voltado a usar o que quer que o tivesse levado para a Suíça? Onde estaria o personagem semiausente que ela havia encontrado no restaurante de tapas? Ele parecia estressado, um pouco suado, talvez zangado com alguma coisa. Parecia mais com alguém em particular, de qualquer maneira, ela percebeu, e era isso o que estava faltando antes. A falta disso era o

que o havia tornado ao mesmo tempo tão peculiar e tão esquecível. Ela estava olhando nos olhos de alguém que vivenciava a ansiedade da chegada súbita. Mas a chegada de Milgrim, ela sabia de algum modo, era interior. Tudo isso porque ele achava que tinha visto alguém? Embora alguém, ela lembrou a si mesma, que ela também achava ter visto, no porão.

– Eu o vi – ela disse. – Talvez.

– Onde? – Milgrim recuou um passo, permitindo que um par de alegres americanos geriátricos passasse, na direção das escadas.

Para Hollis, eles pareciam roqueiros de hair metal envelhecidos vestindo roupas civis caras, e pareciam estar conversando sobre golfe. Será que colecionavam Chanel vintage?

– Lá embaixo – disse ela. – Eu apertei o botão errado no elevador. Então ele desceu as escadas. Eu acho.

– O que você fez?

– Voltei para o elevador. E subi. Não voltei a vê-lo, mas eu estava ocupada.

– Ele está aqui – disse Milgrim.

– Você o viu?

– Tirei a foto dele. Pamela quer. Eu poderia mostrar a você, mas o cartão não está na minha câmera.

– Ele está aqui agora? – ela olhou ao redor.

– Eu o vi sair – olhou de relance para a entrada. – Não quer dizer que ele não tenha voltado.

– Eu perguntei a Bigend. Ele disse que não mandou ninguém nos vigiar.

– Você acredita nele?

– Depende de quanto a coisa importa para ele. Mas, com relação a isso, temos um péssimo histórico. Se ele me embromar mais uma vez e eu descobrir, estou fora. Ele sabe disso. – Ela olhou Milgrim nos olhos. – Você não está doidão de nada, está?

– Não.

– Você parece diferente. Estou preocupada com você.
– Eu estou em recuperação – disse Milgrim. – É *normal* que eu esteja diferente. Se eu estivesse doidão, *não estaria* diferente.
– Você parece zangado.
– Não com você.
– Mas você não estava zangado antes.
– Não era permitido – Milgrim disse, e Hollis ouviu o espanto em sua voz, como se ao dizer isso ele tivesse descoberto algo sobre si mesmo que nunca soubera antes. Engoliu em seco. – Eu quero descobrir se Sleight está dizendo a ele onde estou. Eu acho que sei como fazer isso.
– O que Bigend diz a respeito de Sleight?
– Ele me avisou para tomar cuidado com o Neo.
– O que é isso?
– Meu telefone. A marca. Eles faliram.
– Quem faliu?
– A empresa que fez o telefone. Sleight sempre sabe onde estou. O telefone diz a ele. Mas eu já sabia disso.
– Sabia?
– Achei que Bigend queria que ele soubesse. Provavelmente sim. Não era segredo.
– Você acha que ele escuta através dele?
– Ele me fez deixá-lo no hotel, ontem. Carregando. Ele faz isso quando quer reprogramá-lo, adicionar ou subtrair aplicativos.
– Pensei que estivesse em Nova York.
– Ele o programa de onde quer que esteja.
– Ele está escutando agora?
– O telefone está no meu paletó. Ali. – Ele apontou para a chapelaria. – Eu não deveria deixá-lo ali por muito tempo.
– O que você quer fazer?
– A Blue Ant faz as reservas de hotel?
– Eu fiz.

— Por telefone?
— Pelo website do hotel. Eu não disse a ninguém onde estaríamos. O que quer fazer?
— Vamos pegar um táxi. Você entra primeiro, diz ao motorista Galeries Lafayette. Sleight não vai ouvir. Então eu entro. Não diga nada sobre Galeries Lafayette nem sobre o hotel. Então vou bloquear o GPS.
— Como?
— Eu tenho um jeito. Já experimentei. Ele achou que eu estivesse dentro de um elevador.
— Depois o quê?
— Eu saio nas Galeries Lafayette, você segue em frente, eu desbloqueio meu telefone. E vejo se o Folha vem me encontrar.
— Quem é o Folha?
— O cara das calças verde-folha.
— Mas e se alguém estiver aqui e simplesmente seguir o táxi?
— Isso é muita gente. Se eles tiverem muita gente, não há nada que possamos fazer. Eles irão seguir você também. – Ele deu de ombros.
— Onde vamos ficar?
— O lugar se chama Odéon. A rua também. E fica ao lado do Métro Odéon. Fácil de lembrar. Seu quarto está na conta do meu cartão de crédito, e paguei por uma diária. Temos reserva de jantar para as oito da noite, perto do hotel. No meu nome.
— Temos?
— Com Meredith e George. Aprendi alguma coisa no andar de cima, mas acho que poderíamos aprender mais hoje à noite.

Milgrim piscou várias vezes.
— Você quer que eu vá junto?
— Estamos trabalhando juntos, não estamos?

Ele assentiu.
— O lugar se chama Les Éditeurs. George disse que dá para ver do hotel.

– Oito – disse Milgrim. – Quando eu pegar meu paletó, não esqueça que o telefone está dentro dele. Sleight. Escutando. Quando pegarmos um táxi, você entra antes, e diz ao taxista Galeries Lafayette.
– Por que lá?
– É grande. As lojas de departamento são boas.
– São?
– Para despistar pessoas. – Ele estava no balcão agora, dando à garota seu tíquete. Ela lhe devolveu seu paletó e sua sacola preta. Hollis lhe deu o dela e a garota trouxe sua mala de rodinhas.
– *Merci* – disse Hollis.
Milgrim havia vestido sua jaqueta e já estava indo na direção da porta.

26.

MÃE RÚSSIA

– Kleenex? – Milgrim perguntou quando o táxi virou à direita, e entrou no que ele reconheceu como a Rue du Temple. – Minha sinusite está me perturbando – ele acrescentou, para benefício de Sleight.
Hollis, sentada à sua esquerda, atrás do motorista, retirou um pacote da bolsa.
– Obrigado. – Ele pegou três lencinhos, devolveu o pacote, desdobrou um, abriu-o em cima dos joelhos e retirou o Neo do bolso. Mostrou-o a ela, apresentando-o de diferentes ângulos, o que o fez se sentir como um mágico, embora não estivesse muito certo de qual poderia ser o seu truque.
O táxi virou à esquerda e entrou em outra rua, que fazia mais uma curva fechada. Ele imaginou Sleight observando um cursor representando isso em uma tela. Parecia improvável, embora ele não conseguisse compreender por que isso pudesse acontecer. Ele sabia que Sleight sempre fazia coisas assim. Sleight podia estar observando pela tela de seu próprio Neo.
Milgrim colocou o Neo em cima do Kleenex, repousando-o no vale entre seus joelhos, abriu os outros dois lenços e começou a poli-lo com cuidado. Ao terminar, lembrou-se de ter, distraído, removido a parte de trás, no voo para Atlanta. Agora ele a abria de novo, deslizando para baixo a parte de dentro da tampa da bateria e a face exposta da bateria, depois a substituindo. Quando acabou de esfregar a parte de fora, dobrou cuidadosamente o primeiro lenço de papel ao redor

dele e o enfiou no bolso. Amassou os outros dois e limpou as palmas das mãos com eles.

– Já esteve em Paris antes? – perguntou Hollis.

Ela parecia relaxada, a bolsa no colo, o colarinho escuro da jaqueta de denim levantado.

– Uma vez – ele disse. – Quando tinha acabado de sair de Columbia. Por um mês, com outra pessoa que tinha se formado. Sublocamos um apartamento.

– Você gostou?

– Foi bom estar aqui com alguém.

Ela olhou pela janela, como se se lembrasse de alguma coisa, depois olhou para ele de novo.

– Você estava apaixonado?

– Não.

– Eram um casal?

– Sim – ele disse, embora parecesse estranho dizer isso.

– Não deu certo para você, deu?

– Eu não estava disponível – ele respondeu. – Eu não sabia disso, mas não estava. Aprendi isso em Basileia. – Lembrou-se de Sleight, seu ouvinte hipotético. Apontou para o bolso que continha seu Neo, envolto em lenço de papel.

– Desculpe – ela disse.

– Tudo bem.

Eles viraram à direita, depois à esquerda mais uma vez, em um cruzamento onde ele vislumbrou uma placa do Metrô Strasbourg--Saint-Denis, e entraram num tráfego mais pesado.

Eles seguiram em silêncio por alguns minutos. Então ele abriu o botão de cima da camisa e retirou a bolsa de Faraday.

– O que é isso?

– Bilhete de metrô – ele disse a Sleight, então levou o dedo indicador aos lábios.

Ela fez que sim com a cabeça.

Ele abriu a bolsa, inseriu o Neo, depois a fechou.

— Bloqueia sinais de rádio. Como quando você está num elevador. Se ele estava ouvindo, agora não consegue. E acabou de perder o rastro de onde estamos.

— Por que você tem isso?

— Foi Sleight quem me deu – ele disse. – É para meu passaporte. Ele está preocupado que alguém leia o microchip.

— Eles fazem isso?

— Gente como Sleight faz.

— Como funciona?

— Ele tem fibras metálicas. Quando o testei, antes, ele perdeu meu sinal. Achou que eu estava num elevador.

— Mas, se é assim tão fácil – ela disse –, por que ele deu essa bolsa a você?

— Ele insistiu – disse Milgrim. – Acho que ele realmente se preocupa com a coisa de leitura de chip. É uma coisa que ele mesmo fez.

— Mas ele lhe deu seu meio de evitar a vigilância bem aí.

— Quando coloquei o celular na bolsa, antes, foi a primeira vez que fiz uma coisa que sabia que ele não ia querer que eu fizesse. Eu não estava bem quando o conheci. Ele trabalhava para Bigend e eu fazia o que me mandavam.

Ela olhou para ele. Então assentiu.

— Entendo.

— Mas Sleight – ele continuou – realmente *gostava* disso, de ter alguém que fizesse exatamente o que ele dizia.

— É, ele deve gostar disso.

— Não acho que ele imaginava que eu um dia chegaria ao ponto de usar a bolsa de Faraday para esconder o Neo. Ele teria gostado de ser capaz de contar com isso.

— O que você vai fazer nas Galeries Lafayette?

— Esperar até você ir embora, depois tirá-lo da bolsa. E então ver quem aparece.

– Mas e se houve alguém nos seguindo agora, à moda antiga?
– Peça ao motorista para levar você até uma estação do Metrô. Você conhece o Metrô?
– Mais ou menos.
– Se você for esperta, provavelmente vai conseguir despistar qualquer um que possa tentar segui-la.
– Chegamos.
Ele viu que estavam no Boulevard Haussmann; o motorista deu a seta para encostar.
– Cuide-se – ela disse. – Se ele era aquele sujeito que vi no porão, não gostei da cara dele.
– Lá no Salon, não tive a impressão de que ele fosse assim tão bom – Milgrim respondeu, checando se a alça de sua sacola estava bem presa sobre o ombro.
– Bom?
– Assustador.
Ele abriu a porta antes que o táxi tivesse parado completamente. O motorista disse alguma coisa num francês irritado.
– Desculpe – ele disse quando pararam, e saiu rapidinho, fechando a porta atrás de si.
Da calçada, ele olhou para trás, viu Hollis sorrindo, dizendo alguma coisa ao motorista. O táxi voltou ao tráfego.
Milgrim entrou rapidamente nas Galeries Lafayette e seguiu caminhando, até ficar bem embaixo da enorme cúpula de vitrais. Ele ficou ali parado, olhando para o alto, experimentando por um breve instante o assombro e o maravilhamento típico de um ratinho do campo, que fora a intenção do arquiteto induzir. Uma mistura entre a Grand Central Station de Nova York e o átrio do Brown Palace de Denver – estruturas que heroicamente quiseram fazer parte de um futuro que nunca aconteceu de verdade. Amplos balcões cercavam cada andar como num teatro, erguendo-se na direção da cúpula. Além deles, onde deveria estar a audiência, ele podia ver o topo das prateleiras de roupas,

mas, se tivesse havido uma audiência, ele, Milgrim, estaria parado exatamente no ponto onde a mulher gorda iria cantar.

Retirou a bolsa de Faraday de dentro da camisa e tirou o Neo de dentro dela, expondo-a para qualquer sopa de sinais que existisse ali. Dentro de sua mortalha infantil de Kleenex, ele começou a tocar.

Sleight havia arranjado as coisas de um modo que tornava impossível desligar o sinal de toque, mas Milgrim diminuiu o volume até o fim e o colocou no bolso lateral da jaqueta. Ele vibrou algumas vezes, depois parou. Ele o tirou mais uma vez, abriu o Kleenex para ver as horas, tomando cuidado para não o tocar, e depois o colocou de volta.

Ele tinha o que restava de suas trezentas libras, os euros que Hollis lhe dera, além de mais uma fina camada de euros dobrados que haviam sobrado de seus trocados em Basileia. Decidiu investir em seu próprio futuro, um muito mais imediato do que aquele que os fundadores das Galeries Lafayette haviam imaginado.

Achou o caminho da seção masculina, um prédio separado ao lado, e escolheu um par de cuecas pretas francesas, depois um par de meias de algodão penteado preto, pagando por elas com quase todo o seu dinheiro da Basileia. As notas de euro o lembravam, de um modo obscuro, da Terra do Amanhã da Disneylândia, aonde sua mãe o havia levado quando criança.

O Neo começou a vibrar de novo no seu bolso. Deixou que vibrasse, tentando imaginar a expressão no rosto de Sleight. Mas Sleight sabia onde ele estava, e era bem possível que tivesse ouvido o caixa da loja em que estava comprando suas meias e cuecas, já que Milgrim, de sua parte, havia conduzido toda a transação de forma não verbal, com grunhidos suaves e apologéticos. Torcia para que o lenço de papel estivesse abafando um pouco as coisas, embora supusesse que isso na verdade não importava.

Voltou à loja principal e subiu pelas escadas rolantes, passando pelos reinos da lingerie, da roupa esportiva e dos vestidinhos pretos.

Se soubesse com certeza de quanto tempo dispunha, pensou, procuraria a seção de móveis. As seções de móveis de grandes lojas de departamentos costumavam ser um oásis de tranquilidade. Ele costumava achá-las lugares relaxantes. Também eram ótimos lugares para determinar se você estava sendo seguido ou não. Mas ele realmente não achava que estivesse sendo seguido daquela maneira.

Atravessou um bosque de Ralph Lauren, depois uma floresta menos espessa de Hilfiger, até uma balaustrada que dava para o átrio central. Olhando para baixo, viu o Folha atravessar a rua vindo do Boulevard Haussmann. Tire o boné, ele pensou; um profissional teria no mínimo feito isso, e também teria tirado a jaqueta preta.

Quando o Folha chegou quase ao ponto exato onde o próprio Milgrim havia parado a fim de olhar para cima, ele também parou, exatamente como Milgrim fizera, e observou melhor a cúpula. Milgrim recuou, sabendo que o Folha vasculharia as balaustradas em seguida, e foi exatamente o que ele fez.

Você sabe que eu estou aqui, Milgrim pensou, mas não sabe exatamente onde. Ele viu o Folha falar. Com Sleight, imaginou, através de um *headset*.

Um instante depois, Milgrim estava sozinho em um elevador, apertando o botão para o último andar, acionando seu módulo de improvisação. Aberto a oportunidades.

O elevador parou no andar seguinte. A porta se abriu, e foi rapidamente segurada por um braço enorme envolto numa manga cinza-grafite, o braço de um homem grande.

– Que pena que você não mora mais aqui na cidade – disse uma loura alta, em russo, para outra moça ao lado dela, igualmente alta, igualmente loura. A segunda loura empurrava um carrinho imenso para dentro do elevador, uma espécie de carro de bebê de luxo sobre três pneus bulbosos, uma coisa aparentemente feita de fibra de carbono e lã fina, todo cinza como o terno do guarda-costas.

— O subúrbio é uma bosta — respondeu a motorista do carrinho, em russo, acionando o freio de mão da coisa com o dedo. — Uma vila. Duas horas. Cachorros. Guardas. Bosta.

O guarda-costas entrou, olhando Milgrim com cara de poucos amigos. Milgrim recuou o máximo que pôde e olhou para o chão, sentindo o corrimão dar uma pontada dolorosa em sua coluna. A porta fechou e o elevador começou a subir. Milgrim olhou de esguelha para as duas mulheres, lamentando tê-lo feito no mesmo instante, pois ganhou atenção de seu guardião. Voltou a olhar para baixo. O megacarrinho parecia algo saído da cabine de um avião muito caro, talvez o carrinho de bebidas. Se carregava algum bebê, ele estava inteiramente escondido por um capuz ou véu de lã fina, provavelmente à prova de balas.

— Certamente ele não pode ter perdido tanto assim — disse a primeira loura.

— Estava tudo alienado — disse a motorista do carrinho.

— O que isso quer dizer?

— Que não temos apartamento em Paris e fazemos compras nas Galeries Lafayette — a motorista do carrinho disse, com amargura.

Milgrim, que não ouvia russo desde que deixara Basileia, sentiu um encantamento peculiar, apesar da presença mal-humorada do guarda-costas e do corrimão nas suas costas. O elevador parou, a porta se abriu e uma adolescente alta, parisiense, entrou. Quando a porta se fechou, Milgrim reparou em como o guarda focava sua atenção na garota, não menos mal-humorado do que antes, porém, mais concentrado. Magra e morena, ela olhou para Milgrim e para as duas mulheres russas com uma espécie de desdém benigno, ignorando o guarda.

Quando o elevador voltou a parar e a porta se abriu, Milgrim tirou o Neo do bolso de sua jaqueta e o enfiou em um bolso de lã fina na frente do supercarrinho, sentindo-o cair na companhia do que imaginou serem brinquedos, latinhas de bálsamo ou quem sabe caviar, ou fosse lá o que um oligarca mirim precisasse. Fez isso como um batedor de carteiras o aconselhara um dia, como se não fosse apenas o esperado, mas a única coisa a ser feita. Ele levantou a cabeça e olhou para o guarda, cujos olhos ainda estavam fixos na morena. Ela então se virou, com a fluidez de uma gazela e um ar visivelmente entediado, e saiu, passando pelo guarda, quando a motorista do carrinho destravou o freio e puxou a coisa toda para fora do elevador como um porta-peças em uma fábrica de tanques.

O guarda-costas voltou a reparar em Milgrim, mas saiu rapidamente do elevador, sem disposição de perder suas protegidas de vista.

Milgrim permaneceu onde estava quando a porta se fechou e o elevador voltou a subir.

– Cães – ele disse a Sleight, que não podia mais ouvi-lo. – Guardas.

27.

BEISEBOL JAPONÊS

— E Paris, como vai? — A imagem que aparecia na tela do iPhone para quando Heidi ligava tinha uma década de idade, em preto e branco, granulada. O baixo de Jimmy, um Fender branco, aparecia fora de foco em primeiro plano.

— Não sei — respondeu Hollis. Ela estava em Sèvres-Babylone, andando entre plataformas do metrô; a rodinha frouxa de sua mala emitia um estalo constante, semelhante a um metrônomo pessoal. Ela havia decidido dar às preocupações de Milgrim o benefício da dúvida, tomando um curso aleatório pelo Metrô, saltos curtos, mudanças de linha, inversões bruscas. Se alguém a estava seguindo, ela não tinha notado. Mas o metrô estava lotado agora, e ela começava a ficar cansada, por isso havia se decidido a voltar ao Odéon e ao hotel quando Heidi ligou. — Acho que encontrei alguma coisa, mas alguém pode ter me encontrado.

— Como assim?

— Milgrim achou ter visto alguém aqui, alguém que ele já tinha visto em Londres. Na Selfridges, quando você estava cortando o cabelo.

— Você disse que ele era doido de pedra.

— Eu disse que ele não parecia um sujeito focado. De qualquer maneira, ele parece mais focado agora. Embora talvez seja louco de pedra também. — Pelo menos a mala não estava pesada demais, e o exemplar do livro que ela dera a Milgrim deixara a mala ainda mais leve. E seu MacBook Air, ela se lembrou. Ainda estava com Milgrim.

— Será que Bigend enviou alguém para esperar por vocês?
— Eu não queria isso. Não disse a eles onde iria ficar.
— Onde você vai ficar?
— Quartier Latin. – Ela hesitou. – Um hotel onde fiquei com Garreth. Heidi deu um pulo.
— Mesmo? E foi escolha de Garreth ou sua?
— Dele – respondeu ela ao alcançar a plataforma e a multidão que aguardava.
— E em qual mão você está carregando essa bandeira toda que está dando?
— Eu não estou dando bandeira nenhuma.
— Meu cu cabeludo que não está.
— Você. Não tem. Cabelo no cu.
— Não tenha tanta certeza – disse Heidi. – Casamento.
— O que tem casamento?
— Faz cada coisa com você...
— E o escrotão, como é que está?
— Saiu sob fiança. A mídia não divulgou muito. O esquema de pirâmide deu um total de menos de meio bilhão. No clima atual, eles estão envergonhados de oferecer a história ao público. Quantias mesquinhas. Como se fossem serial killers estrangeiros.
— O que tem eles? – O carro do metrô estava encostando.
— Os EUA são a capital do assassinato em série. Assassinato em série estrangeiro é tipo beisebol japonês.
— Como é que você está, Heidi?
— Achei uma academia. Em Hacky.
— Hack*ney*.
As portas se abriram e a multidão avançou, levando Hollis junto.
— Pensei que lá era onde eles haviam inventado o *footbag*. – Decepcionada. – Meio que tipo a Silverlake. Estáveis. Criativos. Mas a academia é à moda antiga. MMA.

As portas se fecharam atrás de Hollis, o abraço da multidão, cheiros levemente pessoais, a mala encostando em sua perna.

– O que é isso?

– Mixed martial arts – disse Heidi, como se satisfeita com um menu de sobremesas.

– Não entre nessa – Hollis aconselhou. – Lembre-se dos boxeadores. – O carro começou a se mover. – Tenho que ir.

– Ótimo – disse Heidi, e desligou.

Seis minutos na Linha 10 e ela estava em outra plataforma, Odéon, a rodinha estalando. Desceu a alça da mala para subir as escadas, até a luz do sol, que começava a se pôr, e o cheiro do tráfego na St. Germain – tudo muito familiar, como se ela nunca tivesse ido embora, e agora o medo vinha à tona, o reconhecimento de que Heidi tinha razão, de que ela havia se enganado ao revisitar a cena de um crime perfeito. Estava revivendo a paixão como se estivesse sonhando. O cheiro do pescoço dele. A biblioteca de cicatrizes que ele carregava, hieroglíficas, esperando serem traçadas.

– Ah, por favor – ela disse. Subindo a alça da mala, puxando-a pelo paralelepípedo que estragava as rodas, indo na direção do hotel. Passando pelo carrinho do vendedor de doces. E pela vitrine oferecendo vestidos caros. Capas de cetim, máscaras de médicos da época da peste com nariz peniano. A pequenina drogaria na esquina de duas ruas, que oferecia dispositivos hidráulicos de massagem para seios e soros suíços para pele embalados como se fossem a última palavra em vacinas.

Entrou no hotel, onde o recepcionista a reconheceu mas não a cumprimentou. Discrição em vez de falta de calor humano. Ela deu o nome, assinou o check-in, confirmou que o quarto de Milgrim estava no cartão dela, recebeu a chave num medalhão pesado de bronze com a cabeça de um leão. Então entrou num elevador, ainda menor que o do Cabinet porém mais moderno, parecido com uma cabine telefônica cor de bronze diluída. A sensação era de se estar numa cabine telefônica quase esquecida. Como as coisas desapareciam.

No corredor do terceiro andar, vigas maciças e tortas de madeira estavam expostas. Havia um carrinho pequeno com toalhas e sabonetes em miniatura. Destrancou a porta do seu quarto.

Que, para seu alívio considerável, não era nenhum dos dois em que ela havia ficado com Garreth, embora a vista fosse praticamente idêntica. Um quarto do tamanho do banheiro do Cabinet, talvez menor. Tudo em vermelho, preto e ouro chinês; alguns objetos com um estranho estilo chinês que os decoradores do Cabinet teriam sobrecarregado com bustos de Mao e pôsteres heroicos do proletariado.

Parecia estranho não estar no Cabinet, e ela interpretou isso como um sinal ruim.

Eu devia encontrar um apartamento, ela disse a si mesma, percebendo que não fazia ideia de em que país devia encontrá-lo, quanto mais em que cidade. Colocou a mala em cima da cama. Ali mal havia espaço para andar, a não ser por um corredor estreito ao redor da cama. Abaixou-se por reflexo para não bater a cabeça na televisão definitivamente não digital em seu suporte pintado de branco que pendia do teto. Garreth havia batido a cabeça em um daqueles e se cortado.

Ela deu um suspiro.

Olhou para os prédios do outro lado, e começou relembrar o passado.

Não faça isso. Ela voltou para a cama e abriu o zíper de sua mala. Havia trazido o mínimo possível. Artigos de toalete, maquiagem, um vestido, meia-calça, sapatos mais sofisticados, calcinhas. Ao tirar o vestido para pendurá-lo, descobriu o bonequinho da Blue Ant, que tinha certeza de não ter posto na mala, sorrindo debochado para ela. Lembrou-se de tê-lo perdido no balcão, ao lado da pia, no Cabinet.

– Oi – disse ela ao apanhá-lo, a tensão em sua voz a assustando.

O sorriso do bonequinho se tornando o sorriso da Mona Lisa enquanto ela ficava ali com Garreth, de mãos dadas.

Levantou a cabeça e olhou para ele. Ela havia notado que ele não estava olhando nem um pouco para a Mona Lisa, mas, sim, para o seu escudo de acrílico, seus suportes e todos os dispositivos possíveis de segurança invisíveis do Louvre que de algum modo eram evidentes para ele.

– Você está imaginando roubá-la, não está?

– Só academicamente. Sabe aquela borda laminada, logo embaixo dela? Aquilo é interessante. Você gostaria de saber exatamente o que há ali dentro. Ela é bem grossa, não é? Tem uns bons 30 centímetros de espessura. Tem alguma coisa ali dentro. Uma surpresa.

– Você é terrível.

– Totalmente – ele disse, soltando a mão dela, acariciando a nuca. – Sou mesmo.

Ela pôs o bonequinho em cima da mesinha de cabeceira embutida, muito menor que a beira defensiva da Mona Lisa, e se forçou a desfazer a mala com o resto de suas coisas.

28.

CHÁ DE PERA BRANCA

O custo do wi-fi era o chá de pera branca.

Milgrim olhou para a prensa de chá de vidro de meio litro sobre a mesa branca redonda, para além do retângulo de alumínio fosco do laptop de Hollis. Ele não tinha certeza de por que havia escolhido pera branca. Provavelmente porque não gostava muito de chá, e porque quase tudo ali era branco. Decidiu deixá-lo imerso um pouco mais.

Estava sozinho naquela loja branca, estreita, com muito chá e uma garota usando um vestido de algodão muito engomado mas de ótimo caimento, levemente listrado de cinza, não muito diferente de um vestido para jogar tênis. Ele não achara que os parisienses gostassem de beber chá, mas, se aquele lugar indicasse alguma coisa, eles preferiam o chá servido em bules de vidro ultrafrágil. Paredes cheias de prateleiras brancas pequenas, jarras de boticário modernistas cheias de matéria vegetal ressecada, além de um sortimento reluzente, iluminado por lâmpadas halógenas, de bules e chaleiras. Coisas igualmente minimalistas e agradáveis, em feltro cinza espesso. Algumas plantas verdes. Três mesinhas, cada qual com duas cadeiras.

Do lado de fora, o gemido do motor e a tosse do escapamento das scooters que passavam de vez em quando. A rua era quase estreita demais para carros. Em algum lugar no Quartier Latin, se é que o motorista de táxi o havia entendido.

Agora a garota começara a dar uma limpada nas jarras com um espanador. Parecia uma performance, ou alguma espécie altamente conceitual de pornografia. O tipo de coisa que no fim das contas tinha mais a ver com as listras. Ou com o chá.

Ele abriu o laptop finíssimo e o ligou.

A área de trabalho de Hollis era uma representação digital do espaço interestelar. Nuvens galácticas cor de malva. Será que ela estava interessada em astronomia, ele se perguntou, ou era algo da Apple? Ele imaginou o laptop exibindo uma imagem de si mesmo em vez disso, e da prensa de chá, no laminado branco. E naquela tela imaginada, outra imagem idêntica. Descendo em efeito túnel, estilo Escher, até uns poucos pixels. Pensou na arte no livro de Hollis, e no Neo, que ele supunha agora estar a caminho de algum subúrbio proibitivamente caro, ou que já estivesse lá, seu próprio pequeno esforço em arte de GPS.

Reparou que se sentia incrivelmente calmo a esse respeito, a respeito do que ele havia feito. O principal, ao que parecia, era que ele havia feito aquilo. Estava feito. Mas reparar nisso fez com que ele começasse a se lembrar de Sleight.

Depois de seu passeio de táxi saindo das Galeries Lafayette, até um cruzamento escolhido aleatoriamente ali perto, ele havia sentido uma relativa certeza de que estava fora do mapa de Sleight. Agora ele pensava no laptop de Hollis, imaginando se Sleight não poderia ter estado nele também, embora Hollis dissesse ter sido recém-empregada por Bigend, daquela vez pelo menos.

Abriu o browser, depois seu webmail. Será que Sleight podia vê-lo fazer isso?, ele se perguntou. Seu endereço, o primeiro e único endereço de e-mail que ele jamais tivera, era da Blue Ant. Abriu o Twitter. Se tinha entendido tudo direito, Sleight poderia ser capaz de saber o que ele havia aberto, mas seria incapaz de ver o que estava fazendo ali. Digitou o nome de usuário e a senha.

E Winnie estava lá. Ou havia estado. "Kd vc?" Uma hora atrás.

"Ainda em Paris. Precisamos conversar."

Recarregou a página. Nenhuma resposta.

A garota do vestidinho de algodão, depois de terminar de espanar, estava olhando para ele. O que o fez se lembrar, como certos jovens o lembravam, daqueles personagens razoavelmente realistas dos desenhos animados japoneses, os que tinham olhos gigantes tipo Disney. Do que se tratava? Parecia ser internacional, fosse lá o que fosse, embora ainda não fosse universal. Era o tipo de coisa que ele havia se acostumado a perguntar a Bigend, que o incentivava fortemente, porque, como ele mesmo dizia, dava muito valor às perguntas de Milgrim. Milgrim havia vivido por uma década numa espécie de meia-fase do submundo, e era, segundo Bigend, como se ele tivesse saído de uma cápsula do tempo perdida. Argila fresca, aguardando a impressão indicativa de um novo século.

– É um Mac Air? – a garota perguntou.

Milgrim precisou verificar a marca, na parte inferior da tela.

– Sim – ele respondeu.

– É muito bonito.

– Obrigado – disse Milgrim. Meio envergonhado, ele pressionou cuidadosamente o êmbolo em cima da prensa de chá, forçando a passagem de um fluído claro através de uma grade cirúrgica de malha de náilon branca. Ele se serviu de um pouco, na xícara de vidro de aparência ainda mais frágil. Tomou um gole. Complexamente metálico. Não parecia muito com chá. Embora talvez isso fosse bom.

– Você tem croissants?

– *Non* – a garota disse. – *Petites madeleines*.

– Por favor – disse Milgrim, fazendo um gesto para sua mesa branca.

Biscoitinhos de Proust. Era literalmente tudo o que ele sabia sobre Proust, embora uma vez tivesse sido obrigado a ouvir uma argumentação extensa de alguém sobre como Proust havia descrito madeleines incorretamente ou algo totalmente diferente.

Estava na hora de sua medicação. Enquanto a garota foi buscar suas madeleines, na parte de trás da loja, ele tirou o envelope de comprimidos de sua sacola e abriu a ração de um dia de cápsulas brancas pelo papel-alumínio na parte de trás dos blisters. Devido a um hábito arraigado, ele as manteve escondidas na palma da mão. Ele havia recolocado os envelopes de volta quando ela voltou, seus três biscoitos em um prato branco quadrado. Um simples, um ligeiramente salpicado com algo branco e outro com chocolate amargo.

– Obrigado – ele disse. Mergulhou o simples rapidamente em seu chá, talvez por uma vaga superstição relacionada a Proust, então logo comeu todos. Estavam muito bons, e o salpicado de branco era de amêndoas. Ao terminar, ele engoliu as cápsulas de Basileia com o chá de pera branca.

Então se lembrou de dar *refresh* no browser de novo.

"Vc taí?" Dois minutos atrás.

"Sim. Desculpe."

Refresh.

"Seu tel n é seguro"

"Laptop emprestado. Perdi o telefone." Ele hesitou. "Acho que Sleight estava me rastreando com ele."

Refresh.

"Vc perdeu?"

"Livrei-me dele."

Refresh.

"Por quê?"

Precisou pensar. "S estava dizendo a seguidor onde eu estava."

Refresh.

"E?"

"Cansei."

Refresh.

"Nada de *jack moves,* OK? B cool."

"Não queria que ele soubesse onde estamos ficando."

Refresh.

"Onde vcs estão?"

— Ficando — ele completou em voz alta, depois escreveu: "Hotel Odeon, perto do Metrô Odeon".
Refresh.
"Volta amanhã cedo?"
"Até onde sei."
Refresh.
"O q sua parceira quer?"
"Jeans."
Refresh.
"LOL! B cool B n touch. Bj"
— Tchau — disse Milgrim, nem um pouco impressionado com sua nova agente federal. Era como se ele tivesse uma jovem mãe desinteressada.

Desconectou-se do Twitter e foi até os favoritos, clicando na página que marcara antes. O Folha modelando uma jaqueta com zíper na frente e um retângulo pornô à moda antiga. O que era aquilo? Foi navegando pelo site, e as coisas começaram a fazer sentido. Lembrou-se de outra das apresentações de PowerPoint da garota francesa lá no Soho. A fetichização de mercado das forças especiais de elite, "operadores". Ela havia citado a Guerra do Vietnã como o ponto de virada dessa tendência, e ilustrara seu argumento com colagens de pequenos anúncios retirados das contracapas de revistas masculinas dos anos 1950 há muito extintas, *True* e *Argosy*: fundas para hérnia, micos sentados dentro de xícaras de chá que podiam ser comprados pelo correio, cursos de conserto de cortadores de grama, óculos de raios X... Esses anúncios, ela dissera, constituíam uma amostra fundamental do inconsciente popular do macho americano pouco depois da Segunda Guerra Mundial. Tirando as onipresentes cintas e suas equivalentes (o que, Milgrim havia se perguntado, fora responsável por aquela epidemia de hérnias entre os homens americanos no pós-guerra?), esse registro diferia muito pouco do registro equivalente a ser encontrado nas contracapas das revistas em quadrinhos da mesma era. Enquanto apontava que qualquer um, naquela época, podia pedir exatamente o mesmo rifle italiano que depois havia sido usado para assassinar JFK (por menos de 15 dólares, incluindo a postagem), ela tinha dito que se podia supor que a valorização das coisas militares pelo macho americano do pós-guerra havia sido equilibrada pela recente memória da realidade da guerra, ainda que fosse uma guerra que tinha sido definitivamente vencida. O Vietnã havia deslocado alguma coisa na psique do macho americano. Milgrim não conseguia se lembrar exatamente do que era, mas sabia que ela havia relacionado isso ao que ele supunha ser a cultura que produzia websites como aquele.

O Folha estava usando seu retângulo pornô preto para proteger sua identidade, fazendo com que o leitor pensasse que ele fosse membro de alguma elite militar. Ela havia chegado a mencionar isso explicitamente como uma técnica de marketing.

Voltou à imagem do Folha. Ele não era particularmente assustador. Milgrim conhecia uma série de tipos assustadores, da década que passara nas ruas. O homem do *mullet*, no seu restaurante cheio de naftalina nos arredores de Conway, era um tipo assustador especial. Esse tipo assustador, para o qual ele não tinha nome, era difícil de esconder e impossível de falsificar. Ele o vira pela primeira vez em Nova York, em um jovem albanês que trabalhava no ramo da heroína. Sugestões de um passado militar, outras coisas também. Uma calma semelhante, a mesma profunda falta de movimentos supérfluos. Folha, ele começou a suspeitar, estudando a boca sob o retângulo preto, poderia ser o tipo assustador que dispunha mais de maldade do que força bruta. Embora ele já tivesse visto os dois coexistindo, mais ou menos, no mesmo indivíduo, e isso não havia sido nada bom.

Retraçou seus passos dentro do site. Bigend se interessaria por aquilo, embora talvez sua equipe já tivesse mostrado para ele. Era de fato o tipo de coisa que eles estavam procurando. Não encontrou nem nome de marca nem preços. A URL do site era uma fileira de letras e números. Não exatamente um site mas uma página-teste, um simulacro? A seção "Sobre" estava vazia, assim como a seção "Compras".

O exaustor pulsava, do lado de fora. Ele levantou a cabeça e viu uma motocicleta preta passando devagar, o capacete amarelo do motociclista virando elegantemente o visor de plástico escuro em sua direção, depois de novo para a frente, seguindo – e revelando, por um instante, na parte de trás do capacete, grandes arranhões diagonais brancos na cobertura de gel amarela.

Exatamente o tipo de detalhe pelo qual Bigend o parabenizaria por notar.

29.

CALAFRIO

– Sleight – disse Bigend, como se o nome o exaurisse – está perguntando sobre Milgrim. Ele está com você?
– Não – respondeu Hollis, esticada na cama, pós-ducha, parcialmente enrolada em diversas das toalhas brancas e não tão grandes do hotel. – Ele não está em Nova York? Sleight, quero dizer.
– Toronto – disse Bigend. – Ele está rastreando Milgrim.
– É mesmo? – ela olhou para o iPhone. Ela não tinha imagem de ícone para Bigend. Quem sabe um retângulo simples de Azul Klein?
– Milgrim solicitou, a princípio, muita coisa para se rastrear. Essa tarefa recaiu em grande parte a Sleight.
– Ele me rastreia? – Ela olhou para o bonequinho azul.
– Você gostaria disso?
– Não. Na verdade, isso violaria o acordo. Para você e para mim.
– Foi o que eu entendi, naturalmente. Onde você comprou seu telefone?
– Apple Store. Soho. Soho de Nova York. Por quê?
– Gostaria de lhe dar outro.
– Por que se importa com o lugar onde comprei este aqui?
– Estou me certificando de que você mesmo o comprou.
– O último telefone que você me deu permitia saber onde eu estava, Hubertus.
– Não farei isso de novo.
– Pelo menos não com um telefone.

— Não estou entendendo.

Ela deu um peteleco no bonequinho. Ele balançou na sua base redonda.

— Você conhece minhas preocupações com a integridade das comunicações — ele disse.

— Não sei onde Milgrim está — ela disse. — Isso é tudo o que você queria?

— Sleight está sugerindo que ele deixou Paris. Fugiu. Acha isso provável?

— Ele não é tão fácil assim de decifrar. Não para mim.

— Ele está mudando — disse Bigend. — Isso é o interessante a respeito de alguém na situação dele. Há sempre mais coisas dele chegando, entrando on-line.

— Talvez tenha chegado alguma coisa que não queira que Sleight saiba onde está.

— Se você encontrá-lo — disse Bigend —, poderia pedir a ele para me ligar, por favor?

— Sim — ela disse. — Tchau.

— Tchau, Hollis.

Ela pegou o bonequinho. Ele não pesava mais do que ela lembrava, que era muito pouco. Era oco, e aparentemente sem costuras. Não se podia ver o que poderia haver dentro dele.

Ela se sentou na cama, envolta em toalhas ligeiramente úmidas, e o telefone tocou mais uma vez. A foto em preto e branco de Heidi.

— Heidi?

— Estou na academia. Hackney.

— Sim?

— Um dos meus parceiros de *sparring* aqui diz que sabe do seu cara.

Os rabiscos dourados da caligrafia chinesa *fake* na parede em frente pareciam tremeluzir e se destacar, flutuando em sua direção. Ela piscou várias vezes.

— Sabe?

– Você nunca me disse o sobrenome dele.

– Não – disse Hollis.

– Começa com *W* e termina com *s*?

– Sim.

Uma pausa que não era normal. Heidi nunca pensava no que iria dizer.

– Quando foi que você ouviu falar nele pela última vez?

– Por volta do último lançamento do meu livro no Reino Unido. Por quê?

– Quando você volta pra cá?

– Amanhã. O que foi?

– Estou querendo me certificar de que Ajay e eu estamos falando do mesmo cara.

– Ajay?

– Ele é indiano. Bom, inglês. Vou descobrir o que puder, depois você e eu vamos ter uma conversa. – E desligou.

Hollis enxugou os olhos com o canto de uma das toalhas, restaurando as pinceladas douradas ao seu lugar no papel de parede cor de sangue, e estremeceu num calafrio.

30.

AVISTAMENTO

Milgrim saiu da casa de chá branco, caminhando no que imaginou ser a direção do Sena, dando preferência a ruas que corriam aproximadamente perpendiculares àquela onde ele havia tomado seu chá. Imaginava exatamente como havia sido seguido do Salon du Vintage até ali. Direto, como era provável, numa motocicleta.

Se o capacete amarelo fosse o mesmo que ele tinha visto em Londres, seu motociclista era o courier que havia entregado a foto impressa de Winnie, a foto que ele supunha que Sleight havia tirado em Myrtle Beach. Pamela o havia enviado no caminho de volta para o hotel, depois que ele tinha visto Bigend. Será que eles sabiam quem era Winnie, ou o que ela fazia? Todos tiravam fotos uns dos outros, e agora ele estava fazendo a mesma coisa.

Agora ele parecia ter encontrado uma rua cheia de artesanato africano de aspecto caro. Estátuas de madeira escura enormes, em galerias pequenas, lindamente iluminadas. Fetiches cheios de pregos, sugerindo terríveis estados emocionais.

Também encontrou uma pequena loja de câmeras. Entrou, comprou um leitor de cartões chinês de um simpático homem persa que usava óculos com aros de ouro e um cardigã cinza na moda. Colocou-o na sua sacola com o laptop de Hollis e seu livro. Seguiu em frente.

Ele começou a se sentir menos ansioso, de algum modo, embora o ânimo que havia sentido depois de jogar o Neo fora provavelmente não fosse voltar.

A questão agora, ele decidiu, era se o motociclista, caso ele não tivesse se enganado quanto ao capacete, trabalhava para Sleight ou Bigend, ou ambos. Era Bigend que o havia mandado para lá, ou Sleight? Por falar nisso, como ter certeza de que Bigend realmente desconfiava de Sleight? Bigend, até onde sabia, jamais havia mentido para ele, e Sleight sempre lhe parecera intrinsecamente indigno de confiança. Feito sob medida para a traição.

Pensou em sua terapeuta. Se ela estivesse ali, ele disse a si mesmo, lembraria que aquela situação, por mais complexamente ameaçadora ou perigosa, era externa, e logo inteiramente preferível àquela em que ele havia estado ao chegar a Basileia, uma situação tanto interna quanto aparentemente inescapável. "Não internalize a ameaça. Quando você faz isso, o sistema se enche de adrenalina, cortisol. Isso trava você."

Procurou o Neo para checar as horas. Não estava mais lá.

Continuou andando, e em pouco tempo deparou com o que uma placa de parede esmaltada lhe informou ser a Rue Git-le-Coeur. Mais estreita, possivelmente mais medieval. Algumas gotas de chuva começaram a cair; o céu havia ficado nublado enquanto ele tomava seu chá. Verificou os reflexos em busca de um capacete amarelo, embora naturalmente um profissional pudesse estacionar a moto e deixar o capacete para trás. Ou, mais provavelmente, ser parte de uma equipe. Ele viu uma livraria de aspecto mágico, com livros empilhados, parecida com o estúdio de um professor maluco em um filme, e mudou de direção, morto de vontade de fugir para dentro dos textos. Mas aqueles pareciam ser não apenas quadrinhos, que eram incapazes de fornecer sua dose necessária de palavras enfileiradas, como ainda por cima em francês. Alguns deles, ele viu, eram do tipo francês, de aspecto bem literário, mas muitos pareciam ser aqueles onde todos se pareciam com a garota da casa de chá, magros e de olhos enormes. Mesmo assim, era uma livraria. Ele tinha um desejo incontrolável de se enterrar dentro dela. Fazer seu caminho de volta até as pilhas de livros.

Puxar algumas para trás de si, cobrindo seus rastros, e torcer para nunca mais ser encontrado.

Suspirou e seguiu em frente, apressado.

Quando a Git-le-Coeur terminou, ele encontrou um sinal para pedestres e atravessou o tráfego pesado do que ele agora se lembrava ser o Quai des Grande Augustins, depois desceu correndo um lance íngreme de degraus de pedra, do qual também se lembrava. Um dia de sol, anos atrás.

Havia uma passagem estreita logo ao lado do rio. Uma vez nela, só se podia ser visto do alto, por alguém que esticasse bem o pescoço. Ele olhou para o alto, esperando, na expectativa da aparição de um capacete, uma cabeça, ou cabeças.

Percebeu um motor na água. Virou-se. Um barco a vela de madeira escura com ornamentos verdes estava passando, o mastro horizontal, pilotado por uma mulher de shorts, uma capa de chuva amarela e óculos de sol, que parecia muito alerta ao leme.

Ele olhou de novo para a balaustrada. Nada. As escadas ainda estavam desertas também.

Notando um recesso pouco recuado, abrigou-se ali da chuva, cada vez mais insistente.

E então um barco mais comprido e largo emergiu, de um arco sob uma ponte cujo nome ele não lembrava mais. Assim como os barcos que levavam turistas, para as crianças parisienses cuspirem do alto das pontes, mas aquele ali estava equipado com uma tela de plasma comprida, que percorria seu comprimento quase inteiro, e tinha talvez três metros e meio de altura. E naquela tela, enquanto ela passava, ele viu o simpático jovem de aspecto simiesco com o qual Hollis havia conversado no Salon Du Vintage, suas feições inconfundíveis, tocando um órgão ou piano, os olhos fundos emsombrecidos pela iluminação do palco, parte de uma banda. Não havia som além do tamborilar abafado do motor do barco, e então os pixels sofreram um espasmo, fazendo a imagem colapsar, depois desdobrando mais uma vez, para revelar aquelas louras islandesas chatas, as gêmeas com quem Bigend às vezes aparecia misteriosamente. As Dottir, contorcendo-se em tubinhos cobertos de paetês, boca aberta como se em gritos mudos.

Ele colocou a sacola cuidadosamente no pavimento sob o arco, e estendeu a musculatura do ombro dolorido, vendo as Dottir passarem, misteriosamente, na água escura.

Quando a chuva parou, e ainda assim ninguém havia aparecido, ele mudou a sacola de posição para o outro ombro e voltou a caminhar, na direção da ponte. Começou a subir por uma escadaria de pedra diferente, mas também comprida; depois tornou a cruzar a Grands Augustins e reentrou o Quartier Latin, indo mais ou menos para a mesma direção pela qual viera.

Os paralelepípedos estavam escorregadios e reluzentes; o mobiliário de rua não era muito familiar; a noite caía rapidamente. E foi ali, perto de mais um cruzamento em ângulo aleatório, que ele teve a experiência.

Em um cenário, como eles haviam dito, de realidade clara.

Ele sempre recusara com nojo a ideia de alucinógenos, psicodélicos, delirantes. O tipo de droga de que ele havia gostado era aquele que tornava as coisas mais familiares, mais imediatamente reconhecíveis.

Em Basileia, eles o haviam interrogado minuciosamente, durante os primeiros momentos da abstinência, sobre alucinações. Ele estava tendo alguma? Não, ele respondera. Nenhum... inseto? Nenhum inseto, ele garantira. Eles haviam explicado que um possível sintoma de sua abstinência poderia ser o que eles chamavam de "alucinações em um cenário de realidade clara", embora ele se perguntasse como poderiam supor que sua realidade, naquele ponto, estivesse clara. Os insetos, o que quer que pudessem ter sido, nunca haviam aparecido, para seu alívio, mas agora ele via, ainda que brevemente, mas com peculiar clareza, um pinguim aéreo atravessar aquele cruzamento à sua frente.

Uma coisa totalmente em forma de pinguim, aparentemente com 1,20 ou 1,50 metro de comprimento, da ponta do bico às patas, e feito, ao que parecia, de mercúrio. Um pinguim envolto em um espelho fluido, refletindo um pouco de néon da rua abaixo. Nadando. Movendo-se como um pinguim se move embaixo d'água, mas pelo ar do Quartier Latin, logo acima da altura das janelas do segundo andar. De forma que ele era revelado apenas quando atravessava o cruzamento. Nadando. Projetando-se, de forma graciosamente determinada porém eficiente, com suas nadadeiras de mercúrio. Então uma bicicleta atravessou, na rua, indo na direção oposta.

– Você viu isso? – Milgrim perguntou ao ciclista, que naturalmente já tinha ido embora, e de qualquer maneira jamais poderia tê-lo ouvido.

31.

MAQUINÁRIO SECRETO

Ela fez o melhor que pôde para deixar de lado o desconforto que não a largava, após a conversa com Heidi. Colocou a meia-calça, o vestido que havia trazido, sapatos, maquiagem. O banheiro não era mais que um tipo de alcova, menos espaço no chão do que a ducha H.G.Wells no Cabinet.

Era melhor nem começar a se preocupar com a segurança de Garreth, ela sabiamente dissera a si mesma quando eles começaram a sair, porque aquilo nunca teria fim. Fazer coisas muito perigosas era o hobby dele. Onde lhe faltava a renda de um músico aposentado que um dia fora popular, ele tinha o velho, que apresentava certa semelhança com as últimas fotos de Samuel Beckett e olhos de uma ferocidade também impressionante, possivelmente louco. O velho, que talvez um dia tivesse sido alguém, nunca especificado, na comunidade de informações dos EUA, era o produtor-diretor de Garreth, numa sequência contínua de peças ocultas de arte performática. Financiadas, ela pôde concluir sem muitos detalhes, por outros membros aposentados dessa comunidade. Um grupo de velhotes rebeldes, que teria sido evidentemente reunido por um desgosto mútuo por certas políticas e tendências do governo. Ela nunca mais o vira depois de Vancouver, mas ele havia permanecido como uma espécie de presença que permeava todo o tempo em que ela ficou com Garreth, como um rádio tocando baixinho em um aposento próximo. A voz mais frequente em qualquer um dos telefones de Garreth, que nunca duravam muito.

Hollis imaginou que o velho não teria aprovado o envolvimento deles, mas o tão habilidoso Garreth teria sido impossível de substituir. Um homem cuja ideia de diversão era se atirar do alto de arranha-céus em um traje de náilon com membranas de aerofólio costuradas entre as pernas e dos braços até as coxas; um esquilo voador humano, no meio das árvores impiedosas de vidro e aço. Isso não tinha nada a ver com Hollis, como Heidi havia apontado na época. Não fazia o gênero dela, mesmo. Atletas, soldados, nunca. Ela dava preferência a caras ligados a arte, de qualquer tipo, e, infelizmente, aos pouco confiáveis híbridos – artistas-homens-de-negócios, com personalidades tão exigentes quanto cachorros de raças ambiciosamente cruzadas. Era isso o que ela havia conhecido e compreendido de várias maneiras, em geral infelizes, até aquele momento. Não loucos de Bristol que faziam *base-jumping*, que vestiam gola rulê sem primeiro levar em consideração as implicações disso, e citavam os poemas menos conhecidos de Dylan Thomas na íntegra. Porque, ele dizia, não sabia cantar. Tudo isso enquanto grafitava os maquinários secretos da história. Garreth. A quem ela agora, no interior da cabine do elevador de bronze que descia, aceitava, de modo meio enviesado, que amava de verdade. Mas guardou esse sentimento bem rápido, antes que o sacolejo anunciasse o lobby do Odéon.

Hollis estava usando a Hounds, aberta, por cima do vestido, torcendo para que o tom escuro permitisse que a jaqueta se passasse por uma espécie de bolerinho. Quantas temporadas mais levaria para que esse tipo de descompasso na roupa fizesse com que as pessoas a tomassem por uma velha do saco?, ela se perguntou. Pensou que essa preocupação seria de Bigend e seu papo de boêmios velhos.

Acenando com a cabeça para o homem na recepção, que lia um romance, ela abriu o colarinho da jaqueta, produzindo um cheiro leve de índigo, que deixou pairar no lobby do hotel.

Do lado de fora, o ar havia sido limpo pela chuva, e o pavimento reluzia. Dez para as oito, pelo seu iPhone. Assim como tanto George quanto Meredith haviam dito, ela podia ver o Les Éditeurs logo à frente, não naquela rua, mas na seguinte, dobrando a esquina num ângulo agudo. Ela caminhou reto, passando pela pequena drogaria sofisticada, depois de novo para a direita, porque não queria chegar cedo. Aquela rua bem mais estreita, que fazia um ângulo oblíquo para trás, de volta para o hotel, abrigava um sebo de livros em inglês, um *cocktail bar*, um restaurante de sushi de aspecto sério, um encadernador e um lugar que parecia ser especializado em equipamento de reflexologia chinesa: dispositivos de massagem que pareciam sádicos, manuais de instrução, modelos de corpos e partes do corpo marcados com meridianos e pontos de pressão. Ali, por exemplo, estava uma enorme orelha de porcelana, aparentemente idêntica à do quarto de Heidi no Cabinet. Ela sabia que já tinha visto uma igual antes.

Virou-se, caminhou de volta até a vitrine menor do encadernador. Ficou imaginando quem seria sua clientela. Quem pagava qual fosse o custo para ter livros velhos reencadernados, a um padrão tão alto de qualidade, um serviço de reparo tão delicado para pensamentos antigos? Bigend poderia pagar, ela supôs, embora quaisquer tendências bibliófilas que ele pudesse ter estivessem bem escondidas. Ela ainda não havia visto nenhum livro em qualquer ambiente bigendiano. Ele era uma criatura de telas, de extensões nuas de mesas de escritório ou de salas de reunião, prateleiras de estantes vazias. Até onde ela sabia, ele não tinha nenhuma obra de arte. De algum modo, ela suspeitava, ele considerava isso competição, ruído para seu sinal.

Um dos livros na vitrine tinha o formato de um leque, ou de uma fatia de torta de pelica cor de marfim com detalhes em relevo dourado, a ponta mordida com exatidão, formando uma concavidade.

A rua estava completamente deserta. Ela disse uma prece silenciosa por Garreth. Para quê, ela não sabia. Universo não confiável. Ou aqueles maquinários que ele pintava. Por favor.

O leque-livro olhava para ela com ar arrogante, imaculado, seu conteúdo intocado talvez há séculos.

Ela se virou e seguiu na direção do Odéon. Atravessou-o, continuando na direção do restaurante.

E fora dele haveria paparazzi, dizia-lhe certo sexto sentido de celebridade que ainda persistia dentro dela. Ela piscou várias vezes e continuou caminhando. Sim, eles estavam lá. Ela conhecia a linguagem corporal, aquele falso-não-estou-nem-aí enervante porém negligente. Uma espécie de fúria nascida do tédio, aguardando. Bebidas intocadas sobre as toalhas de mesa vermelhas, o que fosse mais barato. Telefones nos ouvidos. Uns poucos usando óculos de sol. Eles a viram se aproximar.

Por instinto, ela esperou que o primeiro levantasse uma câmera. Esperou o som da coleção de imagens criadas por máquinas. Encolhendo os músculos do diafragma pélvico. Preparada ou para fugir ou para mostrar o melhor de si.

Mas ninguém a fotografou. Embora eles a observassem enquanto ela se aproximava. Ela não era o alvo. Há anos. Mas era agora uma pessoa de interesse temporário, por virtude de aparecer ali. Por quê?

Do lado de dentro, Les Éditeurs era art déco, mas não do tipo cromo e falso ônix. Couro vermelho, a cor das unhas dos anos 1950, madeira envernizada num marrom de tom médio, livros a metro, retratos em preto e branco emoldurados de rostos franceses que ela não reconhecia.

– Ele não precisava mandar você – disse Rausch, que havia sido seu editor na inexistente Node, de Bigend, a revista fantasma da cultura digital. – Está tudo indo muito tranquilo.

Ele a fuzilava com os olhos por cima da armação preta pesada, óculos que pareciam ter sido quase parafusados ao redor do que quer que tivesse restado de seu campo de visão. Seus cabelos pretos pareciam ter caído em floquinhos sobre o crânio.

– Ninguém me mandou. O que você está fazendo aqui?

– Se ele não mandou você, por que está aqui?

– Vou encontrar uma pessoa para jantar. Estou em Paris a trabalho por conta de Hubertus, mas não tem nada a ver com você. Sua vez.

Rausch colou a palma da mão na testa, percorreu os dedos exasperadamente por cachos que não possuía.

– Fridrika. As Dottir. Elas estão lançando o novo álbum esta semana. Ela está aqui com Bram. – Ele fez uma careta por reflexo.

– Quem é Bram?

– Bram, dos Stokers. Aquela coisa de vampiro. – Ele parecia mesmo envergonhado. – Eydis devia estar louca por ele, agora que ele está com Fridrika. Nos Estados Unidos, a *People* está tomando as dores de Fridrika; a *US,* as de Eydis. Por aqui, ainda não temos uma definição tão clara, mas deveremos ter amanhã.

– Essa tática não é meio antiga?

Rausch estremeceu.

– Bigend diz que essa é a questão. Ele diz que é uma reversão dupla, tão piegas que é nova. Bem, nova não é, mas é reconfortante. Familiar.

– É por isso que ele está sempre com elas? Elas são clientes da Blue Ant?

– Ele é amigo do pai delas – disse Rausch, abaixando a voz. – É só o que eu sei.

– Quem é o pai delas? – Parecia estranho a ela que as gêmeas tivessem um pai. Em sua cabeça, era como se elas tivessem nascido de proveta.

– Um cara muito importante na Islândia. Sério, Hollis, ele não mandou você mesmo?

– Quem decidiu que elas viriam para cá? – Ela avistou os cabelos prateados de uma das gêmeas do outro lado da Les Éditeurs, mas já tinha esquecido qual delas Rausch dissera que estava aqui. Sentada a uma mesa com um rapaz alto de ombros largos, um olho oculto por uma mecha pesada de cabelos pretos que pareciam sujos.

– Eu decidi. Não é um lugar muito hip. Parece que elas escolheram aleatoriamente. Não vai se desviar da narrativa.

– Então, a menos que uma das pessoas com quem eu esteja jantando seja plantada por Bigend, é uma coincidência.

Rausch olhou fuzilando para ela, o que na verdade significava, ela sabia, que ele estava apavorado.

– É mesmo?

– É mesmo. – O maître d' já pairava ao lado deles, impaciente.

– Overton – Hollis disse para ele. – Mesa para quatro. – Quando se virou novamente para Rausch, ele já havia ido. Ela seguiu o homem através do restaurante lotado, até onde George e Meredith estavam sentados.

George meio que se levantou e fez aquele negócio de dar beijinhos no ar. Estava vestindo um terno preto, sem gravata, camisa branca. Um pequeno triângulo de pelos ultradensos no peito, visto pelo colarinho aberto, dava a impressão de que ele estava usando uma camiseta preta. Ela achou que sua barba por fazer havia ficado maior desde a última vez que o vira. Ele sorriu sem graça, e seus dentes brancos pareciam ter o tamanho e a espessura de dominós.

– Desculpe por isto. Eu não fazia ideia. Na verdade escolhi o lugar para que pudéssemos conversar, e não sermos distraídos pela comida. – Voltou a se sentar quando o maître segurou a cadeira para ela.

Quando ele se foi, deixando menus encadernados que pareciam livros de tão espessos, Meredith disse:

– Podíamos ter ido ao Comptoir, logo aqui em frente. Isso, sim, teria nos distraído completamente.

– Desculpe – disse George. – A comida aqui é muito boa. Infelizmente, parece que o coitado do Bram é o prato principal.

– Você o conhece?

– De certa forma. Ele tem talento. Praticamente por acaso, suponho.

– O tempo de estúdio com Reg não está tão tenebroso?

– Não desde nossa conversa desta tarde. – Os grandes dentes sólidos voltando a aparecer. Ela podia ver por que Meredith gostava dele. De fato ela podia ver que Meredith gostava mesmo dele. Eles exalavam aquele prazer do contato que ela passara a esperar de casais que gostavam um do outro de um jeito genuíno, mas não maníaco. Ela se perguntou se algum dia fora a metade de um deles. – Seu amigo está com Fridrika Brandsdottir – ela disse, o nome voltando.

– Evidentemente – George concordou.

– Não em nenhum sentido bíblico, espero – disse Meredith, olhando para a mesa Bram/Brandsdottir por cima de seu menu aberto.

– Absolutamente nenhum – disse George. – Ele é gay.

– Isso deve tornar a coisa ainda mais embaraçosa – disse Hollis, abrindo o menu.

– Ele faz o que tiver de fazer – disse George. – Está procurando um jeito de sair dessa coisa de vampiros. Difícil.

Milgrim apareceu, os cabelos com aspecto um pouco molhados, o maître d' se movimentando ansioso atrás dele.

– Olá, Milgrim – disse Hollis. – Sente-se.

Agora seguro de que Milgrim deveria estar ali, embora claramente nem um pouco satisfeito por isso, o maître d' se retirou. Milgrim tirou a sacola do ombro, abaixou-a ao chão pela alça, ao lado da cadeira vazia, e se sentou.

– Este é meu colega, Milgrim – disse Hollis. – Milgrim, Meredith Overton e George. Como você, George só tem o primeiro nome.

– Olá – disse Milgrim. – Eu vi você na feira de roupas.

– Olá – respondeu George. Meredith olhou para Hollis.

– Milgrim e eu – Hollis disse para Meredith – estamos os dois interessados em Gabriel Hounds.

– Objetos voadores não identificados – Milgrim disse para George. – Você acredita neles?

Os olhos de George se estreitaram sob a monocelha.

– Eu acredito que o que parecem ser objetos voando, às vezes parecem ser vistos. E podem ser desconhecidos.

– Você nunca viu um? – Milgrim se inclinou para baixo e para o lado, para empurrar sua sacola embaixo da cadeira. Levantou a cabeça, que estava muito próxima da toalha de mesa, para olhar para George. – Em pessoa?

– Não – disse George, com uma neutralidade calculada. – Você viu?

Milgrim se endireitou. Assentiu.

– Vamos pedir, sim? – disse Hollis, logo, muito grata pela chegada da garçonete.

32.

PÓS-AGUDO

A garçonete estava saindo após anotar os pedidos, levando os cardápios de capa dura consigo, quando um problema surgiu na mesa do lado oposto do salão.

Vozes altas. Um jovem, de ombros largos, alto, todo vestido de preto, subitamente se levantou e derrubou a cadeira. Milgrim observou enquanto o rapaz corria para a porta, saindo com estrépito do Les Éditeurs. Foi recebido por um tsunami de flashes eletrônicos e levantou o braço para proteger os olhos ou esconder o rosto.

– Não demorou muito – disse George, que estava passando manteiga numa fatia redonda de baguete. Ele tinha mãos elegantemente peludas, semelhantes às de um caro animal empalhado da Áustria. Mordeu metade do pão com manteiga com os dentes brancos enormes.

– Foi tudo o que ele conseguiu aguentar – disse Meredith, alguém cuja inteligência despontava agressivamente através de sua beleza, sentia Milgrim, como o contorno de uma máquina implacável fazendo pressão contra um lenço de seda esticado.

Virando bem o pescoço, Milgrim conseguiu ver uma das Dottir – com seus inconfundíveis cabelos prateados – na mesa de onde o rapaz havia desertado. Após o pinguim de metal líquido, aquilo não parecia tão estranho. Ele sentia que aquele era o seu dia. Viu que ela estava recolhendo suas coisas. Ela checou o mostrador de seu enorme relógio de pulso de ouro.

– Eu as vi – disse ele. – As Dottir. No rio. Em um vídeo. – Virou-se de volta para George. – Vi você também.

– É o lançamento de um álbum – disse George. – Elas têm um lançamento. Nós não, mas o selo é o mesmo.

– Quem foi esse que foi embora?

– Bram – disse Hollis –, o cantor dos Stokers.

– Não conheço – disse Milgrim, apanhando uma das rodelas de pão para ter o que fazer com as mãos.

– Você não tem treze anos – disse Meredith –, tem?

– Não – concordou Milgrim, colocando a fatia de pão, inteira, na boca. Oral, sua terapeuta havia chamado isso. Ela disse que ele teve muita sorte de nunca ter fumado. O pão era firme e elástico. Ele o segurou na boca por um instante antes de começar a mastigar. Meredith o estava encarando. Ele olhou novamente para a mesa da Brandsdottir e viu que alguém estava segurando sua cadeira enquanto ela se levantava.

Essa pessoa era Rausch, ele viu, e quase cuspiu o pão.

Desesperado, procurou o olhar de Hollis. Ela piscou, o tipo de piscadela sem esforço que não envolve outros recursos, uma piscadela que o próprio Milgrim jamais poderia ter dado, e tomou um gole de vinho.

– George toca numa banda, Milgrim – ela disse, e ele percebeu que ela estava tentando acalmá-lo. – Os Bollards. Reg Inchmale, que foi guitarrista do Curfew comigo, está produzindo o álbum novo deles.

Milgrim mastigou e engoliu o pão, subitamente seco, e fez que sim com a cabeça. Tomou um gole d'água. Tossiu em seu guardanapo de pano engomado. O que Rausch estaria fazendo ali? Olhou de relance para trás, mas não viu Rausch. Quando a Dottir chegou à porta, deflagrou uma segunda onda de luzes estroboscópicas, um brilho cumulativo e irregular da cor de seus cabelos. Ele voltou a olhar para Hollis. Ela assentiu, de modo quase imperceptível.

George e Meredith não haviam se dado conta nem da ligação de Hollis com a Blue Ant, quanto menos da dele, imaginou. Ele sabia que as Dottir eram clientes da Blue Ant. Ou, melhor dizendo, o pai delas, a quem Milgrim jamais havia visto, era uma espécie de grande projeto de Bigend. Possivelmente até mesmo sócio. Algumas pessoas, inclusive Rausch, supunham que o interesse de Bigend nas irmãs era sexual. Mas Milgrim, do alto de sua posição intermitentemente privilegiada como companheiro compulsório de conversa para Bigend, adivinhou que não era o caso. Bigend conduzia alegremente as gêmeas por Londres como se elas fossem um par de cães chatos, porém de um valor astronômico, propriedade de alguém em quem ele desejava, acima de qualquer coisa, provocar uma boa impressão.

– Os Stokers são de um selo diferente – George explicou –, mas da mesma empresa. Os assessores de imprensa criaram um romance *fake* entre Bram e Fridrika, mas também inventaram o boato de que Bram e Eydis estão envolvidos.

– É uma tática bem antiga – disse Meredith –, e particularmente óbvia em se tratando de gêmeas idênticas.

– Embora nova para o público deles, e o de Bram – disse George –, que, como você ressaltou, tem treze anos de idade.

Milgrim olhou para Hollis. Ela retribuiu o olhar. Sorriu, querendo indicar a Milgrim que aquela não era hora de fazer perguntas. Ela tirou sua jaqueta Hounds, deixando-a dobrada nas costas da cadeira. Estava usando um vestido da cor de carvão velho, cinza quase preto, e uma malha colada ao corpo. Olhou para o vestido de Meredith pela primeira vez. Era preto, um tecido grosso e lustroso, o detalhe da costura semelhante a uma antiga camisa de operário. Ele não entendia o vestuário feminino, mas pensou ter reconhecido alguma coisa.

– Seu vestido – ele disse para Meredith – é muito bonito.

– Obrigada.

– É Gabriel Hounds?

As sobrancelhas de Meredith se ergueram minimamente. Ela olhou de Milgrim para Hollis, e depois de novo para Milgrim.
– Sim – ela disse –, é.
– É uma graça – disse Hollis. – É desta temporada?
– Eles não fazem por temporada.
– Mas é recente? – Hollis olhando muito séria para Meredith por sobre a borda de sua taça de vinho levantada.
– Saiu mês passado.
– Melbourne?
– Tóquio.
– Outra feira de arte? – Hollis terminou o vinho na sua taça. George serviu mais um pouco para ela. Apontou o gargalo questionador para Milgrim, mas então viu a taça invertida dele.
– Um bar. Microbistrô de temática tibetana. Nunca consegui entender exatamente onde era. Porão de um prédio de escritórios. O dono dorme em cima dos caibros falsos que colocou lá, mas isso é segredo. Hounds não costuma fazer peças especificamente para mulheres – uma saia de malha que ninguém é capaz de copiar, embora todos tentem. Sua jaqueta é unissex, embora você jamais fosse saber. Algo a ver com as tiras elásticas nos ombros. – Ela parecia irritada, pensou Milgrim, mas bastante controlada.
– Seria deselegante perguntar como você soube que deveria estar lá?
Os primeiros pratos chegaram, e Meredith esperou que a garçonete saísse antes de responder. Quando fez isso, pareceu mais relaxada.
– Não tenho conexões diretas – ela respondeu para Hollis. – Perdi o contato com aquele amigo de que lhe falei, aquele que conheci na Cordwainers, já faz alguns anos. Mas ele me apresentou a outras pessoas. Também não estou em contato com elas, e não sei como contatá-las. Mas elas me puseram em uma mailing list. Eu recebo um e-mail quando acontece um ponto de carregamento. Não sei se recebo um e-mail para cada ponto de carregamento, mas não há como saber isso. Eles não são frequentes. Desde que levei Clammy para comprar seus

jeans em Melbourne só recebi dois e-mails, Praga e Tóquio. Por acaso eu estava em Tóquio. Na verdade, Osaka. Mas fui até lá.

– O que eles estavam oferecendo?

– Vamos comer – disse Meredith –, certo?

– Claro – disse Hollis.

O prato de Milgrim era salmão, e estava muito bom. A garçonete havia permitido que ele pedisse a partir de uma tradução em inglês do menu. Ele olhou ao redor, tentando localizar Rausch mais uma vez, mas não o viu. A clientela ainda estava se movimentando enquanto pessoas que na verdade só tinham ido ao restaurante por causa de Bram pagavam a conta e partiam, algumas deixando a comida intocada. Mesas estavam sendo rapidamente limpas, esvaziadas e rearrumadas. O nível de ruído começava a subir.

– Eu não quero que nenhum de vocês pense que vou ficar menos disposta a ajudá-los com Inchmale dependendo do que vocês possam ou não me dizer a respeito da Hounds – disse Hollis.

Milgrim viu George olhar rapidamente de relance para Meredith.

– Nós agradecemos – disse George, embora Milgrim não estivesse certo de que Meredith agradecesse também. – Talvez George estivesse usando o "nós" em nome da banda.

– Tudo de que vocês realmente precisam, com Inchmale, é de alguém que lhes diga onde estão no processo dele – disse Hollis. – E, aliás, isso é tudo o que eu posso fazer. Vocês não podem mudar o processo, e se fizerem muito esforço, por tempo demais, ele irá embora. Até agora, vocês estão no caminho certo.

Nada disso significava qualquer coisa para Milgrim, que estava aproveitando seu salmão, preparado com um molho levemente resfriado.

– Desculpe – disse Meredith –, mas você vai ter que nos dizer para quem está trabalhando.

– Se eu fosse melhor nesse tipo de coisa – disse Hollis –, começaria contando a vocês sobre meu livro. Ele fala de arte locativa.

— Não conheço essa expressão — disse Meredith.

— É como eles estão chamando a realidade aumentada hoje — disse Hollis —, mas é arte. Ela existe desde que o iPhone começou a se tornar a plataforma-padrão. Foi quando eu escrevi a respeito. Mas eu queria dizer que, se fosse pra eu mentir para vocês, eu lhes contaria sobre isso, depois lhes diria que estava escrevendo outro livro, sobre denim esotérico ou estratégias malucas de marketing. Mas não vou fazer isso. Estou trabalhando para Hubertus Bigend.

O último pedaço de salmão ficou preso na garganta de Milgrim. Ele bebeu um pouco de água, tossiu em seu guardanapo.

— Você está engasgando? — perguntou George, que tinha jeito de quem poderia ajudar com uma manobra de Heimlich muito bem aplicada.

— Não, obrigado — respondeu Milgrim.

— Blue Ant? — perguntou Meredith.

— Não — disse Hollis. — Somos frilas. Bigend quer saber quem está por trás da Gabriel Hounds.

— Por quê? — Meredith havia abaixado o garfo.

— Talvez porque ele ache que tem alguém o superando em algo que ele considera seu próprio jogo. Ou foi o que ele deu a entender. Você o conhece?

— Só de reputação — disse Meredith.

— A Blue Ant está fazendo a publicidade da sua banda? — Milgrim perguntou a George, depois de tomar um pouco mais de água.

— Não que eu saiba — disse George. — O mundo já é muito pequeno.

— Não sou empregada da Blue Ant — disse Hollis. — Bigend me contratou para procurar a Gabriel Hounds. Ele quer saber quem a projeta, como seu esquema de antimarketing funciona. Só estou preparada para isso. Não estou preparada para mentir para você a esse respeito.

— E quanto a você? — Meredith perguntou a Milgrim.

— Eu não tenho crachá — Milgrim respondeu.

— Como assim?

– Para abrir a porta – disse Milgrim. – Na Blue Ant. Os empregados têm esses crachás. Eu não estou na folha salarial.

As entradas foram retiradas. Os pratos principais chegaram. O de Milgrim era *tenderloin* de porco, empilhado como uma peça corpulenta de xadrez, uma torre de porco. Ela desabou quando ele começou a comer.

– Quanto Bigend deseja saber? – Meredith estava com a faca e o garfo parados.

– Ele quer saber basicamente *tudo* – disse Hollis – o tempo todo. Neste exato momento, ele quer muito saber isso. No mês que vem? Talvez nem tanto.

– Ele deve ter muitos recursos. Para obter informação. – Meredith cortou seu tornedor de filé.

– Ele se orgulha disso – disse Hollis.

– Eu mencionei acreditar que a maior parte da minha última temporada de sapatos está em um armazém em Seattle. Tacoma, provavelmente.

– Sim?

– Não sei onde. Não consigo encontrá-la. Os advogados dizem que poderiam criar um caso muito convincente alegando que eu sou a dona se conseguíssemos localizá-la. Temos quase certeza de que não foram vendidos, caso contrário pelo menos alguns teriam aparecido no eBay. Nenhum deles apareceu. Será que Bigend poderia encontrá-los para mim?

– Não sei – disse Hollis. – Mas, se não pudesse, não sei quem poderia.

– Eu não sei o que poderia descobrir para você – disse Meredith –, mas, supondo que eu encontrasse algo, eu consideraria uma troca. Caso contrário, não.

Milgrim olhou de Meredith para Hollis e fez o caminho inverso.

– Não estou autorizada a fazer esse tipo de acordo – disse Hollis –, mas certamente posso levar a proposta a ele.

Isso lembrou a Milgrim o ritmo de fechamento de certas negociações de drogas de backstage, do tipo em que um das partes pode conhecer alguém que tem uma van Aerostar cheia de algum produto químico precursor, enquanto outro sabe da localização aproximada de uma máquina de fabricação de pílulas realmente eficaz.

– Por favor, leve – disse Meredith sorrindo, depois tomando um primeiro gole de seu vinho.

– **AQUILO FOI MUITO BOM** – Milgrim disse para Hollis, depois de ter dado boa noite a Meredith e George do lado de fora do restaurante.
– O *timing*. Quando você lhes contou a respeito de Bigend.
– Que escolha eu tinha? Se lhes dissesse outra coisa, eu já estaria mentindo. O hotel fica nesta direção.
– Nunca fui bom nesse tipo de *timing* – disse Milgrim, e depois se lembrou do pinguim e olhou para cima.
– Que negócio foi aquele de OVNIs quando você chegou?
– Não sei – disse Milgrim. – Achei ter visto alguma coisa. Foi um longo dia. Estou com seu computador. Você se importaria se eu ficasse com ele até amanhã? Preciso checar uma coisa.
– Por mim tudo bem – disse Hollis. – Só o comprei por causa de um livro que ainda não comecei a escrever. Tenho meu iPhone. O que você acha que viu?
– Parecia um pinguim.
Hollis parou.
– Um pinguim? Onde?
– Na rua. Naquela direção. – Ele apontou.
– Na rua?
– Voando.
– Eles não voam, Milgrim.

– Nadando. Pelo ar. Na altura das janelas do segundo andar. Usando as nadadeiras para se impelir. Mas parecia mais com uma bolha de mercúrio em forma de pinguim. Refletia as luzes. Distorcia as luzes. Pode ter sido uma alucinação.

– Você tem alucinações?

– S-A-P-A – disse Milgrim, soletrando a sigla.

– Sapa?

– Síndrome de abstinência pós-aguda. – Ele deu de ombros e retomou o caminho para o hotel, Hollis atrás. – Estavam preocupados com isso.

– Quem?

– Os médicos. Da clínica. Na Basileia.

– E o homem no Salon? O das calças? O que você achou ter visto na Selfridges? Ele continuou seguindo você?

– Sim. Sleight estava dizendo a ele onde eu estava.

– O que aconteceu?

– Não sei.

– Por que não?

– Deixei o Neo com outras pessoas. Ele as seguiu. – Milgrim sentiu que precisava escovar os dentes. Havia um filete de pera entre seus molares traseiros superiores. Ainda tinha um gosto bom.

– Foi um longo dia – disse Hollis quando eles chegaram ao que ele pensou ser o hotel. – Falei com Hubertus. Ele quer que você ligue para ele. Sleight pensa que você fugiu.

– Sinto como se tivesse fugido. – Segurou a porta para ela.

– Obrigado – Hollis agradeceu.

– Monsieur Milgrim? – perguntou um homem, atrás de um balcão vagamente semelhante a um púlpito.

– O quarto do senhor Milgrim está por conta do meu cartão – disse Hollis.

– Sim – disse o recepcionista –, mas ele precisa se registrar mesmo assim – disse, pegando um cartão branco impresso e uma caneta. – Seu passaporte, por favor.

Milgrim sacou sua bolsa de Faraday, e depois retirou seu passaporte.

– Vou ligar para você pela manhã, a tempo do café aqui, depois o trem – disse Hollis. – Boa noite. – E desapareceu, virando uma esquina.

– Vou tirar uma fotocópia – disse o recepcionista – e devolver ao senhor quando tiver terminado, no lobby. – Fez um gesto com a cabeça, para a direita de Milgrim.

– O lobby?

– Onde a moça está esperando.

– Moça?

Mas o recepcionista havia sumido por uma portinha estreita atrás do balcão.

As luzes estavam apagadas no pequeno saguão. Painéis de madeira dobráveis o protegiam parcialmente da área da recepção. As luzes das rua refletiam na porcelana posta para o serviço de café. E na curva amarela do capacete, que estava sobre o tampo oval de uma mesinha de vidro. Uma pequena figura se levantou logo, em um farfalhar complexo de membranas à prova d'água e blindagem para motocicleta.

– Eu sou Fiona – ela disse com seriedade, a linha de seu maxilar delicado sobre o colarinho rígido. Ela estendeu a mão. Milgrim apertou-a automaticamente. Ela era pequena, quente, forte e cheia de calos.

– Milgrim.

– Eu sei. – O sotaque dela não parecia britânico.

– Você é americana?

– Tecnicamente. Você também. Ambos trabalhamos para Bigend.

– Ele disse para Hollis que não iria mandar ninguém.

– A Blue Ant não mandou ninguém. Eu trabalho para ele. E você também.

– Como é que eu vou saber que você de fato trabalha para Bigend?

Ela deu uma pancadinha no visor de um telefone parecido com o de Hollis, escutou, entregou-o para ele.

– Alô? – disse Bigend. – Milgrim?

– Sim?

– Como vai?

Milgrim parou para pensar.

– Foi um longo dia.

– Conte tudo para Fiona depois que tivermos conversado. Ela transmitirá tudo para mim.

– Você mandou Sleight me rastrear com o Neo?

– É parte do que ele faz. Ele ligou de Toronto, disse que você havia deixado Paris.

– Eu passei o telefone para outra pessoa.

– Sleight está errado – disse Bigend.

– Não quanto ao telefone ter deixado Paris.

– Não foi o que eu quis dizer. Ele está errado.

– Ok – disse Milgrim. – Quem está certo?

– Pamela – disse Bigend. – Fiona, que você acabou de conhecer. Vamos deixar as coisas assim até que a situação se resolva.

– E Hollis?

– Hollis não sabe de nada disso.

– E eu?

Silêncio.

– Pergunta interessante – disse Bigend finalmente. – O que você acha?

– Não gosto de Sleight. Não gosto do homem que ele mandou me seguir.

– Você está indo bem. Mais proativo do que eu pedi, mas isso é interessante.

– Eu vi um pinguim. Forma de pinguim. Alguma coisa. Pode ser que eu tenha que voltar para a clínica.

– É o nosso pinguim aéreo, Festo – Bigend disse depois de uma pausa. – Estamos fazendo experiências com ele como plataforma de vigilância urbana de vídeo.
– Festivo?
– Festo. São alemães.
– O que está acontecendo? Por favor?
– Uma coisa que acontece de tempos em tempos. Tem a ver com o tipo de talento que a Blue Ant requer. Se são bons naquilo que os contratam para fazer, costumam ter uma tendência inata para fugir. Isso, ou se vender para quem já fugiu. Eu fico na expectativa de que isso ocorra. Na verdade, pode ser bastante produtivo. Fiona estava no trem com você hoje de manhã. Ela vai estar no trem da volta amanhã. Ponha Hollis no táxi para o Cabinet.
– O que é isso?
– O lugar onde ela está hospedada. Então aguarde perto da fileira dos táxis. Fiona vai trazer você a mim. Dê a ela um resumo do seu dia agora, depois vá dormir um pouco.
– Ok – disse Milgrim, e então percebeu que Bigend havia desligado. Devolveu o telefone para Fiona, reparando que ela usava alguma coisa no pulso esquerdo, com cerca de 15 centímetros de comprimento, que parecia um teclado de computador de brinquedo.
– O que é isso?
– Controla o pinguim – ela disse. – Mas vamos passar a usar iPhones para isso.

33.

BURJ

Ela tirou o iPhone da bolsa no pequeno elevador de bronze e teclou o número de Heidi ao sair dele. O telefone estava chamando quando ela saiu pelo corredor, portas à direita, vigas medievais marrons retorcidas esquisitas à esquerda. Heidi atendeu enquanto ela pelejava com a chave na fechadura.

– Puta... – Hollis ouviu do outro lado da linha um ruído que para ela soou como a balbúrdia exclusivamente masculina de um pub.

– Me diga o que aconteceu com Garreth. Agora. – Ela abriu a porta. Viu as toalhas brancas exatamente onde as havia deixado, em cima da cama, o bonequinho da Blue Ant em cima da mesinha de cabeceira embutida, rabiscos dourados imensos e malucos em falso chinês nas paredes vermelho-sangue. Era como pisar numa casinha Barbie Bordel de Shanghai em tamanho real.

– Espera. Sai pra lá, caralho! Não é contigo. Eu tinha que sair daquela porra daquele banco.

– Achei que você não estivesse bebendo.

– Red Bull. Misturado com ginger ale.

– Me diga. Agora.

– Não olha o YouTube.

– Não olhar o que no YouTube?

– Campeonato mundial de base jump Burj Khalifa.

– Aquele hotel? Que parece um barco a vela das *Mil e uma noites*? O que aconteceu?

– O hotel é o Burj Al Arab. O Burj Khalifa é o edifício mais alto do mundo...
– Merda...
– O salto no YouTube não foi o dele. Foi o anterior. Um cara pulou mais alto, estão dizendo aqui. Isso foi quando...
– O que aconteceu com Garreth?
– O cara do YouTube agora detém o recorde mundial de salto de um prédio. Seu garoto encontrou uma forma de pular ainda mais alto. Eles ainda não tinham terminado de fechar todas as janelas no topo. Havia um guindaste...
– Ai, meu Deus...
– E a segurança havia, claro, aumentado bastante desde que o cara do YouTube saltou de lá, mas seu rapaz é um expert em...
– Me fala!
– Ele estava subindo, não sei como, e o pegaram. Ele chegou até o ponto onde as janelas não tinham sido instaladas e se jogou dali. Na verdade, um pouquinho mais baixo que o cara do YouTube...
– Heidi!
– Ele fez o lance do traje-morcego. Isso o fez ir bem longe, muito baixo mesmo, provavelmente puto por ter saltado abaixo do ponto de recorde. Devia estar tentando ganhar pontos em estilo.
Agora Hollis estava chorando.
– Precisou descer numa autoestrada. Às quatro da manhã, havia um Lotus Elan vintage...
Hollis começou a soluçar. Ela estava sentada na cama agora, mas não sabia como havia ido parar ali.
– Ele está bem! Bom, ele está vivo, ok? Meu garoto me disse que ele deve ser muito bem relacionado, porque a ambulância que o apanhou o colocou direto numa ambulância aérea, num jatinho, e o levou direto para um centro de traumatologia de ponta em Cingapura. É lá que você tem que ir se precisar de atendimento médico de altíssima tecnologia.

— Ele está vivo? Vivo?

— Está, caralho. Acabei de falar. A perna tá toda fodida. Eu sei que ele esteve em Cingapura há seis meses, depois as informações ficam imprecisas. Tem gente que diz que ele foi de lá pros Estados Unidos, para fazer coisas que não podiam ser feitas em Cingapura. Médicos militares. Você disse que ele não era milico.

— Relacionado. O velho...

— A história é que essa ambulância aérea tinha uma espécie de emblema real local.

— Onde ele está?

— Os rapazes da minha academia são ex-militares. Acho que são ex. A coisa é meio indeterminada. Não importa quanto eles bebem, a história simplesmente deixa de fazer sentido em certo ponto. Vai contra alguma primeira diretriz. Eles sabem quem ele é, mas por causa do salto. Eles são grandes fãs. Também porque ele é inglês. Coisa de tribo. Essa merda de vida secreta que você me contou, acho que eles não entendem isso. Ou talvez entendam. Eles tão todos malucos, cada um do seu jeito.

Hollis estava enxugando o rosto, mecanicamente, com uma toalha suja de maquiagem.

— Ele está vivo. Diga que ele está vivo.

— Eles acham que ele conseguiu algum arranjo bizarro, nos EUA, onde eles trabalham com caras da Força Delta todos fodidos, coisa desse tipo. Isso os impressiona muito. Então pedem mais uma rodada, falam de futebol e eu pego no sono.

— Foi só isso o que você conseguiu descobrir?

— Só? Eu fiz tudo, menos trepar com eles pra conseguir informação, e não diria que eles tornaram excepcionalmente fácil não conseguir isso também. Foi você quem me falou pra deixar os civis em paz, não foi?

— Desculpe, Heidi.

– Tudo bem. Eles nunca encontraram ninguém que achasse que eles eram civis antes. Meio que valeu a pena. Sabe como entrar em contato com ele?

– Talvez.

– Agora você tem uma desculpa. Tenho que ir. Eles querem que eu jogue dardos com eles. Eles apostam dinheiro. Se cuida. Volta amanhã? Vamos jantar.

– Tem certeza de que ele está vivo?

– Acho que esses caras saberiam se ele não estivesse. Ele é tipo um jogador de futebol pra eles. Eles teriam ouvido falar. Onde você está?

– No hotel.

– Então vê se dorme. Até amanhã.

– Tchau, Heidi.

Os falsos ideogramas de ouro claro ainda nadavam em lágrimas.

34.

O FLUXO DE PEDIDOS

Milgrim acordou quando um veículo grande passou roncando na rua, ou talvez num sonho, correntes arrastando. Ele havia dormido com as janelas abertas.

Sentou-se e olhou para a tela em branco do laptop de Hollis, em cima do alpendre acolchoado sob as janelas. A bateria precisava ser recarregada, mas ela não havia lhe dado o carregador. Supôs que tivesse energia suficiente para checar se Winnie havia respondido sua mensagem da noite anterior. Sua intenção era enviar as fotos do Folha também para Pamela, e ele havia comprado o cabo de que iria precisar para fazer isso, mas, após sua conversa com Bigend, ele não tinha certeza quanto ao sistema de e-mail da Blue Ant. Imaginou que Sleight fosse o encarregado de tudo aquilo. O que em algum momento tornaria a situação bem complicada para Bigend.

Sem o Neo, e com o laptop desligado, ele não tinha como saber as horas. A televisão suspensa do teto poderia lhe dizer, ele supôs, mas decidiu tomar um banho. Se estivesse na hora de ir, Hollis ligaria para ele.

A ducha era uma dessas instalações tipo gancho de telefone, e o boxe era altamente conceitual. Escovou os dentes com uma das mãos enquanto ensaboava o torso com a outra, sua escova de dentes elétrica fazendo muito barulho no minúsculo espaço. Enquanto se enxugava, pensou em como Bigend parecia considerar o que estava acontecendo na Blue Ant como uma espécie de incêndio colateral já esperado, como um incêndio florestal no Nature Channel, provocado por um excesso essencial de inteligência e ambição.

Vestiu as meias e a cueca novas das Galeries Lafayette, e uma camisa nova mas amarrotada da Hackett. Lembrou-se das russas no elevador. Do Folha. Fez uma careta. Enfiou o cartão de memória com suas fotos do Folha em sua meia esquerda.

Deu a volta na cama e parou para olhar para os parisienses passando na calçada do outro lado da rua. Um homem com uma juba leonina e grisalha, vestindo um casaco escuro comprido. Depois, uma garota alta com botas muito bonitas. Ele procurou por Fiona, meio que esperando vê-la montada em sua motocicleta, de vigia. Então ele ergueu a cabeça, mas também não viu o pinguim.

A janelinha de uma água-furtada se abriu repentinamente em um prédio do lado oposto, e uma garota com cabelos escuros e curtos enfiou cabeça e os ombros para o dia que amanhecia do lado de fora, com um cigarro nos lábios. Milgrim assentiu. Vícios estavam sendo satisfeitos. Ele se sentou no banco almofadado e checou seu Twitter. Nada de Winnie. Eram sete e cinco, ele viu; mais cedo do que havia pensado.

Arrumou a sacola, pondo o laptop por último. O que faria depois que o devolvesse? Como permaneceria em contato com Winnie? O fato de Winnie existir fazia seu conhecimento sobre o incêndio interno da Blue Ant parecer algo estranho. Caso contrário, sem ela, a coisa teria sido apenas interessante, pois Bigend não parecia particularmente preocupado, ele pensou. Mas Milgrim nunca tinha visto Bigend preocupado com nada. Enquanto a maioria das pessoas se preocupava, Bigend parecia ficar interessado, e Milgrim sabia que isso parecia ser estranhamente contagioso. Imaginar-se explicando isso a Winnie o fez se sentir mal.

Ele fez uma última busca para ver se havia algum objeto fora de lugar, e descobriu uma de suas meias logo embaixo da cama. Colocou-a na sacola, pôs a alça no ombro e saiu do quarto, deixando a porta destrancada. As arrumadeiras estavam a toda, mas ele não as viu, viu apenas seus carrinhos de metal cheios de toalhas e garrafinhas plásticas de xampu. Ele viu a escadaria original do prédio descendo em espiral, para além de vigas de madeira marrons grandes, retorcidas e manchadas que nos Estados Unidos não poderiam ter a idade que certamente teriam ali.

Ele desceu, passando por janelas, em cada andar, que davam para um pátio que a manhã ainda não havia tocado. Scooters e bicicletas estavam estacionadas ali, no fundo de um poço de sombras.

No térreo, encontrou rapidamente o caminho que dava para o saguão, onde ouviu o chacoalhar de porcelana. Nada de Hollis. Sentou-se a uma mesa para dois, ao lado das janelas, e pediu um café e um croissant. A garçonete tunisiana foi buscar o pedido. Outra pessoa trouxe o café imediatamente, com um bule pequeno de leite quente. Estava ainda mexendo o café quando Hollis chegou, de olhos vermelhos e aspecto exausto, com a jaqueta Hounds jogada sobre os ombros como uma pequena capa.

Ela se sentou, com um lenço de papel amassado numa das mãos.

– Alguma coisa errada? – perguntou Milgrim, tomado por um pouco de seus próprios medos e tristezas da infância, a xícara a meio caminho da boca.

– Não dormi – ela disse. – Descobri que um amigo sofreu um acidente. Não está em bom estado. Desculpe.

– Seu amigo? Não está em bom estado? – Ele pôs a xícara sobre o pires. A garçonete chegou com o croissant, manteiga, um minividro de geleia.

– Café, por favor – ela disse para a garçonete. – Não foi um acidente recente. Só fiquei sabendo ontem à noite.

– Como ele está? – Milgrim estava tendo uma daquelas experiências de emoção, conforme havia explicado à sua terapeuta, que era quando ele emulava uma espécie de ser sociável que fundamentalmente não era. Não que não estivesse preocupado com a dor que via nos olhos de Hollis, ou com o destino do amigo dela, mas havia alguma linguagem exigida ali que ele nunca aprendera. – O que aconteceu? – perguntou quando o café dela chegou.

– Ele pulou do prédio mais alto do mundo. – Ela arregalou os olhos, como pelo absurdo do que havia acabado de dizer, depois os fechou, com força.

– Em Chicago? – Milgrim perguntou.

– Não é em Chicago há anos – ela disse, abrindo os olhos –, é? Dubai. – Ela pôs leite no café, os movimentos bem profissionais, agora, precisos.

– Como ele está?

– Não sei – ela disse. – Foi levado de avião para um hospital em Cingapura. A perna dele. Foi atropelado por um carro. Não sei onde ele está.

– Você disse que ele pulou de um prédio – disse Milgrim, com voz acusadora, muito embora não tivesse tido a intenção.

– Ele desceu planando e aí abriu um paraquedas. Desceu no meio do tráfego.

– Por quê? – Milgrim se mexeu desconfortável em sua cadeira, sabendo que estava agora de algum modo fora do roteiro.

– Ele precisava de algum lugar plano, aberto, sem fiação.

– Eu quis dizer, por que ele pulou?

Ela franziu a testa. Tomou um gole de café.

– Ele diz que é como atravessar paredes. Ninguém pode, mas se você pudesse, ele diz, a sensação seria a mesma. Mas ele diz que a parede é interna, e você precisa atravessá-la.

– Tenho medo de altura.

– Ele também. Ele diz. Dizia. Não o vejo faz um tempo.

– Ele era seu namorado? – Milgrim não fazia ideia de onde tinha saído essa pergunta, mas sua terapeuta havia lhe dito muita coisa sobre sua relativa incapacidade de confiar em certos tipos de instinto.

Ela olhou para ele.

HISTÓRIA ZERO ■ 221

– Sim – respondeu.
– Sabe onde ele está?
– Não.
– Você sabe como entrar em contato com ele?
– Eu tenho um número – ela disse –, mas eu só deveria ligar para ele se estivesse com problemas.
– E não está?
– Agora eu estou infeliz. Ansiosa. Triste. Não é a mesma coisa.
– Mas você quer continuar assim? – Milgrim sentia como se tivesse se tornado sua terapeuta, ou a de Hollis, por intermédio de alguma bizarra inversão de papéis. – Como pode achar que vai ficar melhor se não descobrir como ele está?
– Você deveria comer – Hollis disse bruscamente, indicando seu croissant. – Nosso táxi está chegando.
– Desculpe – ele disse, subitamente se sentindo um trapo. – Não é da minha conta. – Ele tentou rasgar o lacre de papel na tampa do vidrinho de geleia.
– Não, eu é que peço desculpas. Você só está tentando ajudar. É complicado pra mim. E eu não dormi. E eu tenho tentado não pensar nele já faz um tempo.
– Você foi muito boa ontem à noite com Meredith – disse Milgrim, rasgando o croissant ao meio e enchendo ambas as partes de manteiga e geleia. Mordeu uma das metades.
– Agora eu não sei se consigo seguir em frente com isso. Preciso encontrá-lo.
– Ligue para ele. Não saber está afetando seu trabalho. Isso é problemático.
– Estou com medo. Medo de não dar certo. Medo de ele não querer saber de mim.
– Use Hubertus – Milgrim disse com a boca cheia de croissant, cobrindo-a com a mão. – Ele consegue encontrar qualquer um.

Ela levantou as sobrancelhas.

– Como os tênis de Meredith – ele disse. – O preço do ingresso.

– Os tênis de Meredith não se sentiriam infelizes por terem sido encontrados por Hubertus. Meu amigo ficaria infeliz se fosse encontrado por qualquer um.

– Ele teria que saber disso?

– Foi com Bigend que você aprendeu a pensar assim?

– Aprendi a pensar assim sendo viciado. Precisando a todo tempo de algo que eu não tinha permissão legal para possuir, e que eu não tinha dinheiro para comprar. Aprendi a negociar. O que você fez ontem à noite, com Meredith. Você podia fazer o mesmo com Hubertus, e encontrar seu amigo.

Ela franziu a testa.

– Apareceu alguém aqui ontem à noite – ele disse. – Da parte de Hubertus. Depois que você subiu.

– Quem?

– Fiona. Uma garota de moto. Não era ninguém que eu conheci na Blue Ant. Bem, eu a tinha *visto*. Na motocicleta. Entregando uma coisa a Pamela. Mas não sabia que era uma garota.

– Por que ela estava aqui?

– Para que eu pudesse falar com Hubertus pelo telefone dela. Ele me contou que Sleight está trabalhando para ou com outra pessoa. Ele me contou que eu deveria considerar todos que não fossem Pamela, ou Fiona, como suspeitos. E você. Ele disse que não sabia de nada. Mas agora você sabe.

– Como foi que ele pareceu encarar tudo isso?

– Ele parecia... interessado? Ele quer que você pegue um táxi para seu hotel quando chegarmos. Fiona irá me levar para encontrar com ele então.

– Ela não está em Paris?

– Ela estará no trem que pegarmos.

– Ele cultiva esse negócio – ela disse. – Garante que esteja no mix. Contrata pessoas que saiam da reserva, que o levem para o que há de novo. Controla o caos, Garreth dizia.

– Quem é Garreth?

– Meu amigo. Ele gostava de ouvir falar em Hubertus. Acho que Hubertus fazia muito sentido para ele. Eu achava que podia ser a coisa de pular. O fato de que Hubertus ergue sua vida, e seu negócio, de um jeito que garante que ele seja sempre levado além do limite. Que garante que seja produzido um novo limite que ele tenha que ultrapassar.

– Ele acredita que o verdadeiro inimigo é a inércia – disse Milgrim, contente em colocar qualquer espaço entre si mesmo e o momento de irritação de Hollis. – Estabilidade é o começo do fim. Nós só conseguimos caminhar se começarmos a cair o tempo todo para a frente. Ele me disse – lembrando-se – que esse é o problema em ser capaz de perceber o fluxo de pedido. O potencial de inércia.

– O quê?

– O fluxo de pedidos. Ele estava falando sobre segredos, uma vez. Em Vancouver, quando o conheci. Ele adora segredos.

– Eu sei – disse Hollis.

– Mas nem todos os segredos são informações que pessoas estão tentando esconder. Alguns segredos são informações que estão *ali*, mas que as pessoas não podem ter.

– Ali onde?

– Estão simplesmente *ali*, no mundo. Eu havia perguntado a ele que informação ele mais gostaria de ter que ainda não tinha, se pudesse saber qualquer segredo. E ele respondeu que queria algo que ninguém jamais tivesse sido capaz de ter.

– Sim?

– O fluxo de pedidos do dia seguinte. Ou, na verdade, o da próxima hora, ou do próximo minuto.

– Mas o que é isso?

– É o agregado de todos os pedidos do mercado. Tudo o que qualquer pessoa está prestes a comprar ou vender, tudo. Ações, bônus, ouro, qualquer coisa. Se eu o entendi direito, essa informação existe, em qualquer momento determinado, mas não existe agregador. Ela existe, constantemente, mas não há como sabermos nada sobre ela. Se alguém fosse capaz de agregar isso, o mercado deixaria de ser real.

– Por quê? – ela olhou pela janela, sobre o fio preto bem esticado que sustentava a cortina de linho cinza. – Nosso táxi chegou.

– Porque o mercado é a incapacidade de agregar o fluxo de pedidos em qualquer momento determinado. – Ele empurrou sua cadeira de volta, levantou-se e enfiou o resto do croissant na boca. Mastigando, ele se levantou e apanhou a sacola. Engoliu e depois bebeu o que havia sobrado do café. – Eu vou lhe dar seu computador no trem.

Ela estava deixando um troco em cima da toalha de mesa.

– Pode ficar com ele, se estiver precisando.

– Mas é seu.

– Eu o comprei há três meses, pensando que poderia começar outro livro – ela disse, levantando-se. – Só o liguei três vezes. Tenho alguns e-mails nele, mas vou colocá-los num pen drive. Se eu precisar de um computador, a Blue Ant pode pagar por ele. – Ela começou a se dirigir para o balcão da recepção, onde havia deixado a mala.

Milgrim foi atrás, o fluxo de pedidos esquecido na surpresa de ter recebido a oferta de um presente daqueles. Desde que havia começado a trabalhar para Hubertus, várias coisas lhe haviam sido fornecidas, mas para ele tudo era equipamento. Não era pessoal. Hollis lhe estava oferecendo uma coisa que ele havia considerado como dela.

E ela já lhe dera seu livro de arte, ele se lembrou. Ele poderia ler mais no trem para Londres.

Entregaram suas chaves para o homem no balcão e saíram para pegar o táxi que aguardava.

35.

DONGLE

Quando o trem saiu da Gare du Nord, passando por concreto riscado de chuva e intrincadas caligrafias em tinta spray, ela deu a Milgrim o carregador branco e dois outros cabos brancos cuja utilidade ela nunca soubera ao certo. Então ela limpou os poucos e-mails que tinha, copiando-os para o drive de USB em seu chaveiro, que tinha forma de uma chave de verdade, adquirido na Staples de West Hollywood quando começara a escrever seu livro. Mudou o nome da máquina para "Milgrim's Mac", escreveu a senha numa tira de papel para ele e lhe emprestou o modem USB que Inchmale a havia convencido a assinar no mês anterior. Ela não sabia como remover sua conta de e-mail, mas não havia dado a ele a senha, e podia resolver essa questão em Londres.

O prazer que ele demonstrou em ter ganhado o presente era de uma simplicidade tão direta e infantil que a entristeceu. Hollis suspeitava de que ele não ganhava presentes fazia muito tempo. Mas tinha que se lembrar de pegar o *dongle* de volta, ou ficaria pagando pelo tempo de uso da rede de celular.

Ela ficou olhando enquanto ele afundava instantaneamente no que quer que estivesse fazendo na Web, como uma pedra na água. Ele estava em outro lugar, do jeito que as pessoas ficavam diante da tela, sua expressão como de alguém que pilotava alguma coisa, olhando para uma distância média que nada tinha a ver com geografia.

Ela se recostou, olhando para a vegetação francesa que passava rapidamente pela janela, pontuada por um staccato escuro de postes de energia. Bigend queria que ela fosse direto para o Cabinet. Isso era bom. Ela precisava ver Heidi, precisava que Heidi a fizesse sair da fossa, fizesse com que ela ligasse para o telefone de emergência de Garreth. E se telefonar não produzisse resultado nenhum, ela faria o que Milgrim havia sugerido: um acordo com Bigend. Bigend era duro de barganhar. Ela não conseguia imaginar que ela poderia ter o que ele mais queria, mas não desejava descobrir. E Garreth, ela tinha bastante certeza, não ficaria feliz que Bigend soubesse de sua existência. Ela nunca dissera nada a ninguém sobre Garreth, além de Heidi, e agora Milgrim. O que Garreth e o velho faziam, até onde ela sabia, era simplesmente peculiar demais para o caminho de Bigend, ela sempre havia achado. Parecia uma péssima ideia juntar Bigend e Garreth de alguma maneira, e ela torcia para que pudesse evitar isso.

Ela olhou para Milgrim, perdido no que quer que estivesse fazendo. O que quer que fosse, ela descobriu que confiava nele. Ele parecia ser descascado, de algum modo, transparente, estranhamente livre de motivos escondidos. Parecia usado também. Bigend o havia criado, ou pelo menos sentia isso; o havia montado a partir de quaisquer escombros que encontrara inicialmente. Era isso o que Bigend fazia, ela pensou, encostando a cabeça e fechando os olhos. Ela supunha ser isso o que ele estava fazendo com ela também, ou faria, se pudesse.

Dormiu antes de chegarem ao túnel.

36.

CONSERTOS DE IMPROVISO

Milgrim não abriu o Twitter ao ligar, em frente a Hollis, no vagão *business class*, o que ele ainda considerava ser o computador dela. Em vez disso, abriu o menu de bookmarks e selecionou a URL da página com a fotografia do Folha vestindo uma jaqueta verde-oliva e um retângulo preto-pornô.

Deu scroll down na tela, passando por outras jaquetas, vestidas por outros rapazes com retângulos, até uma foto de mãos calçando luvas pretas. "Forro em malha de Kevlar", estava na descrição, "para maior resistência a cortes, tira de Velcro com logo em alto-relevo para fechar. Pegada superior para apreensão e controle."

Tendo ele próprio sido um suspeito apreendido de vez em quando, piscou algumas vezes. Franziu a testa. As luvas, na verdade, o faziam pensar mais em Fiona, na roupa blindada dela. Ele viu a linha pálida do maxilar dela acima do colarinho levantado de sua jaqueta preta. Como se uma asa o tivesse roçado.

Olhou culpado para Hollis do outro lado da mesa, mas viu que ela estava aparentemente dormindo, olhos inchados. Tentou imaginar o namorado dela, pulando do edifício mais alto do mundo, onde quer que ela houvesse dito que era.

Voltou a olhar para as luvas de apreensão. O que seria exatamente o logo em alto-relevo? Não dizia. O site inteiro era assim. Sem nome. Como um esboço. Meio inacabado. Nenhuma informação de contato. Por que o Folha estava ali? Como Winnie descobrira onde encontrá-lo?

Ele havia ouvido Bigend se referir a "sites fantasmas" – sites de empresas ou linhas de produtos finadas, que ainda estavam ali, esquecidos, sem receber visita alguma. Aquele site seria um deles, ou alguma coisa inacabada? Havia algo ali que não convencia, que era meio amador.

Acessou o Google, digitou "Winnie Tung Whitaker". Parou. Lembrando-se de Bigend e Sleight falando sobre a coleção de termos de busca, sobre o acesso a isso. Imaginou o PDA de Winnie alertando-a para o fato de que alguém havia acabado de procurá-la no Google. Isso seria possível? Ao ser apresentado por Bigend à versão atual da internet, Milgrim decidira que era melhor supor que tudo era possível. Com frequência, ele se decepcionava ao descobrir que nem tudo era. De qualquer maneira, melhor prevenir.

Desconectou-se do Twitter, sem checar se havia mensagens de Winnie. Não queria ter de vê-la, pelo menos não na chegada a Londres. Ele tinha uma reunião com Bigend. Desconectou-se do seu webmail. Ficou olhando o fundo de tela interestelar de Hollis. Mudou-o para um cinza médio simples. Melhor.

O trem entrou no túnel.

Ficou olhando enquanto o *dongle* vermelho lançava uma janela, informando-o de que o sinal estava perdido.

Ele não podia mais ser contatado. Não eletronicamente.

O rosto de Hollis estava esmagado contra a lateral de seu descanso de cabeça agora, mas a testa estava relaxada. Ele viu que a jaqueta Hounds tinha caído no chão. Curvou-se e a apanhou. Ela era mais pesada do que ele teria esperado, mais substancial, mais engomada. Abotoou-a. Dobrou-a com cuidado, do jeito que alguém em uma loja redobraria uma camisa. Ela ficou no seu colo, o foco de um dos mistérios de Bigend. Um segredo.

A etiqueta retangular era feita de couro pesado, rígido, marrom, com a marca queimada na forma de um animal de quatro patas, a cabeça toda errada.

Ele fechou os olhos. Recostou a cabeça. Estava disparando através de um tubo, embaixo do Canal da Mancha. Os franceses o chamavam por esse nome? Não sabia. Por que esses projetos gigantes eram tão relativamente comuns na Europa? Ele havia crescido supondo sem duvidar de que os Estados Unidos eram a terra da infraestrutura heroica, mas seria mesmo agora? Achava que não. Como eles pagavam por aquelas coisas ali? Impostos?

Lembrou-se de fazer essa pergunta a Bigend.

– **VOCÊ NÃO SABE PARA ONDE VAI?** – Hollis perguntou de dentro do táxi quando Milgrim lhe entregou a bolsa.

– Não – ele respondeu. – Me mandaram esperar aqui.

– Você tem meu telefone – ela disse. – E obrigada. Eu não ia querer fazer aquilo sozinha.

– Obrigado – disse Milgrim. – E pelo laptop. Eu ainda não...

– Deixa pra lá – ela disse. – É seu. Tome cuidado. – Ela sorriu e fechou a porta.

Ele viu o táxi se afastar, e outro tomar o seu lugar. Recuou, fazendo um gesto para que o casal atrás dele avançasse. – Estou esperando uma pessoa – disse, para ninguém em especial, olhando ao redor. Nesse mesmo instante a buzina de Fiona soou, logo atrás do para-choque preto do táxi. Ela fez um gesto, com urgência, inclinando o capacete amarelo, montada numa moto cinza, suja, enorme.

Ela pegou sua sacola quando ele estendeu a mão para ela, e começou a prendê-la no tanque de combustível com cordas elásticas, empurrando-lhe um capacete preto. O visor de seu capacete estava levantado.

– Coloque isso aí. Eu nem devia estar aqui. Monte na garupa e se segure. – Ela abaixou o visor.

Ele pelejou para colocar o capacete na cabeça. Tinha um cheiro estranho. Laquê? O visor transparente estava arranhado e com manchas gordurosas de polegares. Ele não sabia como prender a coisa que ficava embaixo do queixo. O acolchoado no alto da cabeça não estava confortável.

— Ponha os braços ao redor da minha cintura, incline-se para a frente e segure firme!

Milgrim obedeceu.

Ela soou a buzina mais uma vez e partiram, Milgrim sem saber onde colocar os pés. Ele se mexeu, tentando olhar para baixo. Ouviu-a gritar alguma coisa. Encontrou descansos enlameados para os pés do carona. Viu um pombo passar rapidamente, enquadrado por um instante no campo de visão estreito e manchado que o capacete sacolejante lhe permitia.

Fiona parecia uma criança muito teimosa, encapsulada em camadas de náilon balístico e um número indeterminado de placas blindadas. Milgrim entrelaçou os dedos e travou-os, instintivamente, e encostou nas costas dela. Protuberâncias automotivas duras, algumas cromadas, passavam em disparada por seus joelhos em ambos os lados.

Ele não tinha ideia de em que ponto da estação haviam emergido, em que rua estavam, ou em que direção podiam estar seguindo. O cheiro de laquê estava lhe dando dor de cabeça. Quando ela parou num semáforo, ele continuou com os pés nos descansos; teve medo de não conseguir encontrá-los novamente.

Uma placa dizia Pentonville Road, embora ele não soubesse se estavam nela ou perto dela. O tráfego do meio da manhã, ainda que ele jamais o tivesse visto de uma motocicleta. A aba de sua jaqueta, desabotoada, tremulava violentamente ao vento, o que o fazia agradecer por sua bolsa de Faraday. Seu dinheiro, ou o que havia restado dele, estava no seu bolso direito da frente, o cartão de memória com as fotos do Folha enfiadas bem dentro de sua meia direita.

Mais placas, borradas do outro lado do visor: King's Cross Road, Farringdon Road. Ele achou que os vapores do laquê estavam fazendo seus olhos arderem, mas não tinha como esfregá-los. Piscou repetidas vezes.

Depois de algum tempo, uma ponte de amuradas baixas, tinta vermelha e branca. Blackfriars, ele imaginou, lembrando-se das cores. Sim, lá estavam os topos das colunas de ferro bem formais que um dia haviam sustentado outra ponte, ao lado dela; sua tinta vermelha levemente desgastada. Ele havia passado um dia por ali com Sleight, para encontrar Bigend em uma lanchonete arcaica, para um daqueles cafés da manhã bem grandes e gordurosos. Sleight não tinha se interessado, mas Bigend havia lhe contado a respeito da ponte ferroviária que um dia estivera ao lado de Blackfriars. Quando Bigend falava de Londres, parecia para Milgrim que ele estava descrevendo um brinquedo antigo e intrincado que havia comprado em algum leilão.

Ao deixarem a ponte, ela fez a curva, enveredando habilmente por ruas menores. Então reduziu a velocidade, fez mais uma curva e subiram numa calçada de concreto manchada de óleo, em um pátio cheio de motocicletas, gigantescas e feias, as carenagens remendadas com fita isolante. Quase parando, ela pôs as botas no chão e escorou a motocicleta com as pernas, avançando com ela, passando devagar por entre as outras e por um homem que usava um macacão laranja sujo e um boné de beisebol virado para trás, com uma chave de boca reluzente na mão. Por uma grande abertura na parede e um interior atulhado de ferramentas, motos desmontadas e seus motores, copinhos de espuma branca, embalagens de comida amassadas.

Ela desligou o motor, desceu o descanso da moto e deu um tapa nas mãos de Milgrim, que ele rapidamente retirou de sua cintura. O silêncio súbito foi desorientador. Ele desceu da moto com dificuldade, sentindo os joelhos duros, e retirou o capacete.

– Onde estamos? – ele olhou para o teto alto, enegrecido de fuligem, cheio de carenagens de fibra de vidro penduradas.

Então ela desmontou, passando uma bota cheia de fivelas sobre o assento.

— Suthuk — ela disse, depois de retirar o capacete amarelo cheio de marcas.
— O quê?
— South-wark. Sul do rio. Suth-uk. — Ela colocou o capacete em cima de um carrinho de ferramentas completamente cheio e começou a desamarrar a rede elástica que prendia a bolsa de Milgrim em cima de seu tanque de combustível.
— O que é este lugar?
— Garagem de emergência. Consertos de improviso. Negócio rápido e rasteiro. Sem precisar marcar hora. Para couriers.

Milgrim levantou o capacete, cheirou seu interior, colocou-o sobre a motocicleta onde estivera sentado. Ela lhe entregou sua sacola.

Depois de vários ruídos de Velcro, o zíper na frente da jaqueta que Fiona usava fez um ruído alto.
— Você nunca havia andado de motocicleta antes?
— De scooter, uma vez.
— Existe um conceito de centro de gravidade que você não entende. Precisa de aulas de carona.
— Desculpe — disse Milgrim, e estava se sentindo culpado mesmo.
— Não é problema. — Os cabelos de Fiona eram de um castanho-claro. Ele não havia sido capaz de definir isso em Paris, no lobby escurecido do hotel. O capacete havia feito os cabelos ficarem amassados na parte de trás da cabeça. Ele queria ajeitá-los.

O homem de macacão que um dia fora laranja apareceu na entrada.
— O homem em pessoa está na ponte — ele disse para Fiona. Soava irlandês, mas parecia para Milgrim ser de outra etnia, a pele mais escura, o rosto envelhecido precocemente e inexpressivo. Ele tirou um cigarro de trás da orelha e o acendeu, usando um pequeno isqueiro transparente. Pôs o isqueiro num bolso lateral e distraidamente limpou as mãos no tecido laranja manchado. — Você podia esperar na sala — ele disse, e sorriu para Fiona —, se é que adianta alguma coisa. — Seus

dois dentes da frente eram dourados e se estendiam em um ângulo incomum, como o telhado de uma varanda pequena. Ele deu uma tragada em seu cigarro.

– Tem chá, Benny?

– Vou mandar o garoto – disse o homem.

– Os carburadores não estão bons – ela disse, olhando para sua moto.

– Eu te falei pra não ir com a Kawasaki, não falei? – disse Benny, apertando o cigarro para uma última tragada com força, depois deixando-o cair, para esmagá-lo com uma bota estropiada e suja de graxa, através da qual era possível ver um pouco de aço. – Carburadores desgastam. Difícil trocar. Os carburadores da GT550 sempre foram bons pra mim.

– Dá uma olhada neles pra mim?

Benny deu um sorriso cínico.

– Não costumo reparar as motos de couriers de verdade. Homens de família, trabalhando para viver.

– Ou como se você estivesse em casa, na cama, o rádio ligado, matando tempo – disse Fiona, tirando a jaqueta. Subitamente ela pareceu menor, metida numa blusa cinza de gola polo. – É uma descrição mais próxima do que você faz no geral.

– Vou mandar o Saad dar uma olhada – disse Benny, virando-se e saindo.

– O Benny é irlandês?

– De Dublin – disse ela. – O pai é da Tunísia.

– E você trabalha para Hubertus.

– Assim como você – ela disse, jogando a jaqueta pesada por cima do ombro. – Por aqui.

Ele a seguiu, evitando trapos encharcados de óleo e copinhos de isopor brancos, alguns meio cheios com o que ele supôs um dia ter sido chá, passando por uma espécie de caixa de ferramentas vermelha gigante sobre rodas, até uma porta toda amassada. Ela pescou um pequeno molho de chaves de dentro das calças, que pareciam tão pesadas e quase tão blindadas quanto sua jaqueta.

– Você queria? – ele perguntou enquanto ela destrancava a porta.

– Queria o quê?

– Trabalhar para Hubertus. Eu não. Quero dizer, eu não planejei. Foi ideia dele.

– Agora que você mencionou isso – ela disse, olhando para trás. – foi ideia dele.

Milgrim atravessou atrás dela, entrando num espaço branco perfeito com talvez cinco metros de lado. As paredes eram de tijolos recém-pintados, o piso de concreto um branco mais lustroso, quase tão limpo quanto as paredes. Uma mesinha quadrada e quatro cadeiras de tubo de aço fosco e compensado dobrado, sem pintura, do tipo de simplicidade que custava caro. Uma luz enorme brilhava suavemente, algo em um pedestal metálico de aspecto clínico, uma espécie de guarda-chuva parabólico branco, inclinado em um ângulo agudo. Para Milgrim, aquilo parecia uma minúscula galeria de arte entre uma exposição e outra.

– Que lugar é este? – ele perguntou, olhando de uma parede vazia para a outra.

– Um dos cubos Vegas dele – ela disse. – Você nunca viu um antes? – Ela foi até a luz e fez alguma coisa que aumentou a iluminação.

– Não.

– Ele não entende de jogos – ela disse – do tipo comum, mas adora os cassinos de Las Vegas. O tipo de pensamento embutido neles. O jeito como eles forçam um isolamento temporal. Nada de relógios, nada de janelas, luz artificial. Ele gosta de pensar em ambientes assim. Como este. Nada de interrupções. E gosta que eles sejam secretos.

– Ele gosta de segredos – concordou Milgrim, colocando a sacola em cima da mesa.

Um garoto com cabeça quase raspada entrou, um copo de isopor branco e grande em cada mão suja, e os colocou sobre a mesa.

– Obrigada – disse Fiona. Ele saiu sem dizer uma palavra. Fiona pegou um dos copos, tomou um golinho através do buraco na tampa de plástico branco. – Chá de pedreiro – ela disse.

Milgrim experimentou o seu. Estremeceu. Forte e doce.

– Eu não sou filha dele – disse Fiona.

Milgrim piscou várias vezes.

– De quem?

– Bigend. Apesar dos rumores. Não é o caso. – Ela tomou mais um gole do chá.

– Eu nem havia pensado nisso.

– Minha mãe foi namorada dele. Foi aí que a história começou. Eu já havia nascido, então não faz o menor sentido. Embora eu tenha vindo parar aqui no fim das contas, trabalhando para ele. – Ela deu a Milgrim um olhar que ele não conseguiu traduzir. – Só pra deixar isso claro.

Milgrim engoliu um pouco de chá, principalmente para disfarçar sua incapacidade de pensar em qualquer coisa para dizer. Estava muito quente.

– Ele treinou você – perguntou – para andar de motocicleta?

– Não – disse ela. – Eu já era courier. E por isso que conheço o Benny. Eu poderia deixar Bigend hoje e arrumar emprego em uma hora. Ser courier é tipo assim. Se você quer tirar um dia de folga, pede demissão. Mas estava deixando minha mãe louca. Preocupada com o perigo.

– É perigoso?

– A média de duração da carreira é de cerca de dois anos. Então ela conversou com Bigend. Queria que ele me aceitasse na Blue Ant. Para fazer alguma coisa lá. Em vez disso, ele decidiu ter sua própria courier.

– É menos perigoso?

– Não exatamente, mas eu digo a ela que sim. Ela não sabe a extensão do emprego. Vive ocupada.

– Bom dia – disse Bigend, atrás deles.

Milgrim se virou. Bigend estava usando seu terno azul, por cima de uma camisa de linho preta sem gravata.

– Você gosta deles? – Bigend perguntou a Milgrim.

– Gosta de quê?

– Nossos Festos – disse Bigend, levantando o dedo indicador para apontar direto para cima.

Milgrim olhou para cima. O teto ali, tão branco quanto as paredes, era uns bons três metros mais alto do que o espaço ao lado. Contra ele, flutuavam formas indistintas, em prata e preto.

– Aquilo é o pinguim? De Paris?

– É parecido com o de Paris? – ela perguntou.

– O que é o outro?

– Manta. Arraia – disse Bigend. – Nosso primeiro pedido sob medida. Eles costumam vir no prata-Mylar.

– O que você faz com eles? – indagou, embora já soubesse.

– Plataformas de vigilância – disse Bigend. Virou-se para Fiona. – Como foi em Paris?

– Bom – ela respondeu. – Só que ele viu. Mas foi o prata, e na operação durante o dia. – Ela deu de ombros.

– Pensei que estivesse tendo uma alucinação – disse Milgrim.

– Sim – disse Bigend. – As pessoas pensam isso. Mas em Crouch End, quando primeiro experimentamos o pinguim à noite, ativamos uma minionda de relatos de avistamento de OVNIs. O *Times* sugeriu que as pessoas na verdade estavam vendo Vênus. Sente-se. – Ele puxou uma das cadeiras.

Milgrim se sentou. As mãos seguravam o copão de chá quente, e o calor era agradável.

Quando Bigend e Fiona se sentaram, Bigend disse:

– Fiona me contou o que você disse a ela ontem à noite. Você disse que fotografou o homem que o seguia, ou talvez estivesse seguindo Hollis. Você está com as fotografias?

– Estou – disse Milgrim, abaixando-se para meter a mão dentro de sua meia. – Mas ele estava me seguindo. Sleight estava dizendo a ele onde eu estava. – Colocou o cartão da câmera em cima da mesa, abriu a sacola, retirou o Air, encontrou o leitor de cartões que havia comprado do persa na loja de câmeras e juntou-os.

– Mas Sleight pode simplesmente ter suposto que você estaria com Hollis – Bigend disse quando a primeira das fotografias do Folha apareceu.

– Folha – disse Milgrim.

– Por que você o chama assim?

– Porque ele estava vestindo calças verde-folha. Foi isso o que primeiro notei nele.

– Você o viu? – Bigend perguntou a Fiona.

– Vi – Fiona respondeu. – Ele estava entrando e saindo da feira de roupas antigas. Bem ocupado. Dava pra ver que ele estava fazendo alguma coisa. Ou querendo fazer.

– Estava sozinho?

– Parecia estar. Mas falando consigo mesmo. Você sabe: não falando sozinho. Um ponto eletrônico.

– Sleight – disse Milgrim.

– Sim – Bigend concordou. – Então vamos chamá-lo de Folha. Não fazemos ideia de qual seja seu nome no momento. Essas pessoas têm acesso a uma quantidade bem grande de documentação.

– Que pessoas? – Milgrim perguntou.

– O Folha conhece o homem cujas calças você documentou para nós na Carolina do Sul – respondeu Bigend.

– O Folha... é um espião? – Milgrim perguntou.

— Apenas até o ponto em que ele é um designer de roupas, ou deseja ser – disse Bigend. – Embora talvez também viva no mundo da fantasia. Quando você enfiou seu telefone no carrinho de bebê daquela russa, qual era sua intenção?

— Eu sabia que Sleight o estava rastreando, dizendo ao Folha onde eu estava. Então fiz com que ele seguisse as russas em vez de mim. Até a periferia da cidade. Elas mencionaram um subúrbio.

Bigend concordou com um aceno de cabeça.

— Só porque um homem quer ser um designer de roupas – disse ele – e vive no mundo da fantasia, não significa que ele não seja perigoso. Se você por acaso se deparar com o sr. Folha mais uma vez, é melhor ficar bem longe dele.

Milgrim concordou com a cabeça.

— Vou precisar saber logo se isso acontecer.

— E quanto a Sleight?

— Sleight – disse Bigend – está se comportando como se absolutamente nada tivesse acontecido. Ele ainda está bastante no centro das coisas, até onde a Blue Ant está relacionada.

— Pensei que ele estivesse em Toronto.

— Ele está em uma posição pós-geográfica – disse Bigend. – Onde você conseguiu esse laptop?

— Hollis o deu para mim.

— Você sabe onde ela o conseguiu?

— Ela disse que o comprou, para escrever.

— Vamos mandar Voytek dar uma geral nele.

— Quem?

— Ele é anterior a Sleight. Alguém que eu mantive fora dos contatos caso algo assim acontecesse. Meu backup de TI, poderíamos dizer. Você já tomou seu café da manhã?

— Um croissant. Em Paris.

— Quer o inglês completo? Fiona?

– Pode ser. Saad está olhando os meus carburadores.

Olharam para Milgrim. Ele fez que sim. Então olhou para o pinguim de prata e a arraia preta, flutuando contra o teto branco brilhante. Tentou imaginar a arraia preta sobre um cruzamento da Rive Gauche.

– Como é pilotar um desses?

– É igual a ser um deles – disse Fiona –, quando você se acostuma. O app do iPhone fez uma diferença enorme. O de Paris ainda não teve o upgrade.

37.

A J A Y

O animal espiritual de Inchmale, o furão narcoléptico empalhado, ainda congelado em sua valsa onírica de pesadelo no meio dos pássaros de caça, estava esperando perto do elevador resmungão do Cabinet.

Robert havia dito, quando ela lhe perguntara ainda agora, que a "senhorita Hyde" estava no hotel. Ele parecia ter esquecido completamente qualquer desconforto vivenciado na chegada de Heidi, e na verdade demonstrava todos os sinais de ter se tornado um fã. Isso, Hollis sabia, tinha toda chance de acontecer. Homens que não fugiam para sempre após o primeiro incidente tendiam a virar adoradores.

Ela entrou na familiar jaula, puxou a mala atrás de si, fechou a porta e apertou o botão. Uma vez só e apenas brevemente, para não confundi-lo.

No corredor, lá em cima, ela evitou olhar para as aquarelas, abriu a porta do Número Quatro, entrou, pôs a mala na cama. Tudo estava como ela se lembrava, a não ser por algumas sobrecapas estranhas de livros na gaiola de passarinho. Ela abriu a mala, retirou o bonequinho da Blue Ant e foi até a porta ao lado, para o quarto de Heidi.

Ela bateu.

– Quem é? – perguntou uma voz de homem.
– Hollis – disse ela.

A porta se abriu, uma frestinha.

– Deixe-a entrar – disse Heidi.

A porta foi aberta por um rapaz lindo de corpo muito bem trabalhado, como um dançarino de Bollywood, cujo cabelo curto translúcido se tornava uma espécie de cascata negra curta no alto. Como se para balancear essa beleza, entretanto, parecia que alguém havia atingido o dorso de seu nariz com alguma coisa dura e estreita, deixando a sugestão de um corte, pálido no centro. Ele vestia um tracksuit azul berrante sob a jaqueta de couro surrado de Heidi.

– Esse aí é o Ajay – disse Heidi quando Hollis entrou.

– Opa – disse Ajay.

– Oi – disse Hollis. O quarto estava confusamente arrumadinho agora, quase sem nenhum sinal da característica explosão de bagagem de Heidi, mas Hollis notou que a cama, onde Heidi se reclinava vestindo uma regata Gold's Gym e calça jeans sem joelhos, estava completamente bagunçada. – O que aconteceu com suas coisas?

– Eles me ajudaram a separar tudo e guardaram o que eu queria guardar. São bem legais aqui.

Hollis não conseguia se lembrar de algum dia ter ouvido Heidi dizer isso a respeito de nenhuma equipe de hotel em lugar nenhum. Suspeitou que Inchmale estivesse por trás disso, aconselhando o Cabinet quanto à melhor maneira de lidar com Heidi, subornando-os, embora na verdade a equipe do Cabinet fosse muito boa em suas atribuições.

– Mas que merda é essa? – perguntou Heidi, agora muito mais de acordo com seu estilo, apontando para o bonequinho azul.

– Um brinquedo de marketing da Blue Ant. Ele é oco – mostrou a Heidi o fundo da base – e acho que pode ter algum tipo de rastreador dentro.

– Sério? – perguntou Ajay.

– Sério – respondeu Hollis, passando-o para ele.

– Por que você acha isso? – Ele levou o boneco ao ouvido, balançou-o e sorriu.

– Longa história.

– A única maneira de saber seria cortá-lo... – Ele foi até a janela, movendo-se sorrateiro como um gato, e começou a olhar a base bem de perto. – Mas alguém já fez isso – ele disse, olhando para ela. – Esta parte aqui foi cortada, colada de volta e depois lixada.
– Ajay é jeitoso – disse Heidi.
– Não estou interrompendo vocês, estou? – perguntou Hollis.
Ajay sorriu.
– A gente estava esperando você – disse Heidi. – Se você não aparecesse, a gente iria pra academia. Foi Ajay quem me contou sobre o seu namorado.
– Um PQD absolutamente genial – Ajay disse solene, abaixando o bonequinho. – Eu o vi duas vezes lá pelos pubs. Infelizmente não tive o prazer de conhecê-lo.
– Você sabe onde ele está? – perguntou Hollis. – Como ele está? Eu acabei de saber sobre o acidente. Estou preocupada demais.
– Não sei nenhuma das duas coisas, sério, me desculpe – disse Ajay. – Mas, se houvesse notícias ruins, saberíamos de algo. Seu homem é bem considerado. Ele tem sua base de fãs.
– Você sabe de algum jeito pelo qual eu pudesse descobrir?
– Ele é fechado. Não deixa nem um pouco claro o que faz, tirando um salto ou outro. Quer que eu abra isto? – perguntou, levantando a formiga. – Heidi tem o conjunto perfeito de ferramentas para isso. Está construindo seu Caça-Peitos – ele sorriu.
– Seu quê? – Hollis perguntou a Heidi.
– É terapia – Heidi disse irritada. – Meu psiquiatra me ensinou.
– E o que é isso?
– Modelos de plástico – disse Heidi. Ela se sentou, pôs os pés no chão, as unhas recém-pintadas de preto lustroso.
– Seu psiquiatra ensinou você a construir modelos?
– Ele é japonês – disse Heidi. – Você não consegue ganhar a vida como psiquiatra no Japão. Eles não acreditam nisso. Então ele se mudou

para L.A. O consultório dele ficava perto do escritório do escrotão, lá em Century City.

Ajay havia caminhado até a penteadeira meio rococó, na qual Hollis via, agora, pequenas ferramentas, peças plásticas ainda ligadas às outras, latinhas em miniatura de tinta spray, pincéis de ponta fina. Tudo isso espalhado sobre uma grossa camada de jornal.

– Isto aqui vai servir – ele disse, sentando-se na banqueta baixa e levantando um bastão fino de alumínio com uma minúscula lâmina triangular na ponta. Hollis ficou olhando por cima do ombro dele. Viu uma caixa de cores brilhantes encostada no espelho, com a pintura impressa de um guerreiro-robô de aspecto bem militante com uma espécie de cocar asteca, as palavras BREAST CHASER, Caça-Peitos, em caixa-alta sem serifa. O resto dos escritos estava em japonês.

– Por que esse nome? – perguntou Hollis.

– "Engrish" – Heidi disse, dando de ombros. – "Beast, Fera", talvez? Ou talvez eles apenas gostem do formato das letras. É um kit para iniciantes. – Essa última frase dirigida acusatoriamente para Ajay. – Pedi a ele para me comprar um kit da Bandai, algo da série Gundam, nível de especialista. Padrão-ouro dos kits do gênero. E aí ele me traz esta porra do Breast Chaser Galvion. Ele acha que é gozado. Não é Bandai, não é Gundam. É um kit de criança.

– Desculpe – disse Ajay, que sem dúvida já havia ouvido aquilo antes.

– Você os construiu? – perguntou Hollis.

– Me ajuda a melhorar o foco. Me acalma. Fujiwara diz que é a única coisa que funciona para algumas pessoas. É a única coisa que funciona para ele.

– Ele mesmo faz isso?

– Ele é um mestre. Uma técnica de airbrush incrível. Modificações feitas a partir do projeto.

– Quer que eu abra isto? – Ajay balançou a ponta da faquinha.

– Quero – disse Hollis.

– Se estiver cheio de antrax, vamos todos lamentar. – Ele piscou.

Heidi se levantou da cama e se aproximou dele.

– Ei. Não vá deixar a lâmina cega.

– É vinil – disse Ajay, colocando a formiga sobre a penteadeira, de barriga para cima e erguendo com destreza a lâmina. Hollis viu a ponta da lâmina deslizar suavemente para dentro da lateral da base redonda. – Sim. Foi cortada e colada. Fácil. Pronto. – O fundo da base estava em cima do jornal, um círculo azul com alguns milímetros de espessura. – Bom – disse Ajay, espiando o interior dos pequenos túneis gêmeos das pernas ocas da formiga –, o que é isto aqui então? – Abaixou a faquinha, apanhou um par comprido e fino de pinças com pontas curvadas e o inseriu em uma perna. Olhou para Hollis. – Observe. Vou retirar... um coelho! – E foi tirando, pouco a pouco, uma lâmina esponjosa de espuma amarela fina. Exibiu-a pendendo mole das mandíbulas afiadas das pinças, um quadrado de cinco polegadas.

– Coelho – ele disse, deixando-o cair. – E agora, para meu próximo truque... – Voltou a inserir as pinças. Tateou ao redor com elas. E, devagar, com cuidado, puxou uma extensão de duas polegadas de tubo transparente flexível, que tinha em cada extremidade uma minúscula tampa vermelha. – Me parece uma espionagenzinha básica bem profissional. – Havia diversos pedaços cilíndricos diferentes de plástico e metal dentro do tubo, como se fossem parte de um colar tecno-hippie. Ele olhou para o objeto mais de perto, depois levantou a cabeça e olhou para Hollis, levantando as sobrancelhas.

– Hm – disse Heidi –, a formiga foi hackeada. Bigend.

– Não tenho certeza – disse Hollis. – Eles podem nos ouvir? – ela perguntou a Ajay, subitamente com medo.

– Não – ele respondeu. – Estava selada dentro do boneco. A espuma era para evitar que chacoalhasse. Não é assim que se monta uma escuta. Você precisaria de um pequeno microfone-agulha, atravessando o vinil, para isso. Isto aqui é um transponder com bateria. O que você quer com isto?

– Não sei.

— Posso colocar de volta. Colar a base de novo. Aposto que Heidi conserta isso aí e você nunca iria saber que abrimos.

— Estou bem mais preocupada com Garreth neste momento — disse Hollis.

— Já discutimos isso — disse Heidi. — Você precisa ligar para aquele número. É só. Se isso não chamar a atenção dele, plano B.

— Ou — disse Ajay, ainda pensando no rastreador — você pode guardar isto, mas recolar a formiga. Isso lhe daria certa vantagem.

— Como assim?

— Se você esconder a escuta perto da formiga, em vez de *dentro* da formiga, eles vão achar que ela ainda está na formiga. Então irão supor que o rastreador está onde a formiga está. Isso dá a você algumas possibilidades. Um bom espaço para explorar. — Ele deu de ombros.

— Estou com ele desde Vancouver — Hollis disse para Heidi. — Hubertus me deu. Achei que tinha deixado lá, deliberadamente, mas aí eu o encontrei dentro da minha bagagem, em Nova York. Alguém aqui o colocou na minha mala antes de eu ir a Paris.

— Faça o que Ajay diz — disse Heidi, ajeitando a cascata de cabelos. — Ele leva jeito pra essas coisas. Agora vem comigo.

— Pra onde?

— Seu quarto. Você vai fazer aquela ligação. Eu vou ser sua testemunha.

38.

FICANDO MAIS QUENTE

Bigend estava comendo o Café da Manhã nº 7: dois ovos fritos, morcela, duas fatias de bacon, duas fatias de pão e uma caneca de chá.
– Aqui eles acertam a morcela – disse. – Na maioria das vezes fica cozida demais. Seca.

Milgrim e Fiona estavam comendo macarrão tailandês, que Milgrim descobriu ser uma opção inesperada num lugar que servia o tipo de café da manhã que Bigend estava comendo. Mas Fiona explicara que os tailandeses tinham conseguido integrar bem os dois, da mesma forma como os italianos haviam aprendido a oferecer o café da manhã inglês completo no mesmo ambiente em que serviam massas, embora de modo ainda menos convincente do que os tailandeses.

Era um lugar minúsculo, lotado de gente, não muito maior do que o cubo Vegas de Bigend; a clientela era um mix de funcionários de escritório, operários de construção e o povo das artes, consumindo almoço ou um café da manhã tardio. Os pratos e os talheres eram aleatórios, não combinavam, e a caneca de chá de Bigend tinha a ilustração de um ursinho de pelúcia sorridente.

– Você não acha que o Folha estava me seguindo em Paris?
– Você voltou ao hotel – disse Bigend. – Eu liguei e disse que Aldous iria pegá-lo. Você estava usando um telefone que Sleight lhe deu, mas eu não disse para onde você estava indo, ou com quem você iria se encontrar. Fiona seguiu o Hilux. – Ele fez um gesto de cabeça na direção dela.

– Não deixei rastro – disse Fiona.

– Mas eu havia ligado primeiro para Hollis – disse Bigend – para saber onde ela estaria, para mandar você até lá. Eles podem ter ouvido isso. Mas, se o seu Folha estivesse lá na hora em que você chegou, imagino que ele ou seguiu Hollis até a Selfridges ou sabia que ela estaria indo para lá.

– Por que eles estariam interessados em Hollis? O que ela tem a ver com Myrtle Beach e aquelas calças do exército?

– Você – disse Bigend – e eu. Eles podem ter visto nós todos almoçando juntos na véspera. É quase certo que Sleight tem aliados dentro da Blue Ant. Eles suporiam que Hollis pode estar envolvida com nosso projeto. E está, claro. – Bigend enfiou um pedaço enorme de bacon na boca e começou a mastigar.

– Está?

Bigend engoliu o bacon e tomou um gole de chá.

– Eu gostaria de ver o que o designer da Gabriel Hounds poderia fazer para nós para um contrato militar.

Milgrim olhou de relance para Fiona, curioso para ver se ela reagiria à menção da marca, mas ela estava separando o camarão de seu macarrão com seus hashis de forma bastante habilidosa.

– Hollis está chateada – Milgrim disse para Bigend. – O namorado dela.

– É mesmo? Ela tem namorado?

– Tinha – disse Milgrim. – Eles não estão juntos. Mas ela ficou sabendo que ele sofreu um acidente.

– Que tipo de acidente?

– De automóvel – disse Milgrim, e era literalmente verdade.

– Nada sério, espero – disse Bigend, rasgando um pedaço de pão ao meio com as mãos.

– Ela acha que pode ter sido – disse Milgrim.

— Eu posso ficar de olho nisso para ela – disse Bigend, mergulhando o pão na gema.

Milgrim olhou para Fiona, que agora olhava com frieza para Bigend, pensou, mas depois voltou ao seu macarrão.

— Você quer que o designer da Gabriel Hounds desenhe para as forças armadas dos EUA?

— Se grande parte das roupas masculinas de hoje descende dos desenhos militares dos EUA, e isso é fato, e os militares americanos estão com dificuldade de continuar a seguir sua herança, e isso é outro fato, alguém cujo gênio esteja em uma compreensão da semiótica das roupas americanas produzidas em massa... Seria uma bobagem não explorar as possibilidades. De qualquer maneira, está ficando quente agora – disse Bigend.

— O que está?

— A situação. O fluxo de acontecimentos. Sempre fica, quando gente como Sleight decide se meter. E se espera que uma pessoa na minha posição se concentre, de modo bem estrito, na situação à frente. Taticamente, é um desperdício terrível. Com frequência você pode fazer uma compra sensacional no mercado, enquanto uma tentativa de golpe está acontecendo em paralelo. – Ele limpou gema e gordura do prato com o último pedaço de pão e enfiou tudo na boca, deixando o prato perfeitamente limpo.

Fiona colocou os hashis no prato, depois de pegar um último camarão de dentro do macarrão.

— E para onde vou levar o sr. Milgrim?

— Holiday Inn, Camden Lock – disse Bigend. – Todo mundo parece estar sabendo de Covent Garden.

— Eu vi uma das Dottir, em Paris, no restaurante – disse Milgrim – e Rausch.

— Eu sei – disse Bigend. – Você contou a Fiona ontem à noite.

— Mas nós estávamos lá por acaso? Naquela mesma hora?

– Parece que sim – disse Bigend, animado, limpando os dedos com um guardanapo de papel. – Mas você sabe o que dizem.
– O quê?
– Até os paranoicos têm inimigos.

– **ELE PÔS VOCÊ NO HOLIDAY INN** – disse Fiona enquanto caminhavam de volta à garagem de consertos pelo que ela disse ser a Lower Marsh Street quando ele, há pouco, perguntara.
– Sim?
– Certamente não é tão sofisticado – disse ela. – Onde você estava era mais seguro, inerentemente, pela própria planta do edifício. Celebridades enfrentam verdadeiros cercos da imprensa ali. Não há nada de errado com o Camden Holiday Inn, mas não é tão bem defendido.
– Ele pensa que há gente demais sabendo onde andei hospedado – disse Milgrim.
– Eu não sei o que ele pensa – disse Fiona –, mas é melhor você se cuidar.
Eu me cuido, pensou Milgrim. Ou melhor, se cuidava, patologicamente; sua terapeuta havia dito.
– Você ia me explicar o que eu preciso fazer para ser um carona melhor – disse Milgrim.
– Ia?
– Você disse que eu precisava de uma aula sobre como ser um carona.
– Você precisa sentar mais perto de mim, e me abraçar com força. Nossa massa precisa ser uma só.
– Precisa?
– Sim. E você precisa ficar comigo, se inclinar comigo nas curvas. Mas não demais. É como dançar.
Milgrim tossiu.
– Vou tentar – disse.

39.

O NÚMERO

Heidi se empoleirou na ponta da cama Síndrome Pibloktoq como uma gárgula que tivesse pagado muito caro por um corte de cabelo; seus joelhos muito brancos despontavam pelos buracos no jeans; os dedões dos pés compridos, brancos, de unhas pretas se estendiam sobre as placas de marfim decoradas em estilo *scrimshaw*.

– O número está no seu telefone?

– Não – respondeu Hollis, em pé no meio do quarto, sentindo-se presa numa armadilha. O papel de parede insetoide parecia ter se aproximado mais dela. Todos os vários bustos e máscaras e representações de olhos encarando-a.

– Péssimo sinal – disse Heidi. – Onde está?

– Na minha carteira.

– Você nunca o memorizou.

– Não.

– Era para emergências.

– Eu nunca imaginei que fosse realmente precisar dele.

– Você só queria ficar carregando o número por aí. Porque foi ele quem escreveu.

Hollis desviou o olhar, e viu, por trás da porta aberta, o vasto banheiro, onde toalhas novas estavam penduradas nos barras do chuveiro Máquina do Tempo, esperando.

– Vamos ver – disse Heidi.

Hollis tirou a carteira e o iPhone de sua bolsa. A tirinha de papel, que ele havia rasgado com precisão da parte de baixo de uma folha de um caderno de notas do hotel Tribeca Grand, ainda estava ali, atrás do cartão Amex que ela só usava para emergências. Ela o retirou, desdobrou-o e o passou para Heidi.

– Código de área americano?

– É um celular. Pode estar em qualquer lugar.

Heidi meteu a outra mão no bolso de trás do jeans, retirou seu próprio iPhone.

– O que você está fazendo?

– Colocando o número no meu telefone. – Quando acabou, devolveu a tira de papel a Hollis. – Já pensou no que vai dizer?

– Não – respondeu Hollis. – Não consigo pensar sobre isso.

– Ótimo – disse Heidi. – Agora ligue. Mas ponha o celular no viva voz.

– Por quê?

– Porque preciso ouvir. Porque você pode não se lembrar do que disse. Eu vou.

– Merda – disse Hollis, sentando-se na cama, mais perto dos pés, e ligando o viva-voz.

– Porra, não fode – concordou Heidi. – Liga pra ele.

Hollis digitou o número sem pensar.

– Coloque o nome dele – disse Heidi. – Adicione aos seus números.

Hollis fez isso.

– Dê um código de discagem rápida a ele – disse Heidi.

– Eu nunca uso isso.

Heidi fungou.

– Liga pra ele.

Foi o que Hollis fez. Quase imediatamente, o quarto se encheu com o som de um tom de discagem que não era familiar. Cinco toques.

– Ele não está – disse Hollis, olhando para Heidi.

– Deixa tocar.

Depois do décimo toque, ouviu-se baixinho um som digital qualquer. Alguém, talvez uma mulher muito velha, começou a falar ferozmente, num tom demonstrativo, no que talvez fosse um idioma oriental. Ela pareceu fazer três afirmações peremptórias, cada uma mais curta que a anterior. Então, silêncio, depois o sinal de gravação.

– Alô? – Hollis fez uma careta. – Alô! Aqui é Hollis Henry, ligando para saber de Garreth. – Ela engoliu em seco, quase tossiu. – Acabei de ficar sabendo do seu acidente. Desculpe. Estou preocupada. Pode me ligar, por favor? Espero que você receba esta ligação. Estou em Londres. – Ela recitou seu número. – Eu... – o tom de gravação voltou a soar, e isso fez com que ela estremecesse.

– Desliga – disse Heidi.

Hollis desligou.

– Isso foi ótimo – disse Heidi, dando-lhe um soquinho no ombro.

– Estou com vontade de vomitar – disse Hollis. – E se ele não ligar?

– E se ele ligar?

– Exatamente – disse Hollis.

– De um modo ou de outro, nós demos um passo à frente. Mas ele vai ligar.

– Não tenho tanta certeza.

– Se você achasse que ele não iria ligar, não estaria passando por isso. Não seria preciso.

Hollis suspirou, tremendo, e olhou para o telefone em sua mão, que agora parecia ter assumido vida própria.

– Eu não estou trepando com o Ajay – disse Heidi.

– Fiquei na dúvida – disse Hollis.

– O que eu *estou* fazendo, muito ativamente, é não trepar com o Ajay. – Ela suspirou. – Ele é o melhor parceiro de *sparring* que eu já tive. Você não acredita no jeito que esses *squaddies* misturam as lutas.

– *Squaddies*?

– Sei lá. – Heidi sorriu. – Acho que isso quer dizer apenas soldados comuns, de esquadrão, o que nesse caso é uma piada, porque comuns eles não são.

– Onde foi que você os encontrou?

– Na academia. Hackney. Seu amigo lá da porta da frente a encontrou pra mim. Robert. Ele é uma graça. Fui até lá de táxi. Eles riram de mim. Não aceitam mulher lá. Tive que dar umas porradas no Ajay. O que não foi fácil. Eu o escolhi porque era o mais baixinho.

– E eles são o quê?

– Alguma coisa. Militares. Tentei entreouvir se eles ainda estão na ativa ou não, mas não consegui. Devem ser leões de chácara, guarda-costas, coisas assim. Trabalham dois turnos? Estão entre missões? Caralho, não faço a menor ideia.

Hollis ainda estava olhando para o iPhone.

– Você acha que aquilo era coreano? No correio de voz?

– Não sei – disse Hollis. O telefone tocou.

– E pronto – disse Heidi, piscando para ela.

– Alô?

– Bem-vinda de volta – a voz de Bigend preencheu o quarto. – Estou a caminho do escritório. Pode me encontrar lá, por favor? Precisamos conversar.

Hollis olhou para Heidi, as lágrimas começando a descer pelo rosto. Depois de volta para o telefone.

– Alô? – disse Bigend. – Você está aí?

40.

ROTORES ENIGMA

Seu novo quarto dava para um canal. Antes disso, ele só tinha se dado conta vagamente de que em Londres existem canais. Londres não tem canais como Amsterdã ou Veneza, mas tem. Eles normalmente ficam nos fundos, como um quintal, evidentemente. Lojas e casas parecem nunca estar de frente para eles. São como um sistema de becos aquáticos, construídos originalmente para o transporte de cargas pesadas. Agora, a julgar pela vista de sua janela, eles estavam sendo reaproveitados como espaço cívico e turístico. Haviam sido transformados em locais para passeios de barco, com calçadas para as pessoas correrem a pé ou de bicicleta. Lembrou-se do barco no Sena, com sua tela de vídeo, as Dottir e a banda de George, os Bollards. O barco que ele havia visto ali, pouco antes, era muito menor.

O telefone do quarto tocou. Ele saiu do banheiro para atender.

– Alô?

– Eu sou Voytek – disse um homem, com um sotaque que fez com que Milgrim, por via das dúvidas, se repetisse em russo.

– Russo? Eu não sou russo. Você?

– Milgrim.

– Você é americano.

– Eu sei – disse Milgrim.

– Minha loja – disse Voytek, cujo nome Milgrim agora lembrava ter sido mencionado no brunch em Southwark – fica no mercado, perto do seu hotel. Embaixo, nos estábulos velhos. Você traz sua unidade agora.

– Qual é o nome da sua loja?
– Biro Shack.
– Biro Shack. Igual à marca da caneta?
– Biro Shack. E família. Adeus.
– Adeus. – Milgrim pôs o fone de volta no gancho.

Sentou-se à mesa e entrou na sua conta do Twitter.

– Entre em contato – Winnie havia postado uma hora antes.
– Camden Town Holiday Inn – ele digitou, depois acrescentou o número do quarto e o telefone do hotel. Atualizou. Deu *refresh* na tela. Nada.

O telefone tocou.

– Alô?
– Bem-vindo de volta – disse Winnie. – Estou indo para aí.
– Estou saindo – disse Milgrim. – É trabalho. Não sei quanto vou demorar.
– Como está a sua noite?
– Nada marcado ainda.
– Deixe um espaço para mim.
– Vou tentar.
– Não fica tão longe assim. Estou indo para as redondezas agora.
– Adeus – Milgrim disse para o telefone, embora ela já tivesse desligado. Suspirou.

Ele havia esquecido de devolver o *dongle* vermelho de Hollis, mas não precisava dele ali. Devolveria a ela da próxima vez que a visse.

Fechou o laptop e o colocou em sua sacola, que havia desfeito ao chegar. Bigend havia pegado o cartão de memória com as fotos do Folha, e ele não tinha outro, então não tinha por que levar a câmera.

Caminhando de seu quarto até o elevador, ficou se perguntando por que haviam decidido construir um Holiday Inn ali, ao lado daquele canal.

No saguão do hotel, ficou esperando na mesa do concierge enquanto dois rapazes americanos recebiam orientações de como chegar ao Victoria and Albert. Olhou para eles do jeito que imaginava que a jovem analista de moda francesa da Blue Ant olharia. Tudo o que eles estavam vestindo, deduziu, poderia ser classificado como o que ela chamaria de "icônico", mas havia originalmente se tornado assim por meio de sua capacidade de adquirir pátina com graça. Ela entendia muito bem de pátina. Era assim que se criava a qualidade, em vez de se desgastar. O estresse, por outro lado, era a falsificação da pátina, e na verdade era um jeito de ocultar a falta de qualidade. Ele nunca havia encontrado alguém que pensasse sobre roupas dessa maneira até ter se envolvido na caçada de Bigend pelo design de roupas. Não imaginava que qualquer coisa que aqueles dois vestissem tivesse a possibilidade de adquirir alguma pátina, a menos que fosse com outros donos, depois.

Quando eles saíram, ele pediu para saber onde ficava o Biro Shack, de Voytek, explicando onde lhe disseram que o local ficava.

– Não o estou vendo listado aqui, senhor – disse o concierge, clicando no mouse –, mas o senhor não está longe, se ficar onde lhe disseram. – Rabiscou com a esferográfica um mapa em um panfleto colorido e o entregou para Milgrim.

– Obrigado.

Lá fora, a rua tinha um cheiro diferente de fumaça. Diesel? A vizinhança parecia algo saído de um parque temático, mas numa escala menor, um pouco parecida com aquelas feiras estaduais americanas antes que a multidão da noite chegasse. Passou por duas garotas japonesas comendo o que parecia ser cachorro-quente, o que só aumentou essa impressão.

Ele estava à procura de Winnie, mas, se ela tinha chegado, ele não vira.

Seguindo a linha da esferográfica no mapa do concierge, ele acabou chegando a um shopping subterrâneo com arcos de tijolo – algum retrofit vitoriano –, em sua maior parte repleto de mercadorias que o faziam se lembrar de St. Mark Place, embora com um estranho aspecto semijaponês, talvez como um apelo aos turistas estrangeiros mais jovens. Seguindo mais além, coberto de vidro por trás de metade de um arco de tijolos, letras vitorianas douradas anunciavam BIROSHAK E FAMÍLIA. Era um sobrenome, então. Ao entrar, um sininho tocou, balançando na ponta de uma comprida haste de bronze em estilo art nouveau, conectada à porta.

A loja estava lotada – embora organizada – de caixinhas em grande parte sem nada escrito, parecidas com receptores antigos de TV a cabo, dispostas sobre prateleiras de vidro. Um homem alto, que já estava ficando calvo, com aproximadamente a idade de Milgrim, virou-se e acenou com a cabeça.

– Você é Milgrim – ele disse. Eu sou Voytek. – Havia uma flâmula de plástico surrada atrás do balcão: AMSTRAD, nome e logotipo completamente desconhecidos.

Voytek vestia um cardigã de lã costurado a partir de talvez meia dúzia de doadores, uma das mangas num marrom-claro, a outra, xadrez. Embaixo dela, uma camiseta sedosa com aparência de algodão cru e botões de madrepérola. Ele piscava sem parar por trás de seus óculos de aro grosso metálico.

Milgrim pôs a sacola em cima do balcão.

– Vai demorar? – perguntou.

– Supondo que eu não encontre nada, dez minutos. Pode deixar aqui.

– Prefiro ficar.

Voytek franziu a testa, mas deu de ombros.

– Você acha que eu vou pôr algo dentro dele.

– Vocês fazem isso?

– Há quem faça – disse Voytek. – PC?

– Mac – disse Milgrim, abrindo o zíper da sacola e retirando seu conteúdo.

— Ponha em cima do balcão. Eu tranco. — Ele saiu de trás do balcão, usando uma daquelas pantufas de feltro cinza que fizeram Milgrim se lembrar dos pés de animais de brinquedo. Foi até a porta, colocou uma tranca e retornou. — Eu odeio esses Air — ele disse, não sem certa simpatia, virando o fundo do laptop para cima e pegando a primeira de uma série de minúsculas chaves de fenda de aspecto muito caro.

— É uma merda para abrir.

— O que são essas caixas todas? — perguntou Milgrim, indicando as prateleiras.

— Elas são computadores. De verdade. Do começo dos tempos.

— Removeu o fundo do Air, sem nenhuma dificuldade evidente.

— Eles são valiosos?

— Valiosos? O que você entende por valor de verdade? — Ele colocou um par elaborado de lentes de aumento, com armação transparente, sem cor.

— Foi isso que eu perguntei.

— Valor de verdade. — LEDs na altura das têmporas, embutidos na armação transparente, iluminavam as entranhas elegantemente compactadas do Air. — Você coloca um preço no romance?

— Romance?

— Estes computadores de verdade são o código-raiz. O Éden.

Milgrim viu que havia máquinas mais velhas ainda, algumas com revestimentos de madeira, trancadas em um display de vidro grande de aspecto bem caro, elevando-se a uns bons dois metros do piso. O dispositivo com caixa de madeira semelhante a uma máquina de escrever mais próximo dele tinha um logotipo em forma de olho com a palavra ENIGMA em serigrafia.

— E o que são aqueles?

— *Antes* do Éden. Encriptação Enigma. Conforme criadas por Alan Turing. Para dar a luz ao Éden. Também em oferta, máquina decodificadora do Exército dos Estados Unidos M-209B com o revestimento original de lona, máquina decodificadora Fialka soviética

HISTÓRIA ZERO ■ 259

M-125-3MN, codificador e chaveador de pulso não eletrônico de bolso clandestino soviético. Interessado?
– O que é um codificador de pulso?
– Entra mensagem, encripta, envia com velocidade inumana como código Morse. É de dar corda. Mil e duzentas libras. Desconto para funcionário da Blue Ant, mil.

Alguém bateu à porta. Um jovem com uma enorme mecha de cabelo na diagonal, envolto no que parecia ser um roupão de banho. Estava fazendo uma cara feia de impaciência. Voytek suspirou, colocou o Air sobre uma almofada de espuma velha que tinha o logo da Amstrad e foi abrir a porta, ainda usando as lentes de aumento iluminadas. O rapaz de roupão de banho – Milgrim viu que era um tipo muito magro que usava um sobretudo enrugado, talvez de cashmere – passou direto por Voytek sem fazer contato visual, foi até a parte de trás da loja e atravessou uma porta que Milgrim não havia notado antes. "Babaca", disse Voytek com a voz neutra, retrancando a porta e retornando ao Air e à tarefa em questão.

– Seu filho? – perguntou Milgrim.
– Filho? – ele franziu a testa. – É o Shombo.
– É o quê?
– É pé no saco. Pesadelo. Bigend. – Ele havia apanhado o Air e agora estava olhando ferozmente para dentro dele, a poucos centímetros de distância.
– O Bigend? – Essa não seria a primeira vez que Milgrim ouvia alguém dizer isso, se o homem estivesse se referindo a Bigend.
– Shombo. Preciso mantê-lo aqui, levá-lo para casa. Eu perco a noção dos meses. – Deu umas pancadinhas no pequeno Mac com uma chave de fenda. – Nada foi adicionado aqui. – Começou a remontá-lo devagar, sua eficiência aumentada pelo ressentimento, Milgrim sentiu. Para com o tal de Shombo em seu roupão cinza, torceu Milgrim.
– Isso é tudo o que você precisa fazer?
– Tudo? Minha família tem que conviver com ele!

– Digo com o meu computador.
– Agora análise de software. – Pegou um Dell preto todo detonado debaixo do balcão e o conectou ao Air. – A senha?
– Locativa – disse Milgrim, e soletrou. – Caixa-baixa. Ponto. Um.
– Ele foi até o display para olhar mais de perto para a máquina Enigma. – A pátina os torna mais valiosos?
– O quê? – Os LEDs embutidos na armação dos óculos brilharam em sua direção.
– Se estiverem desgastados. Prova de uso.
– Muito valiosos – disse Voytek, olhando para ele por cima dos óculos –, em perfeito estado.
– O que são estas coisas? – Engrenagens pretas com dentes pontudos, do tamanho do fundo de uma garrafa de cerveja. Cada qual estampada com um número de vários dígitos; dentro deles uma tinta branca havia sido esfregada.
– Para você o mesmo preço do codificador de pulso: mil libras.
– Quero dizer, para que serve?
– Elas deciframa encriptação. A máquina receptora deve ter o rotor idêntico daquele dia.
Uma única batida na porta fez os sininhos tocarem. Era o outro motorista, o que havia buscado Milgrim em Heathrow.
– Pessoas de merda – Voytek disse resignado, e foi destrancar a porta de novo.
– Amostra de urina – disse o motorista, entregando uma sacola nova de papel pardo.
– Ô caralho – disse Voytek.
– Vou precisar usar seu banheiro – disse Milgrim.
– Banheiro? Não tenho banheiro.
– Toalete? Urinol?
– Nos fundos. Com Shombo.
– Ele vai ter que ficar olhando – disse Milgrim, indicando o motorista.

– Eu não quero saber – disse Voytek. Ele bateu na porta por onde Shombo havia desaparecido. – Shombo! Homens precisam do urinol!

– Vá se foder – disse Shombo, o som abafado pela porta.

Milgrim, seguido de perto pelo motorista, aproximou-se da porta e experimentou a maçaneta. Ela abriu.

– Vá se foder – Shombo repetiu, distraído, de dentro de um ninho de rato cercado de várias telas que ficava no fundo de um espaço maior e mais escuro do que Milgrim havia imaginado. As telas estavam cobertas com densas colunas do que Milgrim imaginou serem imagens, em vez de linguagem escrita.

Com o motorista atrás dele, Milgrim se dirigiu ao cubículo do toalete com paredes de compensado, iluminado por uma única lâmpada. Não havia espaço para o motorista, que simplesmente ficou parado na porta e passou a sacola de papel para Milgrim. Ele a abriu, retirou o saquinho de sanduíche, abriu-o e removeu a garrafinha com tampa azul. Rasgou o selo de papel, removeu a tampa e abriu o zíper.

– Vê se acaba logo – Shombo resmungou sem um vestígio de ironia.

Milgrim suspirou, encheu o vidro, tampou, terminou no toalete sujo, deu a descarga puxando uma corrente, depois colocou a garrafinha no saquinho de sanduíche, o saquinho de sanduíche na sacola de papel, entregou a sacola de papel para o motorista e depois lavou as mãos em água fria. Não havia sabão.

Ao saírem do aposento, Milgrim viu o reflexo das telas brilhantes nos olhos de Shombo.

Fechou a porta com cuidado atrás dele.

O motorista entregou a Milgrim um envelope de papel pardo novo em folha com um padrão que sugeria práticas bancárias profundamente tradicionais. Dentro dele, Milgrim sentiu o envelope de blisters fechados contendo sua medicação.

– Obrigado – disse Milgrim.

O motorista foi embora sem dizer uma palavra, e Voytek, irritado, foi trancar a porta atrás dele.

41.

GEAR-QUEER

– Ele já vai descer – disse Jacob, sorrindo e com a mesma barba enorme de sempre, ao encontrá-la na entrada da Blue Ant. – Como estava Paris? Você quer um café?
– Estava ótima, obrigada. Café, não. – Ela se sentia destruída, e supunha que isso fosse aparente, desde que Heidi a tinha forçado a fazer a ligação. Levantou a cabeça e olhou para a luminária feita de óculos usados que ficava no lobby. Qualquer distração ou aborrecimento que Bigend pudesse trazer seriam bem-vindos.

E ali estava ele, subitamente, o terno azul opticamente desafiador havia sido calado – se é que essa palavra pode ser usada nesse caso – por uma camisa polo preta. Atrás dele, silenciosos e alertas, seus dois carregadores de guarda-chuva. Deixando Jacob para trás, ele pegou Hollis pelo braço e a conduziu porta afora, seguido de seus guarda-costas.

– Jacob *não é bom* – ele disse baixinho para ela. – Está com Sleight.
– Sério?
– Ainda não tenho total certeza – ele disse, levando-a para a esquerda, depois virando novamente à esquerda na esquina. – Mas parece provável.
– Para onde estamos indo?
– Não é longe. Não estou mais realizando conversas importantes dentro das instalações da Blue Ant.
– O que está havendo?

– Eu devia ter modelado todo esse fenômeno. Ter feito algumas boas visualizações em CG. A coisa não é mecânica, claro, mas é familiar. Acho que leva uns bons cinco ou seis anos para fazer um ciclo completo.

– Milgrim fez tudo parecer um golpe palaciano, uma espécie de tomada do castelo.

– Muito dramático. Alguns dos meus funcionários mais brilhantes estão se demitindo. Aqueles que não chegaram aonde esperavam com a Blue Ant. Na verdade poucos conseguem. Mas alguém como Sleight faz tudo para sair recebendo todos os melhores benefícios, claro. Constrói seu próprio paraquedas de ouro. Me rouba descaradamente se puder. Normalmente, antes dessas pessoas irem embora para quem puder pagar mais, muita informação vaza. É sempre mais de um paraquedista de ouro. – Ele a pegou pelo braço de novo e atravessou a rua estreita, atrás de uma Mercedes que passava. – Muitas partes móveis para um único operador. Sleight, provavelmente Jacob, mais duas ou três pessoas.

– Você não parece assim tão alarmado.

– Eu já esperava que isso acontecesse. É sempre interessante. Isso pode dar uma sacudida em outras coisas. Revelar algumas coisas. Quando você quer entender como as coisas realmente funcionam, estude-as quando elas estão ruindo.

– O que isso quer dizer?

– Aumento de riscos. Aumento de oportunidades. O momento não é oportuno, mas é o que parece acontecer sempre. Chegamos. – Ele havia parado na frente de uma fachada estreita do Soho, uma fachada cuja sinalização austeramente minimalista anunciava TANKY & TOJO em maiúsculas de alumínio escovado. Ela olhou pela vitrine. Um manequim vestido com roupas de algodão encerado, tweed, veludo, alças de couro.

Ele abriu a porta para ela.

– Bem-vindos – disse um japonês baixinho com óculos redondos de armação dourada. Não havia mais ninguém na loja.

– Estaremos nos fundos – disse Bigend, levando Hollis com ele.

– Naturalmente. Cuidarei para que não sejam perturbados.

Hollis sorriu para o homem e acenou com a cabeça. Ele se curvou para ela. Vestia um paletó esportivo de tweed com mangas feitas parcialmente de algodão encerado.

O escritório dos fundos da Tanky & Tojo era mais arrumado e menos acabado do que ela esperava. Não havia sinal de funcionários tentando matar o tédio, ninguém fazendo nada divertido, nenhum bolsão nostálgico de afeto não relacionado ao trabalho. As paredes eram recém-pintadas de cinza. Prateleiras brancas baratas estavam cheias de itens de estoque embrulhado em plástico, caixas de sapato, livros ou amostras de tecidos.

– Milgrim e Sleight estavam na Carolina do Sul – disse Bigend, sentando-se atrás de uma mesinha branca da Ikea. Um dos cantos, o que estava de frente para ela, estava lascado, e revelava um interior que lembrava granola compactada. Ela se sentou em uma banqueta que parecia tirada de alguma penteadeira dos anos 1980, de veludo lilás, em forma de bulbo, possivelmente a última sobrevivente de algum negócio que funcionara ali antes. – Sleight havia conseguido que déssemos uma olhada em um protótipo de peça de vestuário. Nós tínhamos ouvido um rumor interessante a respeito, mas, quando conseguimos as fotos e os tracejados, não conseguimos entender por que tanto alvoroço. Nossa melhor analista acha que não é um design tático. É uma coisa para os ninjas de shopping.

– Para o quê?

– A nova demografia Mitty.

– Estou perdida.

– Rapazes que se vestem achando que vão ser confundidos com alguém que tenha habilidades especiais. Uma espécie de cosplay, na verdade. Endêmico. Muitos garotos estão brincando de soldado agora. Os homens que governam o mundo, não, e nem os meninos que estão concentrados em governá-lo em seguida. Tampouco os que *são* de fato soldados, claro. Mas muitos dos demais viraram *gear-queer* de algum modo.

— "*Gear-queer*"?

Bigend mostrou os dentes.

— Colocamos uma equipe de antropólogos culturais para entrevistar soldados americanos que haviam voltado do Iraque. Foi aí que ouvimos a expressão pela primeira vez. E veja que ela não é totalmente pejorativa. Existem profissionais que precisam mesmo dessas coisas; alguns deles, pelo menos. Mas de modo geral eles parecem bem menos *fascinados* por elas. Porém é essa fascinação que nos interessa, claro.

— É?

— É uma obsessão com a ideia não só da coisa certa, mas da coisa especial. Fetichismo por equipamento. Os trajes e a semiótica das unidades de polícia de elite e militares. Um desejo intenso de possuir as mesmas coisas, claro, e por sua vez de serem associados a esse mundo. Com sua competência, sua exclusividade arrogante.

— Isso e moda para mim são a mesma coisa.

— Exatamente. Calças, mas só as certas. Nós jamais conseguiríamos criar um *locus* tão poderoso do desejo do consumidor. É como sexo engarrafado.

— Não para mim.

— Você é mulher.

— Eles querem ser soldados?

— *Ser*, não, mas se autoidentificar como. Ainda que de modo secreto. Imaginar que possam ser confundidos com soldados, ou pelo menos associados a soldados. Praticamente *nenhum* desses produtos jamais será usado para nada remotamente parecido com aquilo para o qual foram projetados. É claro que se pode dizer o mesmo da maioria dos conteúdos das lojas tradicionais de exército e marinha. Universos inteiros de fantasia machista nostálgica nesses lugares. Mas o nível de motivação do consumidor que estamos procurando, o fato de que esses artigos chegam a ser com frequência considerados e precificados como itens de luxo. Isso é novo. Eu me senti como um neurocirurgião quando trouxeram isso à minha atenção, descobrindo um paciente cujo sistema nervoso é congênita e completamente exposto. É uma coisa muito óbvia. Realmente fantástico.

– E isso tem ligações com o universo dos contratos militares?

– Profundos, embora a coisa não seja simples. Muitos dos players são os mesmos, e é com eles que a coisa de fato se origina. Mas o comprador civil, o Walter Mitty do século 21, precisa disso do mesmo jeito que um mod, nesta rua, em 1965, precisava da profundidade exata do corte entre as abas de sua casaca.

– Me parece ridículo.

– É quase exclusivamente uma coisa de meninos.

– Quase – concordou ela, lembrando-se do sutiã do exército israelense de Heidi.

– Milgrim e Sleight estavam na Carolina do Sul porque, pelo que parece, alguém lá estava quase fechando um contrato com o Departamento de Defesa. Para calças. Como isso era uma coisa que nós estávamos procurando, e com afinco, decidimos dar uma olhada melhor no produto deles.

– "Eles" quem?

– Ainda estamos tentando descobrir.

– Não é o tipo de coisa que imaginei que você faria um dia. Contratos militares, quero dizer. Não entendo.

– É a única indústria de vestuário que não possui nenhuma das fantásticas disfunções da moda. E tem margens de lucro muito maiores. Mas, ao mesmo tempo, tudo o que funciona em moda também funciona em contratos militares.

– Nem tudo, é claro.

– Mais do que você imagina. Os militares, se você parar para pensar, são responsáveis em grande parte pela invenção do branding. Toda a ideia de estar "uniformizado". A indústria global da moda se baseia nisso. Mas as pessoas, cujo protótipo mandamos Milgrim fotografar e fazer moldes tracejados na Carolina do Sul, evidentemente convenceram Sleight. E aqui estamos nós.

– Onde?

– Numa posição – ele disse, com firmeza – de possível perigo.

– Porque Sleight é seu cara de TI?

– Por causa de quem e do que *eles* parecem ser. Contratei um verdadeiro cara da TI para ficar na escuta, rastreando Sleight e as várias arquiteturas que ele tem erguido, tanto aquelas sobre as quais ele me contou quanto as que não. Eu disse que já passei por isso antes. Então, na maioria dos casos, não ficaria tão preocupado, e não dessa maneira. Mas uma dessas pessoas esteve aqui, em Londres. Ele seguiu você e Milgrim até Paris, com a ajuda de Sleight.

– Milgrim o chama de Folha.

– Devemos supor que o chamado Folha estivesse seguindo você também. A sobreposição que mencionei, entre a verdadeira elite e os ninjas de shopping, pode ser um segmento problemático nesse diagrama de Venn em particular.

– Eu o vi – disse Hollis. – Ele me seguiu até o porão do edifício aonde eu havia ido... – ela hesitou.

– Encontrar Meredith Overton. Providenciei um *debriefing* de Milgrim ontem à noite em Paris. Ele estava particularmente incomodado por ter trombado em Rausch.

– Eu também, embora Rausch tivesse ficado ainda mais abalado por me ver, ao que me pareceu. Ele achou que você o estava vigiando. Ele está com Sleight?

– Duvido – disse Bigend. – Sleight não é tão rápido. Você já sabe quem desenha as Gabriel Hounds?

– Não. Mas ou Meredith sabe, ou acha que pode descobrir.

– E, a seu ver, o que será preciso para que ela nos diga, ou para que ela descubra e nos diga?

– Ela tinha uma linha de sapatos que foi um fracasso financeiramente, e, de algum modo, a maior parte da temporada final se perdeu.

– Sim. Estamos procurando por ela agora. Era uma boa linha. Ela prefigurava o melhor das tendências Harajuku underground.

– Ela acha que eles estão em um armazém de Seattle. Tacoma. Em algum lugar. Ela imagina que a Blue Ant possa ser capaz de localizar algo assim. Se eles forem encontrados, ela acredita estar em posição de recuperá-los judicialmente.

– E depois?

– Ela os venderia. No eBay, disse. Eles valem mais agora, sem dúvida.

– Mas principalmente como uma estratégia de relançamento – disse Bigend. – As vendas no eBay atrairiam *coolhunters*, chamariam a atenção da indústria.

– Ela não mencionou isso.

– Não mencionaria. Precisa conseguir um financiamento. Ou para relançar a linha sozinha ou vendê-la para os *ghostbranders*.

– Os o quê?

– *Ghostbranders*. Eles encontram marcas, às vezes extintas, com visuais icônicos ou uma narrativa viável, compram-nas, depois colocam o produto desnatado sob a velha etiqueta. Os sapatos de Meredith talvez tenham cacife cult suficiente para garantir isso, em uma escala interessantemente pequena.

– É por um motivo semelhante que você está atrás da Gabriel Hounds?

– Estou mais interessado na reinvenção da exclusividade que eles conseguiram. Bem à frente, digamos, da etiqueta da Burberry que você só consegue comprar em um *outlet* especial em Tóquio, mas não aqui, e não na web. Isso é exclusividade geográfica à moda antiga. Gabriel Hounds é outra coisa. Há algo de espectral nela. O que Overton lhe disse?

Hollis se lembrou de Ajay enfiando a faquinha na base do bonequinho da Blue Ant, lá no Número Quatro.

– Ela conheceu alguém, na escola de moda aqui, ou nos arredores, que conhecia alguém em Chicago. Ela acredita que essa pessoa, em Chicago, então, é a designer das Hounds.

– Você acha que ela não sabe?

– Pode ser que não. Ela diz que foi parar em uma lista de e-mails anunciando um ponto de carregamento.

– Nós havíamos suposto a existência de uma lista – disse Bigend. – Fizemos um esforço razoável para encontrá-la. Nada.

Hollis retirou um dos livros de amostras de tecidos da prateleira mais próxima de onde ela estava. Ele era incrivelmente pesado, sua capa simples de cartolina marrom pesada, marcada com um número comprido em caneta de ponta de feltro preta. Ela o abriu. Grosso, materiais inteiramente sintéticos, estranhamente sedosos e gordurosos ao toque, como se fossem amostras das peles de baleias-robô.

– O que é isto?

– Eles fazem Zodiacs a partir disso – ele respondeu. – Os botes infláveis.

Ela voltou a colocá-lo na prateleira, decidindo naquele instante que não era hora de falar do rastreador no bonequinho, se é que de fato ela iria tocar no assunto.

– O próprio Folha – disse Bigend – pode não ser assim tão perigoso, embora não saibamos disso. É um homem que vive no mundo da fantasia, desenhando para consumidores que vivem no mundo da fantasia. Mas a pessoa para quem ele trabalha é outra coisa. Não fui capaz de descobrir tanto quanto gostaria. Neste momento, estou tendo que sair da Blue Ant, evitando Sleight e sua arquitetura, até mesmo para as obter as informações mais básicas.

– Como assim, perigoso?

– Quero dizer que não é bom conhecer gente assim – disse Bigend – ou ser conhecido por elas. Não é bom ser visto como um concorrente.

Acontece que aquele pequeno ato de espionagem industrial na Carolina do Sul colocou Sleight no campo deles. Dado o que consegui apreender até agora, provavelmente estamos sendo considerados o inimigo.

– Quem são eles?

– Eles foram, em algum ponto, normalmente, as pessoas que nossa nova demografia imaginou que fossem. O que você está olhando?

– Seu terno.

– É do Mr. Fish.

– Não é. Você me disse que ninguém conseguia encontrá-lo.

– Ele pode estar vendendo móveis na Califórnia. Antiguidades. Esta é uma das histórias. Mas encontrei o cortador dele.

– Você está realmente preocupado com esse pessoal que foi contratado? Com o Folha?

– O problema são os empreiteiros, na verdade. No sentido mais recente, mais ligado ao que vemos no noticiário. Eu tenho uma quantidade anormalmente grande de coisas com que lidar agora, Hollis. Um dos meus projetos de longo prazo, uma das coisas que estão rodando ao fundo, começou recentemente a mostrar sinais fortes de possível fruição. É frustrante ser distraído agora, mas estou determinado a não deixar a bola cair. A possibilidade de você se machucar constituiria uma bola caída. – Ele estava olhando para ela agora, de uma forma que parecia ser uma emulação muito bem-feita de preocupação humana verdadeira, mas ela compreendia que isso indicava que poderia realmente existir algo para se temer. Ela estremeceu sobre o ridículo tamborete de veludo.

– Florença – ele disse. – Eu tenho um flat lá. É uma graça. Vou mandar você para lá. Hoje.

– Estou em contato com Meredith. Ela está voltando para cá hoje com George. Provavelmente já chegou. Reg precisa dele no estúdio. Você não pode me passar uma tarefa assim tão específica e depois me mandar embora quando estou prestes a finalizá-la. Não trabalho para você desse jeito. – Tudo isso era verdade, mas, depois de ter chegado até o correio de voz de Garreth, ela sentia que precisava estar ali, pelo menos até descobrir onde ele estava.

Bigend concordou com um aceno de cabeça.

– Entendo. E eu quero a identidade do designer da Hounds. Mas você precisa tomar cuidado. Todos nós precisamos.

– Quem é Tanky, Hubertus? Supondo que o Tojo seja o japonês ali na entrada.

– Suponho que seja eu – ele disse.

42.

ELVIS, GRACELAND

Winnie Tung Whitaker estava vestindo uma variante azul-clara do agasalho com o monograma da bandeira do estado da Carolina do Sul. Milgrim a imaginou comprando todas as cores do agasalho em algum shopping de *outlets* perto da rodovia que levava até o Edge City Family Restaurant. O azul lhe dava um ar que mais se aproximava do de jovem mãe, coisa que ela evidentemente era, do que de policial durona, coisa que ela havia acabado de lhe dizer que era. Ele realmente não duvidava de que ela fosse as duas coisas. A parte durona se fazia expressar naquele momento por um par de óculos de sol inteiriços muito feios, com armação de liga metálica preta, que ela havia empurrado para cima sobre os cabelos pretos e lisos, embora essa impressão tivesse ainda mais efeito devido a alguma coisa em seu olhar.

– Como foi que você ficou sabendo deste lugar? – perguntou Milgrim. As entradas haviam acabado de chegar, num pequeno café vietnamita.

– Google – ela disse. – Você não acredita que eu sou durona?

– Acredito – disse Milgrim, nervoso, e apressadamente experimentou sua lula com chili.

– Como está?
– Ótima – disse Milgrim.
– Quer um bolinho?
– Não, obrigado.

– Estão ótimos. Comi estes bolinhos quando estive aqui da última vez.
– Você esteve aqui antes?
– Estou hospedada aqui perto. Kentish Town.
– O hotel?
– A região. Estou hospedada na casa de um detetive aposentado. Scotland Yard. Sério. – Ela sorriu. – Existe um clube, a International Police Association. Arruma tudo, faz com que tenhamos como nos hospedar nas casas dos membros. Poupa dinheiro.
– Que bom – disse Milgrim.
– Ele tem toalhinhas de renda. – Ela sorriu. – Aquelas de centro de mesa. Elas meio que me assustam. E eu sou *freak* por limpeza. Senão, não poderia me dar ao luxo de estar aqui.
Milgrim piscou algumas vezes.
– Você não poderia?
– Não somos uma agência grande. Minha cobertura é de 136 dólares por dia, refeições e outras despesas. E um pouco mais para um hotel, mas não o suficiente. Este é o lugar mais caro que já vi.
– Mas você é uma agente especial.
– Não *tão* especial assim. E já tenho muita pressão vinda do meu chefe.
– Tem?
– Para ele, a cooperação via legação e britânicos não está indo a lugar algum. E ele tem razão, não tem? Ele não está muito animado comigo correndo por Londres todos os dias realizando investigações fora do território americano sem a coordenação adequada. Ele quer que eu volte.
– Você está indo embora?
– Isso é ruim para você? – Ela parecia estar prestes a rir.
– Não sei – Milgrim respondeu. – É?
– Relaxe – ela disse. – Você não vai se livrar de mim assim tão fácil. Eu deveria ir para casa e trabalhar por intermédio do FBI, para tentar

colocar os britânicos a bordo, o que seria mais lento do que melado mesmo que funcionasse. O cara em que eu realmente estou de olho iria embora de qualquer maneira. – Milgrim reparou que pensar nisso fazia com que os olhos de Winnie parecessem duas continhas pretas, e isso o lembrou de sua reação inicial ao vê-la no Covent Garden.

– Recrutar um cidadão dos EUA no Reino Unido é ok – ela disse –, mas interagir com cidadãos estrangeiros no decorrer de uma investigação criminal ou uma questão de segurança nacional, nem tanto.

– Não? – Milgrim tinha a sensação de que, de algum modo, havia acabado de entrar em uma modalidade preocupantemente familiar, que parecia notavelmente com uma transação de drogas. As coisas estavam ficando seriamente transacionais. Ele olhou para as outras pessoas que jantavam ao redor. Uma delas, sentada sozinha, estava lendo um livro. Era esse o tipo de lugar.

– Se eu fizesse isso – ela disse –, os britânicos iriam ficar muito aborrecidos. Logo.

– Acho que você não ia querer que isso acontecesse.

– Nem você.

– Não.

– Sua tarefa está para ficar bem mais específica.

– Tarefa?

– Como está sua memória?

– Nos últimos dez anos ou mais, não linear. Ainda estou montando os pedaços.

– Mas, se eu lhe contar uma história, uma história um tanto complicada, agora, você conservaria o esboço geral, ou pelo menos parte dos detalhes.

– Hubertus diz que sou bom com detalhes.

– E você não vai exagerar, distorcer, inventar umas merdas malucas quando contar tudo para alguém depois?

– Por que eu faria isso?

— Porque é isso o que as pessoas com quem tendemos a trabalhar fazem.
— Por quê?
— Porque elas são mentirosas patológicas, narcisistas, impostoras, alcoólatras, viciadas em drogas, perdedoras crônicas e uns merdas. Mas você não vai ser assim, vai?
— Não — disse Milgrim.
A garçonete chegou com suas tigelas de pho.
— Curriculum vitae — ela disse, e soprou sobre seu pho, as tiras de carne ainda bem rosadas. — Quarenta e cinco anos de idade.
— Quem?
— Só escute. Em 2004, pediu baixa, depois de quinze anos como oficial do Exército dos EUA. Posto de major. Durante os últimos dez anos, esteve com o Grupo das Forças Especiais em Okinawa, Forte Lewis, perto de Tacoma. Passou a maior parte de sua carreira transferindo tropas para a Ásia. Muita experiência nas Filipinas. Depois do 11 de Setembro, passou a fazer o transporte de tropas para o Iraque e o Afeganistão. Mas, *antes* disso, o Exército havia bolado maneiras de promover contrainsurgência. Ele pediu baixa porque é um típico cara que gosta de se autopromover. Ele acredita que tem uma boa chance de ficar rico como consultor.

Milgrim ficou escutando com muita atenção, tomando metodicamente o caldo com a colher de porcelana branca. Isso lhe dava o que fazer, e era algo que ele apreciava muito.

— De 2005 a 2006, ele tentou conseguir trabalho como empreiteiro civil com a CIA, para interrogatórios etc.
— Et cetera?
Ela assentiu com seriedade.
— Eles constataram, para a sorte deles, que ele não tinha exatamente talento e expertise na área. Ele percorreu, então, a região do Golfo por dois anos, tentando vender serviços de consultoria de segurança para petrolíferas e outras grandes corporações na Arábia Saudita,

Emirados Árabes Unidos, Kuwait. Tenta pôr o pé na porta dos ricos governos árabes como consultor, mas àquela altura os cachorros grandes da indústria já estavam em atividade. Não estavam aceitando mais ninguém.

– É o Folha?
– Quem é o Folha?
– O homem que nos seguiu em Paris.
– Ele parecia ter 45 anos para você? Você não parece um informante tão bom assim, afinal.
– Desculpe.
– De 2006 até o presente. É aí que a coisa fica boa. Voltando ao que sabia fazer de melhor antes do 11 de Setembro, ele explora antigos contatos nas Filipinas e na Indonésia. Transfere seus negócios para o Sudeste Asiático, que se torna uma mina de ouro para ele. As grandes empresas estavam mais focadas no Oriente Médio naquele momento, e operadores menores podiam pegar mais dinheiro no Sudeste Asiático. Ele começou fazendo o mesmo serviço de consultoria de segurança para clientes corporativos na Indonésia, Malásia, em Cingapura e nas Filipinas. Cadeias de hotel, bancos... Ele manipulava as conexões políticas desses clientes corporativos para fazer trabalho de consultoria para os governos. Agora ele está ensinando táticas e estratégias de contrainsurgência, coisas para as quais ele talvez não tenha assim tanta qualificação. Técnicas de interrogatório, para as quais ele não tem qualificação. E mais. Et cetera. Instrução de unidades de polícia, provavelmente as militares também; foi aí que ele começou a entrar a sério na aquisição de armas.

– Isso é ilegal?
– Depende de como você encara. – Ela deu de ombros. – Naturalmente, ele também tem alguns antigos colegas do serviço trabalhando para ele a esta altura. Enquanto ensina tática, também especifica o equipamento de que essas equipes irão precisar. Ele começa de baixo, preparando esquadrões de polícia antiterrorista com armas especiais

e blindagem para o corpo. Coisas vindas das empresas americanas com as quais ele mantém relações de amizade. Mas, se oficiais gerais das forças armadas de cada um desses países virem o que ele está fazendo e ficarem com tesão, e alguns provavelmente vão ficar, e se impressionarem com a performance tipo Rambo que ele oferece, aquela coisa clássica de um multitalentoso destacamento americano, mas com mais tino comercial, pode ser que eles comecem a negociar com *ele* sobre o equipamento que as forças convencionais de seus exércitos necessitam. – Ela colocou a colher de lado. – Então é aqui que começamos a falar de dinheiro de verdade.

– Ele está vendendo armas?

– Não exatamente. Ele se tornou um artista das conexões. Ele arma conexões com contatos nos Estados Unidos, gente que trabalha para empresas que constroem veículos táticos, veículos aéreos não tripulados, robôs para desativar bombas, detecção de minas e remoção de equipamento... – Ela se recostou e voltou a pegar a colher. – E uniformes.

– Uniformes?

– O que seus amigos lá da Blue Ant acharam ter conseguido na Carolina do Sul?

– Um contrato do Exército?

– Certo, mas o exército errado. Pelo menos nesse ponto. E, nesse ponto, o homem que acabei de descrever a você considera seus empregados concorrentes diretos e agressivos. Aquelas calças são a primeira tentativa dele de contratar equipamento diretamente. Ele não será apenas a conexão.

– Não gostei de como isso está soando – disse Milgrim.

– Ótimo. O que você precisa lembrar sobre esses caras é que eles *não sabem* que são estelionatários. Estão incrivelmente confiantes. Onipotência, onisciência – isso faz parte da mitologia que cerca as Forças Especiais. Esses caras ficaram dando em cima de mim todo santo dia em Bagdá. – Ela ergueu o punho, mostrando a Milgrim a aliança enorme de ouro de casamento. – Esse cara pode entrar pela porta e prometer treinamento em algo que ele pessoalmente não sabe fazer, e não vai sequer perceber que está falando merda acerca de suas próprias capacidades. É um tipo especial de credulidade, uma espécie de equipamento tático psíquico que foi instalado quando ele ainda estava sendo treinado. O Exército o colocou em *escolas* que prometiam ensiná-lo a fazer de *tudo*, tudo o que importa. E ele acreditou nelas. E esse é o cara em quem o seu amigo, o sr. Bigend, está interessado hoje, isso se não estiver indo seriamente atrás dele.

Milgrim engoliu em seco.

– Então, quem é o Folha?

– O designer. Você não pode fazer uniformes sem um designer. Ele esteve na Parsons, a New School for Design.

– Em Nova York?

– Eu meio que duvido que ele tenha sido um bom aluno. Mas deixemos isso pra lá. Michael Preston Gracie é o homem de quem eu estou atrás.

– O major? Não entendi o que foi que ele fez.

– Crimes que envolvem uma série de siglas oficiais. Crimes que eu levaria a noite toda para explicar direito. Eu caço numa mata cerrada de regulamentos. Mas para mim o bom desses caras é que, quanto menor a transgressão, com menos atenção eles cuidam dela. Eu vigio de perto a mata em busca de galhos que eles possam ter quebrado. Neste caso, foram os Dermos.

– Dermos?

– D.R.M.Os. *Defense Reutilization and Marketing Offices*, escritórios de marketing e reutilização da defesa. Eles vendem equipamento usado. Manipulam velhos colegas do Exército. Ilegalmente. O equipamento é vendido para entidades estrangeiras, sejam empresas ou governos. A Alfândega repara num carregamento, todo curiosamente brilhando de novo. Nenhuma violação do Regulamento Internacional de Tráfego de Armas, mas eles reparam no brilho, na novidade.

Eu olho dentro e descubro que os rádios não eram para ser enviados para os Dermos. Olho um pouquinho mais de perto e a compra dos Dermos também não foi correta. Vejo que ele está envolvido em um monte dessas compras, muitos contratos. Nada imenso, mas o dinheiro bate seriamente. Essas suas calças me parecem o começo de uma fase de legitimação. Como se ele tivesse começado a ouvir os advogados. Pode até ser um esquema de lavagem de dinheiro. Como era mesmo que eu lhe disse que era o nome dele?
– Gracie.
– Prenome?
– Peter.
– Vou lhe dar um mnemônico: Elvis, Graceland.
– "Elvis, Graceland"?
– Preston, Gracie. Presley, Graceland. Qual é o nome dele?
– Preston Gracie. *Mike*.
Ela sorriu.
– O que é que eu faço com isso?
– Conte para Bigend.
– Mas aí ele vai ficar sabendo de você.
– Só o que você contar. Se estivéssemos nos Estados Unidos, eu faria isso de outra maneira, mas você é meu único recurso aqui, e eu estou sem tempo. Diga a Bigend que tem uma agente federal durona que quer que ele fique sabendo sobre Gracie. Bigend tem dinheiro, conexões, advogados. Se Gracie foder com ele, vamos nos certificar de que ele sabe quem vai fodê-lo *de volta*.
– Você está fazendo o que Bigend faz – disse Milgrim, de um modo mais acusatório do que havia pretendido. – Você só está fazendo isso *para ver o que acontece*.
– Eu estou fazendo isso – ela disse – porque me encontro em posição de fazê-lo. Talvez, de algum modo, isso faça com que Michael Preston Gracie acabe fazendo merda. Ou se foda. Infelizmente, é apenas um gesto. Um gesto na cara desse universo de merda, por conta da

minha crescente frustração com seus habitantes. Mas você precisa contar a Bigend, rápido.

– Por quê?

– Porque eu tenho o cronograma do voo de Gracie no APIS, via CBP. Ele está a caminho daqui. Atlanta via Genebra. Parece que vai para uma reunião lá; vai ficar quatro horas em terra. Depois vem para Heathrow.

– E você está indo embora?

– É uma merda, mas estou. Meus filhos e meu marido estão com saudades. Estou sentindo falta de casa. – Ela colocou a colher de lado e pegou os hashis. – Conte a Bigend. Esta noite.

43.

ICHINOMIYA

– Obrigada por me encontrar tão em cima da hora – disse Meredith Overton, sentada na poltrona bem embaixo do suporte de presas de narval. Ela vestia um paletó de tweed que podia ter vindo da Tanky & Tojo, se eles fizessem peças para mulheres. Meredith havia ligado para Hollis enquanto ela voltava de seu encontro com Bigend, na caminhonete prata estranha, alta, cirurgicamente limpa dirigida por Aldous, um dos guarda-costas altos e negros.

– O *timing* é perfeito – disse Hollis. – Eu acabei de vê-lo. Ele ficaria encantado em mandar uma equipe de pesquisadores da Blue Ant olhar seus sapatos.

– Contanto que eu lhe dê a identidade do designer da Gabriel Hounds.

– Sim – disse Hollis.

– Não posso – disse Meredith. – É por isso que estou aqui.

– Você não pode?

– Desculpe. Ataque de consciência. Bem, ataque não. Minha consciência está em uma forma bastante decente. Aí é que está o problema. Eu estava tentando dar uma enrolada nela, porque eu quero meus sapatos. George e eu ficamos acordados a noite toda, discutindo o assunto, e ficou claro que esse é o tipo de coisa que eu não devo fazer. George concorda, claro. Por mais que ele queira seus conselhos sobre trabalhar com Inchmale.

– Mas ele vai tê-los de qualquer forma – disse Hollis. – Pensei que tivesse deixado isso claro, em Paris. Sou uma irmandade de uma só mulher. Aconselhando os aflitos.

Meredith sorriu. A garota italiana chegou com o café. Devia ser happy hour, supôs Hollis, e o aposento, embora não estivesse lotado, estava sendo preenchido por um murmúrio peculiar, que começava a aumentar gradualmente antes de se tornar o tumulto completo do começo de noite.

– Isso é meio você mesmo – disse Meredith. – Você conhece o Japão?

– Tóquio, basicamente. Nós tocamos lá. Lugares enormes.

– Eu fui para lá quando estava montando minha segunda temporada. Na primeira, todos os sapatos foram de couro. Eu estava mais à vontade com o material. Para a segunda, eu queria fazer alguma coisa com tecido. Um tênis clássico de verão. Eu precisava de algum tipo de lona artesanal. Denso, que custasse a gastar, mas bom nas mãos. Especial.

– Mãos?

– Como a mão sente, o toque. Alguém havia sugerido que eu falasse com um casal em Nagoia. Eles tinham um ateliê lá, em cima de um pequeno armazém nos arredores de um lugar chamado Ichinomiya. Isso eu posso lhe contar porque não estão mais lá. Faziam jeans, com tecido de estoque nunca utilizado vindo de um moinho em Okayama. Dependendo do comprimento do rolo, eles conseguiam obter até três pares de jeans, ou 20, e, quando o rolo acabava, acabavam os jeans. Ouvi dizer que eles também compravam lona desse mesmo moinho, coisa dos anos 1960. Eu quis ir lá ver e, se fosse bom, tentar convencê-los a me vender alguns rolos. Eles haviam experimentado o material na confecção de jeans, mas era pesado demais. Eram uns doces de pessoa. Lá encontrei pilhas de amostras dos jeans que eles faziam. Fotos antigas de homens americanos com roupas de trabalho. Tinham uma máquina de ponto de cadeia Union Special alemã. Uma máquina de passador de cinto dos anos 1920. – Ela sorriu. – Designers se tornam nerds em máquinas. As máquinas definem o que você pode fazer. Isso e encontrar os operadores corretos para elas. – Ela colocou mais açúcar em seu café preto e mexeu-o. – Então eu estava lá no loft, bem no alto do prédio, onde eles guardavam esses rolos de lona em prateleiras, aos montes. O casal japonês estava em baixo, no segundo andar, fazendo jeans, e não me disse se havia mais alguém ali. Eu conseguia ouvir as máquinas que eles estavam usando. Abaixo deles, havia um lugar que fazia caixas de papelão. Eles também tinham máquinas, e dava para ouvir uma espécie de ruído seco distante. Mas eu conseguia ouvir uma mulher cantando, como se estivesse cantando para si mesma. Não alto. Mas perto. Vindo dos fundos do prédio. Ali em cima no loft, junto comigo. O pessoal do jeans não havia dito nada sobre mais ninguém, mas eles quase não falam inglês. Estavam absolutamente focados em seu trabalho. Eles fazem dois ou três pares por dia, só os dois. Autodidatas. Então eu coloquei o rolo que estava olhando de volta na prateleira. Prateleiras velhas de metal, com cerca de 1,20 metro de profundidade, e começo a andar na direção de onde vinha a canção. – Tomou um gole de seu café. – E, bem no fundo do loft, vi um foco de luz muito forte sobre uma mesa que, na verdade, era uma porta em cima de duas caixas de papelão enormes. Ela estava trabalhando em um padrão. Grandes metragens de tecido, lápis. Cantando. Black jeans, uma camiseta preta e uma dessas jaquetas que você está vestindo. Ela levantou a cabeça, me viu e parou de cantar. Cabelo preto, mas não é japonesa. Desculpe, eu disse, não sabia que havia alguém aqui. Tudo bem, ela respondeu, com sotaque americano. Me perguntou quem era. Eu respondi, e disse que estava ali procurando lona. Para quê? Calçados, respondi. Você é designer? Sim, respondi, e mostrei a ela os que estava usando. Que eram meus sapatos, da primeira temporada, couro de vaca, da fábrica da Horween, Chicago, solado vulcanizado grande e branco, tipo *docksides*, mas na verdade são tipo os primeiros tênis de skate, os que a primeira Vans usou para decolar. E ela sorriu para mim, e saiu de trás da mesa para que eu pudesse ver que ela os estava calçando, os mesmos sapatos, os meus sapatos, mas na cor preta. E ela me disse seu nome.

Hollis estava segurando seu café com ambas as mãos, inclinando-se para a frente na cadeira, do outro lado da mesinha.

– Que agora sei que não posso lhe dizer – disse Meredith. – E se você for até lá, o casal não está lá, e ela também não.

– Ela gostou dos seus sapatos.

– Ela realmente os entendeu. Não sei bem se alguém mais os entendeu algum dia, na mesma proporção. Ela entendeu do que eu estava tentando me afastar. As temporadas, aquela merda toda, as coisas que se desgastavam, caíam, não eram verdadeiras. Eu já havia sido aquela garota que atravessava Paris para a próxima sessão de fotos, sem dinheiro para um bilhete de metrô, e eu havia imaginado aqueles sapatos. E quando você imagina algo assim, você imagina um mundo. Você imagina o mundo de onde aqueles sapatos vieram, e se pergunta se ele poderia acontecer aqui, neste mundo, o mundo com toda essa mentira. E às vezes pode. Por uma ou duas temporadas.

Hollis colocou a xícara de lado.

– Eu quero que você saiba – ela disse – que tudo bem você não me contar mais nada. Eu entendo.

Meredith balançou a cabeça.

– Nós acabamos indo jantar, tomar saquê, num lugarzinho descendo a rua. Todas as xícaras de saquê eram diferentes, usadas, velhas, como se alguém as tivesse escolhido em uma loja de caridade. Isso foi depois que ela me ajudou a escolher minha lona. Essa é a designer da Hounds. Ela não precisa de ninguém como o seu Bigend.

– Ele não é o meu Bigend.

– De todas as pessoas do mundo, ela não precisa disso.

– Tudo bem.

– E é por isso que não posso trocar o nome dela pelos meus sapatos. Por mais que eu os queira.

– Se eu disser a ele que você não quer me dizer, ele irá tentar encontrar esses calçados sozinho. E quando os tiver, vai mandar outra pessoa para negociar. Ou virá em pessoa.

– Eu pensei nisso. A culpa é minha, por ter sequer pensado em trair uma amiga. – Ela olhou para Hollis. – Não a tenho visto desde então. Não tenho estado nem em contato, sério. Só recebo aqueles e-mails anunciando pontos de carregamento. Enviei a ela um par dos calçados para os quais ela ajudou a encontrar a lona. Para o lugar em Ichinomiya. Então eu simplesmente não posso fazer isso.

– Eu também não faria – disse Hollis. – Escute, isto aqui é só um trabalho para mim, um trabalho que eu nem queria fazer. Não é nem mesmo um emprego. É só Bigend me subornando para fazer uma coisa para ele. O melhor para você seria se eu não dissesse a ele que tivemos essa conversa. Você simplesmente parou de atender minhas ligações. Peça a George para dizer a Reg para dizer a Bigend que deixe você em paz.

– Mas isso vai funcionar?

– Pode ser que sim – disse Hollis. – Bigend valoriza a opinião de Reg em algumas coisas. Reg lhe dá conselhos sobre música. Acho que na verdade até gosta dele. Se ele achar que Bigend a está incomodando, o que por sua vez perturba George e pode colocar em risco o próximo álbum dos Bollards, ele fará tudo o que puder para que Bigend se afaste. Mas esse não é só meu melhor plano, é meu único.

– O que você vai fazer?

– Vou dizer a ele que não consegui entrar em contato com você.

– Não foi isso o que eu quis dizer – disse Meredith. – Você ainda irá procurar por ela?

– Boa pergunta – respondeu Hollis.

44.

VERBAIS

Milgrim estava em pé à beira da janela de seu quarto, vendo alguém no caminho do canal receber o que Aldous chamaria de verbais. Isso era, na verdade, uma dura crítica, violência verbal explícita, provavelmente com ameaça adicional de violência física. O recipiente, com quem Milgrim instintivamente se identificou, era uma figura insubstancial em um traje de exercício verde berrante, um daqueles trajes sedosos de duas peças que as pessoas às vezes ainda usavam por ali, Milgrim pensou, por nostalgia de um estilo americano extinto de criminalidade triunfante de gueto. Os verbais, Milgrim viu agora, eram pontuados por espetadelas de polegar nas costelas e no peito. Milgrim se forçou a virar as costas, passando a mão distraído nas próprias costelas.

Ele havia descido com Winnie a rua chamada Parkway (essa rua não estava no Monopoly?) até a High Street e a estação, interrogado por ela ao longo do caminho sobre Michael Preston Gracie, e depois ela disse adeus, deu um aperto de mão firme e desceu por uma escada rolante muito comprida.

Ele havia continuado ao longo da High Street, que parecia ainda mais uma feira estadual norte-americana em que calçados para jovens e álcool eram os principais produtos, passando por multidões vibrantes de adolescentes saindo de diversos pubs, até chegar em casa, no Holiday Inn.

Não queria ligar para Bigend, mas Winnie havia ordenado especificamente que ele fizesse isso, e ele dissera que o faria. Abriu o envelope que o motorista tinha lhe dado antes, olhou para as cápsulas brancas de diversos tamanhos em seus blisters transparentes com filme de alumínio no verso, a etiquetagem minúscula, maniacamente precisa em tinta de estilógrafo roxa, uma hora, data e dia exatos da semana para cada blister. Ele não fazia ideia de quem havia preparado a medicação, assim como não fazia ideia do que as cápsulas continham. Sentia como se estivesse entre dois mundos, esferas de influência vastas que se roçavam – a de Bigend e a de Winnie –, uma luazinha hesitante, tentando fazer o que ambos mandavam. Tentando, supunha ele, evitar os verbais.

Ele deveria ligar para Bigend agora. Mas não tinha mais o Neo, lembrou-se, e isso queria dizer que não tinha mais o número dele. Podia procurar pela Blue Ant e tentar ir pelo ramal, mas nas circunstâncias atuais isso não parecia uma boa ideia. Uma espécie de adiamento do castigo. Em vez disso, foi ao banheiro e se preparou para escovar os dentes, a operação de quatro estágios completa, notando que ainda estava sem seu enxaguante bucal especial. Ele havia acabado de inserir uma escova cônica novinha entre seus molares superiores direitos quando o telefone do quarto tocou. Não queria remover a escova; saiu do banheiro com ela ainda no lugar e atendeu o telefone.

– Alô?

– Por que você está falando desse jeito? – perguntou Bigend.

– Desculpe – disse Milgrim, extraindo a escova –, estava com uma coisa na boca.

– Desça até o saguão. Aldous estará lá daqui a pouco. Você vai apanhar Hollis no caminho até onde estou. Precisamos conversar.

– Ótimo – disse Milgrim, antes que Bigend pudesse desligar, mas aí começou a se preocupar se poderia entregar a mensagem de Winnie sobre Gracie na frente de Hollis.

Voltou ao banheiro, para terminar de escovar os dentes.

45.

FRAGMENTOS, SUPERSÔNICOS

Heidi, pernas fortes e brancas enfiadas em shorts pretos de ciclista, ombros retos metidos em sua complexa jaqueta preta de líder de banda marcial, novamente agachada estilo gárgula na beirada da cama Síndrome Pibloktoq, os dedos dos pés com unhas pintadas de preto aparentemente preênseis. Dois dardos prateados estavam enfiados como balas numa bandoleira, no encordoamento grosso da frente pregueada da jaqueta, suas aletas plásticas finas como papel e vermelhas como sangue apontando para o teto do Número Quatro.

Ela enrolou um terceiro entre polegar e indicador, como se estivesse decidindo fumá-lo.

– Tungstênio – ela disse – e rênio. Fundidos em liga, são superpesados. – Ela percorreu com seu olhar a ponta preta do dardo, quase invisível naquela luz. As múltiplas camadas da pesada cortina estavam puxadas contra a noite, e apenas as lâmpadas suíças, minúsculas, focadas, sobrenaturalmente brilhantes, na biblioteca da gaiola de passarinho, iluminavam o quarto e seus artefatos. – Um lugar que Ajay conhece. Custam cem libras cada. Quer criar fragmentos supersônicos, é com este negócio aqui.

– E por que você faria isso? – perguntou Hollis, também descalça, sentada na poltrona listrada mais perto do pé da cama.

– Penetração – disse Heidi, jogando o dardo, que passou direto por Hollis e foi parar no olho, a três metros de distância, de um fetiche congolês preto e reluzente.

– Não faça isso – disse Hollis. – Não quero ter de pagar por isso. Acho que é de ébano.

– É denso – disse Heidi – mas não é páreo para wolfrâmio, que é o nome antigo do tungstênio. Devia ter sido uma banda de metal: Wolfrâmio. Wolfram. Eles revestem as cordas de alguns instrumentos com isso. Precisam da densidade. Jimmy me contou.

O nome do amigo morto e ex-parceiro de banda ficou parado por um instante no ar.

– Não acho que esse trabalho com Bigend esteja dando certo – disse Hollis.

– Não? – Heidi pegou um segundo dardo, que ergueu como a espada de uma fada, entre seu olho e as lâmpadas da gaiola, admirando o ponto.

– Não atire essa – Hollis avisou. – Eu preciso encontrar alguém para ele. A mulher que desenhou a jaqueta. Embora ele possa não saber que é uma mulher.

– Então você...? Você a encontrou?

– Encontrei alguém que a conhece. Meredith, namorada de George.

Heidi arqueou uma sobrancelha.

– Mundo pequeno.

– Às vezes – disse Hollis –, acho que alguma coisa em Bigend condensa as coisas, as atrai...

– Reg – disse Heidi, levando a ponta preta do dardo perigosamente perto do olho – simplesmente diz que Bigend é um produtor. Do tipo hollywoodiano, não do tipo musical. Uma versão tamanho gigante do que o escrotão disse que gostaria de ser, mas sem o incômodo de ter que fazer filmes. – Abaixou o segundo dardo, olhou seriamente para Hollis. – Talvez fosse isso o que ele estava pensando com o esquema Ponzi, não é?

– Você não sabia que ele estava fazendo aquilo?

– Eu acho que ele também não, na maior parte do tempo. Ele era bom em delegar. Delegava isso para algum módulo de si mesmo com o qual não precisava se relacionar com muita frequência. Reg diz que dessa forma é como se ele incorporasse o espírito da nossa década.

– Você já viu Reg?

– Almoçamos quando você estava em Paris.

– Como foi?

Heidi deu de ombros. A dragona esquerda de franjas pretas da jaqueta se levantou um centímetro e voltou a abaixar.

– Legal. Não costumo ter muito problema com Reg. Tenho um truque pra isso.

– E qual é o truque?

– Ignoro tudo o que ele diz – diz Heidi, com uma seriedade anormalmente animada. – O dr. Fujiwara me ensinou. – Então ela franziu a testa. – Mas Reg tinha suas dúvidas quanto a você trabalhar para Bigend.

– Mas foi ele quem sugeriu. A ideia foi dele.

– Isso foi antes que ele compreendesse que Bigend estava tramando algo.

– Estar tramando algo é o que *define* Bigend.

– Mas dessa vez é diferente – disse Heidi. – Inchmale não sabe o que é, certo? Caso contrário, ele diria. Não sabe guardar segredo. Mas a esposa dele andou percebendo os sinais no trabalho, algum tipo de consciência coletiva de RP londrina. Os fios estão zumbindo, ela diz. Os fios estão *quentes*, mas não há nenhum sinal *de verdade* sendo transmitido. É uma espécie de zumbido subsônico. O pessoal de RP sonhando com Bigend. Imaginando ver seu rosto em moedas. Dizendo o nome dele quando querem falar outra coisa. Presságios, diz Reg. Como antes de um terremoto. Ele quer falar com você sobre isso. Só não quer que seja por telefone.

– Tem alguma coisa rolando na Blue Ant. Coisa de espionagem corporativa. Hubertus não parece assim tão preocupado com isso. – Ela se lembrou do que ele havia dito com relação a um projeto de longo prazo se aproximando de sua fruição, e de sua frustração com o *timing* da aparente deserção de Sleight.

– Você não quer dizer a ele quem faz aquelas jaquetas?
– Felizmente, eu não sei quem é ela. Mas já contei a ele que Meredith sabe. Se ela não me disser, e não vai, porque não quer, e eu não quero que ela me diga, Bigend irá atrás dela. Ele já tem algo que ela realmente deseja, e poderia ter, se já não a encontrou.
– Alguma coisa fez você mudar de ideia?
– Alguma coisa fez com que ela mudasse de ideia. Ela ia fazer a coisa, me contar. Mas decidiu que não. Depois me disse o porquê. Me contou uma história. – Foi a vez de Hollis dar de ombros. – Às vezes é assim. – Ela colocou os pés no carpete e se levantou, espreguiçando-se. Foi até a estante, onde o dardo estava perfeitamente centralizado, uma montagem dadaísta instantânea e bastante convincente, em uma órbita profunda da cabeça retilínea de ébano. Quando ela tentou puxar o dardo para fora, a cabeça se moveu para a borda da prateleira. – Cravou fundo mesmo. – Ela firmou a escultura com a mão esquerda e retirou o dardo torcendo com a direita.
– É a massa. Atrás de um localizador de força.
Hollis se curvou e deu uma espiada na órbita do olho esquerdo da cabeça. Um buraco redondo minúsculo.
– Como você aprendeu a fazer isso?
– Não aprendi. Não aprendo. O dardo quer fazer isso. Eu saio do caminho. Eu disse isso a Ajay, ele disse que me ama.
– Disse? – Hollis olhou para a ponta preta do dardo.
– Ele ama isso tudo. E o seu namorado?
– Obviamente ele não ligou – disse Hollis.
– Ligue de novo pra ele.
– Não acho certo. – Ela foi até a cama e ofereceu o dardo a Heidi. Heidi o aceitou.
– Você brigou com ele?
– Não. Eu diria que nós fomos nos afastando, mas não foi bem assim. Quando estávamos juntos, era como se ambos estivéssemos de férias. De férias de nós mesmos, talvez. Mas ele não tinha um projeto.

Como um ator entre filmes. E de repente ele tinha, mas a coisa foi gradual. Como uma atmosfera, uma espécie de neblina. E foi se tornando cada vez mais complicado vê-lo. E eu estava começando a trabalhar no livro, o que acabei levando muito mais a sério do que achei que fosse levar.

– Eu sei – disse Heidi, enfiando os dois dados de volta nos laços da corda, ao lado do terceiro, com aparente descaso para onde as pontas de agulha pretas poderiam entrar. – Lembro de ir visitar você no Marmont. Todos aqueles negócios espalhados em cima das mesas. Parecia que você estava mesmo trabalhando.

– Aquilo me ajudou a entender tudo pelo que eu estava passando. Trabalhando para Bigend, estando com Garreth... Acho que existe um jeito em que eu serei capaz de olhar para aquele livro, um dia, e entender tudo o que aconteceu de modo diferente. Não que haja alguma coisa ali que possa produzir isso. Eu conversei com Reg mês passado, e ele disse que era um palimpsesto.

Heidi não disse nada. Inclinou de leve a cabeça e seus cabelos pretos, parecendo a asa de um raptor, balançaram exatamente uma polegada e nada mais.

– Mas não agora – disse Hollis. – Não quero olhar para isso agora. Não me diria nada se eu olhasse. E deixar um segundo recado para ele seria algo assim. Eu deixei o primeiro. Fiz o que ele me disse para fazer, só que eu não o fiz porque conhecê-lo havia me colocado em apuros. Eu o fiz porque fiquei sabendo que ele estava ferido. Não estou deixando de ligar para ele por algum tipo de orgulho.

– Pensamento mágico – disse Heidi. – É isso o que Reg diria a respeito. Mas, ei, ele navega totalmente guiado por essas merdas. A gente sabe disso.

O grilo mecânico esclerosado do telefone do quarto começou a cantar. Uma. Duas vezes. Hollis já estava levantando o fone pesado do seu cubo de pau-rosa quando ele tocou pela terceira vez.

– Alô?

– Precisamos conversar – disse Bigend.
– Acabamos de conversar.
– Estou mandando Aldous para pegar você, com Milgrim.
– Tudo bem – disse Hollis, decidindo que bem poderia usar aquela oportunidade para pedir demissão. Desligou.
– Homem do rato almiscarado – disse Heidi.
– Preciso me encontrar com ele – disse Hollis –, mas vou pular fora.
– Ok – disse Heidi, rolando de costas, depois por cima e para fora da cama, endireitando-se até ficar totalmente de pé. – Me leva.
– Acho que ele não vai gostar – disse Hollis.
– Ótimo – disse Heidi. – Você não quer pular fora? Eu consigo isso pra você.
Hollis olhou para ela.
– Ok – disse.

46.

ARO DE TARTARUGA E RISCA DE GIZ

O hotel onde Hollis estava hospedada, que não tinha nenhuma placa indicativa, possuía uma antiga mesa com uma garota nua esculpida, aparentemente passando a mão em um cavalo, embora o trabalho fosse tão intrincado que era difícil dizer exatamente o que estava acontecendo, e Milgrim não queria parecer estar encarando. Além disso, havia painéis escuros nas paredes, um par de escadas curvas de mármore e o olhar de poucos amigos do jovem sentado atrás do balcão, espiando friamente por trás das lentes de seus óculos com aro de tartaruga. Isso para não mencionar o homem alto e atarracado que estava ao seu lado, com terno risca de giz, que havia perguntado se poderia ajudar Milgrim. Ajudá-lo, Milgrim havia sentido, a dar meia-volta e ir para a rua, que era o seu lugar.

– Hollis Henry – Milgrim dissera num tom que sentia ter sido uma boa aproximação do neutro que havia ouvido muito nos arredores da Blue Ant, em circunstâncias semelhantes.

– Sim?

– O carro dela está aqui. – Caminhonete parecia muito específico.

– Você pode avisá-la, por favor?

– O senhor deve procurar a mesa da recepção – o jovem alto respondera, virando-se e retornando ao que Milgrim agora supunha ser seu posto na porta.

Não parecia haver nenhuma recepção, ou pelo menos não no sentido clássico, de uma mesa à frente de cubículos para correspondência, então Milgrim prosseguiu por mais três metros, até onde o outro jovem mais baixo e trajado de modo semelhante estava sentado.

– Hollis Henry – ele dissera, tentando seu tom neutro mais uma vez, embora não tivesse se saído muito bem. Ele achou que havia soado meio safado de algum modo, embora talvez fosse a escultura, em que tinha reparado no momento em que falara.

– Nome?
– Milgrim.
– Ela está te esperando?
– Sim.

Milgrim, enxergado através do que imaginava serem provavelmente partes do verdadeiro exoesqueleto de um animal morto, ainda que não extinto, ficou onde estava enquanto um telefone de aspecto antigo muito elegante era levado até a cena.

– Parece que ela não se encontra.

De algum lugar além das escadas veio um sacolejar complexo de metal, e depois o som da voz de Hollis.

– Acho que é ela – disse Milgrim.

Então Hollis apareceu, ao lado de uma mulher alta, pálida, com nariz aquilino e cara feroz que podia ter sido capitã da guarda do palácio de alguma rainha gótica, a julgar por sua jaqueta curta e apertada, com suas ombreiras de franjas e ornamentos que passavam por todos os tons de preto, do carvão ao meia-noite. Ela precisa de um sabre, Milgrim pensou, encantado.

– Seu carro chegou, senhorita Henry – disse o Aro de Tartaruga; Milgrim aparentemente havia se tornado invisível.

– Esta é Heidi, Milgrim – Hollis parecia cansada.

A mão grande e surpreendentemente forte da mulher alta capturou a de Milgrim sem esforço, dando-lhe um aperto rápido e ritmado, possivelmente metade de algum sistema de reconhecimento oculto. A mão de Milgrim teve permissão de escapar.

– Ela vem conosco.

— É claro — disse Milgrim quando a alta, Heidi, se dirigiu para a porta a passos largos e decididos.

— Boa noite, senhorita Hyde, senhorita Henry — disse o Risca de Giz.

— Coração — disse Heidi.

— Robert — disse Hollis.

Ele abriu e segurou a porta para elas.

— Nossa, isso é que é carro — disse Heidi, avistando o Hilux. — Perdeu seu lança-mísseis?

Milgrim olhou para trás enquanto o Risca de Giz fechava a porta atrás deles. Será que existia algo tipo um hotel particular? Ele sabia que estacionamentos particulares existiam ali.

— Como se chama este hotel? — ele perguntou.

— Cabinet — disse Hollis. — Vamos.

47.

NO ÁTRIO DA CUISINART

Heidi, por algum motivo, sabia muita coisa sobre blindagem personalizada de veículos. Talvez fosse um negócio de Beverly Hills, pensou Hollis, enquanto Aldous os levava por curvas e mais curvas cada vez mais para dentro da City, ou um negócio tipo esquema de pirâmide, ou as duas coisas. Heidi e Aldous, com quem Hollis podia ver que Heidi estava flertando, embora ainda em um nível de sólida negação, estavam discutindo seriamente sobre se Bigend havia sido inteligente ou não ao insistir em vidros elétricos nas portas dianteiras, o que significara renunciar a uma fresta à prova de balas para documentação no lado do motorista, através da qual papéis poderiam ser trocados sem que se abrisse nem a porta nem a janela. Os vidros elétricos, defendia Heidi, significavam que as portas estavam necessariamente blindadas no menos seguro dos padrões, ao passo que Aldous insistia firmemente que não era o caso.

– Queria não precisar vê-lo agora – disse Milgrim, ao lado de Hollis no banco de trás. – Preciso dizer uma coisa a ele.

– Eu também – disse Hollis, sem se importar se Aldous estava ouvindo, embora ela duvidasse. – Vou me demitir.

– Vai? – Milgrim subitamente pareceu perdido.

– Meredith mudou de ideia quanto a me dizer quem é a designer das Hounds. A razão dela para fazer isso me fez pensar que eu deveria abandonar essa coisa toda.

– O que você vai fazer?

– Vou dizer a ele que não posso mais fazer isso. Deve ser o suficiente. – Ela desejou estar tão confiante quanto aparentava. – O que você tem a dizer a ele?

– Sobre Preston Gracie – disse Milgrim. – O homem para quem o Folha está trabalhando.

– Como você sabe disso?

– Alguém me contou – disse Milgrim, e chegou realmente a se contorcer. – Alguém que conheci.

– Quem é Preston Gracie?

– Mike – disse Milgrim. – Ela diz que todos eles se chamam Mike.

– Todos quem?

– Soldados especiais.

– Ele é soldado?

– Não mais. Traficante de armas.

– Ela quem?

– Winnie – disse Milgrim, a voz presa na garganta. – Ela é... policial. – Esta última palavra emergindo, pensou Hollis, como se ele tivesse que fazer uma confissão, com a maior seriedade, de que havia tido uma conversa, ou talvez algo mais íntimo, com uma espécie completamente diferente. – Bom, um tipo de policial. Provavelmente pior. Uma agente do SICD. – Ele pronunciou "si cid", e ela não tinha a menor ideia do que isso queria dizer.

– Isso é britânico?

– Não – disse Milgrim –, ela me seguiu desde Myrtle Beach. O que ela faz tem a ver com contratos militares, pelo menos desta vez. Ela tirou a minha foto em Seven Dials. Depois foi até o hotel. Quer seu computador de volta?

– É claro que não – disse Hollis. – Por que ela o seguiu?

– Ela pensou que pudéssemos estar envolvidos com Gracie. Que Bigend pudesse estar. Depois falou comigo, e viu que Bigend estava simplesmente atrás dos mesmos contratos. – Ela mal conseguia ouvi-lo agora.

– Bigend é traficante de armas? – Ela olhou para a nuca de Aldous.
– Não – respondeu Milgrim –, mas Gracie está tentando se envolver no mesmo tipo de contratos. Legitimização.
– E ela lhe disse isso porque...
– Ela quer que Bigend saiba – Milgrim respondeu, angustiado.
– Então conte a ele.
– Eu não devia ter falado com ela – disse Milgrim. Ele entrelaçou os dedos das mãos, como uma criança desesperadamente imitando uma oração. – Estou com medo.
– De quê?
Ele curvou ainda mais os ombros.
– Só sei que *estou* – ele disse. – Eu sou assim. Mas eu... esqueci.
– Vai ficar tudo bem – disse Hollis, percebendo imediatamente que era uma coisa ridícula de se dizer.
– Queria que você não estivesse se demitindo – ele disse.
Ruas estreitas da City, seus nomes na maior parte das vezes substantivos comuns básicos. Então elas tinham de ser realmente antigas, ela supôs. Não conhecia nada daquela parte de Londres. Não fazia ideia de onde estavam.
– Falta quanto ainda? – perguntou a Aldous.
– Quase lá – Aldous respondeu. Não havia muito tráfego. Poucos prédios muito novos, lembrando o boom antes da recessão. Passaram por um com um logo que se lembrou de ter visto em um anúncio no táxi da noite em que Inchmale o aconselhara a ligar para Bigend.
Ela estendeu a mão e apertou os punhos entrelaçados de Milgrim. Suas mãos estavam muito frias.
– Relaxe. Eu vou ajudá-lo. Vamos fazer isso juntos. – Ela viu que seus olhos estavam fechados.
"Draw Your Brakes" preencheu por um instante a cabine.
– Aldous – Aldous disse para seu iPhone. – Sim, senhor. A srta. Henry, o sr. Milgrim e a srta...? – Ele olhou de volta para Hollis.
– Me dê o telefone.

Ele o passou de volta para ela.
— Heidi está conosco — ela disse.
— Eu não estava esperando por ela — disse Bigend —, mas ela pode brincar com os balões. Nós precisamos conversar.
— Ela vai entender. — Devolveu o telefone a Aldous. Ele o levou ao ouvido. — Sim, senhor — e o enfiou de volta no sobretudo preto.
— Milgrim e eu temos que conversar com Hubertus — Hollis disse para Heidi.
Heidi se virou.
— Pensei que você queria uma ajuda com isso.
— Queria — disse Hollis —, mas a coisa ficou mais complicada. — Ela revirou os olhos na direção de Milgrim.
— O que há com ele?
— Nada — disse Hollis.
— Não deixa ele *foder* contigo — disse Heidi, estendendo a mão para socar Milgrim no joelho, fazendo com que seus olhos se abrissem aterrorizados. — Esse aí é cheio de *merda* — ela insistiu —, eles *todos* são. Deixando Hollis se perguntando, enquanto Aldous encostava o 4x4, quem seriam esses *todos*. Figuras de autoridade masculina, ela imaginou por conhecer Heidi. Qualquer coisa que um dia tivesse feito suas repetidas relações com boxeadores profissionais tão incessantemente vívidas, e tivesse exigido sua separação, o tanto quanto possível, de executivos de gravadoras.

Aldous apertou vários botões no painel do carro, o que resultou em diversos sons metálicos. Ele abriu a própria porta, desceu, fechou-a, abriu a porta do lado de Hollis e ajudou-a a descer com sua mão grande e quente. Milgrim desceu aos trancos e barrancos atrás dela e levou um susto quando Aldous abaixou a porta e a bateu. Enquanto isso, Heidi já havia aberto a própria porta e saltado para fora. Ela estava usando calças de golfe de couro verde-acinzentado e botas pretas que iam à altura do joelho cujas gáspeas em estilo brogue tinham solas que pareciam lagartas de um tanque de guerra, além do produto do saque punitivo dos cartões de crédito remanescentes do escrotão.

Hollis olhou para o edifício à frente do qual haviam estacionado. Ele parecia um eletrodoméstico europeu dos anos 1990, algo da Cuisinart ou da Krups, plástico cinza metálico, os cantos levemente arredondados. Aldous pressionou alguma coisa num chaveiro preto, o que fez com que o 4x4 emitisse um som de múltiplas trancas e um tremor quase visível de percepção ampliada.

Eles o seguiram até a entrada do edifício, onde seu colega, igualmente alto porém menos elegante e cujo nome Hollis não lembrava, aguardava do outro lado da porta.

– Espero que ele não queira uma amostra de urina – Milgrim pareceu dizer inexplicavelmente, mas ela optou por fingir que não ouviu.

Então eles entraram, sendo passados de um jamaicano para outro. A porta foi trancada atrás deles e foram levados para o centro do átrio do edifício Cuisinart, que era imponente, porém um tanto miniaturizado. Hollis, tendo uma vaga ideia de quanto valiam os prédios da City, supôs que eles deviam ter sofrido com aquele volume de espaço vazio puramente americano, cujo cada centímetro quadrado poderia ter sido preenchido com colmeias de escritórios funcionais e sem janelas. O edifício tinha meros cinco andares, cada nível envolto por uma varanda que dava a volta no andar, composta do mesmo plástico de aspecto metálico, ou metal de aspecto plástico, que revestia o exterior. Como um modelo, em escala apenas parcial, de algum hotel no centro de Atlanta.

Bigend, vestido com seu sobretudo, estava no centro do átrio segurando um iPhone com as duas mãos, os braços estendidos, forçando a vista, polegares se movendo levemente.

– Preciso falar com Hollis e Milgrim – Bigend disse para Heidi, oferecendo o iPhone para ela –, mas você vai gostar disto aqui. Os controles são altamente intuitivos. O *feed* de vídeo, claro, está na câmera do nariz. Comece com a manta, e depois experimente o pinguim.

– Ele apontou para cima. Eles todos olharam para o alto. Perto do teto de painéis uniformemente brilhantes do átrio, pendiam um pinguim e uma arraia-manta. O pinguim, prateado, parecia apenas aproximadamente um pinguim, mas a manta, somente um borrão preto de aspecto diabolicamente dinâmico, parecia bem mais realista. – Experimente os dois – disse Bigend. – São maravilhosos. Relaxantes. As únicas outras pessoas no prédio no momento são meus empregados.

Heidi olhou para os balões, se é que eles eram balões, e então olhou para o iPhone, que ela agora segurava quase do mesmo jeito que Bigend estava segurando antes. Seus polegares começaram a se mover.

– Cacete – ela disse como um elogio.

– Por aqui – disse Bigend. – Aluguei dois andares de escritórios aqui, mas eles estão muito ocupados agora. Podemos nos sentar aqui... – Ele os levou até um banco em forma de L feito de malha de alumínio fosco que ficava sob a sombra de uma escadaria suspensa, o tipo de lugar que teria servido como um fumódromo quando as pessoas fumavam dentro de prédios de escritórios. – Você lembra do comerciante de Amsterdã do qual compramos sua jaqueta? O misterioso selecionador dele?

– Vagamente.

– Nós voltamos a investigar isso. Ou, melhor, uma unidade de inteligência empresarial estratégica que contratei em Haia voltou. Um exemplo de Sleight me empurrando para fora da minha zona de conforto. Nunca confiei em firmas de segurança particular, investigadores privados, empresas de inteligência particular, nem um pouco. Mas, neste caso, eles não fazem ideia de para quem estão trabalhando.

– E...? – Hollis, agora sentada, Milgrim ao seu lado, estava observando Bigend de perto.

– Eu estou mandando vocês dois para Chicago. Nós achamos que o designer das Hounds está lá.

– Por quê?

– Nosso comerciante fez negócios subsequentes com o selecionador que lhe trouxe a jaqueta. Tanto o selecionador quanto a jaqueta vieram de Chicago.
– Tem certeza?
Ele deu de ombros.
– Quem é o designer?
– Eu estou mandando vocês até lá para descobrir – disse Bigend.
– Milgrim – disse Hollis – tem uma coisa que precisa lhe dizer. – Era a única coisa que ela conseguia pensar em dizer que poderia mudar o rumo do assunto, dar-lhe tempo para pensar.
– Tem, Milgrim? – perguntou Bigend.
Milgrim soltou um som breve, estranho e agudo, como alguma coisa queimando. Fechou os olhos. Abriu-os.
– A policial – ele disse – em Seven Dials. A que tirou minha foto. A de Myrtle Beach.
Bigend assentiu.
– Ela é uma agente. Do – e ele tornou a fechar os olhos – Serviço Investigativo Criminal de Defesa. – Milgrim abriu os olhos, para descobrir, por enquanto, que não estava morto.
– Que é, confesso – Bigend disse, depois de uma pausa –, inteiramente nova para mim. Americana, suponho?
– Foram as calças – disse Milgrim. – Ela estava vigiando as calças. Então nós aparecemos, e ela achou que pudéssemos estar envolvidos com Folha e Gracie.
– E estamos, é claro, por cortesia de Oliver.
Hollis não ouvia Bigend usar o primeiro nome de Sleight já fazia um tempo.
– Ela quer que eu fale a você sobre Gracie – disse Milgrim.
– Eu gostaria que você fizesse isso – disse Bigend –, mas talvez as coisas fossem simplificadas se eu mesmo falasse com ela. Não estou inteiramente desacostumado a lidar com americanos.

– Ela precisa voltar – disse Milgrim. – Ou não vai descobrir o que precisa descobrir aqui. Você não é o que ela pensava que era. Você é apenas concorrência do Folha e Gracie. Mas ela quer que você saiba sobre Gracie. Que Gracie não vai gostar que você esteja competindo.

– Ele já não estava – disse Bigend. – Ele cooptou Sleight, provavelmente naquela feira de comércio dos Fuzileiros na Carolina do Sul. A menos que Sleight tenha se oferecido como voluntário, o que eu considero uma possibilidade. E ela lhe deu um motivo para querer que eu saiba disso tudo, sua agente federal sem nome, talvez sem identidade?

– Winnie Tung Whitaker – disse Milgrim.

Bigend o encarou.

– Com hífen?

– Não – respondeu Milgrim.

– E então? Ela sugeriu por que queria que eu soubesse sobre essa pessoa?

– Ela disse que você é rico e tem advogados. Que, se pudesse fazer você pegá-lo, por que não? Não acho que ela esteja chegando mais perto de pegá-lo. Parecia frustrada.

– É normal – Bigend concordou, inclinando-se para diante embrulhado em seu sobretudo. – E quando você discutiu isso tudo com ela?

– Ela estava no hotel – disse Milgrim – depois que me encontrei com você. E jantei com ela hoje à noite. Comida vietnamita.

– E quem está pagando o "Folha", então?

– Michael Preston Gracie. – Hollis viu Milgrim checar se havia dito o nome corretamente. – Major, reformado, exército americano, Forças Especiais. Ele treina policiais de países estrangeiros, providencia para que eles comprem equipamentos de amigos seus. Às vezes não é equipamento que eles deveriam ser capazes de comprar. Mas ele está indo para o setor de contratações do jeito que você quer. Desenhar coisas, manufaturas. Ela disse que era a etapa da legitimação.

– Ah – disse Bigend, assentindo. – Ele cresceu o bastante para adquirir advogados de verdade.

– Foi o que ela disse.
– Isso costuma dar problemas. É um paradoxo. Nem todos conseguem. Quando você cresce o bastante para ter advogados dispostos a construir um caso para legitimação, você já está bem grande, e altamente ilegítimo.
– Conheci um traficante de drogas que comprou uma concessionária Saab – disse Milgrim.
– Exatamente – disse Bigend, olhando de leve para Hollis.
– Eu acho que ela queria que você entendesse que Gracie é perigoso – disse Milgrim – e que considera concorrentes como inimigos.
– Ouça seus inimigos – disse Bigend –, pois Deus está falando.
– O que isso quer dizer? – perguntou Milgrim.
– É um provérbio iídiche – respondeu Bigend. – Ele recompensa a contemplação.

Uma coisa se moveu a pouco menos de um metro acima da cabeça de Bigend. A manta, um borrão sinuoso preto, tão largo de uma ponta a outra de suas asas quanto os braços estendidos de um garotinho.

– Caralho, é muito maneiro – Heidi gritou do outro lado do átrio. – Eu ouvi tudo o que você falou!

– Seja boazinha – Bigend gritou para ela, sem se importar em olhar para cima. – Leve-o para longe. Experimente o pinguim agora.

As pontas das asas da coisa se flexionaram sem fazer ruído, testando o ar, e parecia mesmo uma arraia de verdade, ao nadar devagar para cima, girando graciosamente e por pouco não esbarrando na escadaria suspensa.

– Profundamente viciante – Bigend disse para Hollis. – Sua arte locativa sofrerá uma nova transformação, com drones de vídeo aéreos baratos.

– Isso não me parece barato.

– Não – disse Bigend –, nem um pouco, mas plataformas mais baratas estarão na High Street até o Natal. Porém os Festos são geniais. Optamos pela pura bizarrice deles, o movimento orgânico, modelado a partir da natureza. Eles não são muito rápidos, mas, se as pessoas os veem, seu primeiro pensamento é de que estão alucinando.

Milgrim concordou com a cabeça.

– Ele está vindo – disse. – Gracie.

– Para Londres?

– Ela disse que chegará em breve.

– Ele está com Sleight – disse Bigend –, então sabe que dar uma olhada em suas calças foi simplesmente inteligência empresarial estratégica básica. Não fizemos nada para prejudicá-lo. Nem ao "Folha".

Milgrim olhou de Bigend para Hollis, os olhos arregalados.

– Um amigo meu sofreu um acidente de trânsito – disse Hollis. – Preciso ficar na cidade até saber como ele está.

Bigend franziu a testa.

– Alguém que eu conheça?

– Não – disse Hollis.

– Não é problema. Eu não estava planejando enviar vocês imediatamente. Digamos mais quatro dias. Você saberá até lá se seu amigo vai ficar bem?

– Espero que sim – disse Hollis.

48.

CARONA

– Você vai no banco do carona – Heidi disse para Milgrim quando eles chegaram perto da caminhonete. Milgrim viu a colaboração Mossberg-Taser rosa nas mãos enluvadas de Bigend, no escritório na Blue Ant, e quase disse que ele não tinha uma. – Hollis e eu precisamos conversar – ela disse, esclarecendo as coisas. Ele iria na frente com Aldous, seu banco de costume.

Aldous, alerta, já estava com o motor ligado. As portas foram destravadas. Milgrim e Heidi abriram-nas. Ele subiu enquanto Heidi ajudou Hollis. Ele conseguiu fechar sua porta antes de Heidi fechar a dela. As travas se fecharam com solidez. Aldous havia orgulhosamente ressaltado a estreiteza, a extrema regularidade, dos intervalos entre as portas e a carroceria. Eles eram estreitos demais para a inserção de qualquer pé de cabra, ele dissera, estreitos demais até mesmo para "as mandíbulas da vida", uma expressão com a qual Milgrim não estava familiarizado, mas que soube ser jamaicana, um ícone potente de pavor existencial.

Prendeu o cinto de segurança, uma coisa volumosa e complicada, e se recostou, olhando ao redor. Onde, exatamente, ele estava agora, com relação às mandíbulas da vida que ameaçavam arrancar-lhe um pedaço? Bigend aparentemente não tivera reação alguma à notícia de Milgrim ter uma agente federal em sua vida, ou sequer ao alerta de Winnie com relação a Gracie. O ataque de pânico de Milgrim, apenas o segundo desde sua recuperação, sem contar sua reação inicial ao ter sido fotografado por Winnie no Caffè Nero, havia sido em vão. Como de fato quase todos os ataques de pânico que ele já tinha sofrido, sua terapeuta ressaltara repetidas vezes. Sua mente límbica estava marcada por um medo irracional, uma espécie de montanha-russa permanente, sempre pronta para um passeio.

– Não diga a si mesmo que você está com medo – ela o havia aconselhado –, mas que você *tem medo*. Caso contrário, você vai acreditar que você é o medo.

– Você não desistiu – disse Heidi, atrás dele.

– Não – disse Hollis. – Não era a hora certa.

– Você precisa experimentar aqueles balões. Eles são do caralho.

Eles estavam rolando agora, os pneus estremecendo sobre o asfalto da City, não exatamente velho, mas recapeado há pouco tempo, aos poucos, no decorrer de muitas construções.

Milgrim respirou fundo por reflexo e se deixou acomodar para a frente, devagar, no cinto de segurança. Libere a tensão, ele disse a si mesmo. Esteja, como sua terapeuta disse, no momento.

No momento, um carro preto reluzente, vindo na direção oposta, entrou diagonalmente no caminho deles. Aldous virou para a direita no mesmo instante, entrando numa rua muito mais estreita, o equivalente de um beco na City, paredes escuras e sem janelas feitas de pedra ou de concreto. Atrás deles, pneus gemeram. Milgrim olhou de relance para trás, viu faróis mergulhando atrás deles.

– Cuidado – disse Aldous, acelerando. Linhas estouraram nas faixas que cruzavam o peito e o colo de Milgrim, formas negras nascendo instantaneamente, um truque de feiticeiro, ajustando seu corpo na posição vertical.

– Filha da *puta* – observou Heidi do banco de trás, enquanto Aldous continuava a acelerar.

E Milgrim caiu, surpreso e sem pensar, em sua misteriosa alegria, na Rotatória Hanger Lane, perdido no uivo baixo e profundo do supercharger da Hilux.

Preso pelo cinto de segurança inflado, ele lutou para conseguir olhar para trás. Viu faróis. O carro preto.

Aldous pisou fundo nos freios, o momentum girou Milgrim para o lado. Um segundo conjunto de faróis, à frente dele, se aproximando.

– Ora – disse Aldous, seus dentes muito brancos iluminados pelo feixe de luz do veículo que se aproximava.

Milgrim olhou para o lado e viu uma parede nua antiga, talvez a meio metro de distância.

– Aldous – disse Hollis.

– Um momento, por favor, senhorita Henry – disse Aldous.

O carro à frente deles estava a apenas alguns metros de distância agora. Apertando os olhos contra o brilho dos faróis, Milgrim viu, pelo para-brisa do carro, dois homens. Um, o motorista, mascarado com uma balaclava preta. O outro estava mascarado de branco, embora de modo estranho e apenas parcialmente. Estava segurando alguma coisa na altura do para-brisa à sua frente. Para que Milgrim visse.

O Neo de Milgrim.

O Folha, seu boné de aba curta sobre a cabeça cheia de ataduras, transfixou Milgrim com o único olho que Milgrim conseguia ver, levantou a outra mão e balançou lentamente um dedo à guisa de reprovação, mudando bruscamente de expressão quando Aldous pisou fundo no acelerador, saiu do ponto morto e bateu no carro, ainda acelerando. O carro do Folha começou a andar para trás enquanto seu motorista mascarado girava o volante, algumas faíscas estourando como se o carro estivesse roçando uma pedra de amolar. Aldous não parava de acelerar; a massa e o poder fora do normal do 4x4, Milgrim percebia agora, eram essenciais para essa prontidão estilo cartel da qual Aldous tanto se orgulhava. Milgrim viu o outro motorista abandonar o volante, e chegar a proteger os olhos. O carro atingiu a parede oposta, produzindo mais fagulhas, e subitamente eles estavam na outra ponta da rua, de volta ao mundo. O carro do Folha, pedaços de tinta raspada até revelar o plástico por baixo, grade dianteira estilhaçada, estava parado na rua, em diagonal, seu motorista lutando para usar o volante ao redor de um air bag inflado.

Aldous recuou devagar, e então começou a dirigir com cuidado, aumentando cada vez mais a velocidade e também em diagonal, na direção do carro do Folha. Então deu a ré com calma e perfeição, recuando até a traseira do carro para bloquear a passagem. Milgrim ouviu freios atrás deles, e se virou para ver o carro preto dando a ré, seus faróis se afastando. Ouviu-o raspar a parede.

– Fiona vai levá-la para casa, srta. Henry – disse Aldous, enquanto Milgrim se virava para vê-lo rapidamente levando o polegar à tela de seu iPhone.

– Fiona – Milgrim disse, com esperança na voz.

– Vocês todos precisam sair agora, rápido – disse Aldous. – A polícia está chegando. Por favor, vá com o sr. Milgrim, srta. Hyde. – Ele tocou alguma coisa no console, fazendo com que seus cintos inflados se abrissem ao mesmo tempo. Milgrim olhou para a coisa que atravessava seu peito, como um bastão de beisebol de borracha, um balão de festa gótico. Ouviu as portas destrancarem.

– Vamos nessa – disse Heidi.

– Ai – disse Hollis. – Não bata em mim!

– Mexa-se!

Milgrim fez como lhe disseram; escancarou a porta e saltou, conseguindo morder a ponta da língua no processo. Ele sentiu um gosto de sangue, metálico e assustador, e então percebeu, de algum jeito novo, que estava simplesmente ali, vivo por enquanto, e que era isso. Piscou várias vezes.

E viu o Folha dar a volta correndo pela traseira de seu carro destroçado, punhos cerrados, indo direto para ele. Enquanto simultaneamente, ao que parecia, o espaço estreito entre os dois era cortado ao meio pela chegada do tanque de gasolina com fita isolante de Fiona, como um invasor de outra dimensão impossível, mas que estava lá. O Folha pareceu desaparecer enquanto Fiona, em seu capacete amarelo, de algum modo girou a moto gigante num círculo incrivelmente fechado, acelerando o motor. Então Heidi avançou, puxando Hollis atrás de si, e subitamente a levantou e a colocou na garupa da moto, como alguém que coloca uma criança em cima de um pônei. Milgrim viu Fiona jogar para Heidi o capacete extra, e alucinou quando Heidi o colocou na cabeça de Hollis, batendo com os nós dos dedos no capacete amarelo de Fiona. Ele viu Fiona fazer um sinal de positivo com o polegar para cima sem tirar a mão do acelerador, e aí ela saiu a toda, com Hollis abraçando logo sua cintura.

– Onde está o Folha? – perguntou Milgrim, tentando olhar em todas as direções ao mesmo tempo.

– Foi pra lá – disse Heidi, apontando rua abaixo. – O motorista o agarrou. Nós vamos por aqui. Mexa-se. – Ela apontou para além do 4x4, passagem adentro.

– Meu laptop – disse Milgrim, lembrando. Ele deu a volta correndo até a traseira do carro, enfiou a mão na cabine e puxou sua bolsa.

– Segura aí – Heidi disse para Aldous, que estava acendendo um cigarro com um elegante isqueiro de prata. Ela deu um soquinho no ombro do terno preto ao passar por ele.

E, pela primeira vez, Milgrim ouviu as sirenes, estrangeiras, britânicas, e tantas.

Seguiu as costas retas e altas de Heidi o mais rápido que pôde.

49.

GREAT MARLBOROUGH

Tudo era ir para a frente, virar, para a frente, virar novamente, e um cheiro acre de laquê.

O corpo dela lembrava de se inclinar nas curvas, abraçando o que ela imaginava ser uma garota magra e forte – definitivamente havia peitos ali, por entre camadas de Cordura blindado. Ela podia ver muito pouco, além do plástico manchado do visor, sob os estrobos das luzes das ruas, que pareciam asas batendo. À frente, o amarelo do capacete da motociclista, arranhado na diagonal, como se por algo que tivesse três garras. De cada lado, um borrão de textura londrina abstrata, tão livre de significado quanto amostras de *skins* num programa gráfico. O toldo de um Pret A Manger, tijolos, possivelmente o círculo verde do símbolo de um Starbucks, mais tijolos, alguma coisa naquele único tom oficial de vermelho. E a maior parte disso, ela imaginou, a serviço da evasão, uma rota a qual nenhum carro poderia seguir. Pelo menos parecia haver relativamente pouco tráfego agora.

Então eles reduziram a velocidade e pararam; a motociclista entrou de ré em um estacionamento. Quando a ignição foi desligada, Londres ficou estranha e instantaneamente silenciosa. A motociclista retirou o capacete amarelo, então Hollis a soltou, levantou os braços e tirou o seu próprio, que ela agora notou ser preto.

– Você pode precisar do urinol – disse a garota, seus 20 e poucos anos, cara de raposa, cabelos castanho-claros amassados pelo capacete. O laquê não era dela.

– Urinol?
– Lá embaixo – a garota disse, indicando uma placa: MULHERES.
– É limpo. Fica aberto até às duas. É grátis. – Ela parecia bem séria.
– Obrigada – disse Hollis.
– Fiona – disse a garota, olhando para trás.
– Hollis.
– Eu sei. Depressa, por favor. Vou checar minhas mensagens. – Hollis desmontou, observou enquanto Fiona fazia o mesmo. Fiona franziu a testa. – Por favor – ela disse. – Depressa.
– Desculpe – disse Hollis –, minha cabeça não está funcionando.
– Não se preocupe – disse Fiona, que não parecia nem britânica nem nada em particular. – Se você não voltar logo, desço e encontro você.
– Ótimo – disse Hollis, e pegou as escadas, os joelhos se comportando estranhamente, descendo para uma luz muito clara e barata, azulejos brancos, o cheiro de algum desinfetante bem moderno.

Sentada dentro de uma baia, porta fechada, por uma fração de segundo ela pensou em gritar. Tentou se lembrar se havia batido a cabeça em algum lugar, porque seu cérebro parecia grande demais para ela, mas não achava que isso havia acontecido. Não teria sido possível, com o que Aldous havia feito com os cintos de segurança, o que ela lembrava ter sido envolvida numa espécie de suporte de pescoço, assim como uma espécie de almofada triangular biomórfica sobre o peito. Se você fosse bater em carros, ela supôs, você iria querer uma coisa daquelas.

– Meu Deus – ela disse, lembrando-se –, aquele era o Folha. O Folha do Milgrim, da gruta azulada embaixo do Salon du Vintage, ao mesmo tempo com uma cara de pouquíssimos amigos e de algum modo parecido com uma versão assustadoramente adulta daquela fotografia de Diane Arbus do garoto emocionalmente perturbado, o garoto com a granada. Com uma atadura, como se tivesse um ferimento na cabeça.

Eles tinham um papel higiênico incrivelmente macio ali. Numa casa noturna, ela teria suposto que aquilo era deliberadamente retrô. Lá em cima, na pequena ilha de concreto que ela imaginou poder ser uma pracinha pública, embora não fosse quadrada, a garota chamada Fiona estava parada ao lado de sua moto, batucando os pixels na sua tela do iPhone. A meia dúzia de outras motos estacionadas ali eram todas grandes e de aspecto pesado também. Uma dupla de couriers estava parada no asfalto, fumando, depois do fim da fileira de motos, como cavaleiros em cores primárias borradas, placas serrilhadas de fibras de carbono dando às suas costas um aspecto jurássico. Cabelos e barbas sem forma, como figurantes num filme de Robin Hood. Além deles, ele reconheceu a fachada em falso estilo Tudor da Liberty. Great Marlborough Street. Não tão distante da Portman Square. Parecia que ela deixara aquela região havia muitos dias.

– Pronto – disse Fiona, atrás dela.

Ela se virou enquanto Fiona enfiava o telefone num bolso na frente de sua jaqueta preta.

– Onde estão Heidi e Milgrim?

– Meu próximo trabalho – disse Fiona –, depois que eu levar você ao seu hotel.

– Você sabe onde eles estão?

– Vamos encontrá-los – disse Fiona, passando a perna por cima da moto. Ela usava botas pretas que iam até o joelho, afiveladas de alto a baixo, as biqueiras surradas até chegarem a um cinza-claro. Ela estendeu o capacete.

– Ele está me dando dor de cabeça – ela disse.

– Desculpe – disse Fiona. – É da sra. Benny. Peguei emprestado.

Hollis o colocou na cabeça e subiu atrás dela, sem esperar mais explicações.

50.

BANK-MONUMENT

Milgrim nunca gostou da City. Ela sempre lhe parecera monolítica demais, embora numa escala mais antiga de monolito. Muito poucos esconderijos. Uma falta de espaços intermediários. Ela dava as costas para pessoas como ele por séculos, e o fazia se sentir como um rato correndo ao longo de um rodapé sem buracos. Ele sentia isso agora, de modo muito forte, embora não estivessem correndo. Caminhando, mas com rapidez, graças às pernas compridas de Heidi.

Ele estava vestindo uma jaqueta preta "Sonny" que Heidi havia comprado do corpo de um simpático faxineiro de escritório de aparência turca, ali na Lombard Street, pagando com um maço de notas. Ou pelo menos era isso o que estava bordado no peito esquerdo, em branco, no que tirando isso era uma aproximação muito boa do logo da Sony. Sua própria jaqueta estava enfiada dentro de sua sacola, em cima do seu laptop. A transação havia também conseguido uma touca de crochê de acrílico cinza, que Heidi usou puxada bem para baixo, seus cabelos pretos enfiados para dentro e completamente escondidos. Ela virou a jaqueta do avesso, revelando um impressionante forro de seda escarlate. As dragonas com franjas tinham se tornado almofadas, o que exagerou seus ombros já formidáveis. Isso seria por causa da preocupação, Milgrim supôs, em ser reconhecida, ou por algum dos associados remanescentes do Folha ou pelas sempre vigilantes câmeras, que Milgrim agora notava em toda parte.

Logo lamentou ter pensado no Folha. Aquele negócio havia sido muito ruim, o do caminhão e dos dois carros, e ele não conseguia deixar de acreditar que fora sua culpa. Havia definitivamente uma atadura na cabeça do Folha, embaixo do boné, e Milgrim só podia supor que a culpa era do guarda-costas daquela jovem mãe russa em Paris. Se Sleight mandara o Folha atrás do Neo, como Milgrim tencionara, ele teria na verdade o enviado atrás daquele carrinho de aspecto sombrio. E isso havia acontecido porque ele, Milgrim, cedera a algum impulso não familiar à rebeldia. Ele tinha feito isso por raiva, na verdade, ressentimento, e porque podia.

Heidi sacou seu iPhone. Apertou a tela uma vez. Ouviu, depois estendeu o telefone a distância, como se para ignorar uma mensagem que ela havia ouvido antes. Quando ela o levou à boca, disse:

– Escuta aqui, Garreth. Hollis Henry tá numa tremenda de uma merda agora. Tentativa de sequestro, foi o que me pareceu. Liga pra ela. – Tornou a apertar o telefone.

– Quem era esse?

– O ex da Hollis – disse Heidi. – Correio de voz. Espero.

– Aquele que pula de edifícios?

– Aquele que não responde as porras das ligações – disse Heidi, pondo o telefone de lado.

– Por que não pegamos um táxi? – Ele tinha visto vários passarem.

– Porque eles não podem *parar* um trem.

No desfiladeiro que parecia ser a King William agora, mais tráfego, mais táxis, a alça da sua bolsa enterrada no seu ombro, a jaqueta Sonny exalando um cheiro leve e não desagradável de temperos, talvez de alguma refeição recente. Agora ele estava com fome, apesar de ter comido no vietnamita com Winnie. Lembrou-se do *dongle* de Hollis, da conexão de celular, no Túnel do Canal da Mancha. Ficou se perguntando se os telefones funcionavam no metrô de Londres. Achava que no de Nova York, não; ele nunca tivera um celular lá. Se funcionassem, ele poderia enviar uma mensagem para Winnie assim que estivessem no trem. Contar a ela sobre o Folha e o Hilux. Teria sido uma tentativa de sequestro? Ele supunha que sim, se não coisa pior, mas por que alguém tentaria isso com os passageiros de um 4x4 blindado Jankel nível de cartel? Mas aí lhe ocorreu que formandos da Parsons School of Design provavelmente não tinham a experiência necessária para esse tipo de coisa.

Uma entrada para a Bank Station adiante, o tráfego de pedestres aumentando ao redor deles, e lá estava a Central Line, que eles pegariam direto para Marble Arch, perto da Portman Square, e caminhariam até o hotel. Provavelmente mais rápido que um táxi, e talvez ele conseguisse entrar no Twitter.

Heidi se virou de repente, abrindo um lado de sua jaqueta revertida. Como se para lhe mostrar um broche imenso que ele agora via que ela usava ali, três foguetes, talvez, com o nariz para baixo, prata com caudas rubras. E, arrancando uma parte dele, ela o atirou para um ponto atrás dos dois, seu corpo esguio inteiro girando na sequência.

Alguém gritou, o som mais terrível que Milgrim já havia ouvido, e continuou a gritar enquanto Heidi, com o jeito rude de um policial qualquer, o levou correndo escadaria abaixo na direção da Bank-Monument.

51.

ALGUÉM

Hollis estava deitada, totalmente vestida, sobre a coberta de veludo bordado da cama Síndrome Pibloktoq, observando a leve oscilação de sombras curvas lançadas pelas lâmpadas halógenas na biblioteca gaiola-de-passarinhos, cuja intensidade havia sido reduzida até perto do limite. De alguma maneira, deduziu, ela literalmente não sabia mais onde estava. No Número Quatro, no Cabinet, sem dúvida, mas, e se ela tivesse acabado de ser um dos objetos de uma tentativa de sequestro, como Fiona parecia acreditar, o Número Quatro ainda era o mesmo lugar? Questão de contexto. O mesmo lugar, mas um *significado* diferente.

Fiona havia insistido em levá-la até ali em cima, e depois olhara dentro do banheiro, e também no armário, onde de qualquer maneira não havia espaço para ninguém se esconder. Se as laterais de madeira da cama não fossem direto até o carpete, imaginou Hollis, Fiona também teria olhado embaixo dela. Ponha a corrente na porta, Fiona havia ordenado, indo embora para encontrar Milgrim e Heidi, uma coisa que ela parecia relativamente certa de ser capaz de fazer. Até onde sabia, Fiona dissera, ambos estavam bem. Ela não tinha mais informações sobre a tentativa de aprisionamento do 4x4 do que Hollis, ao que parecia, embora ela também tivesse identificado o Folha de Milgrim, seu perseguidor do Salon du Vintage. Do que Bigend o havia chamado? Criador de fantasias? Como ele esperava entrar no supercarro de Aldous? Ela sabia que o negócio podia ser hermeticamente fechado, porque Aldous adorava poder explicar as muitas características do veículo. Ele carregava tanques de ar comprimido, e podia atravessar nuvens de gás lacrimogêneo ou de qualquer outro tipo. Ele também disse a ela que o veículo poderia dirigir debaixo da água, com um snorkel estendido. Era praticamente um cofre de banco sobre rodas, seu "vidro", uma espécie de nanomaterial israelense supersecreto que Aldous estava particularmente orgulhoso por Bigend ter sido capaz de obter. Seria possível que o Folha simplesmente não tivesse ideia do que a caminhonete prata era capaz de fazer? Afinal de contas, ela parecia, pelo menos para Hollis, como qualquer outro 4x4 daquele tipo estendido de quatro portas excessivamente masculino, a caçamba cortada pela metade por causa da extensão da cabine. A caçamba estava coberta com uma tampa, pintada para combinar com o resto do veículo. Talvez fosse ali que se guardava o suprimento de ar. E o que havia acontecido com o Folha desde que ela o tinha visto em Paris? Acidente? Ferimento na cabeça?

Bateram à porta. Duas batidas, bruscas, bem rápidas.

– Srta. Henry? – voz de homem. – É Robert, srta. Henry.

De fato parecia a voz de Robert. Ela se sentou, levantou, foi até a porta.

– Sim?

– Tem alguém para vê-la, srta. Henry.

Era uma coisa singular demais para um segurança de hotel dizer, e dita com uma animação tão pouco característica, que ela recuou, olhou rapidamente para a prateleira mais próxima e agarrou a mesma cabeça de ébano cheia de pontas que Heidi havia feito de alvo mais cedo. Invertida, ela tinha um peso confortável, seu cabelo serrilhado adicionando dentes ao potencial de trauma do instrumento.

Destrancou a porta, deixando a corrente no lugar, e espiou para fora. Robert estava ali parado, sorrindo. Garreth olhava para ela da altura da cintura de Robert. Ela não conseguiu entender o que estava acontecendo, e não entendeu até abrir a porta, embora não conseguisse, depois, se lembrar de tê-la fechado nem de ter aberto a corrente. Tampouco conseguia se lembrar do que havia dito, mas, fosse o que fosse, ela lembraria, havia provocado um olhar de alívio no rosto de Robert e feito seu sorriso aumentar.

– Desculpe não ter podido ligar de volta – disse Garreth.

Ela ouviu o fetiche de ébano bater no carpete e quicar. Viu as costas largas de Robert desaparecerem por uma das portas com amortecedor de mola do corredor verde.

Ele estava sentado numa cadeira de rodas.

Ou não uma cadeira de rodas, ela viu, pois os dedos de sua mão direita se moviam num joystick, mas um daqueles scooters elétricos para mobilidade, preto com pneus cinza, algo tipo o cruzamento de uma cadeira suíça de escritório de ponta com algum brinquedo muito caro dos anos 1930. Quando ela avançou, passou pelo limiar da porta, Hollis ouviu a si mesma dizer "Ai, meu Deus".

– Não é tão ruim quanto parece – ele disse. – Fazer o papel de deficiente para seu porteiro. Soltou uma bengala preta da lateral do scooter e apertou um botão. Um quadrado de suportes com pontas de borracha pulou de sua ponta. – Pelo menos um pouquinho. – Usando a bengala como suporte, ele se levantou com cuidado, fazendo uma careta, sem colocar o peso na perna direita.

E então ela o abraçou completamente, ele com um braço só, o rosto dela molhado de lágrimas.

– Achei que você tivesse morrido.

– Quem te disse isso?

– Ninguém. Mas imaginei isso quando me disseram que você havia saltado daquele edifício horrível. E ninguém sabia onde você estava...

– Munique, quando você ligou. Sessão íntima com cinco neurocirurgiões, três alemães, dois tchecos, tentando recobrar alguma sensação nesta perna. Por isso não pude ligar. Não me davam o telefone.

– Funcionou?
– Dói – ele disse.
– Lamento.
– Pra falar a verdade, *neste* caso é uma coisa boa. Você não deveria fechar a porta?
– Não quero soltar você.
Garreth esfregou as costas de Hollis.
– É melhor atrás de uma porta trancada.
Enquanto ela punha a corrente, ele perguntou:
– Pra que é isto? – Ela se virou. Ele estava olhando para a cabeça de fetiche. – Tem a ver com essa merda em que a sua baterista maluca disse que você está metida até o pescoço?
– Heidi?
– Ela deixou também um correio de voz. Há cerca de uma hora.
– Como foi que você convenceu Robert a trazê-lo aqui para cima?
– Mostrei pra ele o vídeo do salto do Burj feito do meu capacete. O acesso para deficientes é aqui por trás. Ele precisou me ajudar. Quando vimos que você não estava, eu disse que esperaria no lobby de trás, ficaria trabalhando no meu laptop. Ele voltou para me checar, claro. Viu o vídeo, começamos a conversar. Expliquei que era seu amigo.
– Sorriu. – Isso aí é uísque?
– Quer um pouco?
– Não posso. Analgésicos. Mas você pode. Está parecendo um pouco pálida.
– Garreth...
– Sim?
– Eu estava com saudade. – As palavras soaram incrivelmente estúpidas.
– Eu também. – Ele não estava sorrindo mais. – Percebi que tinha botado tudo pra foder, sério. Quando o Lotus me atingiu.
– Você não devia ter saltado.
Ele balançou a cabeça negativamente.

– Eu não devia ter ido embora. – Ele foi devagar até a cama, apoiando-se com a bengala de quatro pontas. Virou-se e se sentou com cuidado.

– Ele – disse – manda lembranças.

Ela não fazia ideia da idade do velho. Imaginou que no mínimo 70.

– Como ele está?

– Nem um pouco feliz comigo. Não tenho muitas chances de voltar a ser operacional. Acho que ele está vendo que os truques se esgotaram para nós dois.

Ela se serviu de um dedo de uísque num copo highball.

– Nunca entendi exatamente o que o motivava – ela disse.

– Uma espécie de raiva swiftiana fervilhante – ele disse – que ele só consegue expressar através de planos complexos e diabolicamente perversos, planos que lembram *gestes* surrealistas. – Sorriu.

– O de Vancouver foi um desses?

– Aquele foi um dos bons. Foi onde conheci você.

– E aí você saiu para fazer mais um, antes das eleições?

– Na verdade foi na noite da eleição. Mas aquele foi diferente. Nós estávamos simplesmente nos certificando de que uma coisa *não* acontecesse daquela vez.

Hollis sentiu o uísque queimando sua garganta. Fez seus olhos lacrimejarem. Sentou-se desajeitada ao lado de Garreth, com medo de machucá-lo se fizesse o colchão se mexer.

Ele a abraçou pela cintura.

– Eu estou me sentindo um colegial no cinema – ele disse. – Com uma menina que não consegue aguentar bem o uísque.

– Seu cabelo está mais comprido – ela disse, tocando-o.

– Cresceu no hospital. Passei por um número razoável de procedimentos. Quase matei um fisioterapeuta, mas ainda não foi dessa vez. – Ele pegou o copo das mãos dela e cheirou. – Uma merda bem funda – disse Heidi. – Mulherzinha tinhosa. Agora me diga. Qual é a profundidade?

– Não sei. Eu estava num 4x4 esta noite, na City, saindo de uma reunião com Bigend, e um carro nos cortou. Nosso motorista entrou numa passagem, meio que um beco, e eu acho que a coisa era séria, porque outro carro entrou na extremidade oposta e foi bem na nossa direção. O motorista desse outro estava usando uma balaclava que escondia o rosto. Ficamos presos entre os dois carros.

– O que aconteceu?

– Aldous, nosso motorista, empurrou o carro para a frente, saindo para a rua, depois amassou o canto dianteiro dele. É um 4x4 blindado, um Toyota, parecido com um tanque.

– Hilux – ele disse. – Com blindagem Jankel?

– Como você sabia?

– Especialidade deles. De quem é?

– Bigend.

– Pensei que você queria se afastar dele.

– Queria. Na verdade quero. Só que ele voltou alguns dias atrás, e concordei em fazer um trabalho. Mas deu tudo errado.

– Saiu tudo de pernas pro ar. Como exatamente?

– O homem de TI e o especialista em segurança dele desertaram. Ele tem grandes planos para contratos militares. Nos Estados Unidos.

– O homem de TI?

– Bigend. Ele quer desenhar roupas. Para os militares. Diz que isso é à prova de recessão.

Ele olhou para ela.

– É isso – ele disse. – Você sabe quem estava atrás do seu carro?

– Alguém que Bigend emputeceu. Outro empreiteiro. Ouvi o nome mais cedo hoje mas não consigo lembrar. Acho que era um traficante de armas americano.

– Quem lhe contou isso?

– Milgrim. Um cara que trabalha para Bigend. Ou é um *hobby* dele, melhor dizendo.

– Está crepuscular aqui dentro – ele disse, olhando ao redor.

Ela se levantou com cuidado e foi até o controle. Acendeu as lâmpadas halógenas.

– Alguém andou fazendo muitas compras em brechós – ele disse.

– Isto aqui é um verdadeiro Museu da Humanidade.

– Um clube – ela disse. – Inchmale é sócio. Tudo aqui é assim. Ele olhou para as costelas de baleia no alto.

– Portobello Road com ácido.

Ela viu que a perna direita da calça preta dele havia sido cortada com elegância acima da costura interna, da barra até a virilha, e fechada novamente com minúsculos alfinetes de segurança.

– Por que sua perna está cheia de alfinetes?

– Estou virando gótico. É difícil achar os alfinetes pretos exatos. Eu estou trocando os curativos sozinho. Tenho um kit pra isso na minha cadeira de inválido – ele sorriu. – As suturas estão começando a coçar. – Então franziu a testa. – Mas não é bonito. Melhor deixar assim. – Tornou a cheirar o uísque, e tomou um golinho. Deu um suspiro. – Essa é a sua merda profunda, então?

– Havia um rastreador nisto aqui – ela disse, apanhando o bonequinho da Blue Ant de cima da mesinha de cabeceira. – Ele pode ter estado ali desde Vancouver, ou pode ter sido colocado depois. – Abriu uma gaveta e retirou o rastreador, no seu saquinho. – Bigend? Sleight?

– Quem é esse?

– O especialista em TI de Bigend. O desertor. Ajay o deixou de fora, quando Heidi descobriu isso para mim. Disse que havia mais opções se eu o deixasse do lado de fora.

– A.J.?

– Ah-jay. O parceiro de *sparring* favorito de Heidi, na nova academia dela, em Hackney. Fã seu. Fanboy total.

– Isso seria uma mudança – ele disse –, não seria? Então ele deu umas palmadinhas no veludo bordado ao seu lado. – Volte e sente aqui. Faça um velho feliz.

52.

A QUESTÃO, DETALHADA

Heidi disse que não havia conexão de celular no metrô de Londres, então Milgrim nem se deu ao trabalho de experimentar o *dongle*. A viagem para Marble Arch havia sido rápida, Milgrim sentado e Heidi em pé, olhando de esguelha incessantemente os outros passageiros em busca de um Folhismo incipiente.

Heidi ainda estava com a jaqueta vestida do avesso. Enquanto ela balançava à sua frente, ele havia sido capaz de olhar, a jaqueta a toda hora se abrindo, e identificar o que antes supusera ter sido um broche mas que, na verdade eram três dardos, do tipo que se jogava em pubs dali. Às vezes, na televisão do hotel, ele ficava olhando competições hipnoticamente entediantes que faziam o golfe parecer um esporte de contato. Contudo agora ele entendia o que ela havia feito. Restavam dois. Isso não era bom. Supôs que deveria agradecer por ela ter feito o que fez, diante das circunstâncias, mas mesmo assim não era bom. Embora ele notasse que não *a* havia achado assustadora, tampouco queria se opor a ela.

Quando emergiram, Milgrim percebeu que havia um KFC ao lado da saída de Marble Arch, mas estava fechado. Tinha um cheiro horrível, o que o atingiu com uma força inesperada e enorme de nostalgia e desejo. Saudade de casa, ele pensou, outra sensação que ele havia abafado sob o peso dos calmantes, em alguma câmara não ventilada de si mesmo, por mais abstrata que a ideia de casa pudesse ser.

Então Fiona apertou a buzina da sua moto duas vezes no meio-fio, fazendo gestos para eles. Milgrim foi até lá e ela subiu o visor de seu capacete, deixando-o num ângulo em que a maçã de seu rosto cruzava com a beirada amarela do capacete, o que causava uma impressão que ele não conseguia definir, mas que era bem-vinda.

– Você vem comigo – ela disse, oferecendo-lhe o capacete preto. Levantando de leve o queixo para fazer contato visual com Heidi, que havia parado ao lado de Milgrim. – Vou mandar buscar um carro para você.

– Que se foda – disse Heidi. – Vou a pé. Cadê a Hollis?

– No Cabinet. Vou levar Milgrim.

– Faça isso – disse Heidi, pegando o capacete preto e o colocando na cabeça de Milgrim. O cheiro de laquê ainda estava lá. Ela bateu com força no capacete com os dedos em sinal de despedida. Milgrim jogou a perna sobre a garupa e a abraçou, consciente da garota dentro da blindagem. Piscando várias vezes e sentindo a novidade dessa ação. Girou o capacete para ver Heidi, mal e mal através do visor miserável, afastando-se rápido.

Fiona pôs a moto em marcha.

– **QUEM NASCE NA LAMA** morre na bicharia – disse Bigend, sentado atrás de uma mesa branca Ikea bem básica. Um dos cantos estava quebrado e empilhados sobre ela havia uma série de catálogos de amostras de tecido.

– Perdão? – Milgrim estava encarapitado em uma ridícula banqueta roxa com uma almofada fofa barata.

– Expressão arcaica – disse Bigend. – Não importa sua condição, se você exagerar, for muito excessivo em suas atitudes, pode pôr tudo a perder.

– Folha – disse Milgrim. – No carro à nossa frente.

– Eu deduzi.

– Onde está Aldous?
– Sendo interrogado por vários tipos de polícia. Ele é bom nisso.
– Vai ser preso?
– Improvável. Mas, quando Fiona fez o *debriefing* com você em Paris, você disse pra ela que havia ido às Galeries Lafayette. Que o Folha havia seguido você lá, como você imaginou que ele faria. E que você colocou o Neo dentro de, creio que ela disse, um carrinho de bebê, após ter determinado que Sleight o estava usando para rastreá-lo.
– Não exatamente um carrinho – disse Milgrim. – Algo mais moderno.
– Havia algum motivo para escolher aquele carrinho em particular?
– A mulher, a mãe, ela era russa. Eu estava escutando o que ela estava conversando.
– Que tipo de mulher você achou que ela era?
– A esposa de um oligarca, ou oligarca em potencial...
– Ou gângster?
Milgrim concordou com a cabeça.
– Acompanhada de pelo menos um guarda-costas, imagino?
Milgrim concordou com a cabeça.
Bigend o encarou.
– Mas que safado.
– Desculpe.
– Não é que eu não queira que você se torne mais proativo – disse Bigend –, mas, agora que entendo o que você fez, vejo que foi irresponsável. Impulsivo.
– Você é impulsivo – disse Milgrim, surpreendendo-se consigo mesmo.
– *Espera-se* que eu seja impulsivo. De você, espera-se que seja relativamente circunspecto. – Ele franziu a testa. – Ou melhor, não que você deva ser isso particularmente, mas eu espero isso de você, na base da experiência. Por que você fez aquilo?
– Eu estava cansado de Sleight. Nunca gostei muito dele.

– Ninguém gosta – concordou Bigend.

– E eu nunca havia refletido sobre a ideia de ele ser capaz de me rastrear com o Neo. Eu sabia que isso acontecia, supunha que era algo que você queria que ele fizesse, mas daí você começou a expressar desconfiança nele, suspeita... Milgrim deu de ombros. – Comecei a me sentir impaciente, zangado.

Bigend o estudou; o bizarro azul catódico de seu terno parecia flutuar na retina de Milgrim em alguma profundidade especial.

– Eu acho que entendo – ele disse. – Você está mudando. Disseram-me para esperar por isso. Vou levar isso em consideração no futuro. – Retirou um iPhone de um bolso interno, olhou para sua tela e depois o colocou de volta. – A mulher em Seven Dials. A agente federal. Preciso saber mais sobre ela. Tudo sobre ela.

Milgrim pigarreou, algo que nunca tentava fazer em situações como essa. Sua sacola estava aos seus pés, o laptop dentro, e agora ele resistia à necessidade de olhar dentro dela.

– Winnie Tung Whitaker – disse Milgrim.

– Por que você está usando o logo da Sonny? – interrompeu Bigend.

– Heidi comprou de um faxineiro.

– É uma marca chinesa, se é que se pode chamá-la de marca. É mais um logotipo. Usado para o mercado africano.

– Não acho que ele fosse africano. Eslavo.

– Jun – chamou Bigend. – Venha cá.

Um homem baixinho, japonês, com óculos redondos dourados, veio do interior da loja escurecida. Milgrim não o tinha visto quando Fiona o mandara entrar no prédio, apenas o outro motorista, o homem da amostra de urina.

– Sim?

– Milgrim precisa de algumas roupas. Monte um traje.

– Importa-se em levantar, por favor? – perguntou Jun. Ele usava uma espécie de chapéu de caça nitidamente britânico, Milgrim imaginou que fosse da Kangol. Ele o associava ao Bronx de outra era. Tinha um bigodinho muito bem aparado.

Milgrim se levantou. Jun deu a volta nele.

– Cintura trinta e dois – disse. – Costura interna trinta e dois?

– Trinta e três.

Olhou para os sapatos de Milgrim.

– Oito?

– Nove, na medição americana.

– Oito para a Inglaterra – disse Jun, e voltou à frente escurecida da loja, onde Milgrim sabia que o motorista da amostra de urina estava sentado com seu guarda-chuva.

– Ela não está interessada em você – disse Milgrim. Achou que pudesse ser sócio de Gracie. Não tinha como saber o que estava observando em Myrtle Beach. – Então me seguiu até aqui. E eu acho...

– Sim?

– Eu acho que ela queria conhecer Londres.

Bigend ergueu uma sobrancelha.

– Mas a polícia, as autoridades, não a ajudaram muito quanto a você. Ela disse que você tinha contatos. Com eles.

– É mesmo?

– Mas perguntaram pra ela sobre o seu 4x4.

– Perguntaram pra ela por quê?

– Estavam curiosos sobre ele.

– Mas o que ela queria de você?

– Ela pensou que, se aprendesse mais sobre você, aprenderia mais sobre Gracie, sobre o Folha. Mas, assim que soube que você era apenas um concorrente, que você também estava interessado em contratos militares nos Estados Unidos, ela perdeu o interesse.

– Você disse isso para ela?

– Ela perdeu o interesse em você – repetiu Milgrim.

Silêncio.

– Entendo o que você quer dizer – disse Bigend.

– Eu não estava oferecendo nenhuma informação. Estava respondendo questões específicas. Não sabia mais o que fazer.

Jun retornou, os braços cheios de roupas, que colocou sobre a mesa, empurrando para o lado as amostras de tecidos. Havia um par de sapatos marrons muito novos e muito reluzentes.

– De pé, por favor. – Milgrim se levantou. – Remova a jaqueta. – Milgrim abriu o zíper da Sonny e a retirou. Jun o ajudou a vestir algo feito de um tweed cheiroso, logo o removeu, experimentou outro, também fragrante, deu a volta, abotoou o paletó e assentiu.

– Mas por que você não me contou isso naquela época? – Bigend perguntou.

– Remova as calças, por favor – disse Jun –, e a camisa.

– Eu estava ansioso demais – disse Milgrim. – Eu tenho um distúrbio de ansiedade. – Sentou-se na banqueta horrorosa e começou a tirar os sapatos. Depois levantou-se e começou a tirar as calças, feliz por ter algo para fazer. – Eu não a *fiz* me seguir. Você me enviou a Myrtle Beach.

– Você pode ter um distúrbio de ansiedade – disse Bigend –, mas está definitivamente mudando.

– Remova a camisa, por favor – disse Jun.

Milgrim obedeceu. Ele ficou ali, de cuecas e meias pretas compradas nas Galeries Lafayette, com a sensação peculiar de alguma coisa ter acabado de mudar, embora ele não tivesse certeza do quê. Jun ficou ocupado desabotoando e desdobrando uma camisa xadrez, que agora ajudava Milgrim a vestir. Ela tinha colarinho italiano, viu Milgrim, e enquanto estava abotoando a parte da frente descobriu que os punhos se estendiam quase até os cotovelos, com uma enorme quantidade de botões de pérola.

– Você já esteve em Florença? – perguntou Bigend enquanto Milgrim abotoava aqueles punhos muito peculiares.

– Florença? – Jun havia acabado de lhe entregar uma calça de sarja.

– Toscana – disse Bigend – é adorável. Melhor ainda nesta época do ano. A chuva. A luz mais sutil.

– Você está me mandando para a Itália?
– Junto com Hollis. Quero vocês dois fora daqui. Tem alguém zangado com vocês. Vou gerar um tráfego profundo na Blue Ant para convencê-los de que vocês dois estão em Los Angeles. Talvez isso convença Oliver.

Milgrim lembrou-se daquele grito fora da Bank Station, respirou fundo, mas descobriu que nenhuma palavra saía. Fechou o zíper das calças novas, que eram estranhamente estreitas nos tornozelos e tinham as barras dobradas.

– Sente-se, por favor – disse Jun, que estava afrouxando os cadarços dos sapatos marrons. Eram brogues, mas com a ponta mais estreita do que o tradicional, e solados grossos que pareciam ter placas de metal. Milgrim se sentou. Jun se ajoelhou, ajudou Milgrim com os sapatos e depois apertou os cadarços e os amarrou. Ele se levantou, deslocando o peso. Eles cabiam, deduziu, mas eram duros e pesados. Jun lhe entregou um cinto estreito e pesado de couro de tom semelhante, com fivela de bronze polido. Ele o colocou. – Gravata – disse Jun, oferecendo uma de seda estampada.

– Não uso, obrigado – disse Milgrim.

Jun colocou a gravata em cima da mesa, ajudou Milgrim a vestir o paletó, depois apanhou a gravata novamente, dobrou-a, enfiou-a no bolso interno do paletó. Sorriu, deu uma palmadinha no ombro de Milgrim e foi embora.

– Assim está melhor – disse Bigend. – Para Florença. *Bella figura*.

– Eu vou voltar para Camden?

– Não – disse Bigend. – Foi por isso que mandei você entregar sua chave para Fiona. Ela passou lá para pegar suas coisas e fazer seu check-out.

– Para onde estou indo?

– Não está – disse Bigend. – Vai dormir aqui.

– Aqui?

– Um colchão de espuma e um saco de dormir. Estamos na esquina da Blue Ant, mas eles não sabem.
– Sabem o quê?
– Que eu sou Tanky.
– E o que *isso* significa?
– Tanky e Tojo. É o nome da loja. Eu sou Tanky. Jun é Tojo. Ele é incrível, sério.
– É mesmo?
– Você está parecendo – disse Bigend – um vigarista que gosta de caçar raposas. O jeito como Jun capta as contradições é brilhantemente subversivo.
– Aqui tem wi-fi?
– Não – disse Bigend. – Não tem.
– O que ela mais queria transmitir a você – disse Milgrim –, Winnie Tung Whitaker, é que Gracie acredita que você é concorrente dele. O que para ele significa que você é um inimigo.
– Eu não sou inimigo dele – disse Bigend.
– Você me mandou roubar o desenho das calças dele.
– "Inteligência empresarial". Se você não tivesse jogado o Folha para cima de alguns russos aleatórios, isto tudo seria muito mais fácil. E não estaria me distraindo de coisas mais importantes. Mas estou feliz por termos esta oportunidade de discutir a questão em mais detalhes, com discrição.
– Policiais corruptos são uma coisa – disse Milgrim. – Um ex--major corrupto nas Forças Especiais que trafica armas ilegalmente? Acho que é uma coisa bem diferente.
– Um *homem de negócios*. Isso eu também sou.
– Ela disse que ele acredita que pode fazer qualquer coisa – disse Milgrim. – Disse que o enviaram para *escolas*.
– Não seria meu primeiro traficante de armas, sabia? – disse Bigend, levantando-se. Endireitou o terno, que Milgrim reparou preci-

sar ser passado. – Enquanto isso você e Hollis podem ir a museus, saborear a comida. É extraordinária, sério.

– Comida?

– O que conseguiram fazer com você na Basileia. Realmente estou muito impressionado. Vejo agora que tudo levou um tempo para se condensar.

– Isto me lembra uma coisa – disse Milgrim.

– O quê?

– Estou morrendo de fome.

– Sanduíches – disse Bigend, indicando um saco de papel marrom em cima da mesa. – Frango e bacon. Pão de grãos. Amanhã, quando a viagem tiver sido acertada, entrarei em contato. Você vai ficar trancado aqui. O sistema de alarme será ativado. Por favor, não tente ir embora. Jun chegará umas dez e meia. Boa noite.

Quando Bigend foi embora, Milgrim comeu os dois sanduíches, limpou cuidadosamente os dedos e depois removeu os sapatos novos, examinou o logotipo Tanky & Tojo estampado no solado de couro laranja, cheirou-os e os colocou em cima da mesa branca. Ele conseguia sentir o frio piso de vinil cinza debaixo das meias. A porta da frente da loja, que Bigend havia fechado atrás de si, parecia barata e de material oco. Um dia ele vira um traficante chamado Fish quebrar com um cinzel a fina pele de madeira de um dos lados de uma porta daquele tipo. Ela estava cheia de sacos plásticos de Valium mexicano falsificado. Pressionou a orelha contra a porta, conteve a respiração. Nada.

Será que o homem da amostra de urina ainda estaria sentado ali fora com seu guarda-chuva? Ele duvidava, mas queria ter certeza. Encontrou o interruptor e o pressionou. Ficou na escuridão por um instante, depois abriu a porta.

A loja estava fracamente iluminada, por luminárias feitas de papel branco, em forma de coluna, luminárias de piso. A janela da vitrine, vista dali, parecia uma daquelas grandes Cibachromes em uma galeria de arte: fotografia de uma parede de tijolos do outro lado da rua, uma tênue impressão de grafite. De repente alguém passou, usando um capuz preto. Milgrim engoliu em seco. Fechou a porta. Voltou a acender as luzes.

Foi até a parte de trás, sem se incomodar mais em fazer silêncio, abriu uma porta semelhante, porém menor, e encontrou um pequeno aposento limpo com um vaso sanitário e uma pia de canto muito novos. Não havia outras portas. Não havia entrada dos fundos. A vizinhança, como grande parte de Londres, não tinha becos no sentido americano da palavra, ele imaginou.

Ele encontrou uma rolo branco virginal de espuma com cinco polegadas de espessura formando um cilindro grosso vertical. Estava preso com três faixas de fita adesiva transparente, o logo da Blue Ant repetia-se ao longo delas a intervalos regulares. Ao lado dela havia uma salsicha gorda e muito pequena do que parecia ser uma seda escura e iridescente, e uma garrafa plástica de um litro de água mineral da Escócia.

A gaveta de cima da mesa continha as instruções de montagem da Ikea e um par de tesouras com cabos transparentes incolores. As outras duas gavetas estavam vazias. Ele usou as tesouras para cortar a fita, liberando a espuma, que permaneceu ligeiramente curvada, na direção em que havia sido enrolada. Ele colocou o lado côncavo para baixo, sobre o vinil frio, e pegou a salsicha. As palavras MONT-BELL estavam bordadas num dos lados. Ele teve dificuldades com a trava de plástico no cordão, soltou-a e começou a retirar o conteúdo densamente compactado. Após tê-lo desdobrado, percebeu que o saco de dormir era muito leve, muito fino, extensível e daquela mesma iridescência, entre roxo e preto. Ele abriu o zíper e espalhou-o sobre a cama. Pegou a garrafa de água e a levou até a mesa, onde pegou a sua sacola no chão e a colocou ao lado da garrafa. Pegando a cadeira de Bigend, ele se sentou, abriu a sacola e tirou dela sua jaqueta de algodão amarrotada. Olhou para as lapelas de tweed de seu novo paletó, surpreso por vê-las. Os punhos da camisa eram estranhos demais, mas, por outro lado, não era possível enxergá-los sob o paletó. Colocou a jaqueta velha de lado e pegou o Mac Air, o cabo de bateria, o adaptador de tomada para o Reino Unido e o *dongle* vermelho de Hollis.

O sistema elétrico britânico era de uma espécie muito diferente, com suas tomadas de três pinos enormes, em geral equipadas com seus próprios interruptores – um toque particularmente sombrio de exagero, como usar cinto e suspensório ao mesmo tempo. "Quem nasce na lama morre na bicharia", ele disse, conectando a fonte de alimentação na tomada mais próxima da mesa e ligando o interruptor da tomada.

Procurou "Tanky & Tojo" no Google e logo descobriu que Jun, Junya Marukawa, tinha sua própria loja em Tóquio, e que Tanky & Tojo estava conseguindo muita cobertura na Web, e que uma filial do Soho abriria no ano seguinte na Lafayette. Não havia menção alguma a Hubertus Bigend. O estilo de Jun, é claro, era uma abordagem japonesa a alguma coisa que pelo menos um dos escritores havia chamado de "transgressor tradicional".

Então ele foi para o Twitter, conectou-se, viu que não havia nada de novo de Winnie e começou a compor sua mensagem para ela na cabeça enquanto se livrava das três garotas estranhas, com números em vez de sobrenomes, que queriam segui-lo.

53.

GRILO

O som de grilo do telefone a despertou, embora no mesmo instante não tivesse mais tanta certeza de que estivera de fato dormindo. Tinha ficado enroscada a noite toda ao lado dele, acordada a maior parte do tempo por alguma necessidade de processar o fato de que ele realmente estava lá. Ele tinha cheiro de hospital. Algum remédio que usava para cobrir as feridas. Ele não a deixara ver os machucados, descrevendo sua perna ferida como um *work in progress*.

Ele havia sentado na poltrona para trocar as ataduras, em um saco preto de lixo tirado da mochila pendurada atrás da cadeira de rodas-scooter, abrindo os alfinetes que prendiam a parte de dentro da perna da calça. Ela precisara esperar no banheiro, encostada nos canos de aquecimento das toalhas que enjaulavam o chuveiro, ouvindo-o assoviar, deliberadamente desafinado, só para provocá-la.

– Prontinho – ele chamara por fim. – Estou decente agora.

Ela havia emergido para encontrá-lo alfinetando a barra de sua calça. O saco preto que ele espalhara sobre a cadeira estava agora no tapete, alguma coisa presa com um nó em uma das pontas.

– Machuca fazer isso? – ela perguntou.

– Não chega a machucar – ele respondeu. – O resto, a reconstrução, a fisioterapia, isso é menos divertido. Sabia que um dos ossos da minha coxa é feito de ratã?

– O que é isso?

— Ratã. O material com que se fazem cestas e móveis. Encontraram um jeito de transformá-lo num análogo perfeito do osso humano.

— Você está inventando isso.

— Estão começando a testar em humanos agora. Em mim, na verdade. Em ovelhas funciona que é uma beleza.

— Eles não conseguem. Transformar ratã em osso.

— Colocam em fornos. Com cálcio e outras coisas. Sob pressão. Por um longo tempo. Se transforma em osso, praticamente.

— Claro que não!

— Se eu tivesse parado para pensar, teria pedido para eles fazerem uma cesta para você. O brilhante em tudo isso é que você pode *construir* exatamente o osso de que necessita, todo de ratã. Trabalhar nele como ratã. Depois ossificá-lo. É um substituto perfeito. Na verdade um pouco mais forte que o original. Uma estrutura microscópica permite que os vasos sanguíneos cresçam por dentro dela.

— Não me sacaneie.

— Me conte mais sobre o que esse Milgrim disse para o sr. Big End — ele pediu. Sempre pronunciava o nome de Hubertus assim, como se fossem duas palavras.

Ela encontrou o telefone, sentindo-o mais absurdamente maciço na escuridão do que nunca, e o levantou.

— Estarei aí em dez minutos — disse Bigend. — Esteja na sala de estar.

— Que horas são?

— Oito e quinze.

— Estou dormindo. Estava.

— Preciso ver você.

— Onde está Milgrim? E Heidi?

— Vamos falar sobre ele em breve. Heidi não entra na discussão. — Ele desligou.

Ela forçou a vista para enxergar o brilho fraco ao redor das beiradas da cortina. Colocou o fone no gancho com o máximo de silêncio que pôde. A respiração de Garreth continuava imperturbável. Sentou--se com cuidado. Conseguiu enxergar as linhas horizontais escuras de suas pernas. Ele havia insistido em dormir de calças e meias. No seu peito nu, ela agora sabia, havia novas cicatrizes, curadas mas ainda lívidas, ao lado de outras mais antigas que ela podia ter traçado de memória. Ela se levantou, foi pé ante pé para o banheiro, fechou a porta atrás de si e acendeu a luz.

54.

O BRILHO DO AIR

– Ferguson – disse Winnie Tung Whitaker. – O cara do *mullet*. Ele estava no voo de Heathrow do Gracie, de Gênova.

Sob o brilho da tela do Air e do teclado retroiluminado, Milgrim estava encolhido na mesa, coberto pelo saco de dormir da Mont-Bell. Havia tentado dormir, mas acordava a toda hora para checar o Twitter. Na sexta ou sétima tentativa, ele havia recebido como resposta um número nos Estados Unidos. Ao checar o cartão, ele vira que era o número do celular de Winnie. Uma pesquisa do catálogo telefônico de papel sob os livros de amostras de tecidos tinha fornecido os prefixos de discagem necessários.– O das calças? – ele perguntou, torcendo para estar errado.

– *Mike* Ferguson. Viu? Eu te disse.

– Quando você volta?

– Na verdade, essa sua história poderia me conseguir uma licença *en route*.

– O que é isso?

– Gostamos de dizer que é a única fraude ainda permitida aos funcionários públicos federais. Eu sou TDY agora. *Temporary duty*, missão temporária, viagem de negócios. Se eu conseguir permissão, posso tirar dois dias de férias. Dezesseis horas de licença por ano. Quando vi seu tweet, mandei um e-mail para meu chefe. Mas as despesas são minhas. – Ela não parecia feliz por isso. – Por outro lado, tudo está ficando realmente interessante. Não que meu chefe fosse achar interessante o bastante para me deixar aqui num estipêndio diário. Mas o truque que você aplicou em Paris, eu não teria esperado aquilo de você. O que é que está rolando?

– Não sei. – Era verdade.

– Aquele era o estudante da Parsons, o designer, o *wannabe* Operações Especiais. E aquela tentativa imbecil de atacar o 4x4 do seu chefe deve ter sido coisa dele também.

– Foi, sim – disse Milgrim. – Eu o vi.

– Quero dizer que não foi Gracie nem Ferguson. Eles ainda estavam passando pela imigração em Heathrow. Mas, quando passaram, certamente foram postos a par do que ele fez, e do que aconteceu. A coisa interessante, então, se torna como Gracie reagiu a isso. Se ele fosse inteligente, se livraria dele, demitiria o designer. Que, é claro, é pior do que sem noção. E não é que Gracie não seja inteligente. Ele é muito inteligente. Só não é esperto. Você contou a Bigend?

– Contei – disse Milgrim. – Acho que contei a ele tudo o que você queria que eu contasse.

– Você falou a ele sobre mim?

– Eu mostrei a ele seu cartão – disse Milgrim. Ele estava em cima da mesa agora, na frente dele.

– Descreva a reação que ele teve.

– Ele não parecia preocupado. Mas nunca parece. Ele disse que já tem certa experiência com agentes federais americanos.

– Pode ser que ele logo mais tenha uns 220 quilos de *Mike* muito bem treinado em suas mãos, somados os dois. Você vai precisar me manter informada. Tem telefone?

– Não – disse Milgrim. – Deixei-o em Paris.

– Me tuíte. Ou ligue para esse número.

– Fico feliz por sua licença.

– Ainda não está inteiramente garantida. Vamos torcer pra que dê certo. Se cuida. – Desligou.

Milgrim colocou o fone de plástico levíssimo em cima de seu recesso no topo do aparelho, fazendo com que um painel branco retroiluminado se apagasse.

Olhou para o relógio no canto superior direito da tela. Jun deveria chegar em algumas horas. Ainda não estava claro lá fora. Enrolado no Mont-Bell, voltou à espuma.

55.

SR. WILSON

Não tinha muita gente ali para o café da manhã.
O rapaz italiano e outro garçom estavam arranjando alguns biombos no lado oeste do suporte dos narvais. Ela já tinha visto aqueles biombos serem colocados ali antes, para aumentar a privacidade dos cafés de negócios. As telas eram feitas do que ela supunha ser uma tapeçaria bastante antiga, desvanecida até não ser de nenhuma cor específica, uma espécie de cáqui variegado, mas agora ela reparava que elas exibiam cenas de *Branca de Neve*, de Walt Disney. Pelo menos não pareciam ser pornográficas. Ela estava para se sentar em sua mesa de costume, abaixo das presas em espiral, quando o rapaz italiano notou sua presença.

– A senhora vai ficar aqui, srta. Henry – indicando a mesa recém-coberta pelo biombo.

Então Bigend apareceu na cabeceira das escadas, movendo-se rapidamente, sobretudo sobre o braço, a aura de seu terno azul quase doendo na vista.

– É Milgrim – ele disse, quando chegou até onde ela estava. – Traga café. – Ele fez o pedido ao rapaz italiano.

– Certamente, senhor. – E sumiu.

– Alguma coisa aconteceu a Milgrim?

– Nada aconteceu a Milgrim. Milgrim aconteceu a mim. – Ele jogou a capa sobre as costas da cadeira.

– Como assim?

– Ele tentou cegar o vulgo Folha do lado de fora da Bank Station. Ontem à noite.

– *Milgrim*?

– Não que ele tenha me contado a respeito – disse Bigend, sentando-se.

– Me diga o que aconteceu. – Ela se sentou ao lado dele.

– Eles foram ao flat de Voytek esta manhã. Pegaram Bobby.

– Bobby?

– Chombo.

O nome, depois ouvido, fez com que se lembrasse do homem. Ele o havia encontrado pela primeira vez em Los Angeles, e depois, em circunstâncias muito diferentes, em Vancouver.

– Ele está aqui, em Londres? Quem veio?

– Primrose Hill. Ou estava, até hoje de manhã. – Bigend olhou fuzilando para a garota italiana, que chegava com o café. Ela serviu Hollis, então ele.

– Café está bom por enquanto, obrigada – Hollis disse a ela, esperando lhe dar uma chance de escapar.

– Claro – disse a garota, e logo se abaixou abaixo da tela Disney de aparentemente 400 anos de idade.

– Ele era matemático – disse Hollis. – Programador? Tinha me esquecido dele. – Talvez em parte porque Bobby, uma personalidade notavelmente desagradável, havia sido um dos responsáveis por ter tornado sua primeira experiência com Bigend tão ruim. – Lembro ter pensado que você parecia o estar sondando, em Vancouver. Quando eu estava indo embora.

– Talento extraordinário. Incrivelmente *minucioso* – disse Bigend, com um prazer evidente. – Muito focado.

– Um babaca – sugeriu Hollis.

– Mas não era um problema. Eu resolvi os problemas dele, o trouxe para cá e dei uma tarefa para ele. Um desafio verdadeiramente digno de suas habilidades. O primeiro de sua vida. Eu lhe teria providenciado qualquer estilo de vida, sério.

– Lembre-me de ser ainda mais babaca.

– Porém – disse Bigend –, por ele ser essencialmente um parasita, com uma necessidade emocional de irritar em todo momento seu anfitrião, e porque eu queria que o projeto permanecesse separado da Blue Ant. Mandei Voytek cuidar dele. Na própria casa. E compensei Voytek, claro.

– Voytek?

– Meu homem de TI alternativo. Minha carta na manga contra Sleight. Não tenho certeza de que Sleight ainda não tenha descoberto, mas ele sem dúvida descobriu, em algum momento, onde eu estava escondendo Chombo enquanto ele trabalhava no projeto.

– Qual é o projeto?

– Segredo – disse Bigend, erguendo um pouco as sobrancelhas.

– Mas quem levou Bobby?

– Três homens. Americanos. Eles disseram a Voytek que voltariam para pegar a ele, a sua esposa e a seu filho, se tentasse alertar alguém antes das sete desta manhã.

– Eles ameaçaram sua esposa e filho?

– Voytek entende desse tipo de coisa. Leste Europeu. Acreditou no que eles disseram na mesma hora. Me ligou às 7h20. Em seguida liguei para você. Preciso que você me ajude com Milgrim.

– Quem eram eles?

– Folha, pela descrição. Incapaz de parar de resmungar sobre Milgrim. Os outros dois, eu supus, eram Gracie, o traficante de armas que Milgrim citou e mais alguém. Gracie é claramente quem manda; calmo, profissional. O terceiro tinha um *mullet*, disse Voytek. Precisei procurar no Google. Folha parece ter visto o interior de uma UTI duas vezes esta semana e responsabiliza Milgrim pessoalmente. Mas Gracie supõe que Milgrim possa estar seguindo ordens. Minhas.

— Ele disse isso a Voytek?
— Ele disse isso a mim.
— Quando?
— No caminho para cá. Sleight lhe deu, obviamente, o número do meu celular pessoal.
— Ele parecia zangado?
— Parecia — disse Bigend. — Como software de distorção de voz. Impossível de sentir qualquer afeto. Ele me disse o que exige em troca do retorno de Bobby em segurança, e por quê.
— Quanto?
— Milgrim.
— Quanto ele quer?
— Ele quer Milgrim. Mais nada.
— Aí está você — disse Garreth, pela abertura entre as duas telas. — Podia ter deixado um bilhete.

Bigend levantou a cabeça e olhou para Garreth com uma franqueza peculiar, típica de uma criança. Hollis só havia visto aquela expressão algumas vezes antes, e tinha medo dela.

— Este é Garreth — ela disse.
— Wilson — disse Garreth, o que não era verdade.
— Suponho, sr. Wilson, que o senhor seja amigo de Hollis. O que se feriu há pouco num acidente de automóvel.
— Não tão recente — disse Garreth.
— Vejo que está se juntando a nós — disse Bigend. Então, virou-se para o rapaz italiano, que aparecera ansioso. — Mova o biombo para o sr. Wilson. Arranje uma cadeira para ele.
— Muito gentil — disse Garreth.
— Imagine.
— Você devia estar andando? — Hollis perguntou, começando a se levantar.

Quando o rapaz empurrou a tela do biombo para o lado, Garreth passou, pesadamente, se apoiando na bengala quadrúpede.

– Peguei a cadeira para inválidos, depois o elevador de serviço. – Ele pôs a mão livre no ombro dela e apertou carinhosamente. – Não precisa se levantar.

Quando o rapaz terminou de ajudá-lo a se sentar na poltrona de espaldar alta trazida de uma mesa ao lado, ele sorriu para Bigend.

– Este é Hubertus Bigend – disse Hollis.

– Um prazer, sr. Big End. – Apertaram as mãos por cima da mesa.

– Me chame de Hubertus. Uma xícara para o sr. Wilson – ele disse para o rapaz italiano.

– Garreth.

– Você se feriu aqui em Londres, Garreth?

– Dubai.

– Sei.

– Me perdoe – disse Garreth –, mas não pude deixar de ouvir a conversa de vocês.

As sobrancelhas de Bigend se ergueram uma fração.

– Quanto?

– O grosso – disse Garreth. – Você está pensando em entregar a eles esse tal de Milgrim, então?

Bigend olhou de Garreth para Hollis, e depois fez o caminho inverso.

– Não tenho como saber quanto mais você pode descobrir sobre meus negócios, mas investi muito na saúde e no bem-estar de Milgrim. Isto aparece em uma hora muito difícil para mim, porque não posso confiar em minha própria equipe de segurança. Há uma luta interna na empresa, e eu tenho horror de procurar qualquer uma das empresas de segurança corporativa aqui. Na minha experiência, seria como contratar o sujo para cuidar do mal lavado. Milgrim, por meio de suas ações infelizes, pôs em risco um projeto meu, um projeto que é da mais profunda importância para mim.

– Você *vai*! – disse Hollis. – Você vai! Você vai dar Milgrim a eles!

– Claro que vou – disse Bigend –, a menos que alguém tenha uma sugestão melhor. E a esta hora amanhã já terei feito isso.

– Enrole – disse Garreth.

– Enrolar?

– Eu provavelmente posso arrumar uma solução, mas vou precisar de 48 horas.

– Seria muito arriscado para mim fazer isso – disse Bigend.

– Não tão arriscado quanto se eu chamar a polícia – disse Hollis. – E o *Times* e o *The Guardian*. Tem um homem no *Guardian* que tem uma pendenga em particular com você, não tem?

Bigend ficou encarando Hollis.

– Diga a eles que você perdeu o rastro dele – disse Garreth –, mas que vai consegui-lo de volta. Vou ajudá-lo com as mensagens.

– O que você é, sr. Wilson?

– Um homem faminto. Com uma perna ferida.

– Eu recomendo o inglês completo.

56.

SEMPRE É GENIAL

Milgrim, de lado em seu saco de dormir, sobre espuma branca de aspecto medicinal, estava preso em um ciclo frustrante de semissono, lento e circular, em que a exaustão o conduzia lentamente em direção ao ponto onde o sono devia com certeza estar, mas daí, de alguma forma, errava o alvo, e fazia com que ele trombasse com um estado de ansiedade aleatória que não tinha condições de ser classificado como estar desperto, para depois começar tudo de novo, convencido da promessa do sono...

Sua terapeuta havia lhe dito, quando ele lhe descreveu a situação, que isso era um efeito colateral do estresse – excesso de medo, excesso de excitação –, e esse era justamente o seu estado. O fato de aquilo ser o tipo de coisa que uma pessoa normal podia burlar usando um único tablete de Ativan acrescentava certa ironia. Mas a recuperação de Milgrim, ele aprendera, dependia de uma estrita abstinência a qualquer substância escolhida. Que, na verdade, não era uma substância realmente escolhida, sustentava sua terapeuta, mas necessária. E Milgrim sabia que ele jamais se contentara com um único tablete de nada. Era o *primeiro* tablet – ele dizia a si mesmo, ensaiando aqueles ensinamentos como quem rezava um terço, enquanto era embalado pela exaustão em direção a uma falsa promessa de sono – que ele não podia ingerir. Os outros não eram problema, porque, se ele evitasse o primeiro com sucesso, não haveria outros. Exceto pelo primeiro, que, pelo menos potencialmente, estaria sempre lá o tentando. Tunc. Ele atingiu o estágio da ansiedade aleatória, viu aquelas poucas fagulhas lançadas para fora dos para-choques do carro do Folha quando Aldous deu ré nele, passando por aquele espaço estreito.

Tentou lembrar o que sabia sobre carros, para explicar aquelas fagulhas. Carros naqueles dias eram em grande parte de plástico, com pedaços de metal em seu interior. A superfície do corpo havia sido esmagada, supôs ele, até um pouco de metal, produzindo fagulhas, e depois talvez o metal tivesse sofrido abrasão... Eu sei disso, imbecil, sua mente lhe disse.

Pensou ter ouvido alguma coisa. Então soube que sim. Seus olhos se abriram subitamente na pequena caverna do Mont-Bell, o escritório pouco iluminado pela dança das formas abstratas na tela do Air.

– Shombo sempre – ele ouviu Voytek dizer em voz alta, o sotaque inconfundível, ficando cada vez mais próximo, com ressentimento – é *genial*. Shombo é *codificador* genial. *Shombo*, vou lhe dizer: Shombo codifica como gente velha fode.

– Milgrim – Fiona ligou. – Alô, onde você está?

57.

ALGO DIRETO DA PRATELEIRA

O que quer que estivesse por trás da crise atual, não parecia ter afetado o apetite de Bigend. Todos estavam comendo o inglês completo. Bigend estava indo com tudo pra cima do seu, e Garreth guiava a maior parte da conversa.

– Esta é uma troca de prisioneiros – disse Garreth. – Um refém por outro. Seu camarada supõe, muito bem, que você dificilmente chamaria a polícia. – Bigend olhou sério para Hollis. – Também podemos supor que ele não tenha uma rede muito grande de conexões aqui em Londres – continuou Garreth –, senão não teria enviado um idiota qualquer atrás de Milgrim. E a esta altura você está no mesmo barco, dada a situação em sua firma, e podemos supor que ele sabe disso, por causa de Sleight.

– Será que alguém pode ter um infiltrado a seu próprio favor? – perguntou Bigend. – Eu suporia que todos sejam assim, custe o que custar.

Garreth ignorou o comentário.

– Seu infiltrado sabe que você não está muito inclinado a contratar segurança de fora, pelos motivos que já declarou. Dessa forma, seu camarada já sabe disso. Como ele jamais teria concordado com um plano de sequestro tão evidentemente ridículo, podemos supor que quem planejou tenha sido o Folha. Logo, o camarada ou não estava presente durante a tentativa ou de algum modo não foi informado. Eu imagino que ele já estivesse a caminho daqui, talvez por imaginar que o Folha estivesse fazendo merda. O Folha possivelmente atuou naquela hora para tentar pegar Milgrim antes que o chefe chegasse.

Hollis nunca havia ouvido Garreth desembrulhar uma situação específica dessa maneira, embora algo em seu tom agora a fizesse lembrar de sua explicação de guerra assimétrica, um tópico no qual ele sempre tivera um grande e profundo interesse. Ela se lembrava dele dizendo como o terrorismo era quase apenas uma questão de branding, e apenas um pouco menos sobre a psicologia das loterias, e como isso a fazia pensar em Bigend.

– Então – disse Garreth –, é provável que estejamos lidando com um plano improvisado da parte deles. Seu camarada optou por uma troca de prisioneiros. Esses, claro, são eminentemente jogáveis. Embora seu camarada sem dúvida saiba disso, e esteja familiarizado com todas as táticas aplicáveis, incluindo aquela que eu estaria mais propenso a empregar.

– E qual é ela?

– Seu amigo, Milgrim. Ele é obeso? Muito alto? De aspecto memorável?

– Facilmente esquecível – disse Bigend. – Cerca de 65 quilos.

– Ótimo – Garreth estava passando manteiga numa fatia de torrada. – Qualquer troca de prisioneiros exige uma quantidade surpreendente de confiança mútua. Motivo pelo qual isso é jogável.

– Você não vai lhes dar Milgrim – disse Hollis.

– Preciso ver mais do que isso para me convencer de um possível sucesso, sr. Wilson, se me perdoa a franqueza – disse Bigend, passando feijões com o garfo num quarto de fatia de torrada.

– Deus está nos detalhes, dizem os arquitetos. Mas você tem um problema um pouco maior aqui. Contextualmente.

– Você se refere – disse Bigend – à inadequada presteza de Hollis em me entregar ao *The Guardian*?

– Gracie – disse Garreth. – Imagino que ele esteja fazendo tudo isso porque acha que você andou fodendo com ele, e com sucesso. Ele não pediu dinheiro, pediu?

– Não.

– Seu infiltrado não quer dinheiro?

– Tenho certeza de que quer – disse Bigend –, mas imagino que ele deva estar envolvido demais com essa gente. Acho que ele estava procurando criar um contexto no qual fosse possível me trair e ainda lucrar com isso, e foi aí que eles *o* encontraram. Sleight talvez tenha medo deles, e provavelmente com um bom motivo.

– Se você fosse entregar Milgrim – disse Garreth – para conseguir seu Bobby de volta intacto, eles voltariam. Você é rico demais. O oficial corrupto pode não estar pensando nisso ainda, mas seu infiltrado já está.

Bigend parecia anormalmente pensativo.

– Mas, se você fizesse do jeito que eu faria – disse Garreth –, realmente foderia com eles, de um jeito muito formal e pessoal. E eles com certeza viriam atrás de você.

– Então, por que sugerir isso?

– Porque – disse Hollis – dar Milgrim a eles não é uma opção.

– O negócio é – disse Garreth – que você precisa ao mesmo tempo foder com eles e neutralizá-los, de um jeito sério e permanente.

Bigend se inclinou um pouco para a frente.

– E como você faria isso?

– Não estou preparado para lhe dizer neste momento – disse Garreth.

– Você não está propondo violência, está?

– Não do jeito que acho que está pensando, não.

– Não vejo como você poderia montar algo tão sofisticado num período tão curto de tempo.

– Teria de ser algo direto da prateleira.

– Direto da prateleira?

Mas Garreth havia voltado ao seu café da manhã.

– E há quanto tempo você conhece o sr. Wilson, Hollis? – seu tom de voz parecia o de um anfitrião de um livro de Jane Austen.

– Nós nos conhecemos em Vancouver.

– É mesmo? Tiveram tempo para socializar?

– Nós nos conhecemos mais para o fim da minha estadia.

– E você sabe se ele é alguém que tem as habilidades que ele está dizendo ter?

– Sei – disse Hollis –, embora tenha feito um acordo com ele para não dizer mais do que isso.

– Pessoas que afirmam ter habilidades desse tipo são com frequência mentirosas compulsivas. Embora o mais peculiar nisso, em minha experiência, seja que, embora a maioria dos bares nos Estados Unidos tenham alcoólatras que afirmem ter sido Navy SEALs, às vezes há ex-Navy SEALs, nesses mesmos bares, que são alcoólatras.

– Garreth não é Navy SEAL, Hubertus. Não sei o que posso dizer que ele seja. Ele é mais ou menos como você. Único. Se ele lhe disse que acha ser possível resgatar Bobby e neutralizar essa ameaça, então...

– Sim?

– Então ele acredita que consegue fazer isso.

– E o que você propõe que eu faça, então – Bigend perguntou a Garreth –, se aceitasse sua ajuda?

– Eu precisaria ter uma ideia de todos os recursos táticos que estão a sua disposição em Londres que ainda estejam intactos, se houver algum. Precisaria de um orçamento operacional aberto. Vou ter que contratar alguns especialistas. Despesas.

– E quanto o senhor vai querer para si mesmo, sr. Wilson?

– Não vou querer – disse Garreth. – Não dinheiro. Se eu puder fazer isso de um jeito que me agrade, e imagino que agrade a você também, você vai liberar Hollis. Vai liberá-la do que quer que ela esteja fazendo para você, lhe pagar o que ela achar que você lhe deve e concordar em deixá-la em paz. E se não puder concordar com isso, eu a aconselho a procurar ajuda em outro lugar.

Bigend, sobrancelhas erguidas, olhou de Garreth para Hollis.

– E você concorda com isso?

– É uma proposta totalmente nova para mim. – Ela se serviu de um pouco de café, ganhando tempo para pensar. – Na verdade – continuou –, eu exigiria uma condição a mais.

Ambos a encararam.

– A designer da Hounds – Hollis disse para Bigend. – Você não vai tê-la. Você vai deixá-la absolutamente em paz. Pare de procurar. Mande todos pararem a busca de uma vez.

Bigend franziu os lábios.

– E – disse Hollis – você vai encontrar os sapatos de Meredith. E entregá-los a ela.

Um silêncio se seguiu, Bigend olhando para seu prato, os cantos da boca virados para baixo.

– Bem – ele disse por fim, olhando para eles –, nada disso teria sido interessante antes das 7h20 desta manhã, e no entanto aqui estamos nós, não é?

58.

DOUCHE BAGGAGE

Voytek estava muito zangado com alguma coisa, provavelmente porque havia recebido aquele olho amarelado e arroxeado, ainda não totalmente preto. Ele parecia muito zangado com Shombo, o rapaz irritado que Milgrim havia visto na Biroshak & Son, embora Milgrim achasse difícil imaginar Shombo batendo em qualquer pessoa. Ele olhou para Milgrim como se apenas sair da cama tivesse sido um desafio desagradável.

Milgrim teria preferido ficar junto com Fiona no banco do carona, mas ela insistiu que ele se sentasse ali atrás com Voytek, no piso daquela minúscula van Subaru, uma área pouco menor que o espaço ocupado por uma lavadora e uma secadora, e que estava atulhado com caixas pretas de plástico enormes, de aspecto sólido e semelhantes ao de um desenho animado, que ele supôs serem de Voytek. Cada uma delas tinha a palavra PELICAN moldada na tampa, obviamente um logotipo, e não um indicador de conteúdo. Voytek estava vestindo uma calça de moletom cinza com os dizeres B.U.M. EQUIPMENT em maiúsculas imensas na bunda, na frente, Milgrim via o que imaginou ser acidentes de cozinha, meias cinza grossas, os mesmos calçados de feltro cinza, e uma jaqueta acolchoada azul-clara muito velha e muito suja, com aquele logo da Amstrad nas costas, as letras rachadas e descascando.

O Subaru tinha cortinas de verdade, acinzentadas, por toda parte, menos no retrovisor e nas janelas laterais dianteiras. Todas estavam fechadas. O que era muito bom, supôs Milgrim, porque a van tinha muito vidro, assim como um teto solar que na verdade ocupava toda a parte superior do veículo, por onde Milgrim, levantando a cabeça, via as janelas do alto dos edifícios passando. Não fazia ideia de onde estavam agora, não fazia ideia da direção para a qual haviam sido levados a partir da Tanky & Tojo, e nenhuma de para onde estavam indo. Encontrar Bigend novamente, ele supôs. Os encontros com Bigend pontuavam sua existência como se fossem amostras de urina cada vez mais frequentes.

– Eu não vim a este país pra ser aterrorizado por paramilitares – Voytek declarou, com a voz rouca. – Eu não vim a este país para os *filhos da puta*. Mas os filhos da puta estão *esperando*. *Sempre*. É um estado carcerário, um estado de vigilância. Orwell. Você leu Orwell?

Milgrim, tentando manter sua melhor expressão neutra, fez que sim com a cabeça, os joelhos das calças novas de sarja na frente de seu rosto. Torceu para que não as estivesse esticando demais.

– A bota do Orwell na cara *para sempre* – disse Voytek, com uma grande amargura formal.

– Por que ele quer que você efetue a varredura? – perguntou Fiona, como se estivesse perguntando sobre alguma tarefa rotineira de escritório, sua mão esquerda ocupada com a alavanca do câmbio.

– Oficina do diabo – Voytek disse, enojado. – Ele quer a minha ocupada. Enquanto ele engorda com o sangue do proletariado. – Esta última frase teve para Milgrim um profundo charme nostálgico, a tal ponto que ele se sentiu levado, sem pensar, a repeti-la em russo, vendo por um instante a sala de aula em Columbia onde a ouvira pela primeira vez.

– Russo – disse Voytek estreitando os olhos, com o mesmo tom de voz com que alguém poderia dizer a palavra "sífilis".

– Desculpe – Milgrim disse por reflexo.

Voytek ficou em silêncio, visivelmente furioso. Eles estavam num trecho reto agora, e, quando Milgrim levantou a cabeça, não havia prédios. Uma ponte, imaginou. Reduziram a velocidade, fizeram uma curva. Edifícios, mais baixos, mais pobres. A Subaru deu um solavanco em alguma coisa, depois parou. Fiona desligou o motor e saiu. Milgrim, empurrando as cortinas para o lado, viu a garagem de motocicletas de Benny. E o próprio Benny se aproximando. Fiona abriu a porta de trás e agarrou uma das caixas Pelican de Voytek.

– Cautela – disse Voytek –, extremo cuidado.

– Eu sei – disse Fiona, passando a caixa para Benny.

Benny se inclinou para dentro e olhou para Voytek.

– Briga no local, foi?

Voytek olhou fuzilando para Milgrim.

– O sangue – ele disse. – Sugando.

– Idiota retardado – Benny observou, pegando outra caixa e se afastando.

Voytek atravessou a área acarpetada de carga arrastando sua sinalização B.U.M. EQUIPMENT e desceu da van, pegando as duas últimas caixas e se afastando.

Milgrim saiu, sentindo os joelhos enrijecidos, e olhou ao redor. Não havia ninguém à vista.

– Parece mais tranquilo – ele disse.

– Hora do chá – disse Fiona. Olhou para ele. – Isso é da loja.

– Sim – disse Milgrim.

– Não ficou mal em você – ela disse com aprovação, ainda que surpresa. – Você perdeu a maior parte da *douche baggage*.

– É mesmo?

– Você não usaria uma daquelas cordinhas para puxar o zíper da carteira – ela disse. – E não usaria um dos chapéus dele.

– A *douche baggage*?

– A viadagem – disse Fiona, fechando a porta de trás da van. – Precisamos das suas coisas – ela disse, dando a volta e abrindo a porta lateral. Ela entregou a Milgrim sua sacola, e uma bolsa Tanky & Tojo contendo as roupas que ele estava vestindo antes (menos a jaqueta Sonny) e a salsicha Mont-Bell reenchida. Puxou para fora a espuma de dormir novamente enrolada e colada com as fitas e um saco de lixo preto. – Estas são suas coisas do Holiday Inn.

Ele a seguiu para dentro da garagem atulhada.

Quando estavam se aproximando da entrada do cubo Vegas de Bigend, Benny emergiu. Fiona lhe entregou as chaves da van.

– Os carburadores da moto estão perfeitos – ela disse. – Agradeça ao Saad.

– Ok – disse Benny, enfiando as chaves no bolso sem parar de andar.

Milgrim a seguiu. Duas das caixas de Voytek estavam em cima da mesa, abertas. As outras duas, ainda fechadas, estavam no chão. Ele usava headphones grandes, preto e prata, e estava montando alguma coisa que a Milgrim parecia uma raquete de squash preta sem as cordas.

– Me deixem – Voytek disse sem emoção e sem se dar ao trabalho de fazer contato visual. – Eu varro.

– Vamos – Fiona disse para Milgrim, colocando no chão a espuma e a sacola preta contendo as coisas de Milgrim do hotel. – Ele pode fazer isso mais rápido sozinho. – Milgrim deixou a salsicha cair ao lado da espuma, mas continuou segurando a bolsa. Ao deixar o aposento, viu Voytek dar um passo à frente, na direção de uma das paredes, levantando a raqueta com as duas mãos, com uma espécie de determinação eclesiástica.

– O que ele está fazendo? – perguntou a Fiona, que estava olhando para uma motocicleta cujo motor jazia em pedaços no chão atulhado de coisas.

– Fazendo uma varredura em busca de bugs.

– Ele já os encontrou antes?

– Não aqui. Mas este lugar ainda é secreto, até onde sei. Na Blue Ant eles aparecem toda semana. Bigend tem uma caixa de toffees cheia deles. Toda hora fala que vai mandar fazer um colar pra mim.

– Quem os coloca lá?

– Pessoal de inteligência empresarial estratégica, eu acho. O tipo de pessoa que ele geralmente se recusa a contratar.

– Eles são capazes de descobrir alguma coisa, fazendo isso?

– Uma vez ele me mandou para o outro lado da cidade com um Taser – ela disse tocando a ponta quebrada da cobertura do motor da moto com o dedo de um jeito que provocou inveja nele.

– Do tipo que dá choque nas pessoas?

– Isso.

– Ele mandou você dar um choque em alguém?

– Havia um cabo de LAN acoplado a ele. Eu fingi estar lá para uma entrevista de emprego. Quando tive a chance, plugue-o, sem que me vissem, na primeira tomada de LAN que encontrei. Qualquer uma serviria. O Taser estava na minha bolsa. Apertei o botão. Só uma vez.

– O que aconteceu?

– Derrubou o sistema inteiro deles. Todo. Apagou tudo. Até mesmo as partes que estavam em outros prédios. Então limpei o aparelho para não deixar digitais, joguei numa lixeira e fui embora.

– Isso porque eles haviam roubado alguma coisa?

Ela deu de ombros.

– Ele chamou a operação de lobotomia.

– Limpo – Voytek anunciou mal-humorado, trazendo para fora duas de suas caixas. Não eram nem um pouco pesadas, Milgrim agora sabia, porque havia visto que elas continham, em grande parte, revestimento de espuma preta. Voytek as colocou no chão e voltou para pegar as outras duas.

– Quando ele vem? – Milgrim perguntou.

– Não o estou esperando – ela disse. – Ele só quer você num lugar seguro.

– Ele não vem?

– Estamos só matando tempo – ela disse, e sorriu. Ela não era alguém que sorrisse com frequência, mas, quando o fazia, ele descobriu, significava alguma coisa. – Vou ensiná-lo a trabalhar com os balões. Estou ficando boa nisso.

59.

A ARTE DO NEGÓCIO

Após uma troca mútua de vários números de telefone, tanto escritos quanto gravados nos telefones, Bigend foi embora.

Garreth também havia insistido em estabelecer códigos, pelos quais qualquer um dos dois podia indicar que estava sendo obrigado a falar, ou que acreditava que a conversa estava de algum modo sendo vigiada. Hollis, ao descobrir que na verdade estava morta de fome, tirou vantagem disso para retomar seu café da manhã. Garreth começou a escrever no seu bloco de notas no que era ou taquigrafia ou sua grafia impossível de decifrar, ela nunca soube dizer.

– Você acha mesmo que ele vai honrar esse acordo, se você for capaz de fazer o que quer que pretenda fazer? – Hollis perguntou quando ele tampou a caneta.

– De início. Imagino que depois ele comece a ver que na verdade fez um acordo diferente, e que qualquer erro de compreensão subsequente é nosso e somente nosso. Mas aí é só uma questão de lembrá-lo, e ao mesmo tempo lembrá-lo exatamente até que ponto sua pequena dificuldade foi resolvida. Grande parte de por que tudo precisa sair muito bem é a necessidade de impressionar Bigend com a ideia de que ele jamais iria querer que algo assim acontecesse com *ele*. Sem nunca pronunciar nada que se pareça com uma ameaça, veja bem, motivo pelo qual espero que você tenha colocado seu homem no *The Guardian* de volta na caixa. Se for quem estou pensando, ele me faz querer acreditar que o aquecimento global não é androgênico só para desprezá-lo.

– E onde entra o seu excêntrico mentor nisso?

– Ele vai ficar ao fundo, se é que vai se envolver, e fico feliz por isso. Ele era mais feliz durante o governo anterior dos Estados Unidos. Mais fácil de ter por perto.

– Era?

– Na época ele era menos ambíguo. Vou precisar da permissão dele para usar o material que preparamos para aquele outro evento. Mas Gracie parece perfeito para ser um alvo dele, pois particularmente detesta pessoas que lucram com a guerra. Que certamente não são menos abundantes agora do que antes, embora geralmente um pouco menos óbvias. Também vou precisar que ele me ponha em contato com Charlie. Um camarada excelente em Birmingham. Gurkha.

– Gurkha?

– É um sujeito ótimo. Adoro ele.

– Puta que me pariu! Olha se não é o skydiver pródigo.

Hollis se virou ao som da voz de Heidi, e a encontrou ali, na fenda entre as telas, Ajay espiando por cima do ombro dela.

– O que é isso? – Heidi empurrou o quadro de mogno que segurava uma das telas, fazendo com que a estrutura toda do biombo começasse a balançar de modo assustador. – Estão planejando dar umazinha aqui mesmo?

Garreth sorriu.

– Oi, Heidi.

– Soube que você estava bem fodido – disse Heidi. Ela estava usando um moletom cinza sob sua jaqueta de banda militar. – Para mim você não mudou nada.

– O que foi que Milgrim fez ontem à noite? – perguntou Hollis. – Bigend disse que ele machucou alguém.

– Milgrim? Não conseguiria machucar nem a ele mesmo, se fosse preciso. O bosta que estava naquele carro estava atrás de nós. Eu já sabia disso havia vários quarteirões. – Ela levantou a mão e fez um gesto preciso como se fosse atirar um dardo. – Rênio. Gritou feito uma mulherzinha.

– É uma grande honra – disse Ajay por trás de Heidi, arregalando os olhos de tão empolgado. Heidi colocou o braço ao redor do seu ombro e o empurrou para a frente.

– Ajay – disse Heidi. – O parceiro de *sparring* mais rápido que já tive. Fomos a Hackney hoje cedo e descemos a porrada um no outro.

– Oi, Ajay – disse Garreth, estendendo a mão.

– Não consigo acreditar, sério – disse Ajay, apertando com força a mão de Garreth. – Sensacional ver que você não está tão mal quanto havíamos ouvido falar. Baixei todos os seus vídeos. Fantástico. – Hollis achou que ele iria pedir um autógrafo, sua cascata de cabelos balançando de tanta empolgação.

– De que tipo, o *sparring*? – perguntou Garreth.

– Um pouco de tudo, na verdade – Ajay respondeu com modéstia.

– É mesmo? – disse Garreth. – Devíamos conversar. Acontece que eu estou precisando de alguém rápido exatamente nisso.

– Ora, então – disse Ajay, passando a mão pela cascata de cabelos. – Ora, então. – Como uma criança que havia acabado de receber a notícia, em julho, que hoje, oficialmente, era manhã de Natal.

– **VOCÊ NÃO ESTÁ LAMENTANDO** por não ter saído antes da merda começar a feder? – Heidi perguntou. Estavam de volta ao quarto dela, onde Hollis viu que o Breast Chaser havia sido parcialmente pintado, embora ainda não estivesse sendo montado. Havia um cheiro suave de tinta esmalte em spray.

Hollis balançou a cabeça em negativa.

Ajay andava animado de um lado para o outro ao lado da janela.

– Quer se acalmar, porra? – Heidi gritou com ele. – Elvis não vai sair do prédio. Segura sua onda. – Garreth havia pedido para ser levado ao Número Quatro, para fazer algumas ligações e usar seu laptop. Para levá-lo até lá, na cadeira, eles tiveram de passar por um corredor, até os fundos do edifício, e pegar um elevador de serviço que Hollis nunca vira antes. Alemão, sem nenhum charme que lembrasse Tesla, quase silencioso e bastante eficiente, ele os levou ao seu andar rapidamente, mas então Hollis ficou confusa com relação à rota até seu quarto. Os corredores pareciam um labirinto. Mas Garreth se lembrava do caminho.

– Então, quem são essas pessoas que supostamente estariam fodendo com a gente? – perguntou Heidi. – O merdinha com a atadura. E *aquilo* é pra assustar alguém?

– Ele é um designer de roupas – disse Hollis.

– Se não são todos uns viadinhos – disse Heidi –, quem é?

– É o homem para o qual ele trabalha – disse Hollis. – Um major reformado das Forças Especiais chamado Gracie.

– *Gracie*? Que tal *Mabel*, caralho? Você tá inventando essa merda toda, não tá?

– É o sobrenome dele. E o sobrenome de Garreth, por falar nisso, agora é "Wilson". Foi o que ele contou a Bigend no café. Gracie é traficante de armas. Bigend estava espionando uns negócios dele na Carolina do Sul. Bem, Milgrim estava sob as ordens dele. Nesse processo, Oliver Sleight, que você conheceu em Vancouver mas de quem provavelmente não se lembra, o especialista em segurança de TI de Bigend, desertou e foi trabalhar para Gracie...

– Mas você está apaixonada, certo? – interrompeu Heidi.

– Sim – disse Hollis, surpreendendo-se.

– Bem – disse Heidi. – Fico feliz que *isso* tenha sido resolvido. O resto desta merda é apenas merda, certo? Ajay vai violar o Boletim de Comportamento Antissocial dele ou o quê?

Bateram à porta.

– Mas que *porra*? – Heidi gritou.
– Garreth, coração.
– Ele *gosta* de você – Ajay disse encantado.
– Ele também gosta de você – disse Heidi –, então tente não tirar essas calças.

Ela abriu a porta e a segurou enquanto Garreth entrava com sua scooter, depois fechou, trancou e passou a corrente na porta.

– Tudo certo – Garreth disse para Hollis. – O velho concordou, ele vai ligar para o advogado a respeito do banco e vai ligar para Charlie. – Virou a cadeira na direção de Ajay. – Você conhece esse tal de Milgrim, então?

– Não – disse Ajay.
– Milgrim e Ajay têm altura semelhante?
Heidi ergueu as sobrancelhas e pensou.
– Praticamente.
– Porte físico?
– Milgrim é um varapau, porra.
– Bigend chutou uns 65 quilos. Mas Ajay também não é tão largo – disse Garreth, medindo-o com os olhos. – Magro. Estabilidade nas cadeias musculares abdominais. Não tem excesso de massa muscular. Um magro *pode* se passar por um varapau. Já atuou alguma vez, Ajay?

– Na escola – Ajay disse, satisfeito. – Islington Youth Theater.
– Também não conheci Milgrim. Nós dois vamos ter que fazer isso. Pode fazer um Rupert para mim? Como é que um Rupert faz a inspeção nos seus soldados?

Ajay se empertigou, polegares alinhados com os vincos das calças de moletom, assumiu uma expressão de superioridade e passou por Heidi, abarcando-a com o olhar rápido e desaprovador de um oficial.

– Ótimo – disse Garreth, fazendo que sim com a cabeça.
– Milgrim – disse Heidi para Garreth – é o branquelo caucasiano básico. Você não poderia encontrar um sujeito mais branco.
– Ah – disse Garreth –, mas aí é que está a arte do negócio, não é?

60.

ARRAIA

Milgrim estava deitado na espuma branca de meias e camisa, agradavelmente perdido em uma experiência nova e deliciosamente envolvente. Acima dele, perto do alto teto do aposento, iluminada pela lâmpada italiana com seu guarda-chuva prateado, a arraia-manta preta fosca estava dando cambalhotas lentas para a frente, quase em silêncio; o único som era o ranger suave de sua membrana de alumínio cheia de hélio. Ele não estava olhando para ela; estava concentrado na tela do iPhone, observando o *feed* da câmera que a arraia carregava enquanto rolava. Ele via a si mesmo, repetidamente, estendido sobre o retângulo branco, e Fiona, sentada à mesa, trabalhando no que quer que estivesse montando a partir do conteúdo das caixas que Benny havia trazido. Então, quando a arraia rolou, a parede branca, o teto com sua iluminação brilhante, e depois tudo outra vez. Era hipnótico, e ainda mais porque ele estava provocando a rolagem, mantendo-a, executando-a a cada vez, com a mesma sequência de movimentos de polegares na tela horizontal do telefone.

A arraia nadava no ar. Modelada a partir de uma criatura que nadava na água, ela impelia a si mesma, com uma graça lenta e assustadora, através do ar.

– Deve ser maravilhoso do lado de fora – ele disse.

– É mais divertido – ela disse –, mas não temos permissão de sair. Assim que alguém souber que os temos, se tornam inúteis. E eles custam uma fortuna, já custavam mesmo antes das modificações. Quando fomos comprar drones pela primeira vez, eu disse para tentarmos algo assim – contou, indicando a coisa retangular que ela estava montando em cima da mesa. – É mais rápido, mais manobrável. Mas ele disse que achava que deveríamos recapitular a história do voo, começar com balões.

– Não existiam balões com asas, existiam? – Mantendo a concentração na atuação dos polegares.

– Não, mas as pessoas os imaginavam. E este negócio só consegue ficar no alto por um tempo limitado. Baterias.

– Não parece um helicóptero. Parece uma mesinha de café para bonecas.

– Oito propulsores, é uma carga séria. E estão protegidos. Pode esbarrar em alguma coisa e não virar lixo na mesma hora. Dê uma folga pra arraia e olhe só pra isto aqui.

– Como eu paro? – perguntou Milgrim, subitamente ansioso.

– É só parar. O app irá endireitá-lo.

Milgrim conteve a respiração e tirou os polegares da tela. Levantou a cabeça. A arraia rolou para cima, executou um pequena e estranha oscilação na ponta da asa, e então ficou suspensa, balançando bem de leve a superfície dorsal, encostando no teto.

Milgrim se levantou e foi até a mesa. Nada havia sido tão agradável quanto aquela tarde com Fiona, no cubo Vegas de Bigend; e ele continuava se surpreendendo ao reconhecer o quanto a tarde tinha sido agradável. Não havia nada a se fazer a não ser brincar com os caríssimos brinquedos alemães de Bigend, e conversar sobre eles; aprender como funcionavam fornecia um tema perfeito para conversa. Fiona estava tecnicamente trabalhando, porque tinha de montar o novo drone com as peças das duas caixas, mas ela parecia gostar do que estava fazendo. A montagem envolvia basicamente um conjunto de pequenas chaves de fenda, chaves Allen com códigos de cor, e vídeos em um website no Air, que eram acessados usando o *dongle* vermelho.

Também uma empresa em Michigan, dois irmãos, gêmeos, com óculos e camisas de cambraia combinando.

Não parecia um helicóptero, embora tivesse aqueles oito rotores. Era construído com espuma preta, e um para-choque feito de algum outro material cercava sua borda, e duas fileiras de quatro furos, onde os rotores haviam sido instalados. Ele estava apoiado sobre quatro pernas de arame inclinadas, a cerca de seis polegadas acima da mesa. Suas quatro baterias, no momento sendo carregadas numa tomada na parede, seriam enfiadas em cada um dos cantos, equalizando o peso. A fuselagem era de plástico preto, comprida e aerodinâmica na parte de baixo, que abrigava a câmera e os componentes eletrônicos.

– Não dá pra testar isso do lado de dentro – ela disse, pondo a chave de fenda de lado. – Mas está montado. Estou exausta. A noite toda acordada. Quer tirar um cochilo?

– Um cochilo?

– No seu colchonete de espuma. Dá pra dois. Você dormiu ontem à noite?

– Não muito.

– Vamos cochilar.

Milgrim olhou de uma parede branca vazia para a seguinte, depois para o alto, pra arraia preta e pro pinguim prateado.

– Ok – ele disse.

– Desligue seu laptop. – Ela se levantou enquanto Milgrim desligava o Air. Ela foi até a luminária-guarda-chuva e reduziu sua intensidade. – Não consigo dormir com essas calças – ela disse. – Tem Kevlar.

– Certo – disse Milgrim.

Ele ouviu o som rasgado do velcro, e depois o som de um zíper. Um zíper grande, pelo som. Alguma coisa, talvez o Kevlar, caiu no chão com um farfalhar. Ela se livrou das calças blindadas, já descalça, e foi até a espuma branca, que parecia emitir um brilho suave.

– Venha – ela disse –, quase não estou conseguindo manter os olhos abertos.

– Ok – disse Milgrim.

– Você não pode dormir de Tanky & Tojo – ela disse.

– Certo – disse Milgrim, e começou a tirar a camisa, que tinha botões demais em cada manga. Quando conseguiu se livrar dela, pendurou-a nas costas da cadeira, sobre seu paletó novo, e tirou as calças.

Ele pôde vê-la, mal e mal, tirando o Mont-Bell de sua sacola. Teve vontade de gritar, ou cantar, qualquer coisa. Andou na direção da espuma, depois percebeu que estava usando suas meias pretas das Galeries Lafayette. Isso parecia errado. Ele parou e as retirou, e quase levou um tombo.

– Entra – disse Fiona depois de abrir o saco de dormir o máximo possível. – Ainda bem que eu nunca uso travesseiro.

– Eu também não – mentiu Milgrim, sentando-se e enfiando rapidamente as meias embaixo do colchonete de espuma. Ele enfiou as pernas dentro do Mont-Bell e se deitou, muito reto, ao lado dela.

– Você e aquela Heidi – disse Fiona –, vocês não estão juntos, estão?

– *Eu*? – fez ele. – Não! – Então ficou ali, olhos arregalados, aguardando a resposta dela, até ouvi-la roncar suavemente.

61.

RECONHECIMENTO FACIAL

Haviam tomado uma ducha com H. G. Wells e Frank, a perna com ataduras de Garreth, enfiada em algo que parecia uma camisinha inumanamente enorme e aberta na ponta. Ao enxugá-lo, ela vira um pouco mais do Frank, "Frankenstein" – fortes evidências de cirurgias heroicas, ou era o que parecia. Tantos pontos quanto uma colcha de retalhos, e ela de fato suspeitava que aquela perna era literalmente uma colcha de retalhos, a outra panturrilha com as cicatrizes bem marcadas de onde haviam tirado pele para os enxertos. E, dentro de Frank, se Garreth não estivesse de sacanagem com ela, um bom pedaço de osso novinho de ratã. A musculatura de Frank tinha sido reduzida, embora Garreth tivesse esperanças. Esperanças de modo geral, ela ficara feliz em ver, e mãos duras e sensíveis deslizando por todo o corpo dela.

Agora ele estava deitado na cama Síndrome Pibloktoq, metido no roupão aveludado do Cabinet, Frank fechado em um invólucro preto de aspecto escorregadio e preso com velcro através do qual uma máquina do tamanho e do formato nostálgico da caixa de uma máquina de escrever portátil bombeava água muito fria, muito rápido. Heidi havia usado algo similar na turnê final do Curfew para ajudar com a dor nas mãos e nos pulsos que o uso da bateria havia começado a provocar nela. O de Garreth havia chegado uma hora antes, via courier, um presente do velho.

Ele estava falando com o velho naquele instante; de modo bem parecido, pensou, com uma esposa em um longo casamento. Eles conseguiam se comunicar muito bem com poucas palavras, e tinham suas próprias gírias, piadas internas de profundidade aparentemente infinita, uma espécie de conversa de gêmeos. Ele usava um *headset* conectado por um cabo ao seu laptop preto sem nome sobre o veludo bordado ao seu lado, e a conversa estava sendo conduzida, ela supôs, por intermédio de uma ou outra das darknets que eles frequentavam. Estas eram, ela concluiu, internets privadas, sem licença e sem policiamento, e Garreth uma vez observara que, assim como a matéria escura e o universo, as darknets eram, talvez, a maior parte da coisa, se houvesse um modo de medir tudo com precisão.

Hollis não ficou ouvindo a conversa. Estava no banheiro quente e cheio de vapor, secando os cabelos.

Ao sair, ele estava olhando para o fundo redondo da gaiola de passarinhos.

– Você ainda está falando?
– Não – ele removeu o *headset*.
– Tudo bem?
– Ele está acabado. Faliu.
– O que você quer dizer? – Ela se aproximou dele.
– Ele tinha uma coisa sobre a qual nunca me falou. Grailware. Que ele está me dando. Para isto. Significa que acabou. Foi-se.
– O que acabou?
– O negócio. A carreira louca dele. Se não tivesse acabado, ele não estaria me dando isso.
– Pode me dizer o que é?
– Invisibilidade. Um sigilo.
– Um sigilo?
– O sigilo do esquecimento.
– Essa coisa está gelando o sangue no seu cérebro.

Ele sorriu, embora ela pudesse ver em seu rosto a perda, a dor.

– É um grande presente. Seu camarada vai querer pegá-lo, se souber que nós o temos e ele, não.

O que significava Bigend, ela sabia, e ficou apavorada.
– Então ele vai querer isso para si, seja o que for.
– Exatamente – ele falou – e é por isso que ele não deve saber. Vou convencê-lo de que Pep ficou fora das câmeras com esse negócio.
– Pep?
– Um catalão maluco. O ladrão de carros perfeito. – Ele olhou para seu relógio, preto e austero. O homem que protegia a rainha, ele um dia lhe dissera, não podia usar sapatos com solas de borracha nem relógios com mostradores pretos. Por quê?, ela tinha perguntado. Dava azar, ele respondera. – Ele chegará de Frankfurt em 20 minutos.
– Como você está montando isso tudo tão rápido, e ainda encontrando tempo para ensaboar minhas costas e sei lá o que mais? Não que eu esteja reclamando.
– O velho – ele disse. – Não consigo afastá-lo disso. Ele está fazendo a coisa. É modular. Ficamos muito bons nisso. Temos nossos pequenos negócios, nossas peças já prontas, nosso pessoal. Nos tornamos realmente rápidos. Foi preciso, porque os melhores se apresentam de modo súbito. Ou se apresentavam.
– Você pode mesmo ser invisível? Ou isso é mais bobagem, como os seus ossos de ratã?
– Você está ferindo os sentimentos do Frank. Pense nisso como um feitiço do esquecimento. Ou simplesmente de *não se lembrar*. O sistema a vê, mas logo esquece.
– Que sistema?
– Você já viu algumas câmeras nesta cidade? Reparou nelas, não?
– Você pode fazer com que elas o esqueçam?
Ele se apoiou no cotovelo, instintivamente esfregou a superfície lisa e fria da coisa ao redor de sua perna, e então rapidamente enxugou a palma da mão na coberta bordada.
– O santo graal da indústria de vigilância é o reconhecimento facial. Naturalmente, eles dizem que não. Mas isso já acontece, num certo nível. Não operacional. Larval. Não consegue ler se você for

negro, digamos, e pode confundir você comigo, mas o hardware e o software têm potencial, e estão apenas aguardando upgrades. Mas o que você precisa compreender, para entender o esquecimento, é que ninguém está olhando muito para o que determinada câmera vê. Afinal de contas, elas são digitais. Dados armazenados ficam parados ali, armazenados. Não são imagens, então, apenas uma sequência de uns e zeros. Acontece uma coisa que exige um escrutínio oficial, os uns e zeros são convertidos em imagens. Mas – e ele estendeu o braço para tocar o fundo da biblioteca da gaiola de passarinho – suponhamos que haja um acordo de cavalheiros.

– Que cavalheiros?

– Os suspeitos de sempre. A indústria, o governo, aquele setor lucrativo pelo qual o velho se interessa tanto, pode ser qualquer um dos dois, ou os dois.

– E o acordo?

– Digamos que você precise dos fuzileiros navais para retirar uma dúzia de possíveis jihadistas do porão de uma mesquita. Ou sindicalistas, caso eles estejam lá embaixo, do jeito que são promíscuos. Só digamos isso.

– Digamos – disse Hollis.

– E você jamais quer que os fuzileiros sejam vistos. Desligar as câmeras não é uma opção, é claro, porque depois você poderia pagar por isso, na BBC. Então digamos que seus rapazes, dos fuzileiros, tenham o sigilo do esquecimento...

– Que é?

– Reconhecimento facial, afinal de contas, não é?

– Não entendi.

– Você vai entender daqui a pouco. Está a caminho, courier. O último presente dele.

– Ele disse que era?

– Não – ele disse, triste –, mas ambos sabemos.

62.

DESPERTAR

Milgrim acordou com uma das pernas de Fiona apoiada em cima das suas, dobrada em um ângulo agudo na altura do joelho, a parte interna da coxa e a panturrilha por cima de ambas as coxas. Ela havia virado para o seu lado, ficado de frente para ele, e não estava mais roncando, embora ele pudesse sentir, descobriu, seu hálito no ombro dele. Ela ainda dormia.

Por quanto tempo ela poderia permanecer naquela extraordinária posição se ele continuasse perfeitamente parado?, Milgrim se perguntou. Só sabia que estava preparado para descobrir.

Um acorde de guitarra finíssimo, ao mesmo tempo sinuoso e rascante, preencheu o crepúsculo de teto alto do cubo de Vegas de Bigend, flutuando em dedos que batucavam como gotas de chuva. Milgrim fez uma careta involuntária. O som parou. E voltou.

Fiona gemeu, jogou o braço por cima do peito dele, se aninhou mais para perto. O acorde retornou, como espuma do mar, implacável.

– Droga – disse Fiona, mas não se moveu até que o acorde coleante e rascante voltasse. Ela rolou para longe de Milgrim, estendendo a mão em busca de alguma coisa. – Alô?

Milgrim imaginou que a espuma era uma jangada. Fazia as paredes recuarem, para a linha do horizonte. Mas era uma jangada sobre a qual Fiona estava fazendo ligações.

– Wilson? Ok. Sim? Ponha ele na linha. – Ela estava sentada de pernas cruzadas agora, na beiradinha da espuma. – Alô. Sim. – Silêncio.

– Vou precisar me vestir de acordo, o colete verde, com faixas reflexivas. – Silêncio. – A Kawasaki. GT550. Um pouco ferrada para o serviço, mas, se a caixa for nova, deve servir. Benny pode prender qualquer coisa nela. Tem a URL do fabricante? Se não, posso medi-la para você. Já juntei tudo. Ainda não testei. – Um silêncio mais longo. – Transplante de órgãos, plasma? Restos de autópsia? – Silêncio. – Mande um pedaço grande daquela espuma pré-cortada de uma loja de câmeras, do tipo que jogam fora em pedacinhos. Duvido que a vibração vá fazer muito bem, mas Benny e eu podemos dar um jeito. Sim. Vou, sim. Obrigada. Pode passar de volta para Hubertus, por favor? Obrigada. – Ela pigarreou. – Bem – disse –, de repente até que estamos bem ocupados. Benny pode trabalhar na sua caixa, mas vou precisar de novos amortecedores. Esse drone não vai viajar tão bem, acho que não. Tipos diferentes de peças móveis. Sim. Ele fez. Foi muito preciso. Então tchau.

– Hubertus?

– E alguém chamado Wilson. Tem algo acontecendo.

– O quê?

– Wilson quer minha moto transformada num courier médico, uma caixa de aspecto profissional sobre a garupa, refletores extras, equipamento de segurança. Nosso novo drone entra lá.

– Quem é Wilson?

– Não faço ideia. Hubertus diz para fazer o que ele mandar, ao pé da letra. Quando Hubertus delega, ele delega. – Ele a sentiu dar de ombros. – Até que o cochilo foi bom. – Ela bocejou e se espreguiçou. – E pra você?

– Sim – disse Milgrim, e ficou por isso mesmo.

Fiona se levantou, foi até onde havia deixado suas calças blindadas. Milgrim a ouviu vesti-las. O zíper subindo. Segurou um suspiro.

– Café? – ela perguntou. – Vou mandar Benny trazer. Com leite?

– Com leite – respondeu Milgrim. – E açúcar. – Tateou debaixo da espuma em busca das meias. – Que música era aquela no seu telefone?

– Esqueci o nome dele. Brilhante. Do Saara. – Ela estava calçando as botas. – Ele ouvia Jimi e James Brown na rádio de ondas curtas quando era pequeno. Esculpiu trastes extras numa guitarra. – Saiu sem religar a luminária-guarda-chuva italiana. Luz do sol acinzentada. Então fechou a porta atrás de si.

63.

CURLY STAYS, SLOW FOOD

Com Garreth e Pep, o ladrão de carros catalão, mergulhados a fundo nos motores elétricos para cubo de rodas de bicicleta, ela tinha ficado feliz com a ligação de Inchmale. Mal sabia o que eram motores de cubo de roda, mas Pep queria dois, para velocidade extra, enquanto Garreth insistia que dois eram demais. Se um deles falhasse, Garreth argumentou, o peso extra, além do gerador, anularia a vantagem do primeiro. Mas, se só houvesse um, e ele falhasse, Pep poderia pedalar o mais rápido possível, sem dispender energia extra por causa do peso. A clareza com a qual ela entendeu isso, embora não tivesse nenhum conhecimento da utilidade de nenhuma daquelas coisas, a surpreendeu.

Pep parecia um boneco de Gerard Depardieu esculpido numa maçã, se você pegasse a maçã, a encharcasse em suco de limão com sal e a cozinhasse, deixando-a para secar e depois a deixasse em um lugar frio e escuro para endurecer, torcendo para não mofar. Pelo jeito, mofar ele não havia mofado, mas tinha ficado muito menor. Era impossível calcular sua idade. De certos ângulos, parecia o adolescente mais envelhecido do mundo; de outros, incrivelmente velho. Havia um dragão tatuado nas costas de sua mão direita, com asas de morcego e de aspecto sugestivamente fálico, que parecia menos uma tatuagem do que um entalhe medieval. Suas unhas, quase perfeitamente quadradas, haviam sido recém-aparadas e polidas até brilharem. Garreth parecia contente em vê-lo, mas ela não conseguia se sentir à vontade com Pep por perto.

Inchmale havia ligado do vestíbulo, de onde ela podia ouvir, ao fundo, o ruído das primeiras fases da bebedeira do começo da noite.

– Você está grávida? – ele perguntou.

– Você está louco?

– O porteiro se referiu a você como "eles". Eu notei a súbita pluralidade.

– Vou descer. No singular.

Ele deixou Garreth chamando a atenção de Pep por ter encomendado alguma coisa, chamada de quadro Hetchins, para uma bicicleta que poderia ter que ser jogada fora no Tâmisa depois de algumas horas de uso. O argumento de Pep, enquanto ela estava fechando a porta, era de que talvez não precisasse ser jogada fora, e que *curly stays*, de qualquer forma, eram uma coisa linda. Ela viu Pep olhar para as próprias unhas, aquele gesto que ela associava a homens que faziam as unhas.

Encontrou Heidi e Inchmale sentados embaixo das presas de narval. Inchmale estava servindo chá em um dos jogos de cerâmica da Bunnykins que haviam se tornado marca registrada do Cabinet.

– Boa noite – ele disse. – Estamos discutindo a recente merda, sua variedade e possíveis níveis de profundidade, o seu papel nisso tudo e, além disso, a possibilidade de você ter encontrado um relacionamento fixo viável.

– O que isso me traria, em sua opinião? – ela perguntou ao se sentar.

– Alguém para se relacionar, para começar – disse Inchmale, colocando o bule de chá em cima da mesa. – Mas você sabe que eu sempre achei que ele fosse um sujeito legal.

– Isso foi o que você disse sobre Phil Spector.

– Dê um desconto pela idade – disse Inchmale –, má sorte. Genialidade. Limão? – Ofereceu uma fatia de limão cortado em um espremedor de limão ornamentado.

– Nada de limão. O que são *curly stays*?

– Corpetes.
– Acabei de ouvir um ladrão de carros catalão usar a expressão.
– Ele falou inglês? Talvez estivesse tentando descrever uma onda permanente.
– Não. Parte de uma bicicleta.
– Aposto minha grana em corpetes. Sabia que Heidi atingiu um homem com um dardo do Reno?
– Dardo de Rênio – corrigiu Heidi.
– Pois é, Reno é o vinho branco, e acho que eu vou pedir um daqui a pouco. Mas você – ele disse a Hollis –, você parece ter assinado contrato com uma empresa em transição.
– E por recomendação de quem?
– E eu sou profeta? Você já ouviu falar que eu sou profeta? – Experimentou seu chá. Pôs a xícara de volta no pires. Acrescentou mais um torrão de açúcar. – Angelina me disse que a comunidade de RP de Londres está se comportando feito um bando de cães antes de um terremoto, e de algum modo todo mundo sabe, sem saber como, que se trata de Bigend.
– Tem alguma coisa acontecendo na Blue Ant – Hollis disse com cuidado –, mas eu não poderia lhe dizer exatamente o quê. Quero dizer, eu *não sei* exatamente o quê. Mas Hubertus não parece estar levando isso a sério.
– Seja lá quem estava na City noite passada, ele não leva *isso* a sério?
– Não acho que seja a mesma coisa. Mas não posso falar a respeito.
– É claro que não. Aquele juramento que você fez quando entrou para a agência. O ritual com a caveira de Gerônimo. Mas o tom que Angelina está captando não é que ele esteja em apuros, ou que a Blue Ante esteja em dificuldades. É que ele está para se tornar bem *maior*. Gente de RP *sabe* dessas coisas.
– Maior?

– Ordens inteiras de magnitude. As coisas estão se deslocando antes da hora. As coisas estão se preparando para pular para dentro do barco de Bigend.

– Coisas?

– Coisas invisíveis que esbarram em nós. Como placas tectônicas, colidindo, nesta cidade de noites ancestrais. – Suspirou. Experimentou o chá mais uma vez. Sorriu.

– Como está o negócio com os Bollards?

O sorriso dele desapareceu.

– Estou pensando em levá-los para Tucson.

– Uau – disse Heidi –, que puta movimento *lateral*.

– Estou falando muito sério – disse Inchmale, e tomou um gole do chá.

– Nós sabemos – disse Hollis. – Já contou a eles?

– Contei a George. Ele aceitou muito bem. A novidade de trabalhar com uma inteligência excepcional. Clammy, claro, está putinho.

– Então mude o nome dele – disse Heidi, espremendo uma fatia de limão em cima de seu chá com o instrumento cheio de filigranas que Inchmale havia usado antes.

– O que aconteceu depois que você foi embora com Milgrim ontem à noite? – Hollis perguntou a ela.

– Eles nos seguiram. Provavelmente foram apanhados pelo outro carro, o que nos levou até o beco. Calcularam o caminho que íamos tomar, se adiantaram, deixaram o cara com a cabeça coberta de ataduras e mais outro. Ficaram esperando a gente, foram atrás de nós, nos seguiram. Bando de sem noção. Eu parei e comprei umas roupas, fingi que a gente estava mudando de visual.

– Havia alguma coisa aberta?

– Roupas de *rua*. Para benefício deles. Então seguimos para o metrô. Quando vi que eles não tinham a intenção de deixar a gente chegar até o metrô... – ela deu de ombros.

— Heidi...

— Na *cabeça* — disse Heidi, batendo nas raízes de sua franja com a ponta do dedo indicador, fazendo sem querer um pequeno gesto de continência. — É *osso*. A cabeça dele provavelmente já estava ferida mesmo...

— Milgrim está em apuros por causa disso. Parece que estão culpando ele.

— Seu namorado contratou Ajay. Pra que isso?

— Milgrim. É complicado.

— Ajay não cabe em si de felicidade. Deu aviso prévio no seu trabalho de leão de chácara.

— Leão de chácara?

— Segurança numa casa privê para pervertidos. — Ela olhou para os frequentadores da noite ao redor. — Agora ele está todo dando uma de Esquilo Secreto pra cima de mim. E você também.

— Venha pra Tucson com a gente — Inchmale disse para Hollis, deixando transparecer, à sua maneira, o que quer que estivesse por trás do personagem babaca. — Pegue um pouco de sol. Uma comidinha mexicana. Você pode ajudar no estúdio. George gosta de você. Clammy, por incrível que pareça, não a odeia. Não estou gostando do clima ao redor de Bigend agora. É tudo por conta da gravadora. Você pode ter créditos de produtora associada. Deixe Bigend atingir sua massa crítica sozinho. Esteja em outro lugar. Pode levar seu namorado, claro.

— Não posso — disse Hollis, estendendo o braço por cima do escabelo e da bandeja com o aparelho de chá da Bunnykins, e apertou carinhosamente seu joelho ossudo —, mas obrigada.

— Por que não?

— Garreth está tentando resolver a encrenca com Milgrim para Bigend. Eles têm um acordo, e ele me envolve. Eu estou com Garreth agora. Vai dar certo.

– Como um ser humano de meia-idade com faculdades mentais razoavelmente sãs – disse Inchmale –, devo lhe informar que é bem provável que *não* dê "certo".

– Eu sei, Reg.

Inchmale deu um suspiro.

– Venha ficar conosco em Hampstead.

– Você está indo para Tucson.

– Quem decide sou eu – disse Inchmale. – Ainda não decidi quando ir. E ainda preciso convencer Clammy e os demais.

– Meredith está por aí?

– Sim – disse Inchmale, como se não estivesse de todo satisfeito com o fato. – Ela distrai George, e está inteiramente preocupada com seus próprios objetivos.

– Detestaria dar de cara com alguém *assim* – disse Heidi, olhando para Inchmale. – Acho que eu não conseguiria lidar com isso.

O iPhone de Hollis tocou, no bolso esquerdo de sua jaqueta Hounds.

– Alô?

– Você está no bar? – perguntou Garreth.

– Sim. O que são *curly stays*?

– O quê?

– *Curly stays*. O que Pep falou.

– Garfos. Dianteiros e traseiros. Num quadro Hetchins, eles são recurvados.

– Ok.

– Você pode ir lá na frente para mim e procurar uma van? Ela está com as palavras "Slow Foods" na lateral.

– "Slow Foods"?

– Sim. Só dê uma olhadinha para mim.

– Para quê?

– Se você acha que ela parece ok.

– Ok em que sentido?

– Se ela tem uma aparência razoável. Se você a notaria ou não, se você se lembraria dela.

– Eu acho que poderia me lembrar do que ela diz.

– Na verdade, não é com isso que eu me incomodaria – disse Garreth. – Normalmente são as vans brancas e simples que as pessoas imaginam que as estão observando.

64.

GESTÃO DE AMEAÇAS

O toalete no cubo de Bigend se parecia com o toalete de um avião, mas mais bonito: aço inoxidável escandinavo, uma minúscula pia redonda de canto combinando, torneiras jateadas. O encanamento embaixo da pia fez Milgrim se lembrar de canos de aquários.

Ele estava escovando os dentes, depois de fazer a barba. Fiona estava com Benny, supervisionando a montagem de alguma coisa em sua moto. Com frequência, acima do zumbido de sua escova, ele conseguia ouvir, vindo da garagem, o breve, porém entusiasmado, ronco do que ele supunha ser um motor hidráulico de algum tipo.

Alguma coisa estava acontecendo. Ele não sabia o quê, e não queria perguntar a Fiona para não desestabilizar o que quer que tivesse permitido a coxa e a panturrilha dela encontrarem o caminho das coxas dele. E, ele tornou a checar sua memória, não se afastarem imediatamente assim que ela havia acordado. E ela não havia dito nada sem que ele lhe perguntasse, além do fato de que Bigend havia delegado alguma coisa a alguém chamado Wilson, cujas ordens ela agora seguia. Mas ela parecia silenciosamente empolgada, e não infeliz por estar. Concentrada.

Não havia toalhas suficientes no banheiro de Bigend, mas as que estavam lá eram suíças, brancas e muito boas, e provavelmente jamais haviam sido usadas antes. Terminou de escovar os dentes, enxaguar a boca, lavar a pasta de dentes da boca com água fria e secar o rosto. O motor hidráulico roncou três vezes em rápida sucessão, como se reconhecendo outro de sua espécie do outro lado de uma clareira.

Abriu a porta dupla, saiu e a fechou atrás de si. Mal se conseguia ver a porta, na borda de sua parede branca.

Ele colocou a escova de dentes e o material de barbear em sua sacola. Fiona havia coletado tudo quando fizera seu check-out do Holiday Inn. Ele tentou arrumar o cubo, endireitando cadeiras ao redor da mesa, abrindo o saco de dormir sobre a espuma caso Fiona tivesse vontade de tirar outro cochilo, mas isso não pareceu ajudar. O cubo não era muito grande, e agora havia coisas demais dentro dele. O drone-helicóptero de aspecto bizarro sobre a mesa, seu Air, as caixas e pacotes elaborados de onde ela removera os diversos segmentos do drone, sua sacola, sua jaqueta blindada e seu tweed da Tanky & Tojo nas costas das cadeiras. De repente, parecia que aquele espaço havia ficado muito menos especial se você tivesse de morar nele, mesmo que por algumas horas.

Seus olhos se voltaram para o Air. Ele sentou e se conectou ao Twitter. Havia uma mensagem de Winnie. "Consegui a licença, me ligue."

"Sem telefone", ele digitou, depois ficou se perguntando como descrever onde estava, o que estava fazendo. "Acho que B me pôs no gelo. Tem algo acontecendo." Parecia estupidez, mas ele mandou a mensagem assim mesmo.

Deu *refresh* na tela duas vezes. Então: "Arrume telefone".

"Ok." Enviou. Ou tuitou, fosse lá o que fosse aquilo. Mesmo assim, estava contente por ela ter conseguido a licença. Por ainda estar ali. Coçou o peito, levantou-se, vestiu a camisa, abotoou a frente e alguns dos botões do punho de cada manga, deixou-a fora da calça, calçou os sapatos novos. Seus velhos eram mais confortáveis, mas não combinavam com sarja. Foi até a porta e experimentou-a. Não estava trancada. Não tinha achado que estivesse. O motor roncou duas vezes.

Abriu a porta, saiu, impressionado por descobrir que o dia havia acabado. A sujeira da garagem de Benny, sob o brilho da luz fluorescente, fez instantaneamente o cubo parecer de uma limpeza cirúrgica. Fiona e Benny estavam olhando para a moto de Fiona, que agora tinha uma caixa branca brilhante com laterais um pouco inclinadas para cima afixadas onde Milgrim havia se sentado, atrás dela. Ela parecia sólida, cara, mas tinha o aspecto de um cooler de cerveja. Havia uma coisa na lateral, em preto, com letras bem aplicadas.

– Cruzes vermelhas? – Fiona perguntou a Benny.

Benny estava com uma chave de boca elétrica amarela na mão com uma mangueira de borracha vermelha conectada.

– Ponteiros de rúgbi iriam correr atrás de você pra primeiros socorros. Isto aqui é padrão para transporte de globos oculares fresquinhos. Pelo aspecto, foi copiado de um que faz justamente isso.

– Nome e números?

– Você vai ver conforme recebido. O caminhão era de uma casa de materiais para cinema, no Soho. – Tirou o cigarro enfiado atrás da orelha e acendeu. – Para cinema e tevê. Esse é o plano, então? Você está fazendo tevê?

– Pornôs – disse Fiona. – Saad iria gostar disso.

– Ah, mas vai, não vai? – disse Benny.

Fiona, notando Milgrim, virou-se.

– Oi.

– Posso usar seu telefone? Preciso ligar para alguém.

Ela enfiou a mão dentro das calças blindadas, retirou um iPhone, não aquele que Milgrim havia usado com a arraia Festo, e o passou para ele.

– Com fome? Podemos pedir doner.

– Jantar?

– Doner. Kebab.

– Eu prefiro um curry – disse Benny, estudando a ponta do seu cigarro, como se ela pudesse oferecer subitamente resenhas de bons restaurantes de curry.

– Só vou fazer esta ligação... – ele paralisou.

– Sim?
– Isto aqui... é um telefone da Blue Ant?
– Não – respondeu Fiona. – Novinho. O de Benny também. Acabamos de receber suprimentos novos em folha, e os velhos foram recolhidos.
– Obrigado – disse Milgrim, e voltou para dentro do cubo Vegas. Encontrou o cartão de Winnie, em que havia acrescentado os prefixos para discagem, e teclou.
Ela respondeu no segundo toque.
– Sim?
– Sou eu – disse Milgrim.
– Onde você está?
– Suth-uk. Sobre o rio.
– Fazendo?
– Tiramos um cochilo.
– Contaram historinhas um pro outro antes?
– Não.
– Você acha que tem alguma coisa acontecendo? Você tuitou isso.
O verbo soou deslocado na frase, mais especialmente porque ele sabia que não fazia parte de nenhuma historinha infantil.
– Alguma coisa sim. Não sei o quê. Ele contratou alguém chamado Wilson, e delegou. – Ficou feliz por ter se lembrado da palavra.
– Gestão de ameaças – ela disse. – Ele está terceirizando. Mostra que está levando a coisa a sério. Você conheceu Wilson?
– Não.
– O que Wilson está mandando que eles façam?
– Eles colocaram uma caixa na traseira da moto de Fiona. Do tipo que leva globos oculares.
Um perfeito silêncio digital se seguiu, e então:
– Quem é Fiona?
– Ela dirige. Para Bigend. Motocicletas.

— Ok — disse Winnie. — Vamos começar de novo. Distribuição de tarefas.

— Distribuição de tarefas?

— Eu quero que você encontre Wilson. Eu quero saber sobre Wilson. E o mais importante, o nome da firma para a qual ele trabalha.

— Ele não está trabalhando para Bigend?

— Ele trabalha para uma das firmas de segurança. Bigend é o cliente. Não pergunte a ele. Apenas descubra. Mas seja sorrateiro. Você *consegue* ser sorrateiro. Meu instinto me diz isso. De quem é esse telefone?

— Fiona.

— Acabei de mandar por e-mail o número para alguém, e estão me dizendo que o GPS é muito interessante. A menos que você tenha começado a praticar maratona de teleporte aleatório.

— Ele é novo. Ela acabou de recebê-lo de Bigend.

— Pode ser Wilson, o consultor de gestão de ameaças. Fazendo por merecer seu pagamento, se for esse o caso. Ok. Você recebeu sua tarefa. Vá à luta. Ligue, tuite. — Ela desligou.

O aposento foi tomado por aquele estranho acorde sub-Hendrix que parecia uma galinha ciscando. Ele saiu porta afora, tropeçou na peça de um motor e quase caiu, mas conseguiu jogar o telefone na mão de Fiona. Ao fazer isso, se perguntou se podia ou não ser Winnie.

— Alô? Sim. Está pronto. Muito convincente. Vou trocar meus amortecedores em seguida. Eles estão um pouco gastos. Você faria isso? Certamente. Vou pegar uma moto emprestada. Rápido? Com prazer. — Ela sorriu. — O que ele estava usando ontem? — Ela olhou para Milgrim. — Vou dizer a ele. — Enfiou o telefone no bolso das calças.

Milgrim ergueu as sobrancelhas.

— Wilson — disse Fiona. — Você está sendo solicitado o mais rápido possível, do outro lado do rio. Ele quer conhecê-lo. E você tem que levar o que estava vestindo ontem.

— Por quê?

– Ele acha que o kit da Tanky & Tojo não fica bem em você.

Milgrim fez uma careta.

– Tô de sacanagem – ela disse, dando um soquinho no braço dele. – Você é muito inteligente. Vou pegar emprestada uma moto rápida para o serviço enquanto Saad troca meus amortecedores. Do Benny.

– Praga – Benny disse baixinho, um som pequeno mas cheio de resignação, como se tivesse que aguentar as durezas de uma vida muito longa. – Não me ferra com eles de novo, pode ser?

65.

PELE DE LEOPARDO EM MINIATURA

Ela estava parada nos degraus do Cabinet, olhando para luzes inesperadas, além das árvores, na privacidade da Portman Square. Robert pairava vigilante atrás dela, depois que a van alta da Slow Foods se afastou, dirigida por uma jovem loura com um boné preocupantemente parecido com o de Folha.

Ruídos de um jogo de tênis. Havia uma quadra ali perto. Alguém havia decidido jogar uma partida noturna. Hollis pensou que a quadra deveria estar bem molhada.

Quando voltou para dentro, Inchmale e Heidi estavam no lobby, Inchmale colocando sua jaqueta Gore-Tex japonesa.

– Vamos para o estúdio ouvir alguns mixes. Venha com a gente.

– Obrigada, mas precisam de mim.

– As duas ofertas estão de pé, Tucson ou Hampstead. Você poderia ficar com Angelina.

– Obrigada, Reg. Obrigada mesmo.

– Educadamente teimosa – ele disse, depois olhou para Heidi. – Batidas violentamente incontroláveis. – De volta para ela. – Pelo menos é coerente. Não perca o contato.

– Não perderei. – Hollis foi para o elevador. Para o furão, em sua vitrine. Oferecia preces silenciosas para que o esquema de Garreth, fosse ele qual fosse, se mostrasse tão digno do furão quanto precisasse ser, ou que o que quer que tivesse acontecido com aquele furão em particular, para que ele merecesse sua eterna residência sonambulística ali, não acontecesse a Garreth, a Milgrim ou a qualquer outra pessoa com a qual ela se preocupasse.

Os dentes do animal pareciam maiores, embora ela soubesse que isso não era possível. Ela apertou o botão, ouviu clangores distantes do alto, sons da maquinaria Tesla.

Na verdade, ela nunca se dera conta de que se preocupava com Milgrim até se tornar claro que Bigend o entregaria facilmente a Folha e companhia, se isso significasse obter Bobby Chombo de volta. E ela sabia que Bigend não iria precisar de Chombo, mas de alguma coisa que ele sabia, ou sabia fazer. Era isso que a incomodava; isso e o fato de Milgrim ter renascido, ou talvez nascido, pela veleidade de Bigend, simplesmente porque ele queria ver se isso era possível ou não. Fazer isso, e depois trocar o resultado, possivelmente trocar sua vida, por algo que você queria, não importava quanto, era errado.

Quando o elevador chegou, ela puxou a porta pantográfica, abrindo-a, e entrou. Subiu.

No caminho pelos corredores que levavam para o Número Quatro, ela reparou que uma das paisagens agora continha *duas* torres, idênticas, uma mais recuada, sobre uma colina distante. Sem dúvida ela sempre havia estado ali, a segunda torre, sem ser notada. Decidiu com firmeza que não pensaria mais no assunto.

Bateu à porta, caso Garreth e Pep ainda estivessem envolvidos a fundo em *curly stays*.

– Sou eu.

– Entre – ele gritou.

Ele estava deitado na cama Síndrome Pibloktoq, a atadura preta da máquina de bombeamento frio ao redor da perna mais uma vez, o laptop preto aberto em cima da barriga, o *headset* na cabeça.

– Ocupado?

– Não. Acabei de sair de uma ligação com Big End. – Ele parecia cansado.

– Como foi?

– Foi ele quem ligou. Gracie. Eles queriam Milgrim esta noite.
– Você não está pronto, está?
– Não, mas eu sabia que não ia estar. Ensaiei com ele. Milgrim deu uma fugida, ele contou a eles, mas felizmente já foi localizado. Vamos pegá-lo. Tomou cuidado de não dizer onde exatamente, mas ainda no Reino Unido. Caso Gracie tenha como checar movimentação de passaportes dos EUA. Acho que correu bem, mas seu Big End... – ele balançou a cabeça.
– O quê?
– Tem algo que ele quer. Que ele precisa. Mas não é exatamente isso... Me parece que nunca deixou de ganhar, mas agora, de repente, há uma chance de que perca, perca de verdade. Se ele não puder conseguir Chombo de volta, em condições de trabalho. E isso torna Big End alguém muito perigoso. – Olhou para ela.
– O que você acha que ele pode fazer?
– Qualquer coisa. Literalmente. Para conseguir Chombo de volta. Nunca fiz isso antes.
– Fez o quê?
– Um trabalho em prol de um cliente. Preocupado em tirar o cliente do inferno.

Ela se sentou na beira da cama e pôs a mão na perna que continuava igual a antes de Dubai.

– O velho diz que Big End tem um cheiro peculiar agora. Diz ele que é coisa recente, diferente, mais forte. Não consegue entender bem o que é.
– Reg diz a mesma coisa. Soube disso pela esposa, que trabalha com relações públicas aqui. Diz que é algo tipo cães antes de um terremoto. Eles não sabem o que é, mas é ele, de algum modo. Mas estou preocupada com você. Você parece exausto. – Agora ele parecia. Seu rosto parecia mais magro, as bochechas afundadas. – Aqueles cinco neurocirurgiões não esperavam que você fossem fazer isso, não é?

Ele apontou para o embrulho preto suado.

— Frank está frio. Você deveria ficar fria também.
— Eu diria que gostaria de não ter ligado para você, mas seria mentira. Mas estou preocupada. Não é só com Frank. — Ele tocou seu rosto. — Desculpe ter saído daquele jeito.

Garreth beijou a mão de Hollis. Sorriu.

— Fiquei feliz por você ter ido. Não gostei do jeito como Pep olhava para você.

— Nem eu. Não gostei do Pep.

— Ele me ajudou no Barrio Gótico uma vez. Salvou minha pele. Não precisava.

— Então o Pep é boa gente.

— Eu não iria tão longe. Mas, se tem rodas e portas trancadas, ele consegue abrir mais rápido do que o dono jamais conseguiu, e fechar e trancar tão rápido quanto. Como está minha van de produtos alimentícios?

— Vegana de elite. Reluzindo de nova.

— Aluguei por uma agência especializada em Shepperton, veículos para cinema e televisão. A Slow Foods ainda não começou a fazer entregas. Ficou feliz em alugar a van para uma filmagem de arte, por uma tarifa horária bem generosa.

Havia uma coisa na mesinha de cabeceira. Parte da fuselagem de um avião-modelo: curvado, aerodinâmico, a superfície superior amarela, com pontos marrons. Ela se curvou para olhar mais de perto, viu uma estampa de leopardo em miniatura, sobre plástico.

— Não toque. Dá choque.

— O que é?

— Taser.

— Um *Taser*?

— É de Heidi. Ela trouxe de Los Angeles por acidente, em sua bolsa de modelagem. Pegou sem ver, junto com o bolo de documentos para construção de modelos, quando estava bem puta.

— A TSA não reparou?

– Detesto ter de ser eu a lhe dar a notícia – ele disse, fingindo grande seriedade –, mas isso tem acontecido de vez em quando. A TSA não repara uma coisa ou outra. É *chocante*, eu sei, mas...

– Mas onde ela conseguiu isso?

– Estados Unidos? Mas, ao contrário do que se diz, o que acontece em Vegas evidentemente nem sempre fica lá. Alguém em Las Vegas deu isso ao marido dela. Como presente para ela, na verdade. Por isso a estampa de leopardo. Modelo para moças, sabe? A TSA nem viu, a Alfândega de Sua Majestade também não, mas Ajay certamente viu, hoje de manhã. Ela nem fazia ideia de que tinha isso. Empacotou por engano quando estava bêbada. O que não a exime de culpa, mas eles sabem que isso ajuda a passar um item ou outro pelas fronteiras de vez em quando.

– O que você quer fazer com isso?

– Ainda não sei. "Siga o acidental. Tenha medo do que foi planejado."

– Achei que você adorasse planos.

– Adoro planejar as coisas. Isto aqui é outra coisa. Mas a dose certa de improviso faz maravilhas.

– Isto dá choque nas pessoas?

– Possui um capacitor em seu interior, corrente suficiente para derrubar você bonitinho. Projeta dois dardos farpados ligados a cinco metros de cabo isolado fino. Impulsionados por gás engarrafado.

– Horrível.

– Preferível isso a levar um tiro, sempre. Não que seja bom. – Ele se inclinou, pegou o objeto e voltou a se recostar nos travesseiros. Segurou-o entre o polegar e o indicador.

– Ponha isso de lado. Não gosto. Acho que você precisa dormir.

– Milgrim está a caminho. E um cabeleireiro e maquiador. Vamos nos reunir com Ajay. Festa de *makeover*.

– *Makeover*?

– *Whiteface*. – Ele colocou o Taser atrás da tela do seu laptop. Voltou a subi-lo. Pausa no apogeu. – Não queremos deixar Milgrim nas mãos do Big End assim que isto começar. – Olhou para ela. – Queremos que ele fique conosco, independentemente do que Big End desejar. Vou precisar de alguma coisa para ele fazer, uma desculpa para mantê-lo conosco.

– Por quê?

– Se meu esquema der merda, como vocês dizem na sua terra, e é sempre uma possibilidade, Bigend vai querer muito passar Milgrim para Gracie o quanto antes. Muito. Desculpas por nosso comportamento. Impossível obter ajuda decente hoje em dia. Mas aqui está Milgrim, então vamos pegar Chombo, muito obrigado, e desculpe mais uma vez o aborrecimento. Ou, se Gracie fizer merda, por outro lado... – O Taser voltou a descer devagar, sobre o teclado, num rápido passeio silencioso.

– Merda como?

– Minha pequena operação foi toda montada com peças compradas prontas, direto da prateleira. Basicamente tive de construí-la como se Gracie fosse jogar limpo, fazer a troca de prisioneiros, depois levar Milgrim para uma boa tortura por afogamento ou extração de unhas...

– Não diga isso!

– Desculpe. Mas isso seria jogar pelas regras na concepção de Big End. Nós sabemos que ninguém vai pegar Milgrim, mas Gracie ainda não sabe. Se as coisas seguirem de acordo com meu plano, Gracie e companhia terão peso suficiente sobre eles para que não incomodem ninguém. Mas, se Gracie decidir não jogar pelas regras, eu não tenho muita distração extra para jogar no colo dele. – Levantou o Taser mais uma vez e forçou a vista. – Na verdade, gostaria que ela tivesse trazido mais alguns destes.

66.

ZIP

A moto civil de Benny, Milgrim agora sabia, era uma Yamaha FZR1000 2006 preta e vermelha. Era rebaixada, Fiona disse, seja lá o que isso significasse, e tinha uma coisa chamada braço oscilante Spondon, que permitia que a extensão da base da roda aumentasse na pista de arrancada. "Acelera um pouquinho", ela disse, aprovando.

Fiona estava mais uma vez completamente blindada, coberta de zíper e velcro, capacete amarelo embaixo do braço. Milgrim também estava blindado, com náilon e Kevlar emprestados por cima do tweed e da sarja; sentia-se rígido e pouco familiar. As pontas dos brogues marrom-claros de Jun pareciam fora de lugar, por baixo da calça de motociclista de Cordura preta. Sua sacola, contendo o laptop e as roupas que ele havia usado na noite anterior, estava amarrada em cima do tanque de combustível da Yamaha, que parecia ter sido preparada para pular do meio das coxas de um motociclista. Era uma bela imagem agora, considerando que as coxas seriam as de Fiona.

– Voytek está aqui, pra foder pinguim.

Eles se viraram ao som de sua voz. Ele estava atravessando a garagem de motos deserta em direção a eles. Carregava uma caixa Pelican preta em cada mão que, ao contrário das caixas do dia anterior, pareciam pesadas.

– "Com" – corrigiu Fiona – "foder com".

– "I pity the poor immigrant." Você não. Bob Dylan.

– Por que você está incomodado, então? – Fiona quis saber. – O de Paris estava bom, e acabamos de fazer este aqui funcionar com o iPhone.

– Ordem de Wilson. Ministro de foder com todas as coisas.

Ele passou direto pelos dois, entrou no cubo Vegas e fechou a porta.

– Tem algum outro capacete? – perguntou Milgrim, olhando de esguelha para o preto da sra. Benny que estava sobre a garupa da Yamaha.

– Desculpe – disse Fiona –, não. E vou precisar ajustar a faixa do queixo. Recebi uma aula de segurança.

– De quem?

– De Wilson. – Ela pôs o capacete preto na cabeça de Milgrim, ajustou e prendeu sua faixa do queixo com habilidade. O laquê parecia até mais forte agora, como se a sra. Benny o tivesse usado naquele meio-tempo. Ele se perguntou se não estaria desenvolvendo uma alergia.

Fiona colocou as luvas e montou a Yamaha brilhante. Milgrim sentou-se atrás dela. O motor foi ligado. Ela andou até o lado de fora da garagem de Benny, e depois a moto pareceu assumir o controle, uma criatura bem diferente da motocicleta cinza enorme de Fiona. Andaram por um circuito denso porém intrincado de ruas de Southwark, Milgrim supôs que para despistar possíveis perseguidores, e depois Blackfriars, as marchas mudando, as grades vermelhas e brancas da ponte passando a uma velocidade estroboscópica. Ele perdeu a noção da direção logo depois que chegaram ao outro lado, e não estava esperando quando ela finalmente parou e estacionou.

Milgrim se atrapalhou todo com a faixa de segurança embaixo do queixo, mas conseguiu tirar o capacete da sra. Benny o mais rápido que pôde. Levantou a cabeça e olhou para um prédio que não conhecia.

– Onde estamos?

Ela retirou o capacete amarelo.

– Cabinet. Os fundos.

Estavam numa alameda ajardinada com piso de paralelepípedos, atrás de um muro de pedra. Ela desmontou, Milgrim como sempre intrigado pela flexibilidade suave que isso demonstrava. Também desceu da moto, sem nenhuma demonstração particular de graciosidade, e ficou olhando enquanto ela puxava correntes grossas de ancoragem dos alforjes da Yamaha para prendê-la.

Acompanhou-a caminhando pelos paralelepípedos até um *porte-cochère*. Risca de Giz os esperava, atrás de uma porta de vidro muito moderna. Deixou que entrassem sem que Fiona precisasse tocar a campainha.

— Por aqui, por favor — ele disse, e os levou até uma porta de elevador de aço inoxidável escovado. Milgrim descobriu que o traje blindado o fazia se sentir estranhamente sólido, maior. No elevador, sentiu que ocupava mais espaço. Ficou mais ereto, segurando o capacete da sra. Benny à sua frente com certa formalidade.

— Acompanhem-me, por favor. — Risca de Giz os foi conduzindo por uma porta após a outra, todas pesadas, de fechamento automático. Paredes verde-escuras, corredores pequenos, aquarelas com paisagens sombrias em molduras douradas ornamentadas. Finalmente chegaram a uma porta em particular, pintada com um verde mais escuro até mesmo que as paredes, quase preto. Um número 4 grande e itálico em bronze, afixado com dois parafusos de bronze de cabeça chata. Risca de Giz usou uma aldrava de bronze na moldura da porta: uma mão de mulher, segurando um esferoide ovalado de bronze. Uma única e respeitosa batida.

— Sim? — a voz de Hollis.

— Robert, srta. Henry. Eles chegaram.

Milgrim ouviu o som de uma corrente. Hollis abriu a porta.

— Oi, Milgim, Fiona. Entrem. Obrigada, Robert.

— De nada, srta. Henry. Boa noite.

Eles entraram, a mão sem luva de Fiona roçando na dele.

Milgrim piscou várias vezes enquanto Hollis passava a corrente na porta atrás deles. Ele jamais vira um quarto de hotel igual àquele, e Hollis não estava sozinha. Havia um homem na cama (a cama muito estranha) com cabelos curtos porém despenteados, e ele olhava para

Milgrim com uma seriedade, uma espécie de foco silencioso, que quase acionaram seus mecanismos de percepção de policiais que Winnie tinha deflagrado a última vez em Seven Dials. Quase.

– Então você é Milgrim. Tenho ouvido falar muito em você. Eu sou Garreth. Wilson. Me perdoe por não levantar. Minha perna está estourada. Tenho que mantê-la elevada. – Ele estava recostado em travesseiros e na parede, entre o que Milgrim a princípio supôs serem as presas de um mamute, parênteses gêmeos tipo janela de igreja, cinzentos pela ação do tempo. Um laptop estava aberto ao seu lado. Usava uma calça preta, e uma de suas pernas estava apoiada sobre três travesseiros adicionais. Acima dele, suspensa, a maior gaiola de passarinho que Milgrim já tinha visto, repleta, ao que parecia, de livros empilhados e pequenos holofotes superfortes.

– Garreth, esta é Fiona – disse Hollis. – Ela me resgatou da City.

– Bom trabalho – disse o homem. – Ela é nosso piloto de drone também.

Fiona sorriu.

– Oi.

– Acabei de mandar Voytek modificar um deles.

– Nós o vimos – disse Fiona.

– Não íamos colocar o Taser, mas agora vamos.

– Taser?

– Para armar o balão. – Ele deu de ombros e sorriu. – Tínhamos um à mão.

– Quanto pesa?

– Duzentos gramas.

– Acho que isso vai afetar a elevação – disse Fiona.

– Quase certamente. A velocidade também. Mas o fabricante do pinguim me falou que ainda vai voar. Embora não tão alto. Ele é prateado, não é? Cromado?

– Sim.

— Acho que um pouco de camuflagem *dazzle* viria bem a calhar. Sabe do que estou falando?

— Sei — disse Fiona, mas Milgrim não sabia. — Mas você sabe que eu vou pilotar um tipo diferente de drone?

— Sei sim.

— A caixa está na moto?

— Está. E eu já devo ter novos amortecedores agora.

— O que são amortecedores? — perguntou Milgrim.

— Para absorver choque — disse Fiona.

— Me entreguem seus casacos — disse Hollis, pegando o capacete da sra. Benny, depois o de Fiona. — Gostei do seu paletó — ela disse, reparando no tweed de Milgrim quando ele se livrou do casaco duro de náilon.

— Obrigado.

— Por favor — disse Hollis. — Sentem-se.

Havia duas cadeiras altas e listradas, posicionadas para ficar de frente para o homem na cama. Milgrim se sentou em uma, Fiona na outra, e Hollis na cama. Milgrim a viu pegar a mão do homem. Lembrou-se da manhã que passara com Hollis em Paris.

— Você pulou do edifício mais alto do mundo — ele disse.

— Pulei. Embora, infelizmente, não do topo.

— Fico feliz que esteja bem — disse Milgrim, e viu Hollis sorrir para ele.

— Obrigado — disse o homem, Garreth, e Milgrim o viu apertar a mão de Hollis.

Alguém bateu duas vezes na porta, suavemente, sem usar a dama de bronze, com os nós dos dedos.

— Eu, dentro — disse uma voz.

Hollis levou os pés ao chão, se levantou, foi até a porta e deixou entrar um rapaz muito bonito e uma garota um pouco menos bonita. A garota levava consigo uma bolsa de courino preto estilo antigo. Para Milgrim, ambos pareciam indianos, embora ele não tivesse muito conhecimento a respeito do sul da Ásia de modo geral, mas a garota era gótica. Milgrim não conseguia se lembrar de já ter visto uma gótica indiana antes, mas se você tivesse de ver uma, ele pensou, Londres seria o lugar.

– Minha prima Chandra – disse o rapaz. Ele vestia jeans pretos muito justos complexamente tratados para parecerem usados, uma camisa polo preta e uma jaqueta de motociclista grande demais para ele, de aspecto antigo.

– Oi, Chandra – disse Hollis.

Chandra deu um sorriso tímido. Ela tinha cabelos pretos perfeitamente lisos, olhos enormes também pretos e nariz e orelhas complexamente furados. O batom era preto, e ela parecia estar vestindo uma espécie de traje eduardiano de enfermeira, embora ele também fosse preto.

– Oi, Chandra – disse Hollis. – Chandra e Ajay, Fiona e Milgrim. E Garreth, Chandra.

Ajay estava olhando para Milgrim.

– Vai ser um pouco forçado – ele disse, duvidando.

– Eu passo spray nas suas têmporas – Chandra disse para Ajay. – Aquele material de fibra, que vem em lata. Para cobrir partes de calvície. Eu tenho um pouco aqui. – Agora ela estava olhando para Milgrim. – Ele bem que está precisando cortar o cabelo. Então isso conta a nosso favor.

Ajay passou a mão pelo cabelo, curto ao estilo militar nas laterais mas um topete preto sedoso no alto. Parecia preocupado.

– Vai crescer de novo – Garreth disse de cima da cama. – Milgrim, se importaria de tirar as calças?

Milgrim olhou para Fiona, e depois de volta para Garreth, lembrando-se de Jun nos fundos da Tanky & Tojo.

– A calça à prova d'água – disse Garreth. – Ajay precisa ter uma noção de como você se move.

– Me movo – disse Milgrim, e se levantou. Depois voltou a sentar, curvando-se para desamarrar os sapatos.

– Não, não – disse Fiona, levantando-se. – Para isso tem zíper. – Ela se ajoelhou na frente dele, abriu zíperes de 30 centímetros de altura na parte de dentro das calças blindadas. – Levante-se. – Ele se levantou. Fiona enfiou a mão, puxou o zíper de plástico enorme para baixo, fez um barulho alto de velcro rasgando e puxou as calças até o chão. Milgrim sentiu o rosto ficar violentamente vermelho.

– Vamos – disse Fiona. – Levante os pés.

67.

UM CAMUNDONGO ESMAGADO

Ajay, com cara de dor mas estoico, estava sentado no que Milgrim disse ser um banquinho de penteadeira Biedermeier, na caverna de azulejos brilhantes do vasto banheiro do Número Quatro, toalhas abertas embaixo dele, enquanto Chandra tratava com cuidado de sua cascata com um par de tesouras. Milgrim estava ali dentro com eles, "movendo-se ao redor" conforme instruído, enquanto Ajay, quando se lembrava, o estudava. Chandra também fazia pausas periódicas, observava Milgrim, depois voltava a aparar. Hollis percebeu que estava ela própria aguardando que algum diálogo começasse.

– O que é *isto*? – perguntou Milgrim, aparentemente notando o chuveiro pela primeira vez.

– A ducha – disse Hollis.

– Não pare de se mover – ordenou Ajay.

Milgrim pôs as mãos nos bolsos de suas peculiares calças novas.

– Mas você *faria* isso? – perguntou Ajay.

– Pare de se mexer – ordenou Chandra, que havia parado de cortar.

– Eu? – perguntou Milgrim.

– Ajay – disse Chandra, tirando uma mecha negra e molhada de cabelo que rebeldemente caíra em sua túnica preta. Seus lábios pretos pareciam dramáticos de um modo especial com aquela luz.

Hollis olhou de volta para Fiona, que estava sentada aos pés da cama, ouvindo Garreth com atenção, fazendo perguntas ocasionais e anotações num moleskine coberto de adesivos.

Garreth precisou fazer uma pausa para atender a ligação de um homem que estava construindo a bicicleta elétrica de Pep. Isso havia resultado na perda do quadro de *curly stays* de Pep, pois ele teria de ser "dobrado a frio", para acomodar os cubos de roda do motor, uma coisa que tanto o construtor quanto Garreth obviamente consideravam um sacrilégio. Garreth havia, então, optado por usar fibra de carbono em vez do quadro da Hetchins, mas para isso teve que ligar para Pep e acertar com ele, o que acabou num acordo em montar uma bicicleta com dois motores.

Isso fez com que Hollis se lembrasse de uma vez que acompanhara um diretor na produção de um videoclipe, algo que o Curfew havia conseguido evitar quase sempre. Mas ela havia feito isso depois, por causa de Inchmale e das diversas bandas que ele havia produzido, e invariavelmente tinha achado o processo bem mais interessante e mais divertido do que qualquer produto final.

Naquele caso, ela ainda tinha muito pouca ideia do que Garreth pretendia filmar.

– Você sai agora – Hollis ouviu Chandra dizer – e feche a porta. Isso aqui fede. – Ela se virou e viu Milgrim se aproximando, Chandra começando a sacudir uma lata de aerossol. – Fique de olhos fechados – Chandra disse para Ajay.

Milgrim fechou a porta atrás de si.

– Você está bem? – perguntou Hollis. – Onde você estava?

– Southwark. Com Fiona. – Ele soava, ela pensou, como alguém que estivesse descrevendo um fim de semana num spa. Um sorrisinho de quem não está acostumado.

– Lamento quanto a Heidi – ela disse.

Ele fez uma careta.

– Tem algo errado?

– Ela está bem. Eu quis dizer que lamento que ela tenha machucado o Folha, e criado mais encrenca para você.

— Fico feliz – ele disse. – Caso contrário, eles teriam nos apanhado. Me apanhado, pelo menos. – E subitamente ele estava estranho e inteiramente presente, uma única entidade, o atento e desconfiado, que olhava pelos cantos, fundindo-se sem costuras visíveis com seu *self* disperso e desassociado. – Eu não teria conseguido ir até Southwark. – Durante aqueles poucos segundos, ele era alguém que ela não havia conhecido. Mas depois voltou a ser Milgrim. – Aquele ali é um chuveiro assustador – ele disse.

— Eu gosto.

— Nunca vi nada decorado assim. – Ele olhou ao redor para a decoração do Número Quatro.

— Eu também não.

— Isto tudo é de verdade?

— Sim, embora existam algumas reproduções de período. Há um catálogo para cada quarto.

— Posso ver?

O iPhone dela tocou.

— Sim?

— Meredith. Estou no lobby. Preciso te ver.

— Eu tenho convidados...

— Sozinha – disse Meredith. – Traga uma jaqueta. Ela quer conhecê-la.

— Eu...

— A ideia não foi minha – interrompeu Meredith. – Foi dela. Quando eu disse a ela o que você falou.

Hollis olhou para Garreth, que estava profundamente concentrado com Fiona.

A porta do banheiro se abriu. Ajay estava ali, as laterais de sua cabeça cobertas esparsamente por algum tipo de não cabelo sintético, aleatoriamente direcional.

— Não está muito bom, está?

— É igual aos pelos pubianos de algum bicho de brinquedo enorme e anatomicamente correto – brincou Garreth, achando graça.

– A textura está errada, mas tenho outra que deve servir – disse Chandra. – E vou aplicar melhor da próxima.

– Vou descer em um minuto – Hollis disse para o iPhone. – Meredith – ela disse a Garreth. – Vou descer para me encontrar com ela.

– Não saia do hotel – disse Garreth, e voltou ao que quer que estivesse explicando para Fiona.

Hollis abriu a boca, fechou-a, encontrou o catálogo de curiosidades do Número Quatro, encadernado em couro, entregou-o a Milgrim, depois pegou a jaqueta Hounds, sua bolsa e saiu, fechando a porta atrás de si.

Evitando as aquarelas, ela avançou pelo labirinto verde e achou o elevador a esperando, emitindo cliques para si mesmo bem baixinho. Enquanto descia na gaiola preta, ela tentava decifrar o que Meredith havia dito. O "ela", lógico, era a designer da Hounds, mas, se esse era o caso, teria Meredith mentido para ela ontem?

Ao passar pelo furão, ela emergiu no som do saguão, que estava evidentemente a todo vapor a essa hora, e ecoava nos degraus de mármore. Meredith aguardava perto da porta onde Robert em geral ficava, embora ele não estivesse à vista. Ela vestia uma jaqueta de algodão translúcida, encerada e antiga, por cima do tweed de que Hollis se lembrava de ontem, mais furos do que tecido, o oposto platônico da jaqueta Gore-Tex japonesa de Inchmale.

– Você me disse que não sabia como entrar em contato com ela – disse Hollis. – E certamente não indicou que estava em Londres.

– Eu não sabia nenhuma das duas coisas – disse Meredith. – Inchmale. Clammy foi me ajudando a juntar as peças, no estúdio, porque você havia prometido dar a ele um kit novo se ele a ajudasse a encontrá-la.

Hollis havia se esquecido disso.

– É verdade – ela disse.

– Inchmale estava trabalhando num daqueles gráficos que ele faz, os que cercam o fundo de um copo de café de papel, para cada canção. Isso é só mais embromação dele, ou é de verdade?

– É de verdade.
– E naturalmente ele estava se concentrando, ou fingindo. E do nada ele disse: "Eu conheço o marido dela". Disse que era outro produtor, muito bom, baseado em Chicago. Tinha trabalhado com ele. Disse um nome.
– Que nome?
Meredith olhou com ainda mais firmeza nos olhos dela.
– Vou ter de deixar que ela lhe diga isso.
– E o que mais Reg disse?
– Nada. Nem uma palavra. Voltou aos seus feltros coloridos e seu copo de papel. Mas, assim que pus as mãos num computador, procurei o nome no Google. Lá estava ele. Busca de imagens, na terceira página, lá estava ela, com ele. Isso foi só algumas horas depois de eu encontrar você aqui.
– Aquela acabou virando uma noite e tanto – disse Hollis.
– Você se demitiu?
– Não tive a chance, mas minha posição quanto à demissão continua a mesma. Mais forte, até. Estou muito fora de Bigend, se é que você pode dizer que algum dia estive dentro. Muita coisa aconteceu.
– Eu passei a maior parte desse tempo no telefone. Tentando falar com ela, por intermédio do marido. Não consegui falar com ele. Me entreguei à misericórdia de Inchmale. Pedi para George falar com ele, na verdade.
– E?
– Ela me ligou. Está aqui. Já faz algumas semanas. East Midlands, Northampton, dando uma olhada em fábricas de sapatos. Dando umas pernadas – e de repente Meredith deu um sorriso, que logo desapareceu. – Está voltando agora.
Hollis ia perguntar para onde, mas não perguntou.
– Posso levar você até ela – disse Meredith. – É o que ela quer.
– Por que você...

– É melhor que ela te conte isso. Você vem ou não? Está indo embora amanhã.
– Fica longe?
– Soho. Clammy está de carro.

ERA JAPONÊS, minúsculo, e parecia ter sido parido por um Citroën Deux Chevaux, embora a mãe fosse de uma linhagem menos reconhecível mas que obviamente havia frequentado uma escola de design. O carro praticamente não tinha banco traseiro, então Hollis estava dobrada de lado agora, atrás de Meredith e Clammy, olhando um pequeno e determinado limpador de para-brisas traseiro empurrar a água da chuva para fora do vidro. Nada podia ter sido mais diferente do Hilux. Um minifusca retrô, sem blindagem. Tudo no tráfego era maior do que eles, inclusive as motocicletas. Clammy o havia comprado usado, por intermédio de um corretor no Japão, e o importado, já que essa era a única maneira de obter um daqueles na Europa. Ele tinha o cinza-escuro brilhante de um ventilador elétrico antigo, um tom a que Inchmale gostava de se referir como o de "um camundongo esmagado", o que significava cinza com um pouco de vermelho dentro. Ela torcia para que os outros motoristas conseguissem enxergá-los. Mas não se fossem da equipe do Folha, uma preocupação que apenas crescia desde que Clammy entrara na Oxford Street. As instruções de Garreth para não deixar o hotel haviam subitamente feito um sentido diferente. Antes, Hollis não estava levando tudo muito a sério. Ela se sentia como uma observadora, uma ajudante, ou uma enfermeira terrivelmente desajeitada. Mas agora, ela percebia, naquela nova economia de sequestros, que ela própria talvez tivesse um valor e tanto. Se eles a pegassem, teriam Garreth. Embora, até onde ela sabia, eles nada soubessem a respeito de Garreth. E embora isso dependesse, ela imaginou, de que todos na minúscula equipe de Bigend permanecessem leais. Quem era Fiona? Ela não sabia nada sobre Fiona, sério. A não ser que ela ficava de olho em Milgrim, uma coisa estranhamente pessoal, Hollis pensou. Na verdade, agora que Hollis parou para pensar, era como se ela estivesse a fim dele.

– Falta muito ainda? – ela perguntou.

68.

MÃO-OLHO

Agora era a vez de Milgrim, no banquinho de penteadeira Biedermeier, os restos dos cachos luxuriantes de Ajay atulhando, escuros, as toalhas abertas no chão. O próprio Ajay estava no chuveiro imenso e assustador de Hollis, livrando-se do produto aerossol que Chandra havia aplicado às laterais de sua cabeça. Sem a menor intenção de ver seu primo nu, ela desviou o rosto do chuveiro enquanto usava um clipper elétrico na nuca e nas costeletas de Milgrim. Milgrim, ao ver Ajay nu, achou que ele parecia um dançarino profissional. Ele era todo músculos, mas nenhum músculo era do tipo estufado.

A ideia, agora que Chandra tinha dado uma boa olhada em Milgrim e em seus cabelos como haviam estado no dia anterior, era lhe dar um corte diferente. Ele se pegou imaginando uma peruca de Milgrim para Ajay, uma coisa em que ele tinha certeza de jamais ter pensado antes.

Estava ficando abafado, e ele ouviu Ajay diminuir a intensidade da ducha para depois desligá-la. Pouco depois, ele apareceu ao lado de Milgrim num roupão branco acinturado, amarrando o cordão com cuidado. O topo de sua cabeça era agora a aproximação inicial feita por Chandra do *look* anterior de Milgrim, embora preto e úmido. Os próprios cabelos castanhos de Milgrim estavam caindo em cima das toalhas.

– Vou ter que confiar – Ajay disse para Chandra – que aquilo não foi uma piada.

– Pelo tipo de comissão com que o seu amigo me contratou – Chandra disse por cima do ruído do clipper –, você não vai ter piada nenhuma. Eu nunca havia tentado isso antes. Vi um vídeo tutorial. Da próxima vez farei melhor. Abaixe o queixo. – A ordem havia sido dada para Milgrim. – O produto é realmente para cobrir partes de calvície. Mais para o alto. Pegar tão pesado nas laterais pode ser forçar um pouco a barra. – Ela desligou o clipper.

– Forçar a barra – disse Ajay –; esse é o nosso negócio. *High speed, low drag*. Extrema eficiência. – Ele enxugou a cabeça com a toalha.

– Esse pessoal sabe que você é um perfeito idiota? – perguntou Chandra.

– Ajay – Garreth chamou do outro lado da porta.

Ajay jogou a toalha num canto e saiu, fechando a porta atrás de si.

– Ele sempre foi assim – disse Chandra. Milgrim não sabia como ele deveria ter sido idealmente. – Não foi toda culpa do exército. – Ela deu uns poucos cortes rápidos nos cabelos no topo de sua cabeça com a tesoura, e então retirou a toalha que havia enrolado ao redor do pescoço de Milgrim. – Levante-se. Dê uma olhada.

Ele se levantou. Um Milgrim diferente, estranhamente militar, talvez mais jovem, olhou de volta para ele da parede de espelho enfumaçado sobre as pias gêmeas. Ele abotoara o colarinho de sua nova camisa, para evitar que os cabelos entrassem, e isso havia contribuído para a estranheza. Um estranho sem gravata.

– Muito bom – disse Milgrim. E estava bom mesmo. – Eu não teria pensado em fazer isso. Obrigado.

– Agradeça ao seu amigo na cama – disse Chandra. – É o corte de cabelo mais caro que você terá. Fácil, fácil.

Ajay abriu a porta. Ele estava vestindo a jaqueta de algodão amarrotada de Milgrim. Seus ombros eram um pouco largos demais para ela, pensou Milgrim.

– Seus sapatos são um pouco grandes – disse Ajay –, mas eu posso colocar alguma coisa nas pontas.

– Milgrim – disse Garreth da cama – venha se sentar aqui. Fiona me disse que você tem certa habilidade com os balões.

– Tenho boa coordenação mão-olho – Milgrim disse. – Eles me disseram isso em Basileia.

69.

A SUÍTE DE PRESENTES

– Aqui? – Ela reconheceu a loja de denim sem nome na Upper James Street. Escura, iluminada fracamente por velas. Um brilho pulsante, quase invisível.

– Eles estão promovendo um pop-up – disse Meredith.

– Só vai começar em uma hora – disse Clammy, que Hollis percebeu estar anormalmente animado. – Mas eu sou o primeiro.

– Pra você é quase uma suíte de presentes – Meredith disse a ele. – Aí estaremos quites. Mas sem perguntas. E nada de incomodar Bo depois. Nunca. Se voltar lá de novo, ela não te conhece.

– Perfeito – disse Clammy, tamborilando um sinal de antecipação satisfeita no volante.

– Quem é Bo?

– Você a conheceu – respondeu Meredith. – Vamos lá. Saia. Eles estão esperando. – Ela abriu a porta lateral do passageiro do carro, saiu, inclinou o banco do passageiro para a frente. Hollis saiu com algum esforço. – Você vai ter um tempinho antes de chegarmos – disse Meredith, e voltou a entrar. Ela fechou a porta e Clammy saiu, a chuva batucando no esmalte do teto baixo do carro.

Uma bela mulher de cabelos grisalhos abriu a porta quando Hollis se inclinou, fez um gesto para que ela entrasse, então fechou e trancou a porta.

– Você é Bo – disse Hollis. A mulher assentiu. – Eu sou Hollis.

– Sim – disse a mulher.

Ela tinha cheiro de baunilha e de alguma outra coisa, o que mascarava a selva de índigo da loja. Velas pulsavam, criando uma espécie de crepúsculo varejista, em cima da placa maciça de madeira encerada de que Hollis ainda se lembrava de sua visita anterior. Velas de aromaterapia, com suas complicadas ceras dentro de vidros de aspecto claro; os pavios, tiras de madeira finas como papel, soltavam estalos suaves quando suas chamas pulsavam. Ela viu, levemente jateado em cada vidro, o logotipo da Hounds. Entre as velas, estavam um par dobrado de jeans, um par dobrado de calças cáqui, uma camisa de cambraia dobrada e uma bota preta que ia até o tornozelo. O couro macio da bota refletia a luz das velas. Ela a tocou com a ponta do dedo.

– Ano que vem – disse Bo. – Também um Oxford, marrom, mas amostras não estão prontas.

Hollis pegou os jeans dobrados. Eram pretos como tinta, de um peso fora do normal. Ela os virou de um lado e do outro e viu o cão com cabeça de bebê, levemente queimado em um quadrado de couro na cintura.

– Eles estarão à venda? Esta noite?

– Amigos virão. Quando você esteve aqui, não pude ajudá-la. Espero que entenda.

– Entendo – disse Hollis, sem saber ao certo se entendia mesmo.

– Aqui atrás, por favor. Venha.

Hollis a acompanhou, abaixando-se para passar por uma porta parcialmente escondida por um *noren* escuro decorado com peixes brancos. Ali não havia nenhuma mesa branca da Ikea, nenhuma diminuição da elegância simples da loja. Era um espaço menor, mas desobstruído de forma muito limpa, com o mesmo piso jateado e sem manchas, as mesmas velas. Uma mulher estava sentada em uma de duas cadeiras de cozinha de madeira velhas, que não combinavam, com manchas de tinta, passando o dedo na tela de um iPhone. Ela levantou a cabeça, sorriu, levantou-se.

– Olá, Hollis. Eu...

Hollis levantou a mão.

– Não me diga.

A mulher ergueu as sobrancelhas. Seus cabelos eram castanho-escuros, brilhavam à luz das velas, bem cortados, mas despenteados.

– Negação plausível – disse Hollis. – Eu poderia adivinhar, pelo que Meredith me contou. Ou poderia simplesmente perguntar a Reg. Mas, se você não me disser, e eu não fizer nenhuma dessas coisas, posso continuar a dizer a Hubertus que não sei seu nome. – Ela olhou ao redor, viu que Bo tinha saído. Voltou-se para a mulher. – Não sou boa em mentir.

– Nem eu. Sou boa em me esconder, não em mentir. Por favor, sente-se. Quer vinho? Temos um pouco.

Hollis pegou a outra cadeira.

– Não, obrigada.

Ela estava usando jeans que Hollis supôs serem aqueles que ela havia visto em cima da mesa. Aquele mesmo negro absoluto. Uma camisa azul, amarrotada e para fora da calça. Um par bem usado de tênis Converse pretos, as laterais de borracha desgastadas e descoloridas.

– Não entendo por que você quis me ver – disse Hollis. – Nestas circunstâncias.

A mulher sorriu.

– Eu era uma grande fã do Curfew, a propósito, embora o motivo não seja esse. – Ela se sentou. Olhou para a tela reluzente do iPhone e depois para Hollis. – Acho que foi por ter estado um dia onde você está agora.

– E isso é...?

– Eu também já trabalhei para Bigend. Um acordo idêntico, pelo que Mere me contou. Havia uma coisa que ele queria, a peça perdida de um quebra-cabeça, e ele me convenceu a encontrá-la para ele.

– E você encontrou?

– Encontrei. Mas não era nada daquilo que ele havia imaginado. Ele acabou fazendo alguma coisa, reaproveitando alguns aspectos do que eu o ajudei a descobrir. Uma coisa pavorosa, em marketing. Eu também trabalhei com marketing, mas, depois dele, parei.

— O que você fazia em marketing?

— Eu tinha um talento muito peculiar e específico, que não entendia, nunca entendi, e que agora desapareceu. Embora isso não tenha sido ruim, esse desaparecimento. O talento derivava de uma espécie de alergia que eu tinha desde criança.

— A quê?

— Publicidade — disse a mulher. — Logomarcas, em particular. Figuras de mascotes corporativos. Ainda não gosto delas, mas não muito mais do que algumas pessoas detestam palhaços, ou mímicos. Qualquer representação gráfica concentrada de identidade corporativa.

— Mas você não tem a sua própria agora?

A mulher olhou para seu iPhone, passou o dedo na tela.

— Sim, tenho. Me desculpe por deixar isto aqui ligado. Estou fazendo uma coisa com meus filhos. É difícil permanecer em contato com a diferença de fuso.

— Seu logo me preocupa um pouco.

— Ele foi desenhado pela mulher que Bigend havia me mandado descobrir. Ela era cineasta. Morreu alguns anos depois que a encontrei.

Hollis estava vendo a emoção no rosto da mulher, uma transparência que ganhava fácil de sua beleza, que não era pouca.

— Lamento.

— A irmã dela me enviou algumas de suas coisas. Na parte inferior de uma página de anotações havia esse pequeno desenho rascunhado, muito incômodo. Quando mandamos traduzir as anotações, elas falavam da lenda dos Cães de Gabriel.

— Eu nunca tinha ouvido falar deles.

— Nem eu. E quando comecei a fazer minhas próprias coisas, não queria um nome de marca, um logo, nada. Eu sempre removi marcas das minhas próprias roupas, por causa dessa sensibilidade. E não conseguia suportar nada que aparentasse ter sido tocado por um designer.

Um dia percebi que, se eu sentia isso em relação a uma peça, queria dizer que ela não havia sido tão bem desenhada. Mas meu marido fez uma defesa apaixonada da necessidade de se criar uma marca se iríamos fazer o que eu estava propondo. E lá estava o desenho dela, no final daquela página. – Ela olhou para a tela horizontal mais uma vez, depois para Hollis. – Meu marido é de Chicago. Nós vivíamos lá depois de nos conhecermos, e então eu descobri as ruínas da manufatura americana. Eu me vestia com seus produtos há anos, escavava-os em armazéns, brechós, mas nunca tinha parado para pensar de onde eles haviam saído.

– Suas coisas são muito benfeitas.

– Eu percebi que uma camiseta de algodão americana vendida a 20 centavos em 1935 quase sempre será mais bem-feita do que quase tudo o que você puder comprar hoje. Mas, se você recriar essa camiseta, e pode ser que tenha de ir ao Japão para fazer isso, vai acabar com alguma coisa que precisa ir ao varejo por cerca de 300 dólares. Eu comecei a esbarrar em gente que se lembrava de como fazer as coisas. E eu sabia que meu jeito de vestir sempre havia atraído certa atenção. Tinha gente que queria o que eu usava. As coisas cuja curadoria eu fazia, Bigend teria dito.

– Ele está fazendo a curadoria de ternos que provocam dano à retina hoje em dia.

– Ele não tem o menor gosto, mas se comporta como se tivesse mandado removê-lo; cirurgia seletiva. Talvez tenha sido isso mesmo. A busca na qual ele me enviou de algum modo removeu meu único talento negociável. Eu também era uma espécie de *coolhunter*, antes que isso tivesse nome, mas hoje é difícil encontrar alguém que não o seja. Suspeito de que a culpa por essa espécie de contágio global seja, de algum modo, dele.

– E você começou a fazer roupas, em Chicago?

– Estávamos ocupados tendo filhos. – Ela sorriu, olhou de volta para a tela, acariciou-a com a ponta de um dedo. – Então eu não estava com muito tempo. Mas o trabalho do meu marido estava indo bem. Então eu podia me dar ao luxo de fazer experiências. E descobri que realmente adorava fazer isso.

– As pessoas queriam as coisas que você fazia.

– No começo isso me assustou. Eu só queria explorar processos, aprender; queria que me deixassem em paz. Mas aí eu me lembrei de Hubertus, das ideias dele, das coisas que ele havia feito. Estratégias de marketing de guerrilha. Inversões bizarras da lógica tradicional. Aquela ideia japonesa de marcas secretas. A construção deliberada de microeconomias paralelas, nas quais o conhecimento é mais congruente do que a riqueza. Eu decidi que teria uma marca, mas ela seria segredo. O branding seria que a coisa era secreta. Nenhuma publicidade. Nenhuma. Nada de imprensa. Nenhum show. Eu faria o que já estava fazendo, seria tão discreta quanto pudesse, e evitaria toda a babaquice. E eu era muito boa em manter segredo. Aprendi isso com meu pai também.

– Parece ter dado certo.

– Possivelmente bem até demais. A coisa está agora naquele ponto em que tem de ir para outro nível ou parar. Será que ele sabe? Que sou eu?

– Acho que não.

– Será que ele suspeita?

– Se suspeita, está fazendo um bom trabalho em fingir que não. E neste exato instante ele está concentrado numa crise que não tem nada a ver com nenhuma de nós.

– Ele deve estar no seu elemento, então.

– Estava. Agora não estou tão certa. Mas não acho que ele esteja dando muita atenção a Gabriel Hounds.

– Ele vai saber que sou eu muito em breve. Vamos abrir o jogo. Chegou a hora. O pop-up desta noite faz parte disso.

– Ele continua perigoso.

– É exatamente o que eu queria lhe dizer. Quando Mere me falou a seu respeito, percebi que você já tinha passado pela experiência Bi-

gend, mas voltara para mais, muito embora ela tivesse considerado você uma boa pessoa.
– Nunca planejei que as coisas saíssem desse modo.
– Claro que não. Ele tem uma espécie de gravidade nociva. Você precisa se afastar bastante. Eu sei do que estou falando.
– Já tomei algumas precauções.
A mulher olhou com calma para ela.
– Eu acredito em você. E boa sorte. O pop-up vai começar agora e preciso ajudar Bo, mas queria lhe agradecer pessoalmente. Mere me contou o que você fez, ou melhor, o que você estava disposta a não fazer, e, lógico, estou muito grata por isso.
– Só fiz o que tinha que fazer. O mais correto seria dizer que não fiz o que não podia fazer.
Ambas se levantaram.
– Caralho, isto aqui é *totalmente* outro nível – Hollis ouviu Clammy declarar atrás do *noren*.

70.

DAZZLE

O pinguim tinha cheiro de Krylon, um esmalte aerossol que Fiona havia usado para camuflá-lo de certa forma. Milgrim sabia mais sobre camuflagem agora do que jamais teria imaginado, por causa do interesse de Bigend em roupas militares. Antes disso, ele só conhecia dois tipos: o que exército americano havia fabricado quando ele era criança – que lembrava as bolhas de uma luminária Lava –, e aquele fotorrealista e bizarro que vinha estampado nos objetos de caça, que certo tipo de traficante extra-assustador de Nova Jersey às vezes gostava de exibir. Mas o que Fiona chamava de *dazzle* era novo para ele. Quando tivesse tempo, iria procurar no Google. Tinha sido sugestão de Garreth, e Fiona havia contado a Milgrim que na verdade isso não fazia muito sentido na situação deles, embora qualquer coisa fosse melhor do que cromado. Mas ela gostava que Garreth tivesse feito a sugestão, porque para ela é como se fosse a parte mais artística dos planos de Garreth. Ela disse que nunca tinha visto algo parecido com o que Garreth estava fazendo, e estava particularmente impressionada com a velocidade com que a coisa estava sendo montada.

Na garagem das motos, ela borrifou o Mylar prateado do pinguim com formas geométricas pretas, aleatórias, malucas, as bordas borradas como grafite. O *dazzle* de verdade tinha bordas afiadas, ela explicou, mas não havia como mascarar o balão inflado. Ela usou um pedaço de papelão marrom, cortado em uma curva côncava, como forma, depois voltou com um cinza fosco, para preencher o prata restante. Quando essa parte secou um pouco, ela a confundiu ainda mais com um bege igualmente fosco, criando linhas fantasmas nela com a forma de papelão. O resultado não iria esconder o pinguim contra nenhum fundo, em particular o céu, mas o quebrava visualmente, tornava difícil lê-lo como um objeto. Mas ainda era um pinguim, um pinguim nadador, e agora com o Taser e o equipamento eletrônico extra que Voytek colara com fita na sua barriga.

Agora havia uma sequência de armamento no iPhone que exigia o polegar e o indicador, com o outro indicador necessário para disparar o negócio. Milgrim não tinha uma ideia exata do que era um Taser antes, mas estava começando a entender agora. Se ele acidentalmente o disparasse ali no cubo Vegas, um par de eletrodos farpados sairia, preso a dois finos cabos de cinco metros, impelidos por gás comprimido. Isso era estritamente para uso único, esse disparo farpado. Se as farpas entrassem na parede impecável de gesso de Bigend, o pinguim ficaria ancorado ali, ele supôs, e havia muito cabo fino ao redor. Mas, se você voltasse a acionar o iPhone, no círculo de disparo da tela, a parede levava um choque. Isso não iria incomodar a parede, porém, se aquelas farpas por acaso entrassem em alguém, o que era a finalidade delas, a pessoa em questão levaria um choque, dos grandes. Não do tipo que matava, mas um que poderia derrubá-la, atordoá-la. E havia mais de um choque armazenado na cabine da aeronave de brinquedo que Voytek havia colado ali embaixo.

Fiona disse que ele não precisaria se preocupar com nada daquilo quando pilotasse o pinguim. Ela disse que eram apenas penduricalhos extras, uma coisa que Garreth jogara ali no meio porque, por acaso, havia dado de cara com o Taser. Isso era o que Voytek tinha indicado, resmungando, ao sair, quando eles voltaram ali de Yamaha.

Mas não foi isso o que Garreth havia lhe dito no quarto de Hollis. Garreth dissera que precisava de Fiona para operar o outro drone, aquele dos pequenos helicópteros, e por isso precisava de Milgrim para operar o pinguim. Para ficar de olho na área geral, ele disse.

Quando Milgrim perguntou que área era essa, Garreth disse que ainda não sabia, mas tinha certeza de que ele faria isso muito bem. Milgrim, ao se lembrar do prazer que tivera ao fazer a arraia negra rolar, decidiu que simplesmente concordar com um aceno de cabeça era a melhor opção. Embora a ideia de alguém querer que ele operasse alguma coisa fosse nova. Outras pessoas operavam coisas, e Milgrim só as observava. Mas, supôs, tudo que estavam pedindo era justamente para observar alguma coisa, fosse lá o que fosse, através das câmeras no pinguim, e era melhor, conforme Fiona sugeriu, considerar o Taser como um implemento adicional aleatório.

Era mais difícil fazer com que o pinguim fizesse qualquer coisa, no espaço restrito do cubo Vegas, do que havia sido fazer com que a arraia fizesse aquelas cambalhotas rítmicas, mas ele estava começando agora a conseguir fazer rolá-lo várias vezes sem sair do lugar. Se ele batia na parede, Fiona percebia e não gostava, então ele tentava ser o mais cuidadoso possível. Ela havia dito que os componentes robóticos nas asas eram frágeis, e o pinguim ficava indefeso sem eles. Na verdade ele não voava, porque pinguins não voam, e ele era um balão; o que ele fazia era nadar, no ar e não na água, e, uma vez que você conseguisse fazer com que ele fosse para onde quer que você quisesse, ele sabia nadar por conta própria. Ele estava tentando mantê-lo sob controle agora. Queria poder levá-lo para fora e colocá-lo mesmo para voar, do jeito que ele tinha visto Fiona controlar o outro em Paris, mas ela disse que não podiam, porque as pessoas poderiam vê-lo e ficar empolgadas e porque Garreth havia ordenado mantê-lo ali dentro.

Ficar ali com Fiona era excelente até onde Milgrim se importava, mas ele estava começando a se recordar da ducha assustadora de Hollis com um sentimento diferente do medo.

– Queria que tivesse um chuveiro aqui – Milgrim disse, reduzindo a rolagem do pinguim, de forma que o Taser voltasse a ficar para baixo, e então parando. Havia algo de maravilhosamente satisfatório naquela coisa, algo de sedoso em seu funcionamento.

— Mas tem – disse Fiona, parando de olhar para o Air, sentada à mesa.

— Tem? – Milgrim, encostado na espuma branca, olhou ao redor das paredes brancas, achando que havia deixado escapar alguma porta.

— Benny instalou um. Às vezes os motoristas tomam banho nele. Tem um gêiser tão antigo que tem uma caixa que costumava aceitar moedas. Eu mesma bem que poderia tomar uma ducha.

Milgrim ficou ao mesmo tempo consciente tanto do quanto suas axilas estavam grudentas, como do efeito que até mesmo a imagem mais breve de Fiona num chuveiro tinha sobre ele.

— Então pode ir na frente.

— Não se pode confiar no gêiser de Benny – disse Fiona. – Você coloca ele pra funcionar, ele vai uma vez, depois para. Devíamos tomar banho juntos.

— Juntos – disse Milgrim, e ouviu a voz que só fazia quando estava sob custódia da polícia. Tossiu.

— Vamos deixar a luz apagada – disse Fiona, que o olhava com uma expressão que ele não conseguia identificar. – Eu não deveria deixar você sair da minha vista. Literalmente. Foi isso o que ele falou.

— Quem? – Milgrim perguntou, com sua própria voz.

— Garreth. – Ela vestia as calças blindadas, de cintura baixa, sentada em uma das elegantes cadeiras de Bigend, e uma camiseta apertada, branca, que dizia RUDGE em cima de um emblema preto redondo, do tamanho de um prato de jantar, e COVENTRY na parte de baixo. Entre esses nomes estava uma mão heráldica vermelha, aberta e levantada, sua palma estendida como se para avisar a qualquer um para manter distância dos pequenos porém proeminentes seios por trás dela.

— Se estiver tudo bem para você – disse Milgrim.

— Fui eu que sugeri, não?

71.

A CAMISETA FEIA

— Onde você está? Robert disse que você saiu com uma mulher.
Hollis estava saindo da loja de denim com Meredith e Clammy.
— Soho. Fui, sim. Meredith. Já estou voltando.
— Será que eu devia ter dado a você o tipo de senha que dei ao seu empregado?
— Não. Está tudo bem.
— Estaria melhor se você não tivesse saído.
— Mas foi necessário.
— Mas você vai voltar agora?
— Sim. Vejo você já.

Ela olhou do telefone em sua mão para a janela levemente iluminada por velas. Sombras de pessoas. Mais duas chegando agora, para serem recebidas por Bo. Meredith pensou ter visto uma editora associada da *Vogue* francesa. Clammy havia ignorado vários outros músicos, ligeiramente mais velhos do que ele, a quem Hollis reconheceu vagamente. Tirando isso, não era o que ela pensava como sendo uma multidão de gente de moda. Era alguma outra coisa, embora ela não soubesse o quê. Mas era fácil dizer que o segredo que Bigend estivera perseguindo já havia começado a emergir quando ele lhe dera a missão. A Hounds já não era um segredo da mesma maneira. Ele havia chegado tarde demais. O que isso queria dizer? Será que ele estaria perdendo sua pegada? Será que ele teria ficado focado demais em seu projeto com Chombo? Será que Sleight de algum modo estaria desviando o fluxo de informação?

A pequena van cinza de Clammy chegou, dirigida por um rapaz de aparência bem Clammy que Clammy nem se deu ao trabalho de apresentar. Ele saiu, entregou as chaves para Clammy e foi embora.

– Quem era? – Hollis perguntou.

– Assistente – Clammy disse distraído, abrindo a porta do lado do carona. Ele estava com uma sacola de compras de papel sem logotipo, do tamanho de uma valise pequena. – Você precisa segurar isto pra mim.

– O que foi que você conseguiu?

– Dois pretos, dois chinos, duas camisas e a versão preta da sua jaqueta.

– E uma coisa pra você – disse Meredith para Hollis.

– Está em cima – disse Clammy, impaciente. – Entre.

Hollis se dobrou, de lado, no banco de trás, e aceitou a sacola de Clammy da melhor forma que pôde. Um cheiro forte de índigo.

Clammy e Meredith entraram e as portas se fecharam.

– Foi a primeira coisa que ela fez – disse Meredith, olhando para trás. – Antes de começar a Hounds.

Hollis encontrou alguma coisa envolta em tecido não alvejado, por cima do grosso e pesado *pad* de denim de Clammy. Ela a tirou da sacola e puxou o tecido para fora. Jérsei escuro, macio, pesado.

– O que é?

– Você é que tem que descobrir. Um tubo sem costuras. Eu já a vi vestir isso como uma estola, um vestido de qualquer comprimento para a noite, e de várias formas diferentes como saia. O tecido é fantástico. É de uma fábrica antiga na França, a leva mais recente deles.

– Agradeça a ela, por favor. E muito obrigada. A vocês dois.

– De boa – disse Clammy, virando na Oxford Street. – Só não amassa as minhas coisas.

■ ■ ■

Quando o elevador desceu, respondendo ao chamado, Hollis percebeu que ele já estava ocupado por um homem baixinho, mais velho e estranhamente largo, de aspecto asiático indeterminado, seus cabelos grisalhos rareando bem penteados para trás. Ele estava parado bem ereto no meio da gaiola, com uma boina tartan com pompom nas mãos, e lhe agradeceu, com um sotaque nitidamente britânico, quando ela abriu a porta pantográfica.

– Boa noite – ele disse com um aceno de cabeça, passando por ela, girando nos calcanhares e marchando para a porta do Cabinet enquanto punha sua boina.

Robert abriu e segurou a porta para ele.

O furão continuava em sua vitrine.

Quando ela chegou à porta do Número Quatro, lembrou-se de que não havia pegado sua chave. Bateu suavemente à porta.

– Sou eu.

– Momentinho – ela o ouviu dizer.

Ouviu a corrente balançar. Então Garreth abriu a porta, apoiado em sua bengala de quatro pontas, com algo embaixo do braço que ela imaginou ser uma capa de LP preta brilhante.

– O que é isso? – ela perguntou.

– A camiseta mais feia do mundo – ele disse, e beijou sua bochecha.

– Os Bollards vão ficar decepcionados – Hollis respondeu, entrando e fechando a porta. – Achei que tivessem me visto dormindo com ela.

– É tão feia que as câmeras digitais esqueceram que a viram.

– Vamos dar uma olhada nela então?

– Ainda não. – Ele lhe mostrou o quadrado preto, que, ela via agora, era uma espécie de envelope plástico, as bordas fechadas e seladas. – Podemos contaminá-la com nosso DNA.

– Não, obrigada. Não podemos, *não*.

– Um único fio de cabelo seria o bastante. Um material assim precisa ser manuseado com muito cuidado, graças ao estado da ciência forense hoje em dia. Isto aqui é uma coisa com a qual você não quer nunca ser associado. Na verdade, não existe muito material desse tipo. É algo meio raro na área.

— Pep vai vestir isso?

— E contaminá-la, sem dúvida, com DNA catalão — ele sorriu. — Depois nós vamos colocar tudo numa sacola, selá-la e incinerá-la. Mas sem fotos dessa coisa horrorosa. Não queremos uma coisa dessas.

— Se câmeras não podem ver isso, como poderíamos fotografar?

— Câmeras podem ver. As câmeras de vigilância podem ver tudo, mas depois elas esquecem que viram.

— Por quê?

— Porque a arquitetura delas lhes diz para esquecer, e qualquer um que a esteja usando também. Eles esquecem a figura que está usando a camiseta feia. Esquecem a cabeça em cima dela, as pernas embaixo, os pés, os braços, as mãos. Ela induz ao apagamento. O que a câmera vê, trazendo o sigilo, ela deleta da imagem lembrada, embora só se você pedir que ela exiba a imagem. Então não existe nada de suspeito a ser notado. Se você pedir 7 de junho, câmera 53, ela recupera o que ela viu. No ato da recuperação, o sigilo, e a forma humana que o carrega, cessam de ser representados. Pela virtude da arquitetura profunda. Acordo de cavalheiros.

— Eles estão fazendo isso agora? Sério?

— Responder a essa pergunta exigiria uma discussão muito atribulada do que "eles" pode significar. Imagino que seja literalmente impossível dizer quem está fazendo isso. Basta dizer que está sendo feito. Numa espécie de modo larval, embora funcione muito bem. Estamos muito à frente aqui, com esta cultura das câmeras. Embora não sejamos nada em Dubai. Ainda estou conseguindo fragmentos da minha performance na rodovia, que estão chegando por e-mail. É o lado ruim de ter amigos obsessivos que gostam de computadores. Mas nenhum desses amigos, eu apostaria com prazer, sabe da camiseta feia. A camiseta feia é um negócio *sério*. O mais sério a que eu já fui, na verdade. Sério e ruim de conhecer. Depois que isto acabar, independentemente do resultado, você não sabe nada da camiseta feia.

– Você está realmente me fazendo querer vê-la.

– Você vai. Eu mesmo estou a fim. Aonde você foi?

– Voltei à primeira loja onde perguntei a alguém sobre as Hounds. – Ela pôs o presente da designer em cima de uma cadeira, tirou sua jaqueta e foi se sentar ao lado dele, colocando o braço ao redor de seus ombros. – Eu a conheci, a designer.

– Ela está aqui?

– Está indo embora agora.

– Big End estava procurando uma coisa que estava bem debaixo do nariz dele?

– Acho que podem haver ainda mais coisas escondidas em plena vista, mas tenho certeza de que ela gostou disso. Ela é a única pessoa que conheci que já teve o mesmo trabalho que eu, então ele é meio que uma questão mal resolvida para ela.

– Vocês se identificaram?

– Espero nunca ter o tipo de percepção dele que ela possui. Suspeito que não estar do lado dele acabou se tornando grande parte de quem ela é.

– Babacas titânicos e perversos – ele disse – podem se tornar objetos religiosos. Santos negativos. Pessoas que os detestam com suficiente pureza e fervor, bem, fazem exatamente *isso*. Passam a vida acendendo velas. Não recomendo.

– Eu sei. Nunca cheguei a detestá-lo. Não do jeito que algumas pessoas detestam. Ele é tipo uma força peculiar da natureza. Do tipo que não é seguro ficar por perto. Como aquelas ondas inesperadas das quais você me falou quando estávamos em Nova York. Eu gosto menos dele agora, mas imagino que seja porque ele está vulnerável de algum modo. Ele contou a você o que está acontecendo com Chombo?

– Não faço ideia. Tirando isso, concordo com você. Ele está vulnerável. Gracie, Folha, Milgrim e Heidi, e você e os outros, formaram uma onda inesperada sem querer, e nada disso podia ter sido previsto. Mas ele tem uma grande vantagem.

— E que vantagem é essa?

— Ele já acredita que é assim que o mundo funciona. Mostre uma onda a ele, e ele tentará surfá-la.

— Eu acho que você é assim. Isso me preocupa. Eu acho que você está fazendo justamente isso neste momento.

Ele tocou o cabelo acima da orelha dela e o ajeitou.

— É porque você está nela.

— Eu sei – assentiu Hollis. – Mas também porque você pode. Não é verdade?

— Sim. É. Mas, depois que essa onda passar, isso não vai ser verdade da mesma maneira. Isso é óbvio para mim, e já era óbvio antes de você me ligar. Eu já tinha percebido isso olhando para o teto dos hospitais. O mesmo vale para o velho. Eu já sabia quando ele me falou sobre isto. – Ele deu uma pancadinha indicando o quadrado preto. – Isto aqui é dos grandes. Talvez o maior que ele já teve. Eu não tinha uma pista disso. O potencial, para um único grande golpe, é fabuloso. Mas ele me deu isto para tornar mais fácil tirar minha namorada, e o freak do empregador dela, de qualquer encrenca.

Ela reparou no bonequinho da Blue Ant sobre a mesinha de cabeceira, ao lado do telefone.

— Cadê aquele negócio de GPS? Eu não quero perdê-lo de vista.

Ele olhou para seu relógio.

— Ele deve estar subindo o Amazonas a esta altura. De barco.

— O Amazonas?

Ele deu de ombros e pôs o braço ao redor dela.

— De courier. Devagar. Se o sr. Big End o estiver rastreando, vai saber que pregamos uma peça. Se for outra pessoa, vai achar que você está subindo o Amazonas.

— Alguém colocou aquilo na minha mala quando fui a Paris.

— O pessoal.

– Daqui.
– Claro.
– Isso é assustador.
– Mas eu pensei nisso. E estou sempre aqui, o que simplifica as coisas.
– Quem estava aqui antes?
– Charlie.
– Cabelos meio grisalhos, asiáticos, boina xadrez?
– Charlie.
– Ele tem quase o mesmo de largura que de altura.
– Gurkha. Tende a ter uma cintura bem arredondada. O Charlie é uma joia rara. Como você consegue fazer qualquer coisa íntima aqui, com todas essas cabeças e coisas olhando?
– Não faço absolutamente a menor ideia. Nunca tentei.
– É mesmo? – ele disse.

72.

SMITHFIELD

Milgrim voltou do chuveiro de Benny vestindo um roupão atoalhado esfarrapado, com listras verticais de um tom que originalmente devia ter sido cor de ferrugem e um verde bem vivo, e seus calçados Tanky & Tojo, desamarrados, nos pés descalços e molhados. Fiona veio logo atrás, enrolada no saco de dormir Mont-Bell, calçando um par de chinelos de borracha grandes demais para seus pés. Milgrim torceu para não pegar pé de atleta. Torceu para que nenhum dos dois pegasse. O piso de concreto do chuveiro de Benny tinha uma aparência assustadoramente gosmenta, e a água era escaldante até que de repente ficava gelada. Não era uma ducha, era só uma extensão de piso de concreto inclinado contra uma parede. E na verdade, estava escuro, o que o havia deixado feliz. Não gostava de pensar, agora, em como devia ser seu aspecto por trás, no feixe brilhante da lanterna minúscula dela, naquele roupão e com os sapatos. Não havia nenhuma toalha.

Eles avançaram se desviando pelo campo minado de copinhos de isopor e peças de motor no chão da oficina do Benny.

De volta ao cubo, Milgrim levou as roupas para o microlavatório e fechou a porta. Bateu com o cotovelo ao se enxugar com o roupão, que cheirava levemente a gasolina.

– Aqui está o roupão – ele disse. – Não está muito molhado.
– Abriu a porta só um pouco e o estendeu. Ela o pegou.

Ele usou uma das toalhas suíças de Big End para um retoque, depois lutou para se vestir. O fantasma do Jimi Hendrix saariano arranhando as cordas da guitarra preencheu o cubo e o lavatório.

– Alô? – ele a ouviu dizer. – Sim. Só um momento. – O braço branquinho dela passou o iPhone para dentro. – Para você.

– Alô?

– A tarefa – disse Winnie.

Milgrim, que não estava esperando nem um pouco por isso, não pôde pensar em nada para dizer.

– Não tenho ouvido notícias suas – ela disse.

– Eu o encontrei.

– E?

– Não acho que ele esteja trabalhando para alguma daquelas empresas que você descreveu. Acho que ele é namorado de Hollis.

– Por que ele iria contratar o namorado da Hollis?

– Ele é assim – disse Milgrim, com mais confiança. – Prefere contratar amadores. É uma coisa que ele diz. – Milgrim ainda ficava ligeiramente surpreso por estar contando a qualquer um a verdade, sobre qualquer coisa. – Ele não gosta de – e Milgrim forçou a memória – tipos de *inteligência empresarial estratégica*.

– Contratar um amador, na situação atual dele, pode ser suicídio. Você tem certeza?

– Como eu posso ter certeza? Garreth não me parece ser alguém de uma empresa. Mas também não me parece amador. Ele sabe o que está fazendo, mas não sei o que é. Acho que ele está dormindo com Hollis. Quero dizer, só tem uma cama ali. – O que o fez pensar na espuma, e em Fiona.

– Como ele é?

– Trinta e poucos anos? Cabelos castanhos.

– Isso é você. Se esforce mais.

– Britânico. E tipo um policial. Mas não. Militar? Mas não exatamente. Atlético? Mas sofreu um acidente.

– De que tipo?
– Saltou do edifício mais alto do mundo. E depois foi atropelado por um carro.
Silêncio.
– É por isso que foi bom termos nos conhecido pessoalmente – disse ela.
– Hollis me contou. Uma das pernas dele não funciona muito bem. Ele usa uma bengala. E uma daquelas coisas que parecem scooters elétricas.
– Precisamos nos encontrar. Agora.
Milgrim olhou para o telefone, vendo, sobreposto a ele, o selo do governo no cartão dela.
– Quando?
– Acabei de dizer.
– Preciso perguntar para Fiona.
– Faça isso – ela disse, e desligou. Ele pôs o iPhone na beirada da pia e terminou de se vestir.
Ele emergiu com o telefone numa das mãos, os sapatos e as meias na outra.
Fiona estava sentada na mesa, vestindo novamente as calças blindadas e a camiseta Rudge, enxugando os cabelos com o roupão.
– Quem era? – perguntou, abaixando o roupão, os cabelos apontando para todas as direções.
– Winnie.
– Americana.
– Sim – disse Milgrim. Ele se sentou e começou a pôr meias e sapatos.
– Não pude deixar de ouvir – disse Fiona.
Milgrim levantou a cabeça.
– O que você tem para me perguntar?
– Espere um pouco. – Milgrim terminou de amarrar os cadarços dos sapatos. Puxou a sacola para junto de si por sobre a mesa, abriu-a,

vasculhou seu interior, encontrou o cartão de Winnie. Entregou-o para Fiona.

Ela o leu. Franziu a testa.

– O Departamento de *Defesa*?

– Si-cid – disse Milgrim, assentindo, depois dizendo por extenso a sigla.

– Nunca ouvi falar.

– Ela diz que quase ninguém ouviu.

– Bigend sabe disso?

– Sim. Bem, não sobre esta ligação. Ou a anterior.

Fiona colocou o cartão em cima da mesa, olhou para ele.

– Você é?

– O quê?

– Si-cid?

– Sério?

– Então como é que você está ligado a ela?

– É complicado.

– Você fez alguma coisa? Cometeu um crime?

– Não recentemente. Nada em que ela estivesse interessada. Muito. Ela está atrás de Gracie.

– Quem é esse?

– Ele está com o Shombo. Gracie estava observando Bigend. Achava que ele era um concorrente. De certa forma, é. Então ela começou a me vigiar. Agora preciso me encontrar com ela.

– Chombo – ela corrigiu. – Não "Shombo". Onde?

– Acho que é a gente que decide. Não aqui.

– Ah, isso com certeza.

– Você precisa contar a Hubertus? – ele perguntou.

Ela pôs a ponta de seu dedo indicador no cartão de Winnie e moveu-o ligeiramente, como um pequeno tabuleiro Ouija fazendo uma adivinhação.

– Meu relacionamento com Hubertus não é apenas comercial – ela disse. – Minha mãe trabalhou para ele quando eu era criança.

Milgrim assentiu, mas na verdade só porque o gesto parecia ser adequado às circunstâncias.

– Ela vai tentar impedir o que quer que Garreth esteja fazendo para Bigend?

– Ela quer foder com o Gracie – disse Milgrim – da maneira que puder. Ela está torcendo para que Bigend faça isso para ela, porque ela não iria conseguir fazê-lo sozinha.

Fiona inclinou a cabeça.

– Você acabou de falar com um tom diferente. Como se fosse outra pessoa. Um tipo diferente de pessoa.

– Ela também diria a mesma coisa – ele disse. – Mas, se for apenas uma questão de eu sair para encontrá-la, eu o faria, e diria a Bigend quando pudesse.

– Ok – disse Fiona. – Eu tenho as chaves da Yamaha. Ligue para ela. Vou precisar explicar onde ela vai nos encontrar.

– E onde ela vai nos encontrar?

– Smithfield.

DESTA VEZ, quando removeu o capacete com cheiro de laquê, que ele já tinha começado a aceitar como um custo inerente e não tão injusto de andar de moto com Fiona (já estava quase, talvez, gostando disso), Milgrim se viu debaixo de um toldo fundo, vítreo, provavelmente de plástico, que se pendurava acima dele percorrendo toda a extensão de um edifício muito comprido – ao que parecia, o único naquele quarteirão. O prédio era aparentemente bem ornamentado para olhos americanos, mas devia ter sido bastante funcional para seus construtores vitorianos. Seções de tijolos se alternavam com partes mais estreitas de cimento cinza. Um par de couriers estava sentado em suas motos – as grandes Hondas que Fiona chamava de vermes – a quase dez metros de distância, fumando cigarros e bebendo alguma coisa em latas compridas.

– Fique na moto – disse Fiona, removendo o próprio capacete. – Pode ser que a gente tenha que dar o fora rápido. Se isso acontecer, ponha o capacete e se segure.

Milgrim abaixou o capacete ao seu lado.

Em frente ao Mercado estava o que lhe parecia uma Londres um tanto genérica, alguma avenida em curva, tráfego mais ou menos leve, hoje nenhum naquela alameda imediatamente adjacente ao mercado, mas agora ele ouvia o som de um motor se aproximando. Ele e Fiona se viraram ao mesmo tempo. Um daqueles sedãs anônimos, normalmente japoneses, de duas portas, que para Milgrim pareciam compreender o grosso do tráfego londrino. Não reduziu a velocidade quando passou por eles, mas Milgrim viu o olhar do motorista.

Então reduziu, depois de passar pelos dois couriers, estacionando a vários carros de distância deles. Os couriers olharam para o carro, olharam um para o outro, puseram suas latas compridas no chão, colocaram os capacetes, acionaram os motores e foram embora. Então a porta do passageiro do carro se abriu e Winnie emergiu, usando um sobretudo bege sobre uma calça preta. Ela fechou a porta e andou na direção deles. Era a primeira vez que Milgrim a via sem um agasalho que lembrasse a bandeira da Carolina do Sul, e ela não estava carregando uma sacola cheia de brinquedos. Em vez disso, ela usava uma bolsa executiva de couro preto, sapatos combinando. Milgrim viu os sapatos esbarrarem nas duas latas com um som metálico.

– Agente Especial Whitaker – ela disse a Fiona quando se aproximou dos dois.

– Certo – disse Fiona.

O motorista emergiu do carro. Era um homem mais velho, usando um chapéu do tipo que Milgrim supôs se chamar fedora, uma capa mais ou menos da cor da de Winnie, calças escuras e sapatos marrons grandes. Fechou a porta do carro e ficou ali parado, olhando para eles.

– Milgrim e eu vamos conversar no carro – disse Winnie. – Ele vai ficar atrás do volante. Meu motorista vai esperar a distância, onde você pode vê-lo. Justo?

Fiona concordou com a cabeça.

– Então vamos – Winnie disse para Milgrim.

Ele desceu da moto, sentindo-se desajeitado no traje blindado de náilon, colocou o capacete com cheiro de laquê em cima da garupa. Ela o conduziu até o carro. Passaram pelas latas, que Milgrim viu que continham alguma espécie de suco de maçã; os couriers de Londres aparentemente se preocupavam com a saúde apesar de fumar.

– Sua amiga não tem nenhum problema em deixar claras as suas condições – disse Winnie.

– Eu ouvi. Mas ela tem ordens para não me deixar longe de vista. E concordou em me trazer aqui praticamente sem aviso prévio.

Ela abriu a porta do lado do motorista para ele.

Milgrim, que não dirigia um carro há uma década ou mais, entrou atrás do volante. O carro tinha cheiro de odorizador e uma enorme medalha de São Cristóvão afixada ao painel. Winnie deu a volta logo, abriu a porta, entrou no banco do carona, fechou a porta.

– Belo terno – disse Milgrim quando ela cruzou as pernas.

– É uma perversidade minha.

– É mesmo?

– A norma é azul-marinho ou carvão. Mas um agente federal pode aparecer usando um vestido de casamento, e será descrito como se estivesse de terno preto. Um terno preto e ela enfiou a credencial na minha cara. A agente estava usando cinza-carvão da Brooks Brothers e as credenciais foram apresentadas devagar, com respeito, na altura do peito. Mas vai ser sempre um terno preto, e a credencial enfiada na cara. Sabe o que é estranho nisso tudo?

– Não – disse Milgrim.

– Você normalmente não apresenta as credenciais; isso não acontece. É por isso que cartões são tão melhores. A insígnia é tipo algo saído de um RPG, o selo de uma maldição ancestral. Quando seu trabalho é construir relacionamentos e estabelecer concordância, credenciais são morte na certa.

Milgrim ficou olhando para ela.

– *Esse* é o seu trabalho?

– Você está aqui, não está?

Ele parou para pensar.

– Entendo o que você quer dizer. Quem é aquele homem? – ele perguntou para mudar de assunto.

– Estou alugando o quarto livre na casa dele. Na verdade o terno é para ele. Se ele vai me dirigir por aí, achei que seria melhor se eu parecesse com a ideia que ele tem de uma profissional.

O homem havia andado para um pouco mais longe, parado, e agora estava com as mãos nos bolsos do sobretudo, olhando para o que Milgrim achou que poderia ser a direção da City. Milgrim se contorceu no seu banco, viu Fiona olhando para os dois, montada na Yamaha, seu cabelo-capacete parecendo uma flor toda embaraçada.

– O que está havendo? – ela perguntou.

– Gracie e o Folha sequestraram alguém que trabalha para Bigend...

– "Sequestraram"? Isso para mim tem um significado muito específico. Isso é um crime. Sequestraram quem?

– Shombo. Chombo, quero dizer. Ele trabalha para Bigend. Eles foram até a casa do homem com o qual Chombo estava ficando, agrediram-no, ameaçaram sua mulher e seu filho também, e levaram Chombo.

– Você não me contou isso?

– Não tive tempo – disse Milgrim, o que de certa forma era verdade. – E tive muito o que inferir sobre isso.

– O que é Chombo?

— Ele parece ser algum tipo de pesquisador, num projeto de Bigend. Bigend o quer de volta.

— Exigência de resgate?

— Eu.

— Você o quê?

— O resgate sou eu. Fiona me contou. Ela descobriu isso quando Garreth estava passando algumas tarefas para ela.

— Continue.

— Eles vão entregar outra pessoa no lugar. Ajay. Estão fazendo com que ele se pareça o máximo que puder comigo. Acho que ele era um soldado. Ou algo assim.

Winnie assoviou. Balançou a cabeça.

— Merda — disse ela.

— Desculpe — ele disse.

— O que Garreth quer que Fiona faça? Você sabe?

— Quer que ela pilote um drone de vídeo. Quando forem fazer isso.

— Fazer o quê?

— Não sei. Pegar Chombo de volta.

Winnie franziu a testa para ele, tamborilou com os dedos de uma das mãos num joelho, olhou para o lado, depois voltou-se para ele.

— Que bom que eu consegui a licença *en route*.

— Lamento não ter contado antes.

— Garreth — ela disse.

— Garreth?

— Você vai arranjar um jeito de eu falar com ele. O mais rápido possível. Esta noite.

Milgrim olhou para a medalha de São Cristóvão.

— Eu posso tentar. Mas...

— Mas o quê?

— Não traga *ele*. — Indicando o detetive da Scotland Yard reformado, mas mantendo as mãos abaixo do nível do console.

HISTÓRIA ZERO ▪ 439

– Por telefone. E não meu telefone também. Ele terá um número provisório. Me consiga isso.
– Por que você quer falar com ele? Ele vai me perguntar isso.
– Ele está construindo alguma coisa. Está construindo para Gracie. Eu não quero saber o que é. De jeito nenhum. A questão do sequestro muda tudo de figura.
– Por quê?
– Me faz pensar que Gracie está fazendo as coisas a seu bel-prazer aqui. Uma espécie de aventura da meia-idade. Sequestro! É como se fosse um daqueles conversíveis vermelhos que alguns caras compram depois de certa idade. Um homem de negócios nessa posição não tem dinheiro para pagar o preço dessas aventuras. De jeito nenhum. Mas, na verdade, não ensinam negócios nas escolas. Só que ele não sabe disso.
– O que devo dizer a Garreth?
– Diga que não vai demorar. Ele não vai precisar me contar nada, confessar nada, fornecer nenhuma informação. Nada será gravado. Ele pode usar software de distorção de voz, que eu sei que ele vai usar mesmo, a menos que realmente seja um amador, e nesse caso todos vocês provavelmente vão acabar com Mike em cima de vocês num instante, e não há nada que eu possa fazer a respeito. Diga que eu tenho um ovo de Páscoa para ele. E o que eu vou dar a ele não é meu de forma nenhuma. Não tem nada a ver comigo.
– Por que ele deveria acreditar em você?
– Contexto. Se ele for bom mesmo, vai ser capaz de descobrir quem eu sou e ver de onde eu venho. Mas o que ele não vai conseguir descobrir é que eu tenho uma obsessão por Gracie. Isso é com você. Você precisa transmitir isso. Que é uma coisa muito pessoal. – Ela sorriu, de um jeito que Milgrim não gostou. – Talvez essa seja a minha aventura da meia-idade.
– Ok – disse Milgrim, sentindo que não tinha nada ok.
– Mas me diga uma coisa.
– O quê?

– Se você é o que eles querem em troca pelo sujeito de Bigend, por que você está sendo levado por aí por uma garota na garupa de uma moto? Por que você não está trancado e sendo incrivelmente vigiado?

– Porque Bigend não tem quase ninguém em quem confiar neste momento.

– A merda está fedendo *muito* – ela disse, de um modo que ele pensou ser uma espécie de satisfação. – Pode sair. Você tem suas ordens. Saia.

Milgrim saiu. Vendo o homem de sobretudo se aproximar, ele deixou a porta aberta. Virou-se e voltou, passando pelas duas latas de sidra, sentinelas solitárias de Smithfield, enquanto Fiona ligava seu motor.

73.

O NAMORADO RETALHADO

Na escuridão, Garreth dormia ao seu lado. O fundo grande e redondo da gaiola de passarinho era pouco visível sob o brilho suave dos indicadores de stand-by do laptop e dos seus vários telefones; pontinhos brilhantes vermelhos e verdes, uma constelação de problemas em potencial.

Ela havia final e verdadeiramente conhecido Frank, e havia levado menos tempo para se acostumar do que ela tinha imaginado, embora no começo tivesse chorado um pouco.

Frank havia sido estabilizado em Cingapura, depois reconstituído de várias maneiras, numa odisseia cirúrgica patrocinada pelo velho. Frank vira instalações secretas nos Estados Unidos, alas fantasmas de hospitais militares. Em um deles, ossos estilhaçados haviam sido substituídos com segmentos personalizados de ratã calcificado, fixados com parafusos de cerâmica cujo ingrediente principal era a matéria-prima do osso natural. O resultado, até o momento, era Frank, uma coisa em retalhos, mais pontos do que pele. Um mosaico bem esticado e reluzente, que a lembrava de porcelana restaurada a um preço muito alto.

Garreth havia lhe dito que no começo votara em tirar tudo, pois tinha certo conhecimento sobre o atual estado das próteses, um campo que estava sendo rapidamente desenvolvido devido às guerras americanas, cujas taxas de sobrevivência dos soldados feridos tinha aumentado muito. Mas os cirurgiões a quem o velho o levara eram pessoas que corriam riscos, ele disse, e ele percebeu que havia se contaminado pela ansiedade de ver o que eles podiam fazer, no próprio limite do possível. Isso fez com que ela chorasse de novo. Ele a abraçou e contou piadas até tudo passar. Garreth também havia ficado curioso a respeito dos níveis de expertise e tecnologia oficialmente não existentes que ele bem supusera estarem envolvidos. Coisas que exigiam o corte temporário de determinados nervos haviam sido a parte menos agradável disso, ele comentou, e os recentes procedimentos na Alemanha tinham servido para reconectá-los, de modo que ele pudesse agora voltar a sentir, cada vez mais, o que Frank estava sentindo. Embora isso não fosse de maneira alguma agradável, era muito melhor do que não sentir nada, e absolutamente essencial para que ele voltasse a andar.

Garreth fazia os curativos cada vez menores toda vez que os trocava. O resto de Frank parecia uma vista aérea do Kansas – uma colcha de retalhos de pele, que pelo menos mantinha o formato de uma perna, o que era tranquilizante, ainda que fosse o de uma perna um pouco murcha pela falta de uso.

A maioria dos animais, ele disse a ela com aparente seriedade, preferia parceiros simétricos – o que funciona como uma espécie de linha de corte da natureza –, e que ele entenderia se ela sentisse a mesma coisa. Ela respondeu que, em sua opinião, a linha de corte eram homens que não soassem como completos idiotas, e o beijou. Depois disso, mais beijos, muito mais coisas, risos, algumas lágrimas, mais risos.

Agora, deitada sob o brilho mínimo dos indicadores de stand-by, ela desejou o silêncio, a ausência de mensagens, uma caixa de entrada vazia, aquela paz, ali na cama Síndrome Pibloktoq que agora não mais parecia para ela o arco do maxilar direito de uma baleia, ainda que tivesse um quê de matrimonial, se ela parasse para pensar, coisa que ainda não estava disposta a fazer.

Agora tudo estava bem. Pelo menos até agora. A respiração dele ao lado dela.

Embaixo do seu travesseiro, o iPhone começou a vibrar. Ela meteu a mão embaixo, pegou-o e considerou a opção de não atender. Mas aquele não era o melhor momento para não atender ligações.

– Alô? – ela sussurrou.
– Tem algo errado? – era Milgrim.
– Garreth está dormindo.
– Desculpe – Milgrim sussurrou.
– O que foi?
– É complicado. Alguém precisa falar com Garreth.
– Quem?
– Por favor, não entenda mal – sussurrou Milgrim –, mas ela é agente federal dos Estados Unidos.
– Esta é a pior coisa para se entender num momento desses – disse Hollis, esquecendo de sussurrar.
– Quem é? – perguntou Garreth.
– É Milgrim.
– Me deixa falar com ele.

Ela cobriu o telefone, percebendo que não fazia ideia de onde o microfone dele poderia estar, ou se cobri-lo ajudaria em alguma coisa.

– Ele quer que você fale com uma agente americana.
– Ah – ele disse –, as partes estranhas começaram a aparecer. A zona de alta pressão localizada no bizarro começa a se manifestar. Sempre acontece. Me dá o telefone.
– Estou com medo.
– Faz todo sentido. – Ele esticou a mão, apertou o braço dela carinhosamente para lhe transmitir segurança. – O telefone, por favor.

Ela lhe entregou o telefone.

– Milgrim – ele disse. – Fazendo novos amigos, né? Fale devagar. Ela tem nome?

Hollis ouviu o ruído de uma caneta sobre o papel. Garreth estava escrevendo no escuro, uma coisa em que ele era muito bom.

– É? Mesmo? Ela disse exatamente desse jeito? – Ela o sentiu se jogar em cima dos travesseiros. Quando abriu o laptop, a luz parecia vir de alguma outra lua estranha. Torceu para que fosse uma lua da sorte. Ouviu-o começar a digitar, enquanto fazia perguntas a Milgrim; as perguntas eram breves; as respostas, longas.

74.

MAPA, TERRITÓRIO

A sola dos brogues Tanky & Tojo que Milgrim usava quase não tocaram o calçamento daquela pracinha quando ele montou na garupa alta da Yamaha de Benny. Alguma coisa no ângulo de seus pés o lembrava de um desenho de infância de *Dom Quixote*, embora ele não soubesse se os pés haviam pertencido ao cavaleiro ou a Sancho Pança. Fiona estava sentada à sua frente, mais baixa, as botas firmes no pavimento, mantendo a moto de pé. Ele segurava o iPhone atrás dela, vendo exatamente onde estavam agora pela janelinha brilhante do celular, usando o aplicativo que ela havia lhe mostrado antes: por entre aquelas vielas estreitas, seu olho rastreou a Farringdon, o estirão reto até a ponte, o rio, Southwark, o cubo Vegas. Compreendeu a rota pela primeira vez.

Ele havia ligado para Winnie daquele pracinha, lendo o número que Garreth havia lhe entregado. Milgrim o havia escrito na parte de trás do cartão, que estava ficando cada vez mais mole, os cantos afiados se arredondando. Winnie o havia repetido para ele, e o fizera conferi-lo.

– Bom trabalho – ela disse. – Fique na escuta caso eu não consiga alcançá-lo.

Mas isso havia acontecido oito minutos atrás, então ele supunha que ela estivesse ao telefone com Garreth.

O capacete amarelo de Fiona se virou.

– Acabou? – ela perguntou, abafada pelo visor.

Ele olhou para a tela, o mapa reluzente. Viu-o como uma janela que dava para a matéria subjacente da cidade, como se ele tivesse nas mãos um pedaço retangular que havia sido arrancado da superfície de Londres, revelando um substrato em código brilhante. Mas a verdade não era justamente o oposto, a cidade sendo o código subjacente ao mapa? Ele se lembrou de uma expressão sobre o assunto que nunca tinha conseguido entender, e agora nem mesmo conseguia se lembrar dela. O território não era o mapa?

– Feito – ele disse, passando para ela o telefone. Ela o desligou e o colocou no bolso, enquanto ele colocava o capacete da sra. Benny e apertava a faixa no queixo, mal notando o odor de laquê.

Ele pôs os pés nos descansos enquanto ela avançava, e se curvou para perto de suas costas blindadas, observando vinhetas brilhantes formadas pela textura da parede iluminadas pelos faróis enquanto eles passavam; o motor da Yamaha soava como se estivesse ansioso para chegar à ponte.

Sobre o que Winnie e Garreth estariam conversando?, ele se perguntou, enquanto Fiona saía do pátio e descia a alameda que ia dar na Farringdon Road.

75.

DENTRO DAS DARKNETS

Vendo Garreth enquanto ele escutava seu headset, ela se perguntou o que a agente americana devia estar dizendo.

Ela o vira tirar um telefone que não tinha visto antes de um saquinho plástico selado a vácuo, então instalar um cartão selecionado de uma carteira de náilon preta contendo mais algumas dezenas, como a pasta de duplicatas em uma coleção de selos muito chata. Ele havia conectado o novo telefone a um carregador e então, com outro cabo, a alguma coisa preta, e menor. Quando o novo telefone tocou, o tom parecia o de um telefone antigo. Ela mesmo sempre usava esse toque.

Agora ele escutava, ocasionalmente assentindo de leve, sem tirar os olhos da tela de seu laptop, com o indicador espetando, como se por conta própria, as teclas e o touchpad. Ele estava dentro de suas darknets mais uma vez, ela sabia, comunicando-se com o velho, ou alguma outra pessoa. As darknets de Garreth pareciam não ter banners de divulgação, e relativamente pouca cor, embora ela supusesse que isso acontecia porque ele tendia, em particular, a ler documentos.

Uma fotografia colorida de uma mulher apareceu na tela, chinesa, 30 e poucos anos, cabelos partidos ao meio, sem expressão, parecendo uma fotografia biométrica para passaporte. Garreth se inclinou um pouco para a frente, como se para olhar melhor, e escreveu alguma coisa no seu bloco de notas.

– Isso não seria de muita ajuda, na verdade – ele disse. – Eu mesmo tenho números melhores. – E tornou a ficar em silêncio, abrindo telas em seu computador, fazendo anotações. – Não. Isso eu tenho. Acho que você não pode fazer muito por mim. O que é uma pena, considerando-se sua disposição. O que eu poderia realmente aproveitar seria uma coisa mais pesada. Maciça mesmo. E os artigos vão estar lá. Vão valer imensamente o tempo. O imensamente vai vir junto, imagino. Mas imensamente imediatamente é que seria o negócio. – Ele tornou a escutar. – Sim. Sem dúvida. Farei isso. Boa noite. – Ele tocou o teclado, e a foto desapareceu. Ele olhou para Hollis. – Isso foi muito estranho.

– Foi ela, da fotografia?

– Provavelmente.

– O que ela queria?

– Ela estava me oferecendo uma coisa. Não tinha, na verdade, o que eu mais queria, mas pode ser capaz de conseguir.

– Você não vai me dizer o que é?

– Só porque você estaria correndo um risco maior se soubesse a esta altura. – Ele acariciou os cabelos de Hollis, afastando-os do rosto, de um dos lados. – Você sabe o que levaria com você, se tivesse de ir embora para sempre? Nada mais do que pudesse carregar às pressas.

– Para sempre?

– Provavelmente não. Mas seria melhor supor que você não voltaria para cá.

– Os exemplares do autor, não – disse indicando as caixas.

– Não. Mas sério. Faça as malas.

– Não vou a lugar algum sem você.

– O plano é esse. Mas faça as malas agora, por favor.

– Aquela mala é grande demais? – ela indicou a mala com rodinhas.

– É perfeita, mas não a deixe muito pesada.

– Tem a ver com alguma coisa que ela lhe disse?

– Não – ele disse –, é porque eu duvido que tenhamos muito mais tempo. Faça as malas.

Ela colocou a mala com rodinhas em cima da poltrona mais próxima, abriu o zíper e começou a selecionar coisas das gavetas no armário. Ela acrescentou o tubo de jérsei de designer da Hounds. Foi ao banheiro e coletou algumas coisas no balcão.

– Como vai o Frank? – ela perguntou ao sair.

– Reclamando, mas ele tem que se acostumar.

Ela notou o bonequinho da Blue Ant na mesinha de cabeceira. Apanhou-o. Você vem, ela pensou, surpreendendo-se; e o levou, junto com garrafinhas e tubos de produtos, até a mala com rodinhas.

– Não vai precisar de algum tipo de pós-operatório para cirurgia cerebral?

– Uma mulher na Harley Street – disse ele – assim que eu puder.

– E quando vai ser?

– Quando isso acabar. – Um telefone começou a tocar. O mesmo toque de telefone antigo. Não era o dela. Ele pegou um telefone do bolso, olhou para ele. Depois do terceiro toque, atendeu.

– Sim? A partir de agora? Local? Não? Crucial. – Ele apertou uma tecla.

– Quem?

– Big End.

– O quê?

– Estamos dentro. Noventa minutos.

– O que é crucial?

– Não sabemos onde. O local importa. Precisamos de exterior, precisamos de privacidade. Mas eles também. Está pronta?

– O máximo possível.

– Pegue um pulôver. A parte de trás da van não tem aquecimento. – Ele pegou um segundo telefone. – Mande mensagens para todos – ele disse, apertando algumas teclinhas. O telefone emitiu um bip.

Ela olhou ao redor do Número Quatro. O papel de parede com partes de insetos, as prateleiras com seus bustos e cabeças. Será que ela veria tudo isso de novo?

– Você vai pegar a scooter?

– Só até a porta – ele disse, levantando-se da cama com o auxílio da bengala. – É a vez do Frank. – Ele fez uma careta.

Hollis tinha acabado de vestir um suéter.

– Você está bem?

– Na verdade – ele disse –, eu estou. Me faça um favor e pegue a camiseta feia na mesinha de cabeceira. E o outro pacote, o menor.

– O que é isso?

– Quase nada. E um mundo de aborrecimento, para alguém. Rápido. Tem uma van vegana esperando por nós.

– Que porra tá acontecendo? – Heidi exigiu saber, do outro lado da porta do Número Quatro.

Hollis abriu a porta.

Heidi estava ali parada, fuzilando, jaqueta de líder de banda marcial aberta sobre o sutiã do exército israelense.

– Ajay acabou de receber um SMS, desceu correndo o hall, disse que tinha que ver a prima. – Ela viu Garreth. – Foi você?

– Sim – disse Garreth. – Mas você vem com a gente.

– Não importa que porra do caralho isso seja – disse Heidi –, eu estou indo com...

– A gente – interrompeu Garreth –, mas *não* se você nos atrasar. E coloque uma camisa. Tênis, não botas. Caso precisemos correr.

Heidi abriu a boca e fechou-a.

– Hora de ir – disse Hollis, fechando a mala.

– Não sem os presentinhos da festa – disse Garreth.

76.

A GAROTA QUE SE FOI

Milgrim estava parado em pé, sentindo-se perdido, lembrando-se do som da Kawasaki de Fiona desaparecendo até sumir.

Ela havia recebido uma mensagem de Garreth e desaparecido, deixando seu sanduíche de frango e bacon intacto em cima da mesa do cubo Vegas, mas não antes de enfiar um pedacinho de linha de náilon transparente nos pequenos olhais na parte dianteira e traseira do pinguim camuflado. Ele a havia ajudado a manobrá-lo pela porta, e ela o havia ancorado, em cima do enorme kit de ferramentas vermelho de Benny, colocando um martelo em cima da linha de náilon. Depois voltou rapidamente ao cubo, onde ela lhe dera o iPhone que controlava o pinguim.

– Aquela pequena van em que eu o trouxe aqui vai voltar daqui a pouco – ela disse. Espere na garagem, com o pinguim. Ele vai nos fundos.

– Aonde você está indo?

– Não sei. – Ela fechara a jaqueta.

– Estou indo para o mesmo lugar?

– Depende de Garreth – ela havia respondido, e por um momento ele havia imaginado que ela estava prestes a beijá-lo, talvez apenas na bochecha, mas não o fez. – Se cuida – ela dissera.

– Você também.

Então ela tinha saído porta afora e ido embora.

Ele havia, então, reembrulhado com cuidado o sanduíche e o enfiado num dos grandes bolsos laterais da jaqueta de náilon que ainda vestia. Entregaria a ela se a visse depois. Então reparou no capacete preto da sra. Benny em cima da mesa, e supôs que isso quisesse dizer que ele não sairia com Fiona aquela noite. Apanhou-o e cheirou o interior, esperando sentir o cheiro de laquê, mas agora não conseguia sentir nada.

Ele pôs a sacola com o Air sobre o ombro, desligou a luz e saiu, fechando a porta atrás de si. Se havia algum jeito de trancá-la, ele não sabia.

Foi até a caixa de ferramentas de Benny, soltou o pinguim e saiu para o quintal; a linha passava pelo seu punho esquerdo, que ele mantinha reto, como se estivesse segurando uma alça de apoio no metrô.

– Está saindo? – perguntou Benny. Ele estava segurando uma daquelas tampas de motor, feitas de fibra de vidro.

Milgrim não fazia a menor ideia de que ele ainda estava lá. Até que horas Benny trabalhava? Ou ele agora era mais uma engrenagem no plano de Garreth?

– Eles vêm me pegar – disse Milgrim.

– Divirta-se, então – disse Benny, aparentemente sem prestar atenção ao pinguim. – Vou trancar tudo.

Então a pequena minivan japonesa com as cortinas e o teto solar encostou, a janela elétrica do lado do motorista já descendo. Um minimotorista japonês, com cara de ter 15 anos de idade, vestindo uma camisa branca impecável.

– Vou ajudá-lo a colocar isso lá atrás – ele disse, com sotaque britânico. Desligou o motor e saiu.

– Para onde estamos indo?

– Ainda não me disseram, mas estamos com um pouco de pressa.

77.

TELA VERDE

A roda quebrada de sua mala resolveu dar problema enquanto ela a puxava pelo corredor até o lobby, como um dispositivo de medição maligno e extremamente preciso. Ela tinha ido dizer adeus ao furão, embora duvidasse de que algum dia fosse capaz de explicar isso a alguém. Garreth talvez entenderia, já que ele também tinha seus próprios jeitos estranhos de lidar com o medo. Ela viu a cadeira-scooter vazia, abandonada ao lado da porta de vidro onde Robert agora estava parado.

– Parabéns, srta. Henry – ele disse, de modo inexplicável e um tanto carinhoso ao abrir e segurar a porta para ela. Sem querer arriscar perder mais tempo, depois de ter verificado definitivamente as modificações das torres idênticas nas aquarelas lá em cima, além de ter passado alguns minutos agora com o furão, ela agradeceu sorrindo e saiu rápido, passando por baixo de uma *porte-cochère* que supunha ter sido construída para coches de verdade, e seguindo até a traseira da van Slow Foods estacionada ali perto. A van era alta e grande, recém-pintada de um tom de berinjela bem forte, com letras e detalhes em bronze fosco, como se a própria Rainha fosse vegana, se Slow Food fosse um movimento vegano, e fã de Aubrey Beardsley.

– Olá – disse a motorista, morena e lindamente norueguesa, sob um boné parecido com o do Folha. Ela era ao mesmo tempo motorista de van profissional e atriz. Hollis sabia disso tudo porque havia ouvido Garreth contratá-la, via terceiros, e não percebera até agora que era para isso. – Existem dois painéis com zíper, dentro destas portas

– disse a motorista indicando a parte de trás da van. – Vou abrir a primeira para você e depois fechar, depois você abre e fecha a segunda. É para garantir que nenhuma luz escape. Está claro? – Sorriu a garota, e Hollis percebeu que estava sorrindo de volta. Além de dirigir, Hollis sabia, ela estava ali para falar com as autoridades caso houvesse algum problema sobre onde iriam estacionar mais tarde. A garota abriu uma das portas de trás da van, revelando uma parede de lona preta esticada, parecendo um truque de mágica. Ela subiu três degraus dobráveis de alumínio de aspecto muito firme, e então puxou um zíper para cima.

– Me dê sua mala. – Hollis passou-a para ela. – A motorista enfiou a mala pela fenda, desceu. Hollis subiu os degraus, atravessou a fenda, os dentes de plástico do zíper roçando estranhamente seu pulso, depois se virou e puxou o zíper quase todo para baixo. A garota puxou o resto, deixando Hollis na escuridão absoluta.

Atrás dela o outro zíper subiu, deixando entrar uma luz estontenamente brilhante. Ela se virou e viu Garreth, e atrás dele Pep, vestindo o que ela percebeu na hora que devia ser a camiseta feia.

– Não achei que fosse ser assim tão feia – ela disse, atravessando o segundo zíper.

E era. Pep, vestindo calças pretas de ciclista, usava a maior e mais feia camiseta que ela já tinha visto, de um algodão fino e barato da cor de uma bolsa de ostomia, daquele mesmo tom imaginário de pele caucasiana. Ela tinha elementos imensos exibidos na horizontal em um semitom preto fosco, olhos assimétricos à altura do peito, uma boca sinistra à altura da virilha. Mais tarde ela não seria capaz de dizer exatamente o que ela tinha de tão feio, a não ser que era algo além do punk, além da arte, e fundamentalmente, de alguma forma, uma afronta. Diagonais nas bordas continuavam dando a volta nas laterais, e pelas mangas curtas e frouxas. Pep olhou para Hollis com cara de safado, ou talvez tivesse apenas olhado para ela, e puxou a alça de uma bolsa transversal verde-escura sobre a cabeça, enfiando o que ela reconheceu como o outro presentinho de festa de Garreth dentro dela.

— Não se esqueça de tirar essa bolsa — disse Garreth. Ele estava sentado em uma cadeira de escritório preta que parecia ter sido colada ao piso brilhante cor de berinjela. — Senão bagunça a parte visual.

Pep a encarou, ou talvez tenha sorrido, em resposta, depois passou por ela, atravessando o zíper aberto da segunda camada de lona preta. Ela viu as mesmas feições pavorosas repetidas nas costas da camiseta. Ele se curvou, pegou a sua mala, depositou-a do lado de dentro e depois abaixou o zíper, desaparecendo. Ela ouviu o outro zíper ser aberto, depois fechado, depois o som da porta sendo fechada.

Hollis se virou para Garreth, mas viu que ele estava montando seu laptop preto numa espécie de suporte que se estendia a partir de uma moldura de canos de plástico preto. O cano, como um modelo geométrico de um sólido retangular, quase preenchia o interior da van. Assim como a cadeira de Garreth, o cano também era mantido no lugar com fita preta não reflexiva, do mesmo tipo que fixava cenários de filmes. Havia outras coisas montadas na moldura: duas telas de plasma, uma em cima da outra, cabos, caixas e peças onde os cabos estavam conectados, e diversas lâmpadas de LED de aspecto muito estiloso.

— Para onde estamos indo? — perguntou Heidi, com a voz estranhamente tranquila, sentada no piso da parte dianteira, encostada em outra camada de lona preta com zíper no meio.

— Vamos descobrir daqui a pouco — Garreth respondeu ao terminar de encaixar seu computador no lugar, de forma que ficou à frente dele em uma mesa invisível.

— Pra onde é que foi o Ajay?

— Pra onde estivermos indo — disse Garreth —, mas com Charlie.

Tudo ali tinha cheiro de cimento para encanamento, equipamento eletrônico e material de iluminação.

— Sente-se ao lado de Heidi — disse Garreth quando Hollis ouviu a porta do motorista bater. — Ali tem espuma.

Hollis sentou-se.

– Loucura – disse Heidi, com os olhos arregalados, olhando de Hollis para a gambiarra que as cercava. – Claustrofobia.
– Quem tem isso? – perguntou Hollis.
– Eu tenho – disse Heidi.
A motorista ligou o motor. A van começou a se afastar do Cabinet. Negócio fechado, Hollis dissera em voz baixa para o furão, embora não se lembrasse de ter feito nenhum negócio.
– Nunca ouvi você dizer nada a respeito de claustrofobia – disse Hollis.
– Fujiwara disse que foi o casamento com o escrotão. O motivo pelo qual eu o procurei. Achei que fosse só pra encher alguém de porrada, sabe como é?
– E você acha que não?
– Quando ele conseguiu que eu me acalmasse, construindo modelos, consegui ver que era porque eu não queria me sentir aprisionada.
– Você terminou seu Breast Chaser? – Perguntou Hollis pensando que poderia ajudá-la ao fazer com que ela continuasse falando.
– Não detalhei o bastante – Heidi disse com tristeza.
– Você já tem ETA? – Garreth perguntou a alguém. Ele estava conversando num quase-código meio cortado porém genial, com um número desconhecido de pessoas, seu *headset* conectado a uma *switchbox*, que estava por sua vez ligada a uma galáxia de telefones como se fosse um polvo.
– E nós? – Heidi perguntou. – Nós temos hora estimada para chegar?
– Quieta. Ele precisa se concentrar.
– Você entendeu o que ele está fazendo?
– Não, mas é complicado.
– A prima de Ajay maquiou a cara dele de branco. Preencheu o nariz dele com silicone. Tingiu o cabelo de marrom-cocô e borrifou um negócio nas laterais.
– Eles querem que ele seja confundido com Milgrim.
– *Isso* eu entendi. Mas por quê?

– Alguém sequestrou o maior pesquisador de Bigend. Estão exigindo Milgrim em troca.

– E por que isso?

– Na verdade – disse Hollis – parece que porque você feriu o homem que estava seguindo vocês com aquele dardo, embora Milgrim já tivesse feito uma cagada antes.

Heidi, com suas enormes mãos brancas travadas segurando os próprios joelhos, as unhas pretas quebradas, ficou olhando para Hollis por cima delas com a maior seriedade.

– Você está de sacanagem com a minha cara?

– Não – respondeu Hollis.

– O que é que eles são, uns viadinhos?

Enquanto preparava a resposta, Hollis percebeu que Heidi estava lutando para não rir. Ela lhe deu uma cotovelada nas costelas.

– Vencedor – anunciou Garreth, a mão estendida para desligar todos os telefones. – O Scrubs. O modelo funcionou. Localização ideal. A menos que haja vento.

– Que modelo? – perguntou Hollis.

– Alguém na Universidade do Colorado rodou um para nós. Scrubs foi o melhor. Com licença. – Ele tirou a mão da caixa e começou a digitar. A van reduziu a velocidade, buzinou, trocou de faixas, parou rapidamente, fez uma curva.

– Scrubs, querida – ele disse para outra pessoa. – Preciso de você no ar. Não acenda luzes, não acelere, vá até lá.

– O que está acontecendo? – Heidi perguntou baixinho.

– Acho que eles concordaram sobre o lugar onde irão fazer a troca – disse Hollis. – Acho que gostamos.

– Eles vão receber uma versão feia pra caralho do meu namorado de Bollywood – Heidi deu de ombros.

– Achei que você estava tentando não chegar a esse ponto.

– Tentando – concordou Heidi.

– Está se sentindo melhor?

– Sim – respondeu Heidi, e colocou a mão embaixo da jaqueta de líder de banda marcial para esfregar as costelas. – Mas vai voltar se eu não conseguir sair desta porra desta van.

– Temos um lugar para ir agora – disse Hollis.

– Ainda não – Garreth disse a alguém –, mas ela está no ar. – Então ele disse uma coisa em um idioma que Hollis não reconheceu, e ficou em silêncio.

– Que língua foi essa? – ela perguntou quando a van fez outra curva.

– Catalão – ele disse.

– Não sabia que você falava.

– Só sei dizer coisas muito grosseiras sobre a mãe dele. – Ele se sentou mais ereto. – Perdão. – Ele tornou a ficar em silêncio. – Inteiramente operacional – disse, por fim. – Ideal até agora. – Voltou a ficar quieto. – Obrigado, mas não. Você vai ter que mantê-los afastados. Bem distantes da área. Eu tenho muita coisa no chão. Muitas partes móveis para ter qualquer uma das suas misturadas. Não, isso não é negociável. – Ela viu a mão dele descer até a *switchbox*. – Praga.

– O que foi?

– O desgraçado está com uma ambulância particular à espreita, ou pelo menos é o que ele diz. Especialistas esperando até tarde na Harley Street, caso Chombo sofra alguma ferimento.

– Eu não havia pensado nisso.

– Eu, sim. Nós também temos apoio médico. A ambulância de Big End não vai ter apenas paramédicos dentro. Vai ter um esquadrão para apanhar Milgrim, isso, sim.

– Ele sabe onde está?

– Eles ligam para ele primeiro.

– É muito ruim?

– Não dá para saber – ele respondeu. Tirou a mão da caixa, e imediatamente sorriu. – Querida – ele disse. – Brilhante. Em cima? Me dê a localização. Quatro? Afastando-se de lá? Recue e se abaixe. Aproxime-se cerca de 60 centímetros do chão, ponha um carro no meio.

Preciso do número, tipo, modelo. Depois se certifique de que não há ninguém ali dentro. Mas sem IV, caso ele deflagre um reflexo no vidro e eles o vejam.

– Infravermelho – disse Heidi.

A tela superior das duas montada sobre os canos pretos se acendeu, um verde-osciloscópio esmaecido. Ele reduziu a iluminação.

Hollis e Heidi avançaram sobre a espuma para dar uma espiada na tela. Viram a imagem de uma câmera em movimento, abstrata, ilegível. Então Hollis viu uma grande placa de carro britânica, como se registrada por algum robô no fundo do mar.

– Boa menina – disse Garreth. – Agora levante um pouquinho e nos deixe dar uma olhada lá dentro. Depois os siga. O que está com o pacote: esse é o Gracie. Foque nele e fique nele. – Ele voltou a tocar a caixa e se virou. – Não gostamos de pacotes – ele disse para Fiona, depois voltou para a tela verde.

78.

EL LISSITZKY

– Quer água mineral ou fruta? – perguntou o motorista. – A cesta está logo ali.

Milgrim, sentado no chão atrás do banco do carona, reparou pela primeira vez na cestinha. Ele havia ficado observando o pinguim batendo no teto solar, e imaginando o que aconteceria se o Taser disparasse.

– Tem croissant? – ele perguntou, inclinando-se na direção da cesta.

– Não, desculpe. Maçã, banana. Salgadinhos de camarão.

– Obrigado – disse Milgrim, e enfiou uma banana no bolso. Ele queria perguntar o que o motorista achava que eles estavam fazendo, de verdade, ali fora à noite com um pinguim robótico pintado com camuflagem *dazzle* e cheio de gás hélio, mas acabou não fazendo isso. Suspeitava de que o motorista não fazia a menor ideia; de que ele era alguém que dirigia, que dirigia e preferia apenas não fazer ideia alguma, e que era simpático, discreto, muito bom motorista, alguém que conhecia a cidade bastante bem. Então Milgrim optou por não perguntar absolutamente nada. O lugar para aonde estavam indo era o lugar onde Garreth queria que eles fossem, e talvez Fiona estivesse lá também.

O pinguim rolou de leve quando a van fez uma curva fechada. Milgrim sentiu o cuidado com que o rapaz dirigia o automóvel – ele não estava fazendo nada que violasse as leis de trânsito, e provavelmente estava dirigindo uns dois quilômetros abaixo do limite de velocidade. Milgrim havia visto pessoas, às vezes algumas bastante improváveis, dirigirem desse jeito quando iam buscar drogas. Modo transacional, ele pensou. De fato a noite inteira tinha um ar muito transacional, embora nunca lhe tivessem oferecido água mineral ou frutas antes, nessas situações.

O rapaz usava um daqueles *headsets* projetados para se parecerem o máximo possível como se um lançador de pinball tivesse sido pregado no seu, Milgrim achou, a parte do lançador sendo o microfone. A intervalos regulares falava baixinho naquilo, embora ele principalmente para responder sim ou não, ou para repetir os nomes de ruas que Milgrim prontamente esquecia. Mas Milgrim concluiu que o rapaz agora sabia para onde estavam indo.

E, sem aviso prévio, do nada, parecia que já haviam chegado.

– Onde estamos? – perguntou Milgrim.

– Wormwood Scrubs.

– A *prisão*?

– *Little* Wormwood Scrubs – disse o motorista. – Você vai atravessar a estrada, seguindo reto a partir daqui, continuar em frente, até a grama. Ele me mandou lhe dizer que ela está embaixo de um lençol camuflado e pode ser difícil de ver.

– Fiona?

– Ele não disse – o rapaz respondeu com formalidade, como se não desejasse se envolver além daquilo. Saiu, fechou a porta, deu a volta com velocidade e abriu a porta traseira.

Milgrim manteve o pinguim abaixado, distante do teto solar, ao sair de lado como um caranguejo pela porta traseira aberta. Havia algo de inerentemente alegre na flutuação de um balão, ele pensou. O dia quando descobriram gases de flutuação deve ter sido maravilhoso. Ficou imaginando dentro do que os esconderiam. Seda envernizada, imaginou, por algum motivo visualizando o pátio do Salon du Vintage.

O rapaz segurou o balão enquanto ele descia, sua camisa assustadoramente branca na luz do poste mais próximo. Milgrim se deu

conta da presença de um enorme espaço vazio, uma profunda anomalia em Londres. Lado oposto da estrada. Vazio e escuro.
– Um parque? – ele perguntou.
– Não exatamente – disse o rapaz. – É só ir direto em frente. – Apontou. – Vá sempre em frente. Você irá encontrá-la. – Entregou o cabo do balão, o laço da linha de pescar de náilon, para Milgrim.
– Obrigado – disse Milgrim. – Obrigado pela banana.
– De nada.

Milgrim atravessou a estrada, ouvindo a van dar a partida atrás dele, e ir embora. Ele continuou andando. Atravessou a grama, um caminho pavimentado, e mais grama. Era um vazio muito peculiar, um pouco malcuidado, a grama, irregular. Ele não tinha nada do paisagismo, da arquitetura profunda, da ossatura clássica dos parques da cidade. Terreno baldio. A grama estava molhada, mas, se tinha chovido mais cedo, ele não havia notado. Talvez fosse orvalho. Ele o sentia por entre as meias, embora os brogues Tanky & Tojo fossem melhores ali do que no pavimento, os solados pretos afundavam na terra. Sapatos para caminhar. Imaginou-se andando em algum lugar com Fiona, algum lugar tão amplo quanto aquele, mas menos assustador. Ficou pensando se ela gostaria disso. Será que motoqueiros gostavam de caminhar? Será que ele próprio algum dia já havia gostado de caminhar? Parou e olhou para o céu luminoso, levemente arroxeado de Londres, todas as luzes da maior cidade da Europa refletidas e aprisionadas ali, obscurecendo quase todas as estrelas. Olhou de volta, para o outro lado da estrada larga e bem iluminada, para aquela confusão comum e bem ordenada de casas que não conseguia entender culturalmente, casas ou flats ou condomínios, e depois de novo para o ambiente estranho daqueles Scrubs. Era um lugar propício para se drogar. Não conseguia imaginar que uma cidade daquele tamanho não realizasse tráfico de drogas num lugar assim.

Então ouviu um assovio baixo.
– Aqui – Fiona chamou baixinho –, vem aqui pra baixo.

Encontrou-a encolhida embaixo de uma lona fina, num dos novos padrões de camuflagem mais esotéricos que Bigend estava interessado. Não conseguia se lembrar exatamente qual era aquele, mas agora via como funcionava bem.

– Com o pinguim não! Pegue seu controle. Depressa! – Ela estava sentada de pernas cruzadas, falando baixinho, seu próprio iPhone emitindo um brilho verde no colo. Ela puxou o balão para baixo, soltou seus cabos em ambas as pontas e o liberou. Ele subiu devagar, por causa do peso do Taser. Milgrim tirou o iPhone do pinguim do bolso, se agachou ao lado dela, e ela puxou o material ao redor de ambos, deixando cabeças e mãos expostas.

– Entre nele – ela continuou. – Voe. Leve-o para cima, para longe da estrada. Não posso falar agora, estou trabalhando aqui. – Ele viu que ela estava usando um daqueles *headsets* com fone de ouvido. – Você está procurando um homem alto. Ele estava usando uma capa de chuva, um sobretudo. Sem chapéu. Cabelos curtos, talvez grisalhos. Está carregando um pacote, uma coisa embrulhada em papel, pouco mais de um metro de comprimento.

– Onde?

– Perdi o cara. Bata no círculo verde se quiser visão noturna, mas não vai te ajudar muito a menos que você esteja de cara em alguma coisa.

Milgrim ligou o iPhone, viu uma tela em branco brilhante, e então percebeu que a câmera do pinguim estava olhando para um céu vazio. Era tão melhor, ele percebeu no mesmo instante, quando você não precisava se preocupar em esbarrar na parede ou no teto do cubo. Começou a nadar mais alto, estranhamente livre.

– O sujeito está vestindo uma camisa de hóquei com um rosto pintado nela? – ela lhe mostrou sua tela. Olhando para uma figura com um pulôver enorme de alguma espécie, as costas apresentando um rosto grotesco e enorme.

— Parece construtivista — ele disse. — El Lissitzky? Ele está arrombando o carro? — O homem estava bem perto de um sedã preto, de costas para a câmera no helicóptero de Fiona.
— Trancando. Já arrombou, agora está trancando. — Os dedos dela se moveram e a imagem ficou borrada; seu drone, comparado ao pinguim aéreo, se movia com uma velocidade estonteante.
— Para onde você está indo? — Falando do drone.
— Preciso checar os outros três. Depois preciso pousá-lo, poupar baterias. Está no ar desde que cheguei aqui. Você está procurando o homem do pacote?
— Estou — disse Milgrim, e enviou o pinguim nadando para baixo, para a relativa escuridão do Scrubs. — Quem são os outros três?
— Um é o Chombo. Depois o daquele carro, que tentou bloquear você, na City.
O Folha.
— O outro é um jogador de futebol, com cabelo de metaleiro.
— Cabelo de metaleiro?
— Mais tipo *mullet*. Cara grandalhão.

79.

MESTRE DO CALABOUÇO

Hollis estava parada atrás de Garreth tentando fingir que via alguém jogar um game, alguma coisa chata e pretensiosamente hermética, em múltiplas telas. Alguma coisa que não importava, da qual nada dependia.

Um jogo com valores de produção para alunos universitários. Sem música, sem efeitos sonoros. Garreth, o mestre do calabouço, definindo as jornadas, definindo tarefas, distribuindo ouro e sigilos de invisibilidade.

Melhor encarar tudo dessa maneira, mas ela não conseguia manter a credibilidade. Recostou-se, sentindo o frio do aço automotivo berinjela, e ficou vendo o *feed* de vídeo do drone de Fiona.

O que quer que Fiona estivesse pilotando era rápido como um beija-flor, capaz de fazer pausas súbitas fantásticas e planar por bons períodos de tempo, mas também de subidas e descidas semelhantes às de um elevador. Tudo no monocromo verde-claro da visão noturna. Suas câmeras eram melhores que as de Milgrim, otimizadas a um custo muito alto. Hollis, sem nenhuma ideia de qual seria o aspecto dele, o imaginou como uma imensa libélula, o corpo do tamanho de uma baguete, as asas pulsantes e iridescentes.

Ela tinha ficado planando, observando quatro homens emergirem de um sedã preto. Uma Mercedes de aluguel, dissera Garreth, depois de ter, de algum modo, conseguido checar o número da placa.

Dois deles eram altos, de ombros largos e de aspecto eficiente. Outro, mais baixo, quase certamente o Folha, mancava. O quarto, de cuja postura ela agora se lembrava de Los Angeles e Vancouver, um perpétuo andar curvado petulante, era Bobby Chombo, o matemático de estimação de Bigend. O mesmo cortezinho de cabelo irritante, metade de seu rosto afinado perdido atrás de uma franja diagonal suja. Lá estava ele, embaixo da libélula de Fiona, como se numa gravura de aço verde-clara, envolto no que parecia ser um roupão ou camisolão. Neurastênico, ela se lembrou de Inchmale definindo-o encantado. Ele havia dito que a neurastenia estava voltando, e que Bobby estava à frente da curva, um dos primeiros usuários.

Para Garreth, estava claro que um dos homens mais altos, o de capa de chuva preta, carregando um pacote retangular, era Gracie. Isso baseado, Hollis concluiu, no fato de o outro ter uma espécie de cabelo arcaico de roqueiro, cabelo que a fazia se lembrar dos amigos junkies de Jimmy, um baterista de Detroit.

Quando os quatro, o Folha aparentemente conduzindo Chombo, se afastaram do carro, Garreth mandou Fiona mergulhar para ler o número da placa do carro e espiar pelas janelas, caso eles tivessem deixado alguém para vigiá-lo, uma complicação que Hollis concluiu exigiria de Pep algumas outras habilidades mais desagradáveis. O carro estava vazio, e Fiona, no ar de novo, os havia encontrado facilmente, ainda se movendo, mas aquele que Garreth achou que era Gracie havia sumido, desaparecido e ainda não havia sido encontrado, ele e o pacote. Fiona não pôde procurar por ele então, porque Garreth havia precisado dela no carro mais uma vez, para que ele pudesse checar a chegada e o subsequente furto de Pep, que havia levado 46 segundos no total, pela porta do carona, completo com o retrancamento do veículo.

Pep, seguindo as instruções, não estava com a bolsa transversal, e Hollis supôs que ele houvesse depositado o outro presente de festa, fosse ele qual fosse, no carro, o que era evidentemente o plano. E depois desaparecera; sua bicicleta elétrica de dois motores, totalmente silenciosa, capaz de chegar a quase cem quilômetros fácil, não cruzou em nenhum momento os cones focais de nenhuma das câmeras mostradas na tela do laptop de Garreth. Se tivesse, Garreth disse, a imagem resultante de uma bicicleta sem ninguém em cima poderia ter anulado o exercício inteiro.

A câmera-mapa, no laptop de Garreth, era em escala de cinza, os cones de visão da câmera vermelhos, e desvaneciam para o rosa à medida que se afastavam de seu ápice. Às vezes, um deles se movia quando a câmera real rotacionava sobre seu eixo. Ela não fazia ideia de qual darknet aquela imagem em particular estava sendo exibida, e estava feliz por não saber.

A tela que fornecia o *feed* de vídeo de Milgrim parecia completamente fora de compasso com a operação, ela pensou, e talvez por esse motivo a todo instante sua atenção voltava para ela, embora não fosse tão interessante. Com Gracie ainda desaparecido, ela sentia os nervos de Garreth. Ele podia ter usado alguém que soubesse o que eles estavam fazendo, ela imaginou, em outro drone como o de Fiona.

O que quer que Milgrim estivesse pilotando, parecia que voava de um modo relaxado, quase cômico, embora capaz de surtos revigorados de movimento para a frente. Ele havia sido instruído, por Fiona, a fazer uma volta completa da área, procurando por Gracie. Após ter completado a tarefa, Garreth reclamou que ele estava indo alto demais. Milgrim agora estava em velocidade de cruzeiro acima da vegetação rasteira, e Garreth aparentemente havia se esquecido dele. Mas Hollis sabia que nada era esperado de Milgrim e seu drone. Ele recebera aquele trabalho para ficar fora das mãos de Bigend.

O som de um zíper muito comprido sendo sorrateiramente aberto. Ela olhou de relance para a direita e viu Heidi levar o indicador aos lábios.

– Nossos dois – Garreth disse para o *headset* – estão começando a seguir para o ponto agora. Coloque-o a cerca de 20 metros a oeste de lá. – Vamos ter que correr com as baterias que você tem. – Ele disse para Fiona.

Enquanto falava, Heidi se esgueirou pela fenda e devagar abaixou o zíper, fechando-o atrás de si.

O "ponto", Hollis sabia, seriam as coordenadas de GPS que Gracie havia especificado como o local da troca.

Na tela de Fiona, a perspectiva subitamente caiu até a altura dos joelhos, e então disparou para a frente sobre um borrão escuro de grama, como se do ponto de vista de uma criança hiperativa.

Milgrim, ela viu, havia chegado ao fim do mato, e estava girando lentamente para mais uma volta.

Espero que Heidi só tenha ido fazer xixi, pensou Hollis, olhando de novo para o zíper de plástico comprido.

80.

FIGURAS NUMA PAISAGEM

– Olhe – disse Fiona. – É você.

Garreth havia ordenado que ela subisse novamente. Agora ela estava mostrando para Milgrim seu iPhone, a lona camuflada roçando ao redor deles.

– Aquele ali é Ajay? – Duas figuras na telinha, vistas de um ângulo elevado, em verde bem claro. Uma delas arrastava os pés, cabeça baixa, ombros largos demais para a jaqueta de Milgrim. O outro homem era baixo, largo, um tanto arredondado e tinha a cabeça chata. As mãos de Ajay estavam juntas, cruzadas logo acima do nível da virilha no que parecia um gesto de pudor. Algemadas.

Fiona girou, ficou pairando, captando-os enquanto eles passavam, entrando e saindo do campo de visão. Milgrim achou que Ajay estava fazendo um ótimo trabalho transmitindo uma rendição abjeta, mas, afora isso, não via nenhuma semelhança entre eles. Chandra parecia ter feito um trabalho melhor com o spray para cabelo desta vez.

O outro homem, Milgrim pensou, parecia como se alguém tivesse sujeitado o Dalai Lama à gravidade de um planeta com maior massa do que a Terra. Baixo, bastante atarracado, idade indeterminada, usava uma espécie de boina, enfiada reta sobre a testa, com um pompom em cima.

Quando as figuras saíram do campo de visão, os polegares de Fiona se moveram, girando o ponto de vista de volta para cima, fazendo com que Milgrim se lembrasse de checar seu próprio iPhone, onde encontrou seu pinguim olhando para a grama e os arbustos baixos.

Quando ele olhou de novo para Fiona, ela havia encontrado mais três figuras se aproximando no Scrubs.

Uma delas era Chombo, ainda todo enrolado no seu casaco finíssimo, e parecendo infeliz de um modo muito mais convincente do que o Milgrim de Ajay. À esquerda de Chombo estava o Folha, visivelmente mancando, usando calças mais escuras que aquelas que haviam provocado seu apelido. Mas ele ainda usava seu boné e a jaqueta escura curta que usara em Paris. À direita de Chombo, Milgrim viu, para seu horror, estava o homem do Edge City Family Restaurant, o outro Mike de Winnie, aquele do *mullet* e da faca em seu Toters.

– Ele quer você aqui – disse Fiona –, indicando onde o drone dela estava. – Procurando o cara que eu perdi. Vamos logo.

Milgrim se concentrou no pequeno retângulo brilhante, no espaço do pinguim, batucando com os polegares. Ele rolou, corrigiu a posição, e foi mais para o alto no ar.

A visão noturna do drone de Fiona era muito melhor que a do pinguim. A do pinguim sofria de uma espécie de miopia infravermelha; quanto mais escuro estava, mais perto ele precisava chegar, e mais brilhante ele tinha de tornar os LEDs infravermelhos do pinguim. Que já não eram muito brilhantes para começo de conversa, segundo Fiona. A grama abaixo apresentava uma espécie de pontilhismo muito brega, monocromático, levemente verde, sem nenhum detalhe. Mas, se alguém estivesse ali, ele pensou, ele os veria.

E aí ele encontrou Chombo, e o Folha, e o homem do Edge City Family Restaurant, ainda caminhando.

Ele estava com o pinguim em *auto-swim*. Então assumiu o controle, endireitou as asas e deixou a inércia angular transportá-lo no arco suave fornecido por esse ajuste da cauda, uma coisa na qual já estava ficando melhor.

Viu alguma coisa na grama.

Um buraco? Uma pedra grande? Tentou reduzir a velocidade usando as asas em reverso, mas isso fez com que ele rolasse, captando uma tela em branco de poluição de luz. Endireitou-se. Nada embaixo. Começou a nadar para baixo, usando as asas no manual. Um homem estava sentado na grama, pernas cruzadas, uma coisa retangular no colo. Casaco escuro, cabelos claros curtos. Então sumiu; o pinguim, apesar dos melhores esforços de Milgrim, havia disparado e continuado flutuando.

Fiona havia lhe dito duas vezes sobre a sorte que tinham em não terem brisa aquela noite; tudo calmo no Vale do Tâmisa, e, no entanto, ele não conseguia direcionar o pinguim bem o bastante para ver um homem em algum ponto logo abaixo dele. Respirou fundo, levantou os polegares da tela. Deixe as coisas se acomodarem. Deixe o pinguim virar um simples balão, lá em cima no ar sem vento. Depois recomece.

– Sete metros fora do ponto – ouviu Fiona dizer bem baixinho – e se aproximando.

81.

NO LOCAL

– Eu o vi – disse Hollis sem muita convicção. – Acho que Milgrim o viu também, mas depois ele sumiu.
– Eu sei – disse Garreth –, mas nós vamos agora.
O drone de Fiona flutuava enquanto Ajay e o homem chamado Charlie alcançavam os outros três, que agora estavam parados esperando. Charlie pôs a mão no braço de Ajay, fazendo com que ele parasse. Ajay ficou parado, cabeça abaixada.
Folha estava conduzindo Chombo para a frente. Chombo se contorcia, olhando para todos os lados, e Hollis viu o "O" preto de sua boca. Folha meteu a mão nas costas de Chombo.
Garreth tocou a *switchbox*.
– Acerte ele – disse.
Ela viu Ajay borrar, ou se teleportar, pelo espaço que o separava do Folha. O que quer que tivesse atingido Folha na chegada de Ajay, havia sido invisivelmente rápido; Ajay parecia ter girado e agarrado Chombo antes de o Folha cair na grama.
Agora Charlie, o baixinho em forma de geladeira com boina xadrez, estava entre aqueles dois e o homem do *mullet*.
Ela nunca vira a faca do homem, só o jeito como ele levantou a mão, ao se aproximar de Charlie, e então o viu cair, embora Charlie parecesse apenas ter recuado. O homem rolou, levantou de um pulo, quase tão rápido quanto Ajay havia saltado sobre Folha, voltou a mergulhar, caiu.

– Charlie tentou me ensinar isso uma vez – disse Garreth –, mas eu não consegui ser supersticioso o suficiente.

O homem já estava no chão de novo e Charlie nem parecia ter encostado a mão nele.

– Por que ele vive caindo?

– É uma espécie de repetição de reflexo gurkha. Mas o Folha não vai levantar. Espero que Ajay não tenha exagerado.

Hollis levantou a cabeça e viu a tela de Milgrim. O homem de cabelos grisalhos. Um rifle, *Ele tem uma arma*.

– Fiona – ele disse –, atirador. Embaixo do pinguim. Agora.

82.

LONDON EYE

Usando os polegares para fazer as asas rotacionarem devagar, apenas o suficiente, em direções opostas, Milgrim havia conseguido fazer o pinguim girar, mas isso colocara na tela do iPhone a silhueta icônica de uma *Ruchnoy Pulemyot Kalashnikova*, para a qual ele instantaneamente perdera todo o idioma inglês.

Ela estava no colo de Gracie, a coronha de metal desdobrada, enquanto Gracie encaixava o magazine curvo, uma pequena unidade sobre a qual Milgrim tinha aprendido uma quantidade absurda de informações, em seu período trabalhando para o governo. Sabia a terminologia russa para cada peça de maquinário usada para produzi-los: estampas, soldadores e muito mais. Desde então ele nunca mais deixou de notá-los na televisão, aqueles magazines: objetos onipresentes nos lugares mais perigosos do mundo, nunca um bom presságio.

– Caralho – Fiona, ao seu lado, soltando a palavra baixinho junto com o ar. Então: – Estou em cima.

Gracie puxou algo para trás, na lateral do rifle, o soltou, sentou-se e avançou juntando os joelhos, ajustando a coronha de aspecto ortopédico contra o ombro.

O pinguim começou a descer, aparentemente por conta própria, enquanto Gracie encostava o rosto. O cano se movendo de leve...

Estremecendo, quando alguma coisa escura e retangular o atingiu por baixo. O drone de Fiona.

Gracie olhou para cima, através da câmera do pinguim, diretamente para Milgrim, que devia ter feito aqueles gestos esquisitos que Fiona havia lhe mostrado no cubo, embora ele jamais fosse conseguir se lembrar daquela configuração.

Algo derrubou Gracie para baixo, e de lado, e o deslocou de sua postura de atirador, a mão invisível de um gigante idiota, o pinguim estremecendo simultaneamente, borrando a imagem. Milgrim nunca viu os fios, todos aqueles cinco metros, mas supôs que fossem muito finos.

Gracie rolava de costas, sofrendo convulsões enquanto Milgrim disparava o Taser mais uma vez. "Galvanismo", era a palavra que ele lembrava das aulas de biologia do segundo grau. Gracie segurava fios invisíveis. Milgrim voltou a tocar a tela. Gracie estremeceu mais uma vez, continuou segurando.

– Pare! – disse Fiona. – Garreth mandou!
– Por quê?
– *Pare!*

Milgrim levantou ambos os polegares, obediente agora, aterrorizado por ter feito algo de irrevogável.

Gracie se sentou, coçando a nuca, depois deu um puxão no fio invisível, tornando a borrar a imagem.

E aí o pinguim começou a subir, devagar, para longe dele. Os polegares de Milgrim foram até as asas. Nada aconteceu. Ele tentou a cauda, tentou o *auto-swim*. Nada. Ainda subindo. Ele viu Gracie se levantar cambaleante, balançar, depois correr, para fora do frame enquanto o pinguim, liberto do lastro do Taser, subiu por conta própria até o ar tranquilo da madrugada no Vale do Tâmisa.

Milgrim pensou ter vislumbrado a roda da London Eye, justo no momento em que Fiona enfiou o próprio iPhone em seu campo de visão.

83.

POR FAVOR, VÁ

– O que foi aquilo? – perguntou ela.
– Milgrim – ele disse, balançando a cabeça. Atingiu Gracie com um Taser. Que bom que eu estou me aposentando. Milgrim acabou de salvar nossa pele.
– *Milgrim* estava com o Taser?
– No balão dele. Alô? Querida? – para o *headset* agora. – Nos leve para o carro, por favor. E depressa, vocês estão com o tempo contado.
– Em quem Gracie estava tentando atirar?
– Primeiro em Chombo, eu imagino. Para provocar o máximo de dano no Big End dessa maneira. Ou quando ele viu que não estávamos negociando de boa-fé, ou porque ele havia planejado isso o tempo inteiro. No começo pensei que ele pudesse jogar direitinho pelas regras do local, pegar Milgrim e provar o que queria. Torcendo para que ele não fosse dar uma de americano em cima de nós em Londres, num lugar público, na calada da noite. Loucura, sério. Mas a agente secreta de Milgrim acha que é uma crise de meia-idade. Se ele tivesse disparado, a área estaria até o pescoço de policiais em um minuto, e policiais do tipo errado. O que na verdade o colocaria onde queremos, embora eles provavelmente também nos teriam.
– Ele é um traficante de armas. Você não achou que poderia ter uma arma?
– Traficantes de armas são homens de negócios. Cavalheiros velhos e gentis, alguns deles. Eu sabia que havia algum potencial cowboy

em Gracie – ele deu de ombros –, mas não tinha muito como resolver isso. Foi apenas uma pequena missão que saiu um pouco fora do esperado. – Sorriu amarelo. – Mas Milgrim deu um choque nele, o suficiente para que ele saísse sem a arma. Imagino que ele queira dar um tempo nela agora. – Levantou uma das mãos e inclinou a cabeça, ouvindo. – Você não fez isso. Você *fez*. Cacete.

– O que foi?

– Ajay torceu o tornozelo. Numa caixa de areia. Chombo fugiu. – Ele respirou fundo, soprou o ar devagar. – Você definitivamente não está vendo a melhor e mais genial das minhas maquinações...

Alguma coisa bateu na parte de trás da van.

– Fica quieto aí, porra! – ordenou Heidi, sua voz abafada mas inteiramente audível por trás da porta de aço e das duas telas de lona.

Garreth olhou de volta para Hollis.

– Ela está *lá fora* – ele disse.

– Eu sei. Não queria interromper você. Achei que ela ia apenas fazer xixi.

O zíper grande subiu então, e Bobby Chombo foi quase simultaneamente projetado através da fenda, o rosto molhado de lágrimas. Ele caiu no chão berinjela, aos soluços. A cabeça de Heidi apareceu perto do topo do zíper.

– É esse aí, certo?

– Eu nunca te disse como eu te acho *muito* linda, já disse, Heidi? – disse Garreth.

– Mijou nas calças – disse Heidi.

– Ele está em boa companhia, acredite em mim – disse Garreth, balançando a cabeça.

– Cadê o Ajay? – perguntou Heidi, franzindo a testa.

– Prestes a pegar uma carona de gurkha. Carregado. Ele queria conhecer Charlie melhor. – Voltou-se para as telas.

A de Milgrim, Hollis viu, estava em branco, ou melhor, com um aspecto levemente parecido com uma pintura de Turner, um rosa muito fraco atrás de um cinza chumbo; o tom mais esverdeado agora não existia mais. Mas a de Fiona estava muito ocupada. Figuras entrando no carro preto.

– Vá – disse Garreth para o carro na tela, com um pequeno gesto de repetição. – Por favor, vá.

O carro saiu do frame.

– Vou ter que pedir a todas vocês que saiam por um instante – disse Garreth.

– Por quê? – perguntou a cabeça desincorporada de Heidi.

– Porque preciso fazer uma coisa muito suja – ele disse, apanhando um telefone igual ao que havia usado para atender a ligação da agente americana – e porque não quero ele chorando ao fundo – explicou, acenando com a cabeça na direção de Chombo. – Passa a impressão errada.

Hollis se ajoelhou ao lado de Chombo.

– Bobby? Hollis Henry. Nós nos conhecemos em Los Angeles. Você se lembra?

Chombo estremeceu, os olhos bem fechados.

Ela cantou a primeira linha de "Hard to Be One", provavelmente pela primeira vez em uma década. Depois repetiu, acertando o tom ou de qualquer maneira chegando perto.

Ele ficou quieto, tremeu, abriu os olhos.

– Merda, por acaso você tem alguma coisa parecida com um cigarro? – ele perguntou a Hollis.

– Desculpe – ela disse. – Eu...

– Eu tenho – interrompeu Heidi. – Lá fora.

– Eu não vou a lugar algum com você.

– Eu vou com você – disse Hollis.

– Pode ficar com o maço – disse Heidi, abrindo o zíper preto com as mãos brancas de unhas pretas.

Chombo já estava de pé, puxando seu casaco fino ao seu redor. Olhou fuzilando para Hollis, depois atravessou a fenda vertical com dentes de zíper.

Ela foi atrás.

84.

NOVO

As baterias do drone de Fiona haviam acabado, e ele caiu como uma pedra, quase no instante em que Folha e os outros tinham partido no carro preto. Milgrim a havia ajudado a dobrar a lona, que agora estava enfiada num dos bolsos laterais de sua jaqueta de motociclista, e depois foi ele quem achou o drone, embora isso tivesse acontecido porque Milgrim havia pisado nele, quebrando um rotor. Ela pareceu não se importar; colocou-o embaixo do braço como uma bandeja de bebidas vazia e o levou rapidamente para onde havia deixado a Kawasaki.

– Vamos mandá-lo por FedEx de volta para Iowa e eles o reconstroem lá – ela havia dito, imaginou, para que ele parasse de se desculpar.

Agora Milgrim o segurava enquanto ela mexia dentro do porta-globos oculares que Benny havia instalado sobre a garupa. Ele o sacudiu sem jeito. Ouviu alguma coisa chocalhar lá dentro.

– Aqui – ela disse, mostrando um capacete preto muito reluzente, selado em plástico. Ela arrancou o plástico, tirou o capacete, pegou o drone e entregou o capacete a ele. Ela colocou o drone na caixa e fechou-a. – Você estava ficando cansado do capacete da sra. Benny.

Milgrim foi incapaz de resistir à tentação de virá-lo de um lado para outro, levantá-lo e cheirar o interior. Tinha cheiro de plástico novo, mais nada.

– Obrigado – ele disse. Olhou para a Kawasaki. – Onde posso sentar?

– Eu vou ficar basicamente no seu colo. – Ela estendeu a mão, pegou a alça da bolsa dele, levantou-a sobre a cabeça de modo que ficasse no outro ombro, em diagonal sobre o peito dele, e depois o beijou, com força mas rápido. Na boca. – Monte na moto – ela disse. – Ele nos quer longe daqui.

– Ok – disse Milgrim, respirando rápido tanto por hiperventilação quanto por alegria, enquanto colocava o capacete novo.

85.

PARA DAR CONTA

— Cornwall está ótimo — Hollis ouviu Heidi dizer do outro lado da linha. — Ainda não achei um lugar pra depositar Mamãe e Jimmy, mas é uma boa desculpa pra dirigir.

— Como está o tornozelo de Ajay? — Hollis observava Garreth, deitado de costas na cama, exercitar Frank com um extensor de borracha amarelo-vivo. Eles estavam com as janelas abertas, deixando entrar a brisa e o som do tráfego da tarde. Era um quarto maior do que o que ela ocupara na semana anterior, um duplo, mas tinha as mesmas paredes vermelho-sangue e os não ideogramas chineses falsos.

— Ótimo — disse Heidi —, mas ele ainda está usando aquela bengala cabulosa que seu namorado deu a ele. É um milagre que ele lave as mãos.

— Ele já superou o resto?

Ajay havia ficado envergonhado por ter perdido Chombo, e frustrado por não ter tido a chance de enfrentar o homem do *mullet*. A própria Hollis, ele havia dito, poderia ter derrubado o Folha, que de saída já tinha cara de paciente hospitalar. E Milgrim, para fechar a conta de Ajay, havia derrubado Gracie, que aparecera não só com uma arma, mas com um rifle de assalto. Por outro lado, Ajay parecia ter se dado muito bem com Charlie, e quando voltasse de Cornwall pretendia aprender a derrubar oponentes habilidosos várias vezes, aparentemente sem tocar neles. Garreth, concluiu Hollis, duvidava de que isso fosse dar em alguma coisa, mas não disse nada a Ajay.

— Não que ele tenha um limite de atenção assim tão grande — disse Heidi. — Cadê Milgrim?

— Islândia — disse Hollis — ou a caminho. Com Hubertus, e as Dottir. Ligou hoje cedo. Não consegui entender se ele estava num avião ou num navio. Ele disse que era um avião, mas que não tinha asas e praticamente não voava.

— Está feliz?

— Parece — respondeu Hollis, observando Frank, agora sem nenhuma atadura, se dobrar várias vezes contra a luz cálida do sol parisiense.

— Estranhamente. Hoje.

— Se cuida — disse Heidi. — Tenho que ir. Ajay voltou.

— Você também. Tchau.

Milgrim e Heidi, disse Garreth, haviam salvo cada um a pele do outro nos Scrubs. Milgrim dando um choque em Gracie, que havia levado a arma que Garreth torcera para que ele não levasse; e Heidi, ao se permitir uma corridinha para aliviar sua claustrofobia e nisso avistando Chombo, que estava seguindo na direção de Islington, e o trazendo de volta, contra sua vontade, até a van.

Hollis se lembrava de estar do lado de fora da van, com Bobby exigindo mais tempo para poder fumar um segundo cigarro, a linda motorista norueguesa exigindo que eles ficassem quietos agora e voltassem para dentro. Pep havia chegado, então, em sua bicicleta assustadoramente silenciosa, correndo sem faróis, para entregar a Hollis uma bolsa Waitrose bastante usada, olhar para ela de um jeito bem sem-vergonha, depois dar meia-volta e ir embora. Quando ela voltou a atravessar as fendas de lona negra, encontrou Garreth caído na sua cadeira, as telas apagadas.

— Você está bem? — ela perguntou, fazendo um carinho nos ombros dele.

— Fico sempre um pouco caído — ele respondeu, mas se animara alguns minutos depois, a van a caminho. Alguém em seu *headset*.

— Quantos? — ele perguntou; depois sorriu. — Onze veículos sem placa

– ele disse a ela, um instante depois, baixinho. – Blindagem corporal, armas automáticas austríacas, alguns em trajes de risco biológico. Um pessoal da pesada.

Ela ia perguntar o que ele queria dizer com aquilo, mas ele a havia silenciado com um olhar e mais um sorriso. Então ela lhe entregara a bolsa Waitrose. Quando ele a tinha aberto, vislumbrara um olho imenso e horrível da camiseta mais feia do mundo.

– Que negócio foi aquele de um avião sem asas? – ele perguntou agora, abaixando Frank, a sequência completa.

– Milgrim está a bordo de alguma coisa que Bigend construiu, ou restaurou. Ele disse que era russo.

– Ekranoplano – disse Garreth. – Um veículo de efeito solo. Ele é louco.

– Ele contratou a Hermès para decorar o interior, segundo Milgrim.

– E incrivelmente besta, também.

– Que tipo de polícia apareceu, para Folha e os outros?

– Um grupo muito barra-pesada. Não estão nos livros. O velho sabe um pouquinho a respeito deles, diz menos do que sabe.

– Você os chamou quando nos mandou para fora?

– Dei uma pista, sim. A agente americana de Milgrim voltou a me ligar enquanto eu esperava você na van, atrás do Cabinet. Me deu um número e uma palavra de código. Ela não tinha isso da outra vez que havia ligado. Me ofereceu números que eu já tinha. Pedi a ela algo grande. Ela conseguiu também. Maciçamente. Eu os usei, dei o tipo, cor e número de registro. Pou.

– Por que ela fez isso?

– Porque ela é durona, de acordo com Milgrim. – Ele sorriu. – E, eu acho, porque não poderia ser traçado até ela, sua agência, seu governo.

– Onde ela teria encontrado isso?

– Não faço ideia. Ligou para um amigo em Washington? Mas eu nunca deixo de me surpreender com a maneira como as coisas mais estranhas aparecem.

— E eles prenderam Gracie e os outros?
Ele se sentou, dobrou o extensor amarelo na frente do peito e lentamente começou a afastar os punhos.
— Um tipo especial de detenção.
— Nada no noticiário.
— Nada — ele concordou, ainda fazendo seu alongamento.
— Pep colocou alguma coisa no carro. Então voltou a trancá-lo.
— Isso. — O extensor estava agora todo esticado, vibrando.
— Era o outro presentinho da festa.
Ele relaxou, e o elástico amarelo aproximou seus punhos.
— Isso.
— O que havia nele?
— Moléculas. Do tipo que você não quer que um farejador de bombas encontre. Elas foram amostras coletadas de um lote particular de Semtex no qual o IRA investiu pesado. Explosivo plástico. Tem uma assinatura química distinta. Ainda existem algumas toneladas dele por aí, até onde se sabe. E o cartão de uma câmera digital. Fotos de mesquitas por toda a Grã-Bretanha. As datas nas imagens têm alguns meses, mas não estão desatualizadas, conforme sugerem as provas.
— E quando você disse que estava usando algo diretamente "da prateleira", era isso?
— Era.
— Para quem isso era de início?
— Agora não importa. Não há necessidade de saber. Quando fiz a bobagem de saltar do Burj, perdi a janela de oportunidade desse trabalho. Mas aí eu estava com uma namorada em apuros. Tive que improvisar com o que estivesse à mão.
— Não estou reclamando. Mas e Gracie? Ele não vai falar de nós?
— A beleza disso — ele disse, pondo a mão no quadril dela — é que ele não sabe de nós. Bem, de você um pouquinho, talvez, por intermédio de Sleight, mas Sleight não tem chefe agora, com Gracie sendo um convidado secreto de Sua Majestade. Sleight está muito ocupado se

afastando bastante de tudo isso, imagino. E a coisa está melhor do que parece, segundo o velho.

– Quanto melhor?

– O governo americano parece não gostar de Gracie. Eles estão descobrindo toda espécie de coisas no lado de lá. Ele está conseguindo uma grande atenção entre as agências, foi o que o velho ouviu. Imagino que a nossa acabará por deduzir que ele foi vítima de uma piada de mau gosto, mas depois ele vai ter problemas de verdade quando voltar pra casa. Enormes. Estou mais preocupado com o seu Big End a longo prazo, na verdade.

– Por quê?

– Tem alguma coisa acontecendo. Grande demais para dar conta. Mas o velho diz que é isso exatamente: Big End, de algum modo, é agora grande demais para darmos conta. Como quando dizemos que algo é "grande demais para dar errado".

– Ele encontrou a última temporada de sapatos de Meredith. Tacoma. Comprou-os e os deu para ela. Através de uma bizarra nova entidade criada por ele que tem como alvo ajudar gente criativa.

– Eu ficaria de olho nesses "alvos".

– E ele me pagou. Meu contador me ligou hoje de manhã. Estou preocupada com isso.

– Por quê?

– Hubertus me pagou exatamente a quantidade que recebi por minha parte no licenciamento de uma canção do Curfew para uma empresa de carros chinesa. É muito dinheiro.

– Não é problema.

– Pra você é fácil falar. Eu não quero ficar em dívida com ele.

– Você não está. Se não fosse por você, ele poderia não ter conseguido Chombo de volta, porque eu não teria aparecido. E se ele o tivesse conseguido de volta, trocando-o por Milgrim, acabaria tendo de lidar com Sleight e Gracie mais adiante. Eu não estava somente de brincadeira com ele. Ele sabe disso. Você está sendo recompensada por seu papel crucial em levá-lo até onde ele conseguiu chegar agora.

– A caminho da Islândia, podemos dizer.

– E que faça boa viagem. Como você está em termos de cozinha?

– Cozinhar? Habilidades mínimas.

– Projetar cozinhas. Tenho um flat em Berlim. Lado leste, prédio novo, o velho era todo de amianto, então o derrubaram. Um quarto enorme e um banheiro. Não existe cozinha, apenas os tocos de canos e gânglios despontando do piso, mais ou menos no meio. Vamos precisar preencher isso, se vamos viver lá.

– Você quer viver em Berlim?

– Provisoriamente, sim. Mas só se você quiser.

Ela olhou para ele.

– Quando eu estava deixando o Cabinet – ela disse –, seguindo você para a van da Slow Foods lá fora, Robert me deu os parabéns. Eu não lhe perguntei por quê, só agradeci. Ele andou estranho desde que você apareceu. Sabe do que se trata?

– Ah. Sim. Quando conversei com ele pela primeira vez, enquanto esperava por você, disse a ele que estava ali para pedir você em casamento.

Ela ficou encarando Garreth.

– E você estava mentindo.

– De jeito nenhum. É que nunca apareceu o momento certo. Suponho que ele tenha achado que já estávamos noivos.

– E estamos?

– Quem deveria responder essa pergunta, pela tradição, é você – ele disse, deixando o extensor de lado.

86.

TOALHINHAS DE RENDA

Fiona estava cortando o cabelo.

Milgrim havia ficado na cabine, terminando o livro de Hollis, e depois navegando mais fundo no porão de arquivos do site do Cabinet, onde poderia descobrir, por exemplo, que as aquarelas nos corredores que davam para o quarto de Hollis eram do início do século 20, de autoria do excêntrico imigrante americano Doran Lumley. O Cabinet possuía 30 dessas aquarelas, e as rotacionava com regularidade.

Tirou os olhos do computador e observou a decoração da cabine, lembrando do quarto de Hollis no Cabinet, e de quanto gostara dele. Designers da Hermès haviam baseado aquelas cabines em modelos de aeronaves alemãs transatlânticas de antes da guerra, embora ninguém estivesse ligando muito para isso. Alumínio anodizado, bambu laminado, camurça verde-musgo e alpínia num tom muito peculiar de laranja. As três janelas eram redondas, portinholas na realidade, e, se ele olhasse através delas, veria um mar vazio ficando da cor de bronze com o sol que se punha.

O ekranoplano lembrava Milgrim do Spruce Goose, no qual ele havia feito uma excursão em Long Beach quando estava no segundo grau, mas com as asas em grande parte amputadas. Estranhos híbridos soviéticos, os ekranoplanos; eles voavam, a tremendas velocidades, a cerca de cinco metros acima da água, incapazes de atingir uma altitude maior. Haviam sido projetados para carregar cem toneladas de soldados ou de carga, a uma grande velocidade, sobre o Mar Negro ou Báltico. Aquele, um Orlyonok A-90, fora, como todos os demais, construído no estaleiro do Volga, em Nizhni Novgorod. Milgrim já sabia mais a respeito deles do que queria, pois deveria estar traduzindo uma pilha de dez centímetros de documentos técnicos históricos para Bigend. Com Fiona ali, não tinha avançado muito.

Tentou trabalhar no menor dos quatro saguões, no convés superior, logo atrás do convés de voo (se é que esse era o termo, em uma coisa que indiscutivelmente planava ao invés de voar). Em geral quase não havia ninguém ali, e ele podia levar os documentos e seu laptop. Mas o wi-fi era excelente a bordo, e ele percebera que podia ficar procurando coisas no Google, comendo croissants, e tomando café. Foi ali que ele descobriu o site do Cabinet.

– Esse é o Cabinet, não é? – a garota italiana havia perguntado ao lhe servir café. – Você ficou lá?

– Não – respondeu Milgrim. – Mas estive lá.

– Eu trabalhei lá – ela disse sorrindo, e voltou para a cozinha, parecendo muito moderna com sua túnica e saia Jun Marukawa. Fiona disse que Bigend, com o ekranoplano Hermès, havia se transformado totalmente num vilão de James Bond, e que os uniformes da tripulação eram a cereja no bolo. Mesmo assim, Milgrim havia pensado, não havia como negar que a garota estava muito bonita no seu Marukawa.

Quando ele finalmente se acomodou para traduzir o que era na verdade uma prosa pavorosa, Bigend emergiu do convés de voo, o terno azul Klein impecavelmente passado.

Ele se sentou em frente a Milgrim na mesinha redonda, seu terno em contraste doloroso com encosto de couro laranja. Prosseguiu, sem nenhum prefácio, como era o seu jeito, para contar a Milgrim muita coisa sobre a história do rifle que Gracie havia deixado em Little Wormwood Scrubs. Ele havia, Milgrim já sabia, sido encontrado logo depois do amanhecer, por um condutor de cachorros, que logo ligara para a polícia. Coisas mais estranhas, Milgrim agora sabia, haviam sido encontradas nos Scrubs, incluindo munições que não explodiram, e isso não fazia muito tempo.

Foi então que ele ficou sabendo que a polícia que atendeu o chamado era a polícia comum, de modo que o número de série do rifle havia estado, ainda que por um breve período de tempo, nos computadores da polícia comum, para logo depois evaporar, sob a atenção de entidades mais secretas. Mas o tempo fora suficiente para Bigend adquiri-los, não importava como ele pudesse ter feito isso. Ele agora sabia, de alguma forma, que o rifle, fabricado na China, havia sido capturado no Afeganistão dois anos antes, e devidamente catalogado. Depois disso, um espaço em branco, até Gracie aparecer com ele, dobrado, numa caixa de papelão. O rifle incomodava Bigend. Sua teoria (ou "narrativa", a terapeuta de Milgrim em Basileia poderia ter dito) era de que Gracie havia conseguido a arma de algum opositor no exército britânico, depois que ela havia sido apagada secretamente de armazéns e contrabandeada de volta para a Inglaterra. Mas a preocupação de Bigend agora era até que ponto essa suposta pessoa de sua teoria era de fato um opositor. Será que Gracie poderia ter tido um parceiro britânico, alguém com as mesmas inclinações? Alguém que não tivesse sido preso por quaisquer que fossem os superpoliciais que Garreth havia chamado?

Milgrim não pensava assim.

– Eu acho que foi a arma – ele disse.

– Como assim "a arma"?

– Coisas acontecem ao redor de armas. Isso aconteceu apenas porque uma arma estava lá. Você me disse que não consegue entender por que Gracie comprou a arma. Que isso não faz sentido dentro da sua concepção de quem ele é. Que foi imbecil da parte dele. Exagerado. Gratuito. Um péssimo negócio.

– Exatamente.

– Ele fez isso porque alguém que ele conhecia aqui tinha a arma. A arma foi capturada por soldados britânicos. Alguém a contrabandeou de volta para cá. Isso não é tráfico de armas. Isso é uma lembrancinha ilegal. Mas Gracie *viu* a arma. E depois ele *teve* a arma. E então coisas aconteceram porque a arma estava ali. Mas quem quer que seja a pessoa que repassou a arma para ele, ela não quer ter *nada* a ver com isso. Mesmo.

Bigend ficou encarando Milgrim por um tempo.

– Notável – ele disse por fim – o jeito como você faz isso.

– É pensar como um criminoso – disse Milgrim.

– Mais uma vez estou em dívida com você.

Em dívida com Winnie, Milgrim pensou então, embora Bigend não soubesse. Quando tuitou para ela, depois de Hollis ter lhe contado mais sobre tudo o que acontecera, perguntou: "Como você fez isso?". O tuíte de resposta, o último, embora ele ainda checasse periodicamente, havia dito simplesmente: "Toalhinhas de renda".

– É o fluxo de pedidos, não é? – Milgrim não teve intenção de fazer essa pergunta. Nem estava pensando nisso. No entanto a coisa emergiu. Sua terapeuta havia lhe dito que as ideias, em relações humanas, tinham vida própria. Eram, em certo sentido, autônomas.

– É claro.

– Era isso que o Chombo estava fazendo. Descobrindo o fluxo de pedidos.

– Ele o descobriu uma semana antes de ser sequestrado, mas todo o trabalho, naquele ponto, teria sido inútil. Sem ele, quer dizer.

– E o mercado, a coisa toda, não é mais real, porque você sabe o futuro?

– Eu sei uma fatia muito *pequena* do futuro. A menor fatia. Minutos.

– Quantos?

Bigend olhou ao redor do *lounge* vazio.

– Neste momento, 17.

– Isso basta?

– Sete teria sido inteiramente adequado. Sete *segundos* na maioria dos casos.

■ ■ ■

O vestido de Fiona era um tubo sem costuras, de jérsei preto lustroso. Ela o estava vestindo com o top enrolado para baixo, formando um tipo de faixa sobre os seios, deixando os ombros nus. Um presente de sua mãe, ela disse, que ganhara de uma editora associada na *Vogue* francesa. Milgrim não sabia quase nada sobre a mãe dela, a não ser que um dia ela havia se envolvido com Bigend, mas sempre achara a ideia de namoradas terem pais uma coisa intimidadora.

Ele estava vestindo seu paletó de tweed recém-lavado a seco e calças de sarja, mas com uma camisa Hackett, sem botões extras no punho.

Coquetéis estavam sendo servidos no salão de baile, como o chamavam, mas que, de novo, era o salão de jantar principal. As paredes eram decoradas com murais quase construtivistas de ekranoplanos, que pareciam, como Milgrim achava que realmente eram, os Flying Clippers da Pan American Airways dos anos 1940, mas com asas truncadas e aquele estranho *canard* que apoiava os motores a jato. Quando ele e Fiona desceram a escada em espiral, ele viu Aldous e o outro motorista assomando elegantes sobre os passageiros reunidos, muitos dos quais Milgrim não tinha visto antes, pois ele e Fiona haviam passado a maior parte do tempo na cabine. Rausch também estava lá, em seu terno preto amarrotado, seu cabelo bem preto que lembrava Milgrim da substância que Chandra havia usado em Ajay, embora com um estilo diferente de aplicação.

Quando chegaram ao convés, Aldous foi até o pé das escadas.

– Oi – disse Milgrim, pois não tinha visto Aldous desde aquela noite na City. – Obrigado por ter nos tirado daquela. Espero que não tenha sido muito difícil para você depois.

– Foi a seda de Bigend – Aldous disse com um elegante dar de ombros, e Milgrim entendeu que ele estava se referindo a advogados. – E a courier – ele disse com um piscar de olhos para Fiona.

– Olá, Aldous. – Ela sorriu, depois se virou para cumprimentar alguém que Milgrim não conhecia.

– Estive pensando – disse Milgrim, abaixando a voz, olhando do outro lado do salão de baile a cabeça polida do outro motorista – nos exames. Já faz um tempo.

– Que exames?

– De urina – disse Milgrim.

– Eu acho que eles descontinuaram isso. Não estão mais no rol de tarefas. Mas tudo está mudando agora.

– Na Blue Ant?

Aldous concordou com a cabeça.

– Novas diretrizes – ele disse sério, depois fez um gesto de cabeça para seu próprio ponto eletrônico e saiu de mansinho.

– Nós encontramos seu enxaguante bocal – disse Rausch. – Em Nova York. – Estamos enviando para sua cabine. – Ele não parecia contente com Milgrim, mas também nunca parecia contente com nada.

– Aldous disse que as coisas estão mudando na Blue Ant. "Novas diretrizes", ele disse. – Rausch levantou os ombros.

– Todos que importam – ele disse –, que chegaram à edição final, estão neste avião.

– Não é um avião – disse Milgrim.

– Seja lá o que for – Rausch disse irritado.

– Sabe quando vamos chegar à Islândia?

– Amanhã cedo. A maior parte disto aqui foi apenas uma viagem de cruzeiro, para inaugurar a coisa.

– Estou quase sem medicação.

– Você esteve só com placebos durante os últimos três meses. Mas suponho que as vitaminas e suplementos fossem de verdade. – Rausch o observou com cuidado, saboreando sua reação.

– Por que está me contando isso agora?

– Bigend mandou a todos que lhe dessem status humano completo. E eu o estou citando. Com licença. – Voltou para dentro da multidão.

Milgrim enfiou a mão no paletó, para tocar o envelope quase vazio. Não havia mais notações roxas pequenas de data e hora.

– Mas eu *gosto* de um placebo – ele disse a si mesmo, e então ouviu uma salva de palmas.

As Dottir e seu pai, com cara de poucos amigos, estavam descendo a espiral de vidro opaco, degrau por degrau. Milgrim sabia, por Fiona, que o álbum delas havia acabado de ganhar alguma coisa. Com cabelos cor de arminho e cheias de brilhos, elas terminaram de descer, uma de cada lado de seu mal-humorado pai-Dottir – que, disse Fiona, agora era dono, em sociedade com Bigend, embora de um modo obscuro e em grande parte indetectável, de grande parte da Islândia. A maior parte, na verdade. Foi Bigend, ela disse, quem vendera aos jovens cowboys do mercado financeiro islandês a ideia de *internet banking* em primeiro lugar.

– Foi ele quem os levou a isso – ela disse na cabine, nos braços de Milgrim. – Sabia exatamente o que ia acontecer. A maioria estava até o tampo de cabeça de E, o que ajudou bastante.

Um brinde estava sendo feito. Ele correu para encontrar Fiona e seu copo de Perrier.

No instante em que ele a pegou pela mão, Pamela Mainwaring passou rapidamente, indo na direção de Bigend.

– Oi, mãe – disse Fiona.

Pamela sorriu, cumprimentou com a cabeça, fez contato visual o mais rápido possível com Milgrim, e seguiu em frente.

87.

O OUTRO LADO

Em sentido horário, este sonho: mármore do século 18, em espiral, pedra gasta irregularmente encerada, tons de escarro de fumante captados em suas profundezas, perfis de cada passo marcados com segmentos cuidadosos de alguma coisa tão sem vida quanto o gesso, remendando antigos acidentes. Como as seções escritas, transecionadas, grampeadas de um membro adorado, que voltou de viagem: cirurgia, desastre, a subida de uma escadaria ainda maior do que esta. Mais a oeste, a espiral. Acima do lobby, as listras da camisa de Robert, a cabeça do turco acima do grampeador, acima dos subitamente rudes entalhes equinos na floresta esculpida da mesa, ela sobe.

Até este andar não visitado, desconhecido, de carpete florido, desvanescido, antediluviano, sob lâmpadas incandescentes, uma combustão de filamentos arcaicos controlados. Paredes com paisagens loucamente variadas penduradas, desabitadas, cada qual assombrada ainda que de leve pelo dedo espectral do Burj Khalifa.

E no final de um vasto, talvez infinito aposento, sob uma poça de luz calorosa, uma figura, sentada, vestindo um terno azul Klein. Que revela ser, com seu pelo claro, focinho pintado com ruge, dentes de madeira esmaltados...

Ela acorda ao lado da respiração suave de Garreth, no quarto escuro dos dois, os lençóis colados à pele.

OBRIGADO

Minha esposa, Deborah, e minha filha, Claire, foram as primeiras leitoras e críticas sensíveis, como sempre.

Susan Allison, a quem este livro é dedicado, e que tem sido minha editora em um sentido ou outro desde o começo de minha carreira, naturalmente foi excelente com este livro.

Como também Martha Millard, minha agente literária desde que precisei de uma pela primeira vez.

Jack Womack e Paul McAuley leram páginas quase todo os dias, com Paul rastreando Londres de um modo muito particular. Louis Lapprend foi alistado quando Milgrim chegou a Paris, para fins semelhantes.

Cory Doctorow forneceu a Sleight o Neo problemático de Milgrim.

Johan Kugelberg me colocou muito gentilmente dentro do clube no qual o Cabinet é baseado, e que é quase tão peculiar quanto.

Sean Crawford manteve Winnie honesta.

Larry Lunn me deu o fluxo de pedidos, quando lhe pedi um macguffin de grande escala. Não conheço mais ninguém que pudesse ter feito isso.

Clive Wilson muito gentilmente ofereceu detalhes não turísticos da geografia de Melbourne e bacon vegano.

Douglas Coupland me apresentou ao conceito do cubo Vegas, mostrando-me, anos atrás, o que ele havia construído para escrever em seu interior.

Bruce Sterling, após ter recebido por e-mail exatamente a pergunta errada sobre TVs de circuito fechado, graciosamente criou o conceito da camiseta feia em um dos seus característicos surtos demoníacos de imaginação aparentemente sem esforço.

Michaela Sachenbacher e Errolson Hugh me apresentaram à arquitetura de uma marca "secreta", e a paixão que há por trás dela.

Tudo o que sei a respeito de ser uma modelo no século 20 e um aprendi com o maravilhoso artigo memorialista de Jenna Sauers na *Jezebel*, "I Am the Anonymous Model". A carreira de modelo de Meredith é baseada na dela. Disponível via uma rápida busca no Google.

Como da mesma forma o muito informativo artigo de Mark Gardiner "Artful Dodgers", da edição de fevereiro de 2009 da *Motorcyclist*, onde aprendi tudo o que sei sobre couriers londrinos.

A linha de sapatos de Meredith foi criada a partir da marca Callous, lançada por Thomas Fenning e Tomoaki Kobayashi em 2003, e que, até onde sei, teve um destino semelhante.

Obrigado a todos.

– Vancouver, junho de 2010

OUTROS LIVROS DO AUTOR PUBLICADOS PELA ALEPH

NEUROMANCER

Case é um cowboy virtual, um hacker da matrix. Mas, após tentar enganar seus patrões, teve o sistema nervoso contaminado por uma toxina que o impede de acessar o ciberespaço. Banido, ele agora sobrevive como pode nos subúrbios de Tóquio, a ponto de ser quase destruído pelas dívidas e pelas drogas. É quando encontra Molly, uma samurai das ruas que o convoca para uma missão da qual depende sua cura e toda a existência da rede. Primeiro livro da Trilogia do Sprawl, *Neuromancer* prenunciou o cyberpunk e tornou-se um dos maiores clássicos do gênero. Por meio dele, Gibson não só inspirou o filme *Matrix* como, de muitos modos, ajudou a definir o mundo em que vivemos.

COUNT ZERO

Sete anos após os eventos narrados em *Neuromancer*, a matrix se estende sobre a Terra, envolvendo pessoas, empresas e informações. Mas algo estranho acontece no ciberespaço. Inúmeras Inteligências Artificiais agora proliferam e interagem com a humanidade sob a forma de deuses vodus, fragmentos sencientes qua passam a desencadear uma série de acontecimentos. As corporações utilizam todos os recursos possíveis para proteger suas informações e obter outras, e é nesse contexto que duas delas travam uma verdadeira guerra pelo "biosoft", um dispositivo também cobiçado por outros grupos e cuja busca por seu controle acaba fazendo de um jovem hacker peça-chave nessa trama – seu nick: Count Zero.

MONA LISA OVERDRIVE

As Inteligências Artificiais atingiram a autoconsciência e agora assombram o ciberespaço. Além delas, os mais inusitados personagens circulam pela matrix movidos por interesses diversos e intenções nem sempre lícitas. Mona é uma jovem prostituta a quem é oferecida uma grande oportunidade. Angie é uma popstar dos stims com uma rara aptidão. Ambas se implicam num sequestro planejado por uma ambiciosa entidade fantasma. Nessa intriga se envolvem, ainda, a filha de um chefão da Yakusa e um artista recluso, contratado para cuidar de um homem em coma. Formado por várias tramas interligadas, *Mona Lisa Overdrive* dá sequência a *Neuromancer* e a *Count Zero* e encerra, com maestria, a cultuada Trilogia do Sprawl.

TERRITÓRIO FANTASMA

Retomando o universo tecnológico movido pelos interesses das grandes mídias apresentado em Reconhecimento de Padrões, Gibson mergulha na fugacidade do mundo pós 11 de setembro – marcado por novas formas de controle de informação, paranoia e patriotismo – para conduzir antigos e novos personagens por seu *Território Fantasma*. Tito vive num quarto de armazém e faz trabalhos delicados que envolvem transferência de informações. Milgrim, um viciado especialista em criptografia, é sustentado pelo misterioso Brown. Hollis Henry é uma jornalista investigativa contratada pelo poderoso Hubertus Bigend para encontrar Bobby Chombo: um "solucionador de problemas" para fabricantes de equipamentos de navegação militar que nunca pernoita duas vezes no mesmo lugar nem se encontra com outras pessoas. É a busca por esse misterioso personagem que acaba unindo a todos numa jornada delirante.

RECONHECIMENTO DE PADRÕES

Cayce Pollard é uma coolhunter. Suas habilidades como caçadora de tendências, aliadas a um quê de profetisa e a uma inusitada alergia a marcas registradas, faz dela uma profissional disputada por corporações do mundo inteiro. Chamada a Londres para uma nova oportunidade de trabalho, Cayce recebe uma proposta ambiciosa e obscura: descobrir quem está por trás da criação e disseminação do "filme", uma coleção de fragmentos de vídeo postados anonimamente na web e que atraem milhares de seguidores, inclusive ela mesma. Pivô de um jogo perigoso, Cayce correrá todos os riscos para atingir seu objetivo, lançando-se numa busca frenética que envolve sabotadores industriais, hackers de primeira linha, chefes da máfia russa, fanboys da internet e espiões aposentados. *Reconhecimento de Padrões* é um retrato brilhante da cultura de consumo e de esoterismo pós-moderno. Com ele, William Gibson abre a Trilogia Blue Ant, um mosaico do século 21 que se desdobra nos livros *Território Fantasma* e *História Zero*.

A MÁQUINA DIFERENCIAL
com Bruce Sterling

Londres, 1855. Graças ao gênio de Charles Babbage e à sua máquina diferencial, a Inglaterra consolida-se como potência mundial. Entretanto, uma sinistra conspiração ameaça as bases do governo. Às voltas com misteriosos cartões perfurados, envolvem-se na intriga a filha de um notório agitador ludita, um proeminente paleontólogo, a filha de Lorde Byron, então Primeiro-ministro, além de um jornalista misterioso. Unidos por elos invisíveis, estes e outros personagens lutarão por seus planos, suas carreiras e por suas próprias vidas contra inimigos ocultos e perigos assustadoramente reais. Com uma sofisticada trama que reinventa a própria história, *A Máquina Diferencial* é considerada a obra precursora do movimento steampunk.

TIPOLOGIA:	Minion [texto]
	Interstate Black [entretítulos]
PAPEL:	Pólen Soft 80 g/m² [miolo]
	Supremo 250 g/m² [capa]
IMPRESSÃO:	Geográfica [Fevereiro de 2015]